正道康庄

魏正康 著

东方出版中心

图书在版编目（CIP）数据

正道康庄 / 魏正康著. －上海：东方出版中心，
2022.12

ISBN 978-7-5473-2112-6

Ⅰ. ①正… Ⅱ. ①魏… Ⅲ. ①散文集－中国－当代
Ⅳ. ①I267

中国版本图书馆CIP数据核字（2022）第241849号

正道康庄

著　　　者	魏正康
策划编辑	马晓俊
责任编辑	邓　卫　黄升任
装帧设计	今亮后声·赵晓冉

出版发行　东方出版中心有限公司
地　　址　上海市仙霞路345号
邮政编码　200336
电　　话　021-62417400
印　刷　者　上海盛通时代印刷有限公司

开　　本　890mm×1240mm 1/32
印　　张　13.375
字　　数　221千字
版　　次　2023年1月第1版
印　　次　2023年1月第1次印刷
定　　价　73.60元

序

沙海林

　　老朋友魏正康是一位归国创业的留学生。不久前,他请我为他所著的《正道康庄》作序。为此,我认真阅读了他的书作。他书中自然流露出的真情实感打动了我。由此,我提起笔来。

　　作者对往事的回忆,将一个生动鲜活、有血有肉、有情有感、伴随时代发展而奋斗不止的有志者形象展现在读者面前。作者书中所回忆和描述的诸多不同的人物和故事,是不同时代的缩影或侧影。作者的笔触,反映出他对生活的观察,文字中处处流淌出真实、淳厚的浓浓情感。

　　作者对祖国深厚情感的形成,植根于他的家庭和其本人的经历。他的外公在被日本侵略者焚毁老宅后,带着国恨家仇撒手人寰;他的父亲因没有向日本兵鞠躬行礼而被打耳光;他的母亲因直系亲属从事抗日而被关进牢房。他成年后思考和感悟到,普通百姓的身家性命往往是由国家的强弱决定的,个人的命运原来是与祖国的命运紧密相连的。他没有把对祖国和故乡的深厚感情挂在嘴上,而是深埋于内心,体现于人生道路的选择和把握,更表现在所创的事业上。

　　作者归纳总结了留学生归国创业成功的十二个基本特征,即:

经历丰富、能量积累、心理强大、角色转换、善于借力、企业定位、利益共享、团队建设、现金为王、合法经营、社会责任、终身学习。他也分析了留学生归国创业失败常见的三点原因，即：产品和经营理念不适应国内市场和客户需求，用工程师（纯技术的）思维方式来经营管理企业，为了融资过早稀释股权而最终失去控制权。这些总结分析对还在市场经济激烈竞争环境中拼搏的留学生归国创业群体来说，实在是十分重要的宝贵经验。

根据我几十年来的观察，包括作者在内的留学生归国创业者们成功的诸多主客观因素中，最重要的是自觉地把自己创业发展的方向，与国家发展的现实需要和长远需要紧密地联系在一起。作者作为浦东新区开发开放后最早回国创业的留学生之一，他曾说过："作为炎黄子孙，我始终关注着祖国的建设和发展，一直在思考上海在新一轮的发展中，如何加强环境保护建设，高标准推进上海生态型城市建设的步伐，营建一个清洁、文明、优美和具有 21 世纪人文气质的新上海等问题。"正是由于这样的情结驱使，他选择了开发城市固体废弃物综合处理和利用装备的事业，并坚守至今。他的企业被认定为上海市高新技术企业；他的科研成果获得上海市优秀新产品奖、科技进步奖、科技成果奖；他的产品连续五年被列入上海市政府十大实事工程，并且在北京奥运会、上海世博会、汶川地震灾区援建项目中得到运用和认可；他个人获得上海市白玉兰纪念奖；等等。所有这些离开了创业的正确发展方向都是不可能的。

作者通过自己长时期深入、细致、广泛的实践、观察、思考，还提出了一些值得关注的问题，诸如：如何增强对外宣传的实效性，如何发挥留学生作用推进民间友好，如何提升电影艺术人文交流的作用，如何加强中国传统文化的保护，如何重视民族传统工匠精神的传承，特别是如何增强中国环境保护重要性和紧迫性的意识，等等。这些都完全出自他对祖国、对家乡故土的深深的热爱和强烈的历史责任感。相信读者，特别是经历过不同发展时期的读者，在读完作者的内心袒白后，一定会引起共鸣、产生同感、受到教育。

总之，书中那些朴实真切、情感真挚、充满励志能量的故事，对于读者深入了解回国创业的留学生们的内心世界、心路历程，对于读者从一个独特角度了解国家发展、改革开放、社会进步、前进方向，一定会大有裨益。我相信，这是作者的愿望。

我们的时代，是一个能够不断创造奇迹的时代，也是一个能够成就事业、造就新人的时代。融入到时代中去，成为时代进步的参与者、见证者、贡献者、推动者，应该成为海外留学的莘莘学子的人生选择。

是为序。

2022 年 10 月 1 日于上海

（沙海林，原上海市人大常委会副主任）

自 序
一个资深文艺青年的自白

这次由于疫情锁在澳洲 100 多天，让我着实过了一把"文艺青年"的瘾。为什么要戴一顶资深的帽子哩？除了地球人都知道的原因之外，主要是想显摆自己不仅有文艺情结而且还有思维深度。

从小爹娘教育我：一寸光阴一寸金，寸金难买寸光阴。所以荒废时光一直被我视为罪大恶极且是难以饶恕之举。加之青春年华逐渐随着额顶头发没有飘来、只有飘去的焦虑，造成我现在有种"一天要当十天用"的紧迫感。

思来想去，发现自己有好些年轻时就想做的事情，由于各种各样的原因几十年来一直没有好好地去尝试过，想着现在反正闲着也是闲着，人家遛车、遛人与遛狗，咱这就算是"遛脑"吧，赶紧抓住这春天的尾巴好好践行一把自己曾经未酬的凌云壮志，也算对得起自己了。

这些事情不做还好，做了就不禁感慨：乖乖，居然挖掘出这么多的自身潜能来！于是自己对自己佩服得五体投地不算，自我膨胀得也非常非常厉害了，发觉自己以前不仅浪费了大好时光、浪费了聪明才智，好像还在人生发展的方向定位上出了大问题，绝对属于"男怕入错行，女怕嫁错郎"的代表性人物，在懊恼后悔之后，各种各样的稀奇古怪的想法由此产生了。

比如，炒了几个小菜就想着可以去做美食家了；写了几首歪诗就想着可以去当诗人了；拍了几张照片就想着可以去做摄影家了；做了几件物品就想着可以去做装饰艺术家了；写了几篇影评就想着可以去做影评家了；说了几句时评就想着可以去做时事评论家了；唱了几首歌就想着可以去做歌唱家了；写了几篇音乐感想就想着可以去做音乐评论家了；等等。最梦幻的是我写了几篇短文就想着可以去做文学家了，憧憬着或许若干年以后拿个诺贝尔文学奖也不是没有可能的。

经过3个多月的瞎折腾，结果居然没有任何人、任何机构来与我洽谈商业运作与如何卖文挣钱谋生的事宜，这绝对给了我当头一棒，好像有一大桶冰水从头浇到脚把我冻醒了。看来当个网红直播卖口红挣几个亿，还真不是咱干的事，这促使我认真思索做资深文青的实际自身价值与实际社会价值的问题了。

读大学的课余时光里，我把《鲁迅全集》啃了一遍。书中有两句话印象特别深刻：一句是有人时常想拔着自己的头发离开地球；还有一句是贾府里的焦大绝不会爱上林妹妹的。我真的没有想到，鲁迅的这两句话好像就是说给现在的我听的，想到这里真的让我吓出了一身冷汗。文豪就是文豪，所谓的资深文青与之相比较，我不得不承认，那差距简直就是天文级的。

有人说：不自由，毋宁死。又有人说：活着才是硬道理。我实在搞不清楚到底该听谁的。这真是做人难、人难做、难做人、做难人、难人做、人做难呵。到底是选择"吃饱饭呒没事体做"还是选择"做饱事体呒没饭吃"呢，我真的有点选择障碍、左右为难了。所以"人没吃饱，只有一个烦恼；人吃太饱，就有无数烦恼"这句话讲得绝对是有道理的。

"理想很丰满，现实很骨感"这句话大家都知道。不过当今社会谁还喜欢"杨贵妃"式的丰满呢？现在街面上实际流行的都是"赵飞燕"式的骨感。所以人要适应环境，不可能让环境来适应你。不过我倒还有点自知之明，比较清楚自己的定位，即适度丰满的骨感对自己是比较合适的。

写到这里，肚子突然咕咕叫了，原来是我早饭忘记吃了。由此我顿悟了一个事实：一个人维持适度丰满的骨感的前提是有饭吃。老祖宗这句"民以食为天"讲得绝对透彻，一个人能挣钱解决吃饭问题，让自己活下去才是安身立命的真本领。

迷途的"老马"终于找回正确的方向了。我要赶紧打点行装，争取早日回上海（祈祷航班再也不要改签了）上班干活。我更要不忘初心，牢记使命，在"垃圾革命"的伟大事业中，胸怀"即使生活都是垃圾，我也要把它当糖果吃下去"的意志与勇气，全心全意为祖国的"绿水青山"建设而努力奉献与奋勇拼搏！

我对适度丰满的骨感的定义是：上班搞垃圾，下班搞文艺。3个多月来的胡思乱想现在终于有了定论，我为自己这一段心路历程概括总结了一副对联：

> 一脑瓜充斥文艺细胞
> 两只手抓满垃圾废物

如果你一定要问我："横批是啥？"我只能坦白回答你："这个问题对我而言也是一个问题。"

这是我人生的第一次自白，将来是否会有第二次、第三次自白，我现在真的不知道！

（此文完稿于 2020 年 5 月 25 日）

目　录

一 亲情篇

　　贫穷、疾病、动荡、灾难伴随着父母亲近 60 年婚姻生活的前半段，但是他们俩始终保持乐观向上、善良正直的本性，为我们撑起了一把遮风挡雨的大伞。

父母亲结婚 50 周年（金婚）

父母亲结婚照

父母亲订婚证书

父亲与同事们（前排右二是父亲）

1957 年母亲与亲友们（前排大舅与大舅妈，后排右起二舅、三舅、
大姨父、大姨、二姨、母亲、二舅妈）

父亲 80 大寿

耄耋姐妹古稀兄弟

（前排左起二姨、大姨、母亲，后排左起小舅、二舅、三舅）

刚到新西兰的女儿就与邻居家的小狗玩在了一起

女儿多次获得小学年度优秀学生奖

陪女儿在新西兰度假

陪女儿在亚布力滑雪

女儿勤工俭学做车模挣学费

女儿当选澳大利亚 2011 年度十大佳丽

女儿硕士毕业典礼

祖父母

　　有关我家祖先的情况，我父亲曾经断断续续地给我讲了一些蛛丝马迹。

　　祖先原籍在浙江绍兴，是传统的耕读世家，由于做幕僚的原因，迁移来到江苏常熟。估计职位不是很大，差不多就是个"绍兴师爷"之类的文职人员。那时候魏家大门口是竖有旗杆的，按照清朝的规矩，只有取得举人以上功名的人士，家门口才能竖立一根旗杆。到我曾祖父那一代的时候，大家族开始衰败，子孙们自谋生路散开到全国各地。20世纪初，我曾祖父带着我曾祖母和他们的独生子（即我祖父）来到上海谋生。在上海，我曾祖父起初靠贩卖牛羊肉为生，后来他转行变成一个为上海各大洋行提供常熟丝质花边的供应商。上百年前，欧美王公贵族的服饰上要镶嵌大量的丝质花边（现在已经被蕾丝花边取代），而这种丝质花边就是常熟地区的劳动妇女用丝线由手工钩针一针一针编织而成的。我曾祖父在上海和山东青岛各设立了一家商贸公司，专门向各大洋行提供由他从常熟地区收购来的各式各样的丝质花边。经过几年的艰难打拼，我曾祖父积累了万贯家财，在上海的法租界购置了一幢大洋房。曾祖父由于劳累过度，在我祖父还未成年的时候，就得了重病，终因医治无效离开人世。

我曾祖母是个小脚女人，嫁给我曾祖父之前，是一个大门不出、二门不迈的大家闺秀，据说她和《沙家浜》里的阿庆嫂一样，也是常熟城里有名的美人。我曾祖母不善于理财，也从不参与我曾祖父的生意往来，一年到头就是吃素、念经、烧香和拜佛。我祖父是独生子，我曾祖父和我曾祖母都十分溺爱他，他从小桀骜不驯，不愿意好好地上学读书，以致后来所有纨绔子弟的坏习性都集中到了他身上。我曾祖父在世的时候，我祖父还稍微有点收敛，到我曾祖母和他相依为命时，他就像一匹脱缰的野马一般毫无顾忌地开始胡作非为，整天与一帮狐朋狗友在外面花天酒地。我曾祖母根本管不住我祖父，眼看着我祖父日渐把家产耗尽，为了收住我祖父刚成年的心，我曾祖母帮他张罗婚事，将我祖母娶进了门。尽管有了家庭和孩子，但我祖父还是一如既往地我行我素、无法无天，我祖母要管管他，他往往用这三句话来回复我祖母："我妈都不管我，要你来管？""你这个老婆又不是我要娶的！""你要再管我，就滚回你娘家去！"我祖父和我祖母结婚后共生育了4个子女，即我父亲、大姑姑、小姑姑和小叔叔。

我父亲14岁那年，我曾祖母过世，从此我祖父越发不可收拾，在吃喝嫖赌方面继续挥霍着已经所剩无几的家产。我祖父一方面靠不断地变卖家里的财物来满足他无尽的私欲，另一方面我父亲刚刚读完小学，他就让我父亲辍学去当学徒来养活自己。当时我祖父告诉我父亲他本人没读过什么书，日子也过得挺好的，一个人不识字有饭吃，不识人头没有饭吃。这样捉襟见肘和坐吃山空的日子没过多久，家里就债台高筑，债主盈门。我祖父根本没有任何创造财富的能力，所以他只能把那幢大洋房和家里剩下的所有家具都用来抵债。据我父亲回忆，搬离那幢大洋房时，家里可挂蚊帐的双人大铜床还有七八张。

我祖父偿还了所有的债务，遣散了所有的用人和帮工之后，发现他自己口袋里的大洋已经所剩无几，想到全家6口人即将无家可归的窘况时，他才天良发现，决定用仅剩的那些钱，在老城厢巡道街引线弄6号和8号买下一块有两间门面的宅基地。我祖父找了家房屋建筑公司，在这块宅基地上建造了两套一层半砖木结构的简易房屋。结算工程款的时候，我祖父把原先准备支付工程款的钱又消耗殆尽了，无奈之下他只能拿8号房屋连同宅基地一起抵6号房屋的工程款。就这样全家6口人挤进了6号这套简易房屋里。留下的引线弄 6 号宅基地有 40 多平方米，砖木结构的简易房屋底层有 20 平方米左右，底层前房间大约有 16 平方米，底层后房间不到 8 平方米，顶层阁楼能够直起腰站直的地方大约有 10 平方米。阁楼铺设薄木地板，可以直接当床睡觉。底层室内的地面就是泥土地面，下雨天会变得泥泞不堪。这套简易房屋中不到 8 平方米的底层后房间之后成了我父母的结婚用房，这间小房间同样也是我的出生地，以及我全家 7 口人生活了 10 多年的蜗居。

我曾祖母过世后，我父亲不但失学，还一下子从我曾祖母疼爱的大孙子沦落成中药店的小学徒，18 岁就开始担任中药店的账房先生，他把所有的工资收入全部交给我祖母支援家用。我祖母带着我的两个姑姑靠帮人做一些小工来赚取一点菲薄的收入。我祖父还是一如既往地按他原有的生活方式到处瞎混，家里大大小小的事他从来都不管，口袋里有钱他就出去鬼混，口袋里没钱他就在家里喝闷酒骂人。事实上那些年我祖父整个家庭的日常开支，全是靠我祖母和我父亲的共同努力才得以勉强支撑。我父亲直到 27 岁才和我母亲结婚（那时男的 20 岁左右、女的 18 岁左右结婚），有了自己的小家庭和孩子以后，我父亲的收入大部分都要用于自己小家庭的开支。这样一来我祖父就不乐意，经常找碴和我父亲大吵大闹要分家，还要我父母搬出去住。我哥哥出生时没有足月，体格很弱小，还经常日夜颠倒哭闹不止。在我哥哥出生一百天纪念日的中午，我祖父喝酒正喝到兴头上，我哥哥却不停地哭闹，我祖父就直接把在襁褓中的他扔出了家门，恰好被一个上门贺喜的亲戚接了个满怀，才没有造成不堪设想的后果。事实上，我祖父认为我父亲已经没有任何利用价值了，因为我的两个姑姑已经参加工作，有工资收入，可以承担家庭经济重担。为此，我祖父更想和我父亲分家，但是他没脸指责我父亲不能分担太多的家庭经济压力，于是他借口家里僧多粥少、小孩子太吵闹影响他睡觉。我祖父每天要喝三顿酒，对菜品也非常地挑剔。我们一家住的后屋和我祖父母住的前屋中间的墙壁是用薄木板来分隔的，我的两个姑姑和小叔叔住的阁楼地板也是用薄木板铺设的，不要说小孩子哭闹，只要有个人放个屁，全屋子其他的人都能听得清清楚楚。在我5岁那年，我父母实在忍受不了我祖父的吵闹，就在后屋房间的北墙上开了一个门，带着我们4个子女（哥哥、我、大妹和二妹，小妹是分家以后才出生的）从北门进出，开始分家分户过日子。

我祖父单名淦，应该是我曾祖父和曾祖母盼着他长大以后能够有财有势的意思，没想到他却是一个散尽家财的败家子。我祖父对他的这段荒唐往事并没有痛心疾首，从我有清晰的记忆开始，我有好几次隔着薄木壁听到他喝了酒以后和有些邻居吹牛摆阔，滔滔不绝的隔壁戏的戏文大致如下："旧上海大流氓头子黄金荣当年在法租界做小巡捕的时候，看见我都要低头哈腰，尊称我一声'小开'，然后敲我竹杠，要我请客一起去喝茶、吃饭和洗澡；我是'上等人'，从来不做坑蒙拐骗的事，我以前的所有家产都是让'下等人'设圈套骗走的，包括旁边8号的房屋，也是让房屋建筑公司的"下等人"包工头和木匠设下陷阱诈骗走的；我这一辈子什么样的好东西没见过，什么样的好东西没吃过，可我从来没有把钱放在眼里，也从来没有干过用我的体力来挣钱的事儿，干体力活挣钱糊口这种事情是'赤脚人'干的。"我祖父从小到老，确实一点正事包括家务事都不愿干，他无业、无收入、无退休金，一辈子闲散在家，整天不是吃饭就是睡觉，不是喝酒就是读书看报。我祖父读书看报的样子很有特色，他把近视眼镜拿在手里，用脸紧贴着书报阅读，所以街坊邻居经常会讽刺我说："你祖父不是在看书报，而是在舔书报。"我父亲曾经多次和我说起，我祖父实际上是个很聪明的人，他不仅博闻强记、知识渊博，还善于归纳、逻辑缜密，曾经按照各种题材分门别类做了几十本书报剪贴合订本，其专业水准之高让我父亲惊讶不已。我祖父与房屋建筑公司的工程款纠纷官司，在原告聘请律师的情况下，他作为被告没请律师，所有的诉状和答辩都是他自己独立完成的，尽管后来官司输了，但是他能言善辩的能力，还是给那些在场的人留下了非常深刻的印象。我祖父在很长的一段时间里，担任我们里弄的义务读报员，每逢他对着一大帮家庭妇女读报的时刻，听着他那清脆悦耳的嗓音、抑扬顿挫的语调和吐字清晰的读报声，我总觉得我祖父当年没去广播电台做播音员，真是莫大的遗憾。

　　尽管已经分了家，但是我父亲还是关心着我祖父家的一切。有几年我父亲从南市区副食品公司下放到南市区光启路菜场劳动，这个菜场生意十分繁忙，顾客很多，场面混乱。我父亲建议我祖父去光启路菜场做纠察维持秩序，每天的报酬按一元四毛钱计算，做一天算一天。这在当时人均月工资收入仅 30 多元的年代里，应该算是不错的待遇。我父亲赔着笑脸和我祖父说了好几次，我祖父才勉强答应去试试看。我祖父在光启路菜场做纠察的短短时间里，有一天冷空气突然南下，我母亲安排我哥哥带着我一起去为我祖父和我父亲送厚衣服。送完衣服后，我祖父上下打量着我们哥俩好一会儿，然后带着我们哥俩去旁边的百货商店，为他自己的长房长孙、长房二孙一人买了一双回力牌球鞋。当我们哥俩穿着崭新的球鞋回到家时，我母亲感到难以置信，她反复地问："真的是你祖父买给你们哥俩的吗？"在我所有的人生记忆中，这双球鞋是我祖父为我买的唯一礼物。我幻想着今后要是经常去菜场为我祖父送东西，那么祖父每次都会给我买礼物，然而没过多久幻想就彻底破灭了，因为他干了半个多月就不干了，理由是这纠察的工作是"赤脚人"才愿意干的！

　　我祖母的娘家也在江苏常熟，她的乳名叫三囡，娘家人以捕鱼为生。我曾祖母考虑到我祖父是大老爷的秉性脾气，所以到常熟老家找了勤劳本分且忠厚老实的祖母来当她的儿媳妇。我祖母长相一般，身高一米六七左右，看上去很高挑并且皮肤也很白，一派慈眉善目的典型老祖母模样。我人生的第一个记忆就是我祖母在大木盆里为我洗澡，给我擦干身体后，再往我的身上撒满爽身粉。按时间推算，那个夏天我刚过 4 周岁，在这之前我没有任何记忆，在这之后好长一段时间里我也没有任何记忆，不知道什么原因，唯独这件童年往事成了我人生中的第一个清晰记忆，所谓混沌初开大概说的就是这个意思吧！我祖母的性格十分内向，但是内心却十分刚强，她对我祖父的所作所为逆来顺受，尽管从富家少奶奶一下子跌落到老妈子的地位，但是她还是顽强地带着几个孩子日以继夜地做小工，用干蚕豆剥豆瓣和用薄木片糊火柴盒挣来的极少收入，来维持整个家庭的正常生活。后来在我父亲的帮助下，我祖母不仅把我大姑姑风风光光地嫁了出去，还培养我小姑姑和我小叔叔读了中专，而且他们两个毕业后都获得了很好的工作岗位。我父亲一直对我们几个兄妹说，要不是我祖母坚韧不拔和刻苦耐劳的精神，恐怕我祖父当时的这一家子人早就流落街头了。

我们全家 7 口人住的这间 8 平方米不到的蜗居，由于是私房，不在房管所管辖的范围，又加上我父亲不愿意搬到离我祖母远的地方，因此直到我读中学那年，我们才被房管所安置到我家对面的引线弄 5 号居住。我家搬出这间蜗居的时候，我的小叔叔已经去南京工作了，所以这座小房子恢复到分家前的模样，只是底层用作我小姑姑的婚房，我祖父母住在小阁楼里。那个年代，老城厢的居民还在用煤球炉和马桶，家里也没有自来水，用冷水和热水都要去接水站和老虎灶购买。我祖母不管是生煤球炉还是倒马桶，不管是买冷水还是买热水，她都要从我家门口经过，即便后来我家搬到引线弄 5 号也是如此。从七八岁开始，只要看到我祖母拎着重物从我家门口走过，我就会立马冲出去把她手中的重物抢过来，帮助她送到那座小屋子的门口。我拎着重物走这段至少 100 米长的路，刚开始的时候我经常会累得气喘吁吁，但想到我已经年迈的祖母拎着重物实属不易，我还是咬着牙齿坚持了下来。也是从我七八岁开始，我祖母每个月会给我 10 元钱，有时候是我帮她拎重物时她把钱塞给我的，有时候是她站立在弄堂口等着我，看见我就招手让我过去再把钱塞给我。一年四季，不管是寒冬腊月还是酷日当空，当我每一次拿到那一张已经被我祖母捏成紧紧一团，并且还带着她体温的 10 元钱时，我总是会感激得流泪，然后一路小跑回家，把尚带余温的 10 元钱转交给我母亲。我祖母每月雪中送炭地给我家 10 元钱的善举，一直到我参加工作后才停止，我想这 10 多年来每月 10 元钱的来历，应该是我祖母从她牙缝里苦苦省下来的私房钱。我参加工作后，拿到第一份工资的当天，就为我祖母买了好几件补品。我把补品拿给我祖母时，她起先还站立着推让不要，然后一下子瘫坐在椅子上，泪眼婆娑地看着我，我看到她嘴唇哆嗦许久，但是她到底没有说出一言半语。我祖父当时也在家，当听到我说这些补品是单独给我祖母时，他坐在旁边的椅子上看看我，再看看那几件补品，这样反反复复来回看了好几次，最后也是一言不发。

　　我开始上班的那几年，因为经常吃着高温车间的营养餐，再加上繁重劳动和注重锻炼，所以身上的肌肉很发达，夏天时我总是喜欢光着膀子，晃着一身腱子肉在弄堂里转悠。有一天我母亲说我祖母最近待在家生闷气，因为她前几天去窨井处倒脏水时，被住在窨井对门的张麻子骂了几句很难听的话。张麻子在大饼店里做大饼，他脸上的麻子比他自己做的大饼上的芝麻还要多，他家对门这口窨井，一直是附近几户居民倒脏水的地方，他嫌臭味飘到他家里，所以每次看见往这个窨井倒脏水的人，都要说上几句十分难听的话。我听完后就冲了出去，我母亲一把没有拉住我，后来她紧跟在我后面拉扯我，要我赶紧回家，不要去掺和这件事，我让她放心回去，并且告诉她这事我肯定会处理好的。那天张麻子正好在家，我虎着脸问他："我祖母为什么不可以在这个地方倒脏水？你为什么要骂我祖母那么难听的话？"张麻子啰啰唆唆说了一大堆理由，我听得不耐烦，就用左手一把抓住他的衣领，把他像小鸡一样拎了起来，然后把他按在墙上，再用右手指着他的鼻子说："你有本事把这口窨井挪走，不然的话你今后再敢对我祖母说一个脏字，我就对你不客气！"我母亲后来告诉我，我祖母从那以后倒脏水再也不用提心吊胆地躲着张麻子，再也不用战战兢兢地看张麻子狰狞的面目。有邻居还告诉我，后来张麻子看见我祖母倒脏水，有时候装着视而不见，有时候竟然还会笑脸相迎。不过邻居们表示，看惯了张麻子板着脸的样子，看到他的笑脸反而会让人倍感恐怖！

1982 年盛夏，我正好去青岛出差，一个星期以后当我回到家里时，我母亲对我说我祖父已经过世了。我听到这个消息后很漠然，就像听到一个与我没有任何关系的人过世的消息时一样无动于衷。我祖父是由于胃穿孔造成急性腹膜炎，躺在床上呻吟了几天，就是不肯去医院，等痛到实在受不了同意去医院时，已经错失救治时机，后经抢救无效而过世。那个星期正好遇上上海的高温天，气温高达 38 摄氏度，使得我祖父的后事处理得尤为仓促。当时我哥哥在新疆哈密第八航校工作，我在青岛出差，我父母亲经过商量，为了不影响我们哥俩的工作，没通知我们哥俩就为祖父办了丧事。我祖父享年 76 岁，他的葬礼是在没有他自己的长房长孙和长房二孙参加的情况下举办的，如果他在天堂有所感知的话，不知他会对此作何感想、发表怎样的长篇大论。

1986 年初冬的某一天中午，我正在单位上班，接到我母亲的电话，说我祖母突然过世了。我放下电话，急急忙忙骑着自行车赶到我祖母住的那座小屋子里，看见我祖母已经十分安详地平躺在床上，就像平时很深沉地睡着了一般。我呆立在我祖母的床头，看着她慈祥安宁的遗容，心里十分遗憾地想着我再也没有机会报答她曾经对我的关怀和慈爱。尽管我正式工作以后，逢年过节都会买些礼品送给我祖母，然后陪她说上一会儿话，但是在我的内心深处，我感觉我还没有好好地报答过她。平时从来不搭理我的小姑姑，这时站在我旁边介绍着我祖母过世前的情况，说我祖母早饭还吃得好好的，然后在洗完衣服去晾晒时，突然瘫倒在地上，救护车赶到时，她已经没有任何生命体征了。我小姑姑成立家庭生了两个儿子之后，没多久她的丈夫就去支援内地建设，加之她还要正常上班，所以家务和照顾两个小孩子的事情就全部交给我祖母操劳。我祖母到了晚年，患有很严重的心脏病和高血压，但是她就像一头老牛一般，还是默默地奉献着她所有的一切，直至最后倒下时连一句遗言都没有留下。我在我祖母的遗体旁静默了好几个小时，我想着我祖母劳苦一生，我想着我祖母为这个家族殚精竭虑地付出，我想着我祖母塞钱传递给我的能量，不由自主地泣不成声，于是我双膝跪地，对着我祖母的遗体深重地磕了三个响头。我祖母享年80岁，她的葬礼结束后，我哥哥捧着我祖母的遗像，我捧着我祖母的骨灰盒，在引领我祖母的灵魂回家时，我这个当时已经三十几岁的大男人，像一个受了天大的委屈的孩子似的，一路上号啕大哭难以自拔！

1990年，我到新西兰留学初期，想找一份在餐厅打工的兼职，一来可以利用晚上和周末时间干活挣钱，二来也可以解决自己三分之二的吃饭问题。在奥克兰市中心，有一天我路过一家名叫"福禄寿"的中餐馆，进店门时，我看见店堂口坐着一位老太太，当我和她目光对视以及她站起身来笑脸相迎的那一瞬间，我愣住了，仿佛看到我祖母站在那里对着我眯眯笑，这个老太太的音容笑貌和我祖母至少有90%的相似度。我对老太太说："我是从上海来这里留学的，想在你们店里找一份兼职，不知道现在有没有空缺。"老太太说："目前非但没有空缺，而且还有七八十位求职人员在等位哩。"紧接着老太太就用上海话和我交谈了起来，她告诉我她是20世纪50年代初从上海嫁到香港，50年代末随丈夫移民来到新西兰，在奥克兰开了这家中餐馆，到现在已经有30多年了，她丈夫前两年刚过世，她现在80多岁也做不动了，尽管她的两个儿子现在把餐馆经营得很好，但是她每天还是愿意来店里，看着来来往往的新老客人，她会感觉时间过得很快，同时心情也会很快乐。老太太和我聊了好一会儿，我得知她和我祖母同岁时，觉得她更加和蔼亲切了。到了吃晚饭的时间，我起身要告辞时，老太太双手将我拉住，说要留我在店里吃晚餐。接着她马上安排她的两个儿子为我准备饭菜，并且特地关照不要服务员帮忙，让她的两个儿子亲自给我端茶递菜。老太太的热情邀请实在是让我盛情难却，最终我留下来享用了一顿丰盛的晚餐。吃完晚饭后老太太说店里有一套从日本进口的、很昂贵的卡拉OK设备，还有好多20世纪30年代上海老歌的碟片，因为店里所有的人都不会操作，一直闲置在店里，她问我能不能帮她调试这套卡拉OK设备。我确实有一些摆弄电器设备的经验，但是卡拉OK设备我从来没有碰过，俗话说吃人家的嘴短，我就怀着试试看的想法调试，不曾料到三下五除二的功夫我就调试好了。为了试音、调音，我选唱了《夜上海》、《何日君再来》等几首上海老歌，出乎意料的是我的歌声居然获得了满堂彩，这可能也算是我人生中唯一的一次"卖唱"的经历。告辞时，老太太说她今晚很高兴，不仅碰到了像我这样一个令她十分喜爱的上海年轻人，而且还听到了她十分喜欢的上海老歌，让她似乎回到了她做姑娘时的那个旧上海，她还希望我今后有时间多来看望她。过了几天，我和上海来的几个留学生朋友谈起此事，他们都感到非常惊讶，并且说这家中餐馆他们都去求过职，老太太当时都没正眼看过他们一眼，更别谈留他们吃饭、唱歌。对于在中餐馆和老太太偶然相识这件事，当时我还有点逢场作戏的意思，但听到这几个上海留学生朋友这么一说，我开始珍惜在异国他乡偶遇老太太的这份情谊了。接下来的几个月里，我有好几次去"福禄寿"中餐馆看望老太太，老太太总是一如既往地和我聊家常、留我吃饭、听我唱歌。我每次向老太太告辞后走在回家的路上，总会感觉特别地轻松愉悦，走起路来脚步也特别轻快。由于学业繁重和兼职繁忙，我大约有半年时间没有去看望老太太了。有一天我在奥克兰移民局办理完新西兰永居绿卡的相关手续后，就去老太太的餐馆看望她，顺便想把我拿到绿卡的好消息告诉她。当我走进店堂时，发现老太太一直坐的那把椅子是空的，她的两个儿子看见我立即迎了上来并且告诉我，他们的母亲在前几个月就已经过世了。听到这个不幸的消息，我整个身体一下子变得僵硬了，就像从一个十分炎热的房间猛地进入一个十分冰冷的房间一样，久久没有动弹。老太太的两个儿子还是很热情地要留我吃饭、唱歌，我对老太太的不幸过世表达了最由衷的哀悼，对他们兄弟俩一直以来对我的盛情款待表达了最衷心的感谢后，委婉地拒绝了他们兄弟俩的热情挽留。我在回去的路上，好像丢了魂似的六神无主，老太太对我的深情厚谊一直萦绕在我的心田，我时不时地陷入迷惑状态：老太太是不是我祖母的化身来这里关心和照顾我的？我是不是也已经把老太太当成我祖母的替身来倾心亲近了？

20世纪80年代中期，我父母的家从引线弄5号搬到了董家渡路上的新公房，而引线弄6号的那座小房子一直由我小姑姑的一家子住着。从我懂事开始，我父母和我大姑姑、小姑姑就一直处于冷战状态，起因是我大姑姑和小姑姑认为我父母当时故意赖在那间蜗居不走，影响了我小姑姑原先的婚事日程安排。我祖父母相继过世后，我大姑姑和小姑姑根本没有和我父母商议，就私自决定把我祖父母的骨灰盒安葬在我大姑姑的婆家浙江宁波，她们俩还始终不愿意把我祖父母的具体安葬地点告诉我父母。我父母生前一直都特别想去宁波为我祖父母扫墓，但是我大姑姑和小姑姑死活不愿意说出具体的安葬地点，结果造成我父母生前从未去过我祖父母墓地叩拜祭扫，这也成了我父母生前最大的遗憾。2018 年的年底，随着我大姑姑、小姑姑的相继过世，我哥哥才从我大姑姑子女的口中得知我祖父母到底安葬在宁波什么地方。

2019 年的年初，我哥哥给我打电话，说引线弄 6 号的老宅要拆迁了，要我抽时间去他家商量一下。周末我来到我哥哥家，我哥哥告诉我，是在南京的小叔叔来找他的，小叔叔说房屋拆迁公司要找我父亲，但是我父亲过世了，现在拆迁公司要找我父亲的子女，因为那座简易小房屋的私房产权证上写着我父亲的名字。听到这些我有些纳闷，那座小房子一直由我小姑姑一家住着，所有的房产资料我父母从来没有看到过，而且我父母从来没有缴纳过任何相关的费用，他们更没有向我们提起过那座小房子的产权事宜，私房产权证上怎么会有我父亲的名字？我突然想起了一件往事，我母亲生前告诉过我，在南京的小叔叔前些年来董家渡路找我父亲，从来不进我家门的他要我父亲签署一张他早已拟定的承诺书，要我父亲承诺自愿放弃引线弄 6 号私房的所有权益，我父亲当时跟我小叔叔说他年纪大了，脑子也不清楚了，这件事将来留给子女来处理。我哥哥告诉我，他已经跟拆迁公司联系上了，拆迁公司出具的私房产权登记信息上，引线弄 6 号的权益人有 4 位，即我父亲、大姑姑、小姑姑和小叔叔。通过查询私房产权信息的更改记录，发现那座私有简易小房屋权益人姓名有过更改，原来是我祖父在他去世前把他自己的房屋权益变更为他4个子女的权益了。拆迁公司明确表示一定要产权证上的所有权益人一致同意拆迁，并且签订一份4方认可的拆迁协议书，才能正式启动拆迁流程。经过我们哥俩的分析和判断我祖父生前更改房屋权益人的姓名时，我大姑姑、小姑姑和小叔叔是知情的，他们3个原先鼓捣我祖父不要把我父亲的名字写到产权证上去，可是没有达到目的，等我祖父母都过世后，他们隐瞒了这张产权证，后来又让我小叔叔劝我父亲主动放弃那座房屋的权益，然后他们就可以拿着我父亲的承诺书到房屋行政主管部门把房子的权益人更改成他们3个人，可他们万万没想到，一直老实可欺的大哥（我父亲）竟然没有钻进他们精心设计的如意圈套。等到那座小房屋要拆迁时，拆迁公司严格按照相关规定，一定要收到产权证上所有权益人签字认可的拆迁协议书方可拆迁，这种情况下我小叔叔才不得不找上门来和我们商量。我们哥俩一致决定：这份拆迁协议书一定要按照那座房屋产权证上的4个权益人来平均分配，我们家一分钱也不多要，一分钱也不少要，只要私房拆迁款的四分之一，如果他们不同意就法庭上见，届时我们还要追诉近50年来房租的四分之一收益。过了10天左右，我哥哥打电话说我大姑姑、小姑姑和小叔叔的子女很快就在按四分之一分配拆迁款的协议书上签了字。我哥哥还在电话里告诉我，他碰到了引线弄的老邻居，老邻居说因为我父亲是长子，而且在建造那座私房的过程中，我父亲曾经出过钱出过力，所以我大姑姑、小姑姑和小叔叔一直担心我父亲要获取那座私房的全部权益。长子如父，我父亲帮衬我祖母辛辛苦苦把他的两个妹妹、一个弟弟拉扯成人，如果他生前知道有这张包含他权益的私房产权证，不知道一辈子忍气吞声、委曲求全的他对我大姑姑、小姑姑和小叔叔如此恶意侵吞他的合法权益的忘恩负义行径，会是怎样的痛心疾首？

私房产权纠纷过后的很长一段时间里，对于我祖父生前更改私房权益人信息的事情，我一直难以释怀并且反复思索：也许我祖父本质上是个好人，但由于我曾祖父母的过分溺爱，最终造成了"宠子如杀子"的恶果；也许我祖父的天良并没有泯灭，他没有去拼命赌博和吸食鸦片，也没有造成出售子女的罪恶；也许我祖父是在紧要关头幡然醒悟的，他用仅剩的一点钱买地造房，从而没有让一家人流离失所；也许我祖父当年是想把引线弄两座私房中的一座给我父亲成家立业的，他的遗愿也是想把引线弄6号的权益人修改成我父亲一个人的；也许我祖父后来想承担起一家之长的责任，但是"温水煮青蛙"的经历已经让他彻底丧失了改变的勇气和能力；也许我祖父是深爱我们哥俩的，由于他囊中羞涩又拉不下脸面，因此总是对我们一副冷若冰霜的模样。我还想着我祖父是如何从"富翁"到"负翁"的，他从"富翁"变成"负翁"最后又是如何挣扎的，如果他还是"富翁"的话，也许我父亲和我们哥俩的人生轨迹与现在相比就会截然不同。如果只能是如果，也许只能是也许……

2019年清明节的早上，我和我哥哥来到浦东合庆的庆云寺祭祖，然后到浦东南汇的汇龙园祭拜我父母，我默默地对着我父母诉说了有关引线弄6号权益人变更的事宜，真心希望我父母对我祖父多些理解，也真心希望我父母对如今的结果感到宽慰。紧接着我们哥俩继续驾车来到宁波大同公墓祭拜我祖父母，这是我们第一次去我祖父母的墓地祭拜。我祖父母的墓地在一座朝南小山坡的顶部，下面正前方是一大片很开阔的农田，在午后阳光的照耀下，我看到我祖父母的墓碑时，心底好像一下子温润了许多。我祖父母的墓地似乎有好些年没人来祭扫了，于是我请墓地的工作人员清除野草、擦拭墓碑后用红漆把墓碑上的字重新描了一遍。随着我祖父母墓碑上的字逐渐清晰起来，我祖父母在我心目中的形象也逐渐清晰起来。我为我祖父带来了他生前喜欢吃的酒与菜，在双手焚香向他行三鞠躬的时候，我对他喃喃低语：如果时光能够倒转，我不仅还愿意做他的孙子，而且还愿意经常赖在他身边，陪着他喝酒聊天，倾听他那充满传奇色彩的人生故事。我为我祖母准备了好多银锭纸钱，在双手焚香向她行三鞠躬的时候，我对她喃喃低语：如果时光能够倒转，我不仅还愿意做她的孙子，而且还要经常拿着很多钱，在每一次紧紧拥抱她的时候，把捏成一团一团带着我体温的钱塞进她手里，让她一直感受到儿孙的温暖至爱。

　　在我哥哥驾车从宁波回上海的高速公路上，我一直坐在副驾驶上沉思，脑海里思绪万千、心潮奔涌。从客观理性的角度来分析，一个人的成功与否，与他的家庭环境、教育程度、时代背景、命运机遇以及个人努力密不可分，其中有些颇具聪明才智和勤奋努力的人，由于老天总是爱捉弄人的缘故，最终并没有获得所谓的成功。因此我们在关注、仰望成功人士的同时，也要理解、宽容和尊重那些失意人士。在深切缅怀家族先人的同时，我也一直思考着我是谁、从哪里来、要往哪里去的人生三大命题。我问了我自己一个问题：什么才是纪念家族先人最好的方式？思考了许久，我的答案是：做一个自食其力的人，做一个有温度的人，做一个对社会有用的人，做一个宽仁大度的人，做一个具有高度责任感的人，总而言之要做一个整个家族都为你感到骄傲的人！

　　　　　　　　　　　　　　（此文完稿于 2022 年 5 月 17 日）

外婆家

　　无锡老城北门外的塘头二号桥任巷，即现在无锡市梁溪区瞻江街道的任巷，是我母亲的出生地，也是我亲外公外婆的老宅所在地。

　　我亲外公是一名深受道众喜爱的道长，传说长得一表人才，是方圆几十里响当当的人物。我亲外婆知书达礼，传说长得花容月貌，也是方圆几十里数一数二的大美女。我亲外公外婆一共生育了 7 个子女，也就是我大舅、大姨、二姨、母亲、二舅、三舅和小舅。根据舅舅、姨妈和母亲回忆，当年我亲外公外婆的老宅占地非常之大，房屋也建得很是宽敞坚固，全家的小日子过得也相当富裕舒适。抗日战争全面爆发后，侵华日军占领上海，日寇从上海沿着沪宁铁路侵略到南京前，强行占用我亲外公外婆宅园的所有房屋作为兵营，离开时又一把大火将宅园的房屋和财产全部烧得灰飞烟灭。日本鬼子实施的这一"三光政策"致使我亲外公外婆全家十几口人流离失所、忍冻挨饿了好长时间。经此打击我亲外公悲愤欲绝落下重病，最后带着满腔的国恨与家仇撒手人寰，去世时才40多岁！我亲外婆独自带着7个子女日夜辛劳，度日如年，孤儿寡母的困苦生活让她心力交瘁，在我亲外公走后不久，我亲外婆也病倒在床。我那躺在病床上的亲外婆实在无力再养活7个子女，无奈之下她只能把未成年的大姨、二姨作为童养媳送了出去，又把母亲送给了上海的一位亲戚作养女，还把小舅送给了无锡城里的一位亲戚作养子，只留下了大舅、二舅和三舅在身边照顾她病弱的身子。我亲外婆忍痛割爱将子女送出，然而子女离散的痛苦和生活的重压最终还是把她给击垮了，当年貌美如花的她连50岁的年纪都不到，就带着无限的牵挂和哀怨离开了人世。我亲外公是一个笃信道教的道长，我亲外婆作为道长的妻子，应该也是一个笃信道教的仙姑，根据道教信仰，得道成仙是所有修道者修行的根本目标和最后归宿，尽管我出生时他们俩早已仙逝，但是我还是深信我亲外公外婆至今依然双双飘逸在仙境里。

我成年后，我亲外公外婆的悲惨人生总会时不时地引起我的一些思索和感悟：一是普通老百姓的身家性命，往往是由国家的强弱来决定的；二是抗日战争期间普通老百姓天文数字般的财产损失，在抗日战争结束后却没有得到赔偿；三是在 20 世纪 70 年代，当我第一次听到华彦钧（艺名阿炳，1893 年 8 月 17 日出生于无锡，1950 年 12 月 4 日病逝，中国民间音乐家，正一派道士，曾经担任雷尊殿的当家大道士，后因患眼疾而导致双目失明，无力参加法事活动，遂以街头卖艺为生）创作的二胡独奏曲《二泉映月》时，我情不自禁地泪流满面，悲恸不已。我一直很喜欢音乐，听过很多不同风格题材的音乐，但是我从来没有听《二泉映月》时的这种悲哀、凄凉的感受。得知华彦钧的身世后，方才恍然大悟为什么这首乐曲对我有如此强烈的心灵震撼力，原来华彦钧所生活的年代和从事的道士职业与我亲外公是高度重叠和相似的，或许他们不仅认识，彼此之间还十分了解和熟悉。中国历经辛亥革命、清朝垮台、民国成立、军阀混战、抗日战争和解放战争这些巨大的社会激荡和时代变迁时，数亿的无辜老百姓在惊恐万状和家破人亡中艰难求生。华彦钧用他如泣如诉的二胡琴弦，倾诉且记录了他和我亲外公外婆当年无力反抗的悲惨境遇和痛彻心扉的人生故事。华彦钧的这首《二泉映月》我已经听了无数次，我不知道其中到底有多少道教音乐元素，如今我每一次听这首曲子时，还总是会热泪盈眶和心潮澎湃，只不过静心倾听时的心情已经从当初的悲天悯人变成了后来的化悲痛为力量，再到现在的男儿当自强，就像我亲外公外婆坐在我的对面，用慈爱的眼神、柔软的言语和我娓娓道来着他们对我们这些后生晚辈的关爱和期待!

  由于我亲外公外婆身世的缘故,我对道家也产生了相当大的兴趣。道家思想是中华民族土生土长的哲学思想,有着我们中华民族原始思维的特点,是中华民族文化中最有价值、最有生命力的精粹之一,也是中华民族文化理性思维的源泉。道家思想的核心内容是"道法自然,无为而治"。所谓"道法自然"就是道家崇敬自然,主张不以人主动参与的方式实现人与自然的和谐。"无为而治"则是要求不违背自然的规律去追求人的意志实现。道家中的生态伦理观念,对生态环境的高度重视精神和自然保护主义意识,都值得我们现代人借鉴和学习,它有助于我们处理好人类与大自然的关系,使我们人类与大自然和谐地相处,实现人类的可持续发展。在道家看来,人类是万物中最有灵性的,它属于大自然又区别于大自然,但人类必须依赖大自然而生存,所以人类应当爱护和尊重大自然。总而言之,只要人类存在,人类与大自然的关系就是一个永恒的话题,在人类面临新发展、走向新未来的进程中,道家关于尊重、服从、歌颂大自然的天人合一理念,对解决人类生存危机是极具现代意义和参考价值的。以前我一直听说过这样一句话:做环保等于做功德。对照自己投身近 30 年的时间为城市固体废弃物资源化、无害化、减量化处置提供先进工艺、技术、装备的事业,回顾自己在实现个人价值最大化的同时也带来了相应的环境效益最大化和社会效益最大化,我总是会非常强烈与欣慰地感受到我亲外公外婆崇尚道家文明的基因和血脉在我的身上得到了很好的传承和延续！

大舅是整个家族中唯一继承我亲外公道教职业的人。他身高超过一米八，体型很瘦削，不管是走着、站着还是坐着，腰板总是挺得笔直笔直的。大舅不苟言笑，总是一脸很威严的样子，碰到有人给他打招呼，他也总是一副爱理不理的样子。我小时候去大舅家玩，总是不见他的身影，他的孩子们告诉我他出去做法事了。那时候的我感到很奇怪，因为我从来没有看见过大舅穿道士的服装，我看到他时都是和普通人的穿着没什么两样。我成年后去大舅家玩，也总不见他的身影，他的孩子们告诉我他去打麻将了。当我赶到大舅打麻将的地方，向他表示问候时，他也只是眼睛抬了抬，说了句"你来了"，接着继续埋头打他的麻将。大舅妈五短身材，长相十分普通，而且走起路来还有很明显的内八字。大舅和大舅妈定亲时，我亲外公外婆还活着，他们拿着大舅妈的生辰八字找算命先生算命，算下来说大舅妈不仅是一个贤妻良母，将来还会多子多孙，是一个相当旺夫和旺家的女人。大舅妈性格脾气相当温和低调，我每次去看望她，她总是像做错事的小学生一样不断地向我表示歉意，说她没有好好地款待我，还反复地告诉我，大舅在私下里多次说我将来肯定会大有出息的。在我未成年时，每次与大舅妈告别，她总是往我口袋里塞一张 5 元或者 10 元的零花钱。大舅和大舅妈一共生育了 7 个子女，现在生活得都很好，据说第三代、第四代已经可以坐上满满的 3 大桌了。大舅是在 90 多岁的时候过世的，大舅妈现在已经 103 岁了，前两天我看到她的孙辈在微信群里发的视频，大舅妈还非常清晰地回忆着她曾经参加过哪几个后辈的婚礼和喝过哪几个后辈的喜酒哩！

　　大姨被送出去做童养媳之前，已经在娘家附近的丝织厂做童工了，到了无锡城里的婆家后，她还是继续在婆家附近的丝织厂做童工。由于长期在工厂里干活，大姨逐渐养成了快人快语和敢说敢为的爽直性格。大姨父由于从小家庭条件十分优越的原因，逐渐养成了富家子弟那类好逸恶劳和沾花惹草的不良习气。大姨和大姨父结婚后，一共生育了 5 个子女。由于大姨是以童养媳的身份进门的，因此大姨父一直没有把品貌综合指数达到 90 分以上的大姨放在眼里。有段时间大姨父在外面有了一个相好，大姨听闻后不动声色地将他们的底细全部摸清楚了。有次大姨父和这个相好正在鬼混时，被大姨逮了个正着。大姨把大姨父的相好按在床上狠狠地揍了一顿，然后对着已经吓得呆若木鸡的大姨父说："你看看这个贱货哪一点比得过我？"事后大姨把大姨父这桩风流事告诉了每一位亲戚朋友，当我看着她向母亲眉飞色舞地讲述时那得意非凡和英雄凯旋的模样，我真的体会到了大姨那种"翻身农奴把歌唱"的幸福感！从那以后，大姨父把全部心思和精力都放在了自己的小家庭上。到了大姨和大姨父晚年时，每逢我看到他们俩相敬如宾、妻唱夫随和恩爱有加的白头偕老状态，总是很难将当年大姨暴打"小三"的场景和晚年他们夫妻之间浓情蜜意的现实加以比对。大姨和大姨父都活到了 80 多岁才过世，他们的第二代和第三代现在生活得也都很好。

二姨在送出去做童养媳之前，也在娘家附近的丝织厂做童工，因为婆家是同一区域内的一户中农家庭，所以二姨到了婆家后，还是继续在那家丝织厂做童工。比起大姨，二姨的身材更加高挑，皮肤更加细白，如果大姨的品貌综合指数可以打 90 分的话，那么二姨的品貌综合指数可以达到 95 分。二姨性格温婉，说话做事总是不急不躁的模样，她浑身上下散发着母爱的温暖阳光，仿佛有磁性一般深深地吸引着我，所以我每次去无锡玩耍时，总是愿意选择在二姨的家里住宿。二姨父是这户中农家庭的长子，他性格豪爽、嗓门洪亮，待人接物非常热情周到。从我记事起，二姨父就是当地生产大队的大队长，他每年要来上海两次，一次是运送无锡茭白来上海交货，另一次是年底来上海催款结账。二姨父每次来上海出差，总要来我家吃上一顿饭。他本来嗓门就大，喝了点小酒以后嗓门更大，让我不仅感到耳朵嗡嗡作响，而且还发现天花板上的灰尘纷纷往下掉。二姨和二姨父成婚后，一共生育了 6 个子女。二姨前 3 胎生的都是女儿，她婆婆得知第 3 个也是孙女时，就说了一些抱怨的话。二姨听到她婆婆的那些话后，不但气得躺在床上号啕大哭，还拒绝起床去吃饭、喝水以示抗争。那天二姨父忙完农活回到家，知晓这件事的原委以后，对哭哭啼啼的二姨说："你在月子中要保重自己的身体，生的是女儿我也喜欢，不要说3个，30个我都喜欢，要是我把饭菜端到床前来，你不吃我也不吃。"接着二姨父果真去拿了饭菜放在二姨的床前，二姨想着如果她不吃饭二姨父也不吃饭的话有点于心不忍，所以她坚持了没多久就放弃了绝食的念头，和二姨父一起狼吞虎咽般地吃起了饭菜。好在二姨第4胎和第5胎都生了儿子，后来她在婆家的地位越发显要。二姨经常向亲戚朋友夸赞二姨父对她非常温柔体贴，让她的整个人生非常幸福美满，而主要的事实依据就是当年二姨父在床前对躺在床上哭泣的她说的那些话。二姨和二姨父也都活到了80多岁才过世，他们的第二代和第三代现在生活得也都挺好。

母亲的乳名叫阿多，我亲外公病逝后，她一下子从一个被人宠爱的小公主变成了一个小苦孩，刚满5岁就跟着我的大姨、二姨去丝织厂做童工。幼小的母亲站在高高的凳子上，在装有热水和蚕茧的大木桶里，从无数个翻滚的蚕茧中挑选出已经冒出丝头的蚕茧。按照当时这家丝织厂的规定，童工没有任何收入，不过能够完成当天劳动量的童工不但可以享用厂里当天的伙食，下班时还可以带两个大馒头回家。母亲年小体弱，再加上害怕开水烫手，所以一般情况下，她总是没法完成当天的劳动量。下班回家的路上，当饿着肚子的母亲看着她的两个姐姐各自拿着两个大馒头回家时，总会赖在二号桥的桥头不愿回家，抽泣着说怕我亲外婆因此责骂她。母亲会蹲在桥头哭上好长时间，任何人来叫她回家都不行，除非我亲外婆来叫她时，她才会十分勉强地跟着我亲外婆回家。有些日子里，母亲完成了当天的劳动量，不仅能够吃上当天厂里的伙食，而且还能够带回两个大馒头，下班时她就会一路小跑地赶回家，把两个大馒头高高兴兴地放在我亲外婆的手里。母亲对她这段苦难的童年往事早已忘得一干二净，这是我的大姨和二姨亲口告诉我的，在她们的记忆里，那时的母亲是一个极具个性的小丫头。母亲6岁多的时候被寄养到上海的亲戚家里，当时双方找了保人列下字据，说是暂时寄养不能断了联系，等我亲外婆身体好了，母亲还是要回到她自己家的。可惜紧接着我亲外婆的病况越发严重，没过几年她就病逝了，所以母亲当初的临时寄养后来变成了事实上的领养。在我10岁左右的时候，大姨、二姨和母亲还都在30多岁的年纪，那时她们三朵金花聚在一起欢声笑语和姐妹情浓的情景给我留下了非常深刻的印象。母亲由于成长于十里洋场的上海，她的身材和五官看上去更加立体洋气，她的言谈举止看上去也更加文明有礼，在我的心目中，母亲的品貌综合指数可以达到100分。坦率地讲，我对女性美的观察和欣赏，就是从她们三姐妹这里得到启蒙的。在我接触这些亲戚的过程中，经过无数次比较这些亲戚、周围的街坊邻居、同学和朋友，我发现我亲外公外婆的遗传基因在各方面都具有很明显的优势。我亲外公一表人才，我亲外婆是一个大美人，他们在方圆几十里都是响当当的人物，还真不是所谓的传说。

二舅还不到 12 岁的时候就已经成为孤儿，当他听到由一个无锡人在上海开设的机床厂回无锡老家招铁匠学徒工时，就急急忙忙赶到招工点，死缠烂打地要求去上海当铁匠学徒工。招工的办事人员说 13 周岁以上的孩子才能录用，还说二舅个子矮，看上去根本不到 13 周岁，二舅拍着胸脯对招工人员说他肯定超过 13 周岁了，每顿还能吃上三大碗白米饭。招工人员被他缠得没有办法，只好答应带他去上海试一下。临到出发时，招工人员又对二舅说："如果你去了以后干不成活，或者每顿吃不了三大碗白米饭，是要把你送回无锡的。"二舅来到上海不仅干了下来，而且学徒满师后还当上了铁匠班的班长。二舅在这家机床厂一干就是 50 年，他退休时是锻铁车间主任，在这个岗位上干了数十年，退休后他才离开上海回到无锡老家。二舅个子不高，大约一米七，性格率直爽朗，身体健康壮实。我们家所有的亲戚朋友都认为我的五官脸型和二舅的最为相像，所谓"三代不脱舅家门"这句老话在我们舅甥俩的身上得到了充分的体现。二舅妈出嫁前，是当地的一枝花，尽管她是务农的，但是大大的眼睛、高挑的身材和洁白的肤色看上去一点都不像是在农村长大的。由于二舅各方面条件都很好，再另加上海工人这一特殊身份优势，因此二舅和二舅妈结婚建立了家庭，婚后一共生育了 3 个儿子。二舅妈非常精明能干，和王熙凤颇为相像，她把小家庭经营得风生水起，日子过得幸福安康。二舅除了一年几次节假日回无锡自己的家里团聚之外，其余的时间都住在上海工厂的宿舍里。二舅待在上海的日子里，有的休息天他会来我家看望我们。二舅当时的工厂位于长风公园的后门，我家住在老城厢大东门，他来的时候总是骑着从同事那里借来的最新款的自行车。那时只要崭新的自行车停在我家门口，就是引起隔壁邻居关注我家的少有的高光时刻，也是让弄堂里的小伙伴高看我一眼的骄傲时刻。1961年中国乒乓球代表队在世界乒乓球锦标赛上荣获5项世界冠军，二舅拿了两副崭新的乒乓球拍送到我家，让哥哥和我努力学习乒乓球为国争光，可惜我们哥俩后来没有如二舅所愿在乒乓球上有所建树。20世纪三年困难时期（1959—1961年），由于劳累过度和营养不良，母亲的支气管扩张病越发严重，躺在床上不能起床，还不断地大口咯血。二舅闻讯急匆匆地赶了过来，叫了辆三轮车到我家门口，二话不说就抱着母亲上了三轮车直奔上海老北站。在去火车站的路上，二舅嫌三轮车夫骑得太慢，于是他自己跳下三轮车，在后面推着三轮车一路小跑赶到了上海老北站。二舅陪着母亲乘火车回到无锡老家，把母亲在那里治疗的一切事宜都安排妥帖以后，他才回到上海继续上班。母亲过了半年时间基本恢复健康后才回到上海，她一直对我们几个兄妹说如果当年没有二舅的及时救助，恐怕她早已经离开人世了！二舅对我的期望值很高，在亲戚朋友面前，他总是用比我实际情况要好上数倍的夸张语来介绍我，我一直猜想，可能是二舅想用这种特别夸奖的方式来表达他心中对我的殷切希望。二舅的 3 个儿子现在都很有出息。二舅妈是在八十几岁时过世的，二舅今年 90 多岁，身体还很硬朗，听说每顿还能吃上三大碗，只是碗里边的食物从当年的三大碗白米饭变成了如今的三大碗白米粥。

三舅一直留在无锡老家，他从小就在养猪场里面干活谋生，吃住等日常生活也一直都在养猪场里面。三舅忠厚老实，成人后身高一米七六左右，身材挺拔、面容英俊、气质儒雅，人们很难把他俊朗的模样和猪倌的身份联想在一起。1965 年的年初，三舅来到上海采购结婚用品，我陪着他在南京路、淮海路转了好几天。三舅为他自己买了几套好衣服和几双好皮鞋，还在南京路上的理发店理了个很时尚的发型。当穿着新衣服、新皮鞋和留着新发型的三舅走在马路上时，我发现有好多人对他行注目礼，那时的我还不知道有"回头率"这个说法，只是想着三舅没有机会去当电影演员真是太可惜了。三舅在我家的那几天，家里一下子热闹了许多，周边有好些青年女性来我家，向母亲打探三舅的情况。三舅回无锡不久后，就在那年的春节和三舅妈结了婚，不过我当时对三舅结婚感到有点奇怪：三舅来上海采购结婚物品，怎么没带三舅妈一起来，而且为什么买的东西都是他自己一个人的？三舅结婚的那一天，怎么没请我们家里人去无锡参加婚礼，喝他的喜酒哩？这些疑问一直到我成年后才搞明白，原来三舅曾经和一个他所喜欢的姑娘谈了几年恋爱，由于他经济条件不好且没有房屋，因此女方的家长坚决不同意这门婚事，在三舅临近30岁时，他无奈地接受了众多亲友的劝告，入赘做了三舅妈父母的倒插门女婿。三舅妈是个农家女，不但形象长得丑陋，智力还有点低下，她不知道人情世故，只知道一天到晚闷头干农活。那些年我多次去无锡游玩，三舅一次都没有请我去他家坐坐，他只是到我住宿的地方来看我。有一次我实在按捺不住好奇心，就央求一个表兄弟，请他带我去三舅家看看究竟。那一天三舅不在家，三舅母在家，当我看到三舅家那种破旧不堪、错杂混乱的景象和三舅妈那种衣着邋遢、手忙脚乱的模样，突然明白了三舅上次一个人来上海购买结婚用品，其实是用花光他所有积蓄的方式来和他自己曾经的爱情、梦想和人生憧憬做一次彻底割断和最后的告别。三舅和三舅妈前后生育了两个儿子、一个女儿，他们的孩子都很健壮，是干力气活的好手。改革开放后，三舅尝试着养过鸭子、养过甲鱼，不过最后好像都不是很成功。郁郁寡欢、终年不得志的三舅刚过70岁就病逝了，在他所有的兄弟姐妹中，他是离开人世时年龄最小的一位。

小舅出生时，我亲外公已经病逝了几个月，所以他是一个遗腹子。我亲外婆在贫病交加的无可奈何中，将刚满周岁的小舅送给了无锡城里的一户富裕人家。小舅刚被送出去的时候和母亲的情况一样，说是临时寄养，哪知道后来我亲外婆突然病故，小舅的临时寄养也变成了实际上的正式收养。小舅的养父母没有生育过自己的孩子，所以对小舅视如己出，给他起了个名字叫珍宝。由于街坊邻居都知道小舅的身世，他在小的时候经常受到同学、伙伴的讥笑和欺负，除了上学之外，他的养父母基本上不让他出门，以至于造成小舅内向寡言的孤僻性格。小舅从小娇生惯养，再加上不怎么出门与人沟通和交流，尽管小舅成年后也长成了一个美男子，但在我的眼里他的男子汉气概和阳刚之气都不足。小舅在一般情况下不主动说话，总是一副畏畏缩缩的样子，看人的眼神也是躲闪羞怯的。小舅中专毕业后被安排到一家工厂当技术员，这家工厂后来变成了全国大名鼎鼎的无锡小天鹅洗衣机厂。小舅妈长得高高大大的，但她的性格较之小舅加倍地沉闷寡言。在亲友聚会上，我很少看见小舅妈的身影，有时碰上与她打招呼，她也只是咧一下嘴表示回应，然后继续埋头看她总是带在身边的小说，在我看来她就是一个十足的书呆子。小舅与小舅妈生育了两个儿子，小舅给两个孩子起的名字叫铁民和铁军，我猜想小舅一定是想让他的两个儿子成长为真正的男子汉。小舅的两个儿子成年后都长成了一米八左右的阳光帅气的小伙子，他们兄弟俩知书达礼、性格开朗，待人接物都很有气度，在我的眼里，他们兄弟俩是我所有的表兄弟中最为完美的两位帅哥。小舅的大儿子结婚以及小舅为大孙子庆贺一周岁生日时，我都应邀去无锡参加喜庆宴席。在这两场庆祝活动中，我发现小舅像脱胎换骨似的完全变成了另一个人，他满面春风、喜气洋洋、积极主动、持续不断地向所有到场的亲朋好友敬酒、夹菜和递烟，用以表达他由衷的喜悦和感谢。小舅的大儿子也在无锡小天鹅洗衣机厂工作，由于铁民表弟综合能力强，因此被单位委派到西安负责西北地区的市场开拓工作。铁民表弟在西安工作没几年，把小天鹅洗衣机西北地区的市场搞得热火朝天，得到了他单位的多次嘉奖表彰。万分不幸的是在一次驾车外出办理公差的路上，铁民表弟惨遭车祸造成颅脑重创，经抢救无效最终因工死亡。听到这个噩耗，我赶到小舅的家里，看到小舅像一个泥塑菩萨般坐在那边，整个人像缩小了几大圈似的，无论我说什么，他都默默地用他那迷茫慌乱的眼神长时间地看着我。我看着小舅悲哀的呆滞模样，发现他又缩回到他原先的那个外套里面去了，只是现在的那件外套比以前的那件外套显得更紧、更厚、更沉。前两年小舅的小儿子铁军来上海出差，铁军表弟说他现在在国内一家著名的高级宾馆管理公司担任工程部的主管，负责那家宾馆管理公司全国各地的建设工程项目。谈起小舅的健康状况，铁军表弟告诉我他爸爸现在的忧郁沉闷症状越发严重，而且有的时候精神状态也不是很稳定。

1960年的春天，母亲想着哥哥和我即将读书，就带着我们哥俩去无锡玩了一星期。那年哥哥7岁半，我刚满6岁，是两个狗狗见了都嫌弃的调皮捣蛋鬼。在无锡，我们哥俩由几个大表兄带着，不是去河里抓鱼，就是去地里偷蚕豆烧野火饭；不是钻进厨房偷甜酒酿吃，就是钻进稻草堆里捉迷藏。没过两天我们哥俩全身上下都布满了黄豆般大小的水疱，可能是甜酒酿中的酒精引起的，也可能是稻草堆里的跳蚤叮咬引起的，还可能是水土不服引起的，到底是什么原因引起的我们不得而知。这些水疱奇痒无比，痒到实在受不了时我们就会用手去抓，用手抓了以后这些水疱就立马破了，而水疱里的液体又像强力胶一样黏稠，把衣服和皮肤紧紧地黏合在一起，所以每当换衣服时，我就会疼得像杀猪一般地喊叫。我长大后有点文化时才知道，"体无完肤""头顶生疮""脚底流脓"这些都不是夸张的词，实际上都是人无比疼痛的切身体会。那一次我们娘仨就住在二姨的家里，二姨父从外面搞了些中草药回家，放在大灶头的大铁锅里煮，温度差不多时，往大铁锅里面放一个小板凳，让我们哥俩坐在大铁锅里洗澡。我还非常清楚地记得二姨和母亲为我们哥俩洗澡时的对话：母亲说她来无锡时，带着两个她引以为豪的漂亮儿子，回上海时，带回两个满脸开花的小麻子，担忧父亲和家里的其他长辈因此责怪她；二姨则在一旁不断地劝解着母亲，说着一些肯定没事之类的宽慰话，还建议母亲再多待上一个星期，干脆等我们哥俩彻底好了再回上海。二姨父搞来的中草药真的很管用，我们哥俩在大铁锅里连续洗了几天以后，不仅很快治好了身上的水疱，而且浑身上下还没有留下一丝一毫的疤痕。这件童年往事带来的好处是我们在无锡的假期延长了一个星期，后遗症是现在只要看到大铁锅，我就会想起它曾经是我的澡盆子！

20 世纪 70 年代和 80 年代，由于众多的表兄和表姐结婚的原因，我经常作为家里的代表应邀去无锡参加婚礼。每次在无锡期间，我的舅舅、舅妈、姨妈、姨父们都会十分隆重地款待，让我总是有种受宠若惊的感觉。无锡人对于贵宾的来访，一般会用一碗糖水煮鸡蛋粉丝招待，而舅舅、舅妈、姨妈、姨父们总会在我的碗里放上 2 个或者 3 个水煮鸡蛋，这样一天几家亲戚拜访下来，我的肚子里至少有 10 个鸡蛋。每次回上海时，他们都会到火车站送我，各自提着几件无锡小笼馒头（圆形竹编盒上盖红纸）、无锡酱排骨（长方形红色纸盒）、无锡油面筋（大菱形竹编篓上盖红纸）送我上车，直至火车启动时他们才下车，然后站在月台上目送着火车缓缓离去。那个年代从上海到无锡是绿皮火车，硬座单程票售价 3 元多，而铺着稻草或木板的货用火车车厢（俗称棚车）的单程票售价 1 元多，为了省钱我通常在上海和无锡往返都是搭乘这种棚车。棚车的缺点是每个小站都要停靠，时间要比绿皮火车多一倍，并且车厢还四面透风，让人感觉特别冷。在 5 至 6 个小时的路途中，车厢里其余乘客看我的眼神都是迷惑的，他们可能在想：为啥这个 10 多岁的孩子有 10 多位成年人来送行？为啥有钱带这么一大堆无锡特产，却偏偏要省 2 元钱来乘坐棚车？我坐在棚车的地板上，看着一大堆红颜色外包装的无锡特产，整个身体就像围着一个大火炉似的炽热沸腾，这个大火炉不仅让我感到时间过得飞快，而且还让我感到今后自己一定要知恩图报和励志奋发的那种强大精神力量。带着这么多的无锡特产到上海，甚至两只手都提不过来，有时我不得不找上一根小扁担才能把它们挑回家。其实每逢我的这些无锡亲戚来上海时，他们也会带着这些无锡特产来我家。每次自己带回来或者亲戚送来这些风味独特的无锡特产接下来的十天半个月，是我家里最欢乐的时光，犹如过节一般，给我的童年、少年和青年时代留下了非常美好的味觉记忆与难以忘却的人间温情。在我的童年、少年岁月里，我们一家 7 口挤在 8 平方米都不到的一间小屋里，仅靠父亲每月 60 多元的工资维持艰难困苦的日常生活，加之母亲大口咯血的支气管扩张病的经常复发，家里的整体情况更是雪上加霜。在那段艰辛岁月里，不仅有些街坊邻居明里暗里称我母亲为"痨病鬼"，称我是"痨病鬼的儿子"，称我们家是"痨病鬼的家"，而且与父亲有血缘关系的有些亲戚也同样明里暗里用这几种极具歧视性的称谓和冷言冷语来对待我们家里所有的人。这些冷漠无情、世态炎凉，曾经在我幼小的心灵上留下了巨大的阴影和创伤。我一直想着，如果没有这些舅舅、舅妈、姨妈、姨父给予我家的这种巨大反差模式的关爱与温暖、支持与帮助，让我从另一个维度来感悟世界、感悟社会、感悟人性、感悟亲情的话，估计我成年后的性格脾气和人生轨迹极有可能会是另外一番光景。

　　按照现代遗传学的研究成果，每个人的遗传基因大部分都来源于母亲。从这个观点上来理解，就能充分诠释为什么有这么多的人和我一样把外婆家当成自己永远的精神家园，因为在外婆家，你可以找到你最亲近的亲人、最亲近的怀抱、最亲近的心房、最亲近的事宜、最亲近的环境、最亲近的食物、最亲近的气息以及最亲近的生命源泉！

　　我亲外公姓任，按照当时的规矩，我亲外婆的名字也应该叫任某氏。那座被侵华日军彻底烧毁的大宅院坐落在叫任巷的地方，我一直想象着任家的祖祖辈辈在这块土地上已经生存了好多年，也已经繁衍了好多代……

（此文完稿于 2022 年 5 月 6 日）

上海外婆

　　领养我母亲的养父姓冯，他是我无锡亲外公外婆家的亲戚，他成家好几年没有孩子，所以才把当时刚满 6 岁的我母亲从无锡领养到上海。他之后成了我上海的外公，当然他的妻子之后也成了我上海的外婆。

　　上海外公当时是一个做蔬菜批发生意的小商人，朋友们都称他为"小无锡"。据说上海外公长得十分潇洒倜傥，性格脾气非常风趣幽默，是一个特别讨人喜爱的大好人。上海外公最大的爱好是每天早上做完生意后，去城隍庙的湖心亭喝茶、吃饭和聊天。那时候的城隍庙湖心亭其实是一个商业交易所，各种各样做生意的人在这里交换商业信息和从事生意往来。我母亲刚来上海的那段时间，上海外公几乎天天带着我母亲去城隍庙湖心亭玩耍。我母亲到了晚年曾经多次告诉过我，她那时在湖心亭里吃的各种各样的零食、点心、菜肴和黄酒，是她后来在任何场所吃的食物都不能媲美的。

上海外公各方面的情况都相当可以，唯一美中不足的是他没有娶到一个他心爱的女人做妻子。上海外公在相亲的时候，媒婆给他看了一张姑娘照片，他相当称心满意，而且两个人的生辰八字也对得上，于是上海外公很爽快地交付了聘礼，确定了大婚的日期。估计上海外婆的父母塞了这个媒婆一个大大的红包，到了洞房花烛夜，上海外公揭开红盖头的一瞬间惊讶地发现，新娘是和那张照片上的姑娘天差地别的另外一个人！那个年代，男女婚姻讲究"父母之命，媒妁之言"，何况还拜了天地，又进了洞房，上海外公只能吃了这个哑巴亏，也只能默默地接受这个现实。接下来的一系列事实证明，上海外公当初一瞬间的感觉是完全正确的，因为上海外婆不仅是一个肤色灰暗、模样很差的女人，也是一个不能生儿育女的女人，更是一个性格脾气刁钻古怪的女人。在与上海外婆共同生活的 20 多年里，上海外公总是向他的亲戚朋友们哀叹：一个好男人一辈子娶不到一个好女人做老婆，绝对是一件非常失败的事情！

上海外婆的乳名叫秀英，娘家在江苏苏州，她的父母有一个从事苏州刺绣的小作坊。上海外婆从小就在她父母的小作坊里做刺绣，她是个左撇子，刺绣时总是把右脸贴在绣布上干活，在白天的日光下、在晚上的煤油灯下日以继夜地刺绣，使得她的两只眼睛产生了非常严重的斜视。上海外婆从小到出嫁之前，她的活动天地就是那间刺绣小作坊，由于缺乏运动和营养不良，她成年后长得很瘦小，身高一米五还不到。上海外婆的衣帽鞋袜，除了定制或者自制之外，只有到儿童用品商店才能买到符合她尺寸的。上海外婆嫁给上海外公以后姓名就变成了冯王氏，在没有得到丈夫体贴温暖的情况下，她用不干家务、不管丈夫生意往来以及整天沉迷于打麻将的方法来对抗，她似乎从打麻将的哗啦哗啦声音之中找回了她曾经失去的童年岁月，找到了如今的夫妻甜蜜生活的替代方式。

我母亲被领养到上海后，姓名由原先的任阿多改为冯琳娣。上海外婆作为养母，刚开始的时候对我母亲还可以。但我母亲渐渐成长，却变成了上海外公外婆之间吵架怄气的新的导火索。上海外公送我母亲去读书，上海外婆坚决反对，说女子无才便是德，要我母亲在家里学做家务；上海外公为我母亲买花衣服、小裙子和红皮鞋，上海外婆就拿剪刀把它们都绞了，说女孩子不能打扮得像妖精一样；上海外公送我母亲去糖果厂上班，上海外婆坚决不同意，还说"工厂女、澡堂水"，好男人都不会娶女工的；等等。我母亲曾经去小学读过几天书，但每天放学回家，上海外婆总是又哭又闹，甚至用满地打滚、寻死觅活的方式加以反对，以至于上海外公最后只能妥协，让我母亲休学回家。这件事给我母亲留下了很大的心理创伤，从那以后我母亲只要一进课堂听老师讲课，就会立刻腹部痉挛，结果我母亲成了一个"大字不识半箩筐"的文盲。我成年后，我母亲经常对我说："我从无锡来到上海做冯家的养女已经很心酸了，成为一个加重养父养母之间感情不和的养女，对我而言更是雪上加霜。"

在上海外婆的眼里，我母亲就是个使女丫头，她把所有的家务活都扔给了我母亲，她有洁癖，要求特别高，稍不顺心就让我母亲从头再做一遍，哪怕是她打麻将打到半夜三更才回家，都要把我母亲从睡梦中拖起来。节假日是我母亲最辛劳的日子，别人家的孩子吃喝玩乐几天，她往往是累倒在床上几天不想动弹。在我母亲和她的养母相处的十几年时间里，我母亲感觉家里就像是布满地雷的地方，往往她的一个不小心就会让她的养母勃然大怒。我母亲到了谈婚论嫁的年龄，上海外公得了很严重的肺结核，他想在他去世之前把我母亲婚事办妥，以免我母亲遭受上海外婆更大的折磨。我父亲和我母亲订婚不久后，上海外公就去世了，还不到50岁，他去世一半是因为患重病，还有一半是因为我上海外婆。上海外公想趁他在世时把我母亲风风光光地嫁出去，但是他每次帮我母亲置办一件嫁妆，上海外婆都会大发雷霆，甚至把有些嫁妆砸坏扔掉。

在我7岁那年的清明节，我跟着上海外婆和我母亲去上海外公的墓地祭扫跪拜。那天下午我们3个人先乘坐66路公交车到当时的北宝兴路民晏路终点站，再乘坐一辆三轮车到墓地，到墓地时大约是下午三点半。在墓地里找了两个多小时，就是找不到上海外公的墓碑，我累得实在走不动了，于是我母亲让我坐在一个大坟堆的顶部不要动，等她们找到后再来接我。随着天色渐渐昏暗，坐在坟堆顶部的我感到又冷又饿、又惊又怕，我想这就是为什么这件童年往事会给我留下很深刻的记忆。上海外婆和我母亲在墓地工作人员的帮助下，总算找到了上海外公的墓碑。找到时天色已经全黑了，接下来所有的祭扫跪拜仪式只能草草了事。上海外公的墓地没过多久就被彻底推平了，墓地原址就是现在的闸北公园。

我母亲结婚后，我父亲安置上海外婆到原南市区候家路菜场当营业员。20世纪50年代末，由于国民经济困难，上海计划下放一部分城市富余人口到农村自谋生路，以解决城市商品粮短缺的问题。上海外婆各方面的情况均符合当时下放人口的条件，所以有关部门安排她去江苏昆山黄渡农村当农民。上海外婆不愿意去农村，不但大哭大闹，还说是我父母亲故意让有关部门这样安排的，理由是我父母亲想趁机抢占她住的房子。上海外婆住的那套房子，位于原南市区四牌路上的一幢石库门房子里，南北通风的东厢房，有20多平方米。在我的记忆中，那套房子很明亮宽敞，是我上海外公在解放前花了好多钱才买到手的，那套房子也是我母亲被领养到上海直至出嫁前居住的地方，解放后这幢石库门房子被收归国有变成了公租房。上海外婆看到去黄渡务农已经无法逃避，她不顾我家当时 7 口人住在 8 平方米不到的蜗居里的困难情况，硬着心肠把她住的房子退给了房管所。临出发前的几天，上海外婆又向我父母亲提了个要求，说她一个人在黄渡农村寂寞害怕，要把我哥哥带在身边陪伴她，还要把我哥哥的户口一起迁到黄渡农村去，否则她就不去黄渡农村。我父母亲明明知道上海外婆要把我哥哥作为"人质"带走，如果以后我父母亲不想方设法把她从黄渡农村迁回上海，那么我哥哥将一辈子留在黄渡农村当农民。上海外婆去不去黄渡农村当农民，这不是我父母亲能决定的，所以我父母亲只能硬着头皮同意我哥哥陪伴上海外婆去黄渡农村当农民。我哥哥陪着上海外婆在黄渡农村待了两年多，在这两年多的时间里，我父亲向有关部门写了好几次申请迁回上海的报告，在申请报告中阐述了我上海外婆从小在城市长大、不熟悉农活、年老体弱以及我哥哥需要回上海读书的实际情况，经过多次申请，有关部门终于批准了我上海外婆和哥哥迁回上海，并且可以安排上海外婆回原单位工作。上海外婆返回上海以后，我父母又花了九牛二虎之力，在原南市区小东门宝带弄为她找了一间 6 平方米左右的亭子间居住。

从方浜路到福佑路南北走向的宝带弄非常细长，位于 2 楼的这间小房间的形状很有特色，由一个锐角、一个钝角和两个直角构成，锐角和钝角构成的墙面窗户朝向东北，两个直角构成的墙面窗户朝向西边，所以这间小房间夏天很热、冬天很冷。上海外婆没几样家具，她把小房间布置得简简单单、整整齐齐、干干净净，房间里一尘不染。上海外婆喜欢在洗脸毛巾和洗脸水里滴几滴花露水，每一次我去她的小房间里玩，进门后她都要让我先洗脸和手，直到现在我还是喜欢花露水的香味。上海外婆喜欢喝茉莉花茶，她喝的茉莉花茶除了东门路上的那家茶叶店卖的，其余茶叶店的茉莉花茶她一概不喝。上海外婆还喜欢抽烟，她抽的香烟是精装的牡丹牌，一包售价四毛九分钱，是当时价格最贵的香烟。尽管我对茶碱和烟碱过敏，始终没有养成喝茶和抽烟的习惯，但是茉莉花茶和牡丹牌香烟那浓郁雅致的香气，还是给我留下了难以忘却的嗅觉记忆。

上海外婆大约每隔两个星期来我家吃一次饭，她来的时候都是下午四五点钟，不是带着一大篮爆米花就是带着一大捆甘蔗，不是带着一斤猪肉就是带着两斤带鱼。我们家的邻居好几次看到上海外婆来我家之前都会先到大路口的餐饮店里吃上一些点心。在我家吃晚饭时，上海外婆基本不吃什么东西，只是喝一点点黄酒，一般情况下，她要看到她带来的东西都让我们兄妹几个吃完后才回家。上海外婆重男轻女的思想很严重，她对我哥哥和我比较宠爱，对我的妹妹们基本上采取视而不见的态度。每逢夏季，上海外婆对穿着很单薄的衣服的女孩子在拥挤的公交车里挤来挤去，以及对穿着短袖和短裤、光着膀子和大腿的女人在大街上骑自行车深恶痛绝，她认为这些绝对是有伤风化的事情。上海外婆不喜欢我们兄妹几个叫她外婆，她说外婆是外边的人，她听了很不高兴，她要求我们兄妹几个叫她奶奶，因为奶奶才是自己家里的人。因此，我们兄妹几个通常叫上海外婆为奶奶。

20世纪十年动乱刚开始的时候，菜场系统里的"造反派"想拉我父亲入伙，经过三番五次的拉拢，我父亲都没有答应。我父亲对"造反派"说："不管什么情况，小老百姓总是要吃菜的，我做好这份工作，对得起自己的良心和工资就可以了！""造反派"看到我父亲不和他们站在一起，于是恼羞成怒想要陷害我父亲，可是他们又苦于找不到把柄。上海外婆在候家路菜场上班，有一天她卖菜的时候，有人趁她不注意偷偷在她喝茉莉花茶的搪瓷茶杯里塞了一张10元钱，过了一会儿几个"造反派"一拥而上，围着上海外婆说是有人看见她贪污钱了，他们随即从她的搪瓷茶缸里拿出了那张浸在茉莉花茶中的10元钱。"造反派"即刻把上海外婆关了起来，说是人赃俱获、证据确凿，他们要上海外婆不仅承认她是个长期贪污犯，还要她交代是我父亲指使她这样干的，并且贪污的钱最终都是交给我父母亲的。上海外婆一个人每个月40多元钱的工资足够花了，但是我父亲一个人工作，家里孩子多而且我母亲还要经常住院治病，那个年代在上海，人均月收入低于10元钱才能算困难户，而我们家的实际收入人均10元钱还不到，所以"造反派"认为把这个"赃"栽在我父亲头上肯定具有比较强的说服力。"造反派"把上海外婆关了好几天，我父亲和"造反派"理论，一个营业员在菜场里卖蔬菜，每斤蔬菜售价几分钱，一天到晚的营业额在正常情况下不会超过 10 元钱，另外顾客也不会拿着最高面值的 10 元钱来买蔬菜，一下子贪污 10 元钱的事情，对一个卖蔬菜的营业员而言，实际上根本没有可操作性。在"造反派"软硬兼施的威逼下，上海外婆最终被迫承认是她贪污了那 10 元钱才得以被释放回家，可是她回到家里发现"造反派"竟然把家里洗劫一空，任何值钱的东西都没留下。从此以后上海外婆只要说起这件伤心事，她就会咬牙切齿地说："'造反派'这拨人就是一伙实实足足的强盗！"我有好几次听我父母亲说悄悄话，他们说按照"造反派"栽赃陷害的最终目的，是要把上海外婆贪污 10 元钱的所有责任全部归咎到我父母亲的身上，如果当时上海外婆顶不住压力照"造反派"的要求做了，那么我们一家人后来的日子肯定会很悲惨。通过这件事情来看，上海外婆还是有底线的，她对我们家、对我父母亲和我们兄妹几个还是有爱心和责任感的！

我成年后，我父母亲基本上每星期都要安排我去一次上海外婆家，不是帮她买煤球就是帮她劈柴火，不是帮她买米面就是帮她修家具电器。我每次去，上海外婆总会留一大堆事让我做，好像她把一星期能够留下来的活都给我预备妥当，就等着我这个家政工人上门服务。我上班学徒满师以后，买了一辆当时很拉风的新款凤凰牌 18 型自行车，上海外婆就在她居住的那栋房子的公用客厅里专门为我留出一块停放自行车的地方。有时候我骑着那辆崭新的自行车去上海外婆家，为了方便我想把自行车停放在大门口，但她总是坚决要我把自行车停放在公用客厅，我只好按她的意愿停放在公用客厅，停放后她还会用一条很大的床单把自行车遮得严严实实。我上了大学后去上海外婆家，她都会在弄堂口等着我，并且在遇到每一位街坊邻居后都要自豪地说我是她的孙子，现在是个大学生。在这个过程中，我发现上海外婆脸上的线条柔和了许多，甚至还出现了以前很少看见过的笑容。从那时起，我在上海外婆家里帮她干完力气活之后，她就开始留我吃饭、喝酒。在这之前，我基本上没吃过上海外婆烧的饭菜，直到那时我才发现上海外婆能烧一手好菜，我母亲好些拿手好菜，实际上都是源自上海外婆的家传厨艺。烧过菜的人都知道，炒青菜是一道看似轻松容易实则难度很高的菜，上海外婆炒的青菜，是我迄今为止吃过的最好吃的，没有之一。上海外婆烧的葱烤大排和茶叶蛋也很有特色，一般来讲我每顿吃两块葱烤大排和两个茶叶蛋就够了，不过有时候在上海外婆家，我一顿要吃三块葱烤大排和三个茶叶蛋。我发现我吃得越多，上海外婆脸上的笑容就越灿烂。上海外婆告诉我，她现在吃素，荤菜都是为我准备的，让我最好把荤菜全吃完，不然的话就打包带回家。上海外婆为我准备的黄酒不是一元钱一斤的香雪酒，就是八毛八分钱一斤的善酿酒，当时黄酒的最高限价是一元钱一斤，可想而知这两种黄酒的品质是如何之好。从那以后的好些年里，我品尝了上海外婆为我精心准备的各种美酒佳肴，我发现上海外婆对美食具有很高的品鉴能力，同时她也是一个始终渴望追求美好生活品质的普通女性。

上海外婆到了晚年，患有很严重的肺气肿，只是她不愿意去医院看病，更不愿意打针吃药。我父母亲住房条件改善后，他们一直想把上海外婆接过来一起生活，可是她总是推脱，说她一个人自由惯了，和大家住在一起感到拘束不习惯。好几回上海外婆病况趋重不能动弹，我父母亲把她接过来照料调养，身体稍微恢复了一些，她就吵着嚷着要回家，有时甚至不打招呼就溜走了。我母亲说上海外婆虽然个子瘦小但是身子灵活，往往一眨眼的工夫就找不见她了。上海外婆过完 70 周岁的生日，她就为自己的后事做了精心的安排。首先，上海外婆让我母亲为她制作了里外三套寿衣；其次，她在家里为自己设了一个灵台，上面摆放着她想用作遗像的照片和 3 个异常素雅、精巧玲珑的绢绸小花圈，她每天都要在自己的灵台上焚香、点蜡烛、烧纸钱。有一天我到她家探望她，看到那个灵台时我感到非常奇怪，上海外婆很平静地告诉我，她觉得自己的时日不多了，想着今后可能没有人愿意为她开追悼会，也没有人愿意为她设灵台祭拜，更没有人愿意为她树碑建墓，所以她想在她还活在这世界上的时候，不但要自己趁早把这些后事都操办了，还要把能带走的东西都带走。上海外婆还跟我说，买这 3 个绢绸材料制作的小花圈是她多年的夙愿，前几年她在那家商店里刚看到这些小花圈时就激起她那难以忘却的童年记忆，她会经常去那家商店看这些绢绸小花圈，有时候她会长时间站在那里看着橱窗里的小花圈，一点儿都不想迈开脚步离开，因为这几个素净淡雅的绢绸小花圈，让她重新返回到了她那日日夜夜在苏州刺绣作坊埋头苦干的童年时光。上海外婆抽烟抽得越发厉害，她把家里所有门窗的缝都用报纸糊住，还把煤球炉放在小房间里过夜。我每回把糊门窗缝的报纸全部撕掉后，上海外婆又用报纸把门窗重新糊好，她说她感觉浑身发冷，哪怕穿再多的衣服、铺再厚的被褥、盖再厚的被子，她都感觉冷得浑身打颤。我父母亲和我几次想让上海外婆去住院治疗，但她每次都坚决反对，她从来都不愿意去医院治疗。1988 年的冬天，上海外婆临终前的两天，我们把已经处于半昏迷状态的她送到医院抢救，医生检查后说已经太晚了，因为她的肺气肿已经造成她的肺功能衰竭，并且完全失去了自主呼吸能力。

上海外婆享年 75 岁，在她的葬礼上，我突然想到她可能已经早早厌世了：可能她童年时没有得到父母的宠爱，想着成家之后可以得到丈夫的宠爱；可能她结婚后没有得到丈夫的宠爱，想着可以生几个儿子借此母以子贵；可能她婚后几年没有生育，想着领养一个女儿（琳娣谐音领弟）以后能够开花结果，多带领几个弟弟降生在自己家里；可能她想要正常的家庭生活氛围，温馨祥和的家里会充满孩子们的欢笑声；可能她没有成功生育自己的孩子，还发现丈夫把所有的宠爱都给了养女；可能她想得到集体组织的关爱，没想到工作单位除了把她送到农村务农之外还给她扣上了一顶贪污的帽子；可能她小时候在绣花时紧贴着煤油灯吸入了很多废气，成年后经常抽烟，导致她的肺部严重损伤，所以她想用拼命抽烟和把煤球炉放在密闭小房间里的方式来加速离开这个让她一生都感觉十分凄苦、非常孤独、极度自卑和无比冷漠的人世间。

我父母亲为上海外婆整理遗物时，发现上海外婆居然真的没有留下任何值得纪念的遗物。我母亲刚从无锡到上海时，上海外公曾经带着我母亲到照相馆拍了好几张照片，其中有我母亲的单人照，也有上海外公和我母亲的合影，这几张照片后来成了我母亲那段心酸苦涩养女生涯的唯一精神支柱。我母亲出嫁后，好几次想问上海外婆要这几张照片留作纪念，但上海外婆总是跟我母亲说："等我死了以后再说！"万万没有想到，上海外婆在生前处理她自己后事的过程中，不仅把她能够带走的都带走了，而且还把她不能够带走的也都带走了，甚至还把这几张珍贵的照片也彻底处理掉了，绝对是"白茫茫一片大地真干净"。我母亲总是很遗憾地说，上海外公的照片一张都没有留下来，她小时候的照片一张也没有留下来，让她的心里像被挖去一大块肉似的悲痛。

上海外婆安葬时，我们在她的墓穴里放进她骨灰盒的同时也放进了那 3 个绢绸制作的小花圈。为上海外婆树立的墓碑上，我们按照她的遗愿放了她生前选定的遗像。在墓碑上我们尊称上海外婆为"祖母"，树碑人的地方也写着"孙辈"。每逢清明节，我都会去上海外婆的墓地祭扫跪拜，通常我会带上一瓶上好的黄酒和两包牡丹牌香烟供放在她的墓碑前。在焚香、点蜡烛和烧纸钱的过程中，我都会为上海外婆倒上一杯黄酒，点上一支香烟，当然我还会对着她的遗像说几句悄悄话，如果人真的有下一辈子，我真心希望她重新投胎之前和造物主打个招呼，可能的话塞个大大的红包，等于提前支付整容的费用，免得来到人间以后把别人的照片给媒婆去欺骗相亲的人，再次投胎做人时请她一定要做一个善解人意的大美女，也一定要充分享受父母的疼爱、朋友的关爱、丈夫的恩爱、子女和孙辈的亲爱、社会的大爱这一系列人间的美好至爱，因为这样温馨、美满、幸福的人生经历和体验才值得她重新来一趟人世间！

（此文完稿于 2022 年 5 月 23 日）

清明忆父母
两眼泪纷纷
——父母亲照相纪念册祭文

　　1925 年 5 月 1 日，父亲出生于上海一户商人家庭。由于曾祖父早逝，祖父游手好闲，造成家道中落，父亲 14 岁高小毕业后就弃学在中药店当学徒。父亲通过刻苦自学，18 岁担任该中药店的账房先生。1949 年上海解放后，父亲转入南市区副食品公司从事管理工作。1986 年父亲退休后一直在家陪伴母亲、安度晚年。由于多种器官衰竭，父亲于 2013 年 7 月 17 日在上海强生医院去世，享年 89 岁。

　　1931 年 8 月 8 日，母亲出生于江苏无锡一户道教家庭，原名任阿多。1937 年抗日战争全面爆发后，母亲家中所有房屋、财产均遭日军焚烧成灰，外祖父为此悲愤而逝。外祖母无力养活 7 个儿女，故将时年刚满 6 岁的母亲送给上海冯姓夫妇领养，改名冯琳娣。母亲没有接受过正规教育，仅粗识文字而已，作为养女一直在冯家做家务。冯姓夫妇当时在南市区光启路菜场售卖蔬菜，母亲做完家务之余，经常去养父母的菜摊上帮忙，为此与父亲相识相恋。1951年父亲和母亲结婚建立家庭。

为了便于照顾我们和做家务，母亲从菜场转业到街道里弄生产组工作。因为既要做家务、照看我们，又要工作等多种因素，劳累过度的母亲得了经常会大口咯血的支气管扩张病。母亲此后一直在家静养，稍有好转，就去里弄生产组拿些零活回家做，以赚取零钱贴补家用。父亲退休后，父母亲相依相伴，一起做家务、照顾我们和孙辈，这样过了近20年平静的晚年生活。由于罹患胃癌，母亲于2008年5月8日在上海东方医院去世，享年78岁。

父母亲共生育了两子三女，长女魏玉凤因患风湿性心脏病，于1967年病逝时年仅13岁（由于时处十年动乱初期，因此没有留下任何遗照与骨灰）。次女魏玉玲1977年高中毕业后分配到上海长江农场工作，1985年遭遇车祸后留下严重后遗症，于1988年去世时年仅31岁。因此，父母亲最后只有3个孩子存活在世，即哥哥、小妹和我。

1937年侵华日军占领上海后，父亲有一次经过外白渡桥，忘记了中国人必须向日本哨兵鞠躬敬礼的规定，结果挨了日本哨兵的一记大耳光。母亲在8岁那年曾经被日本宪兵队关进牢里十来天，原因是冯姓直系亲属里有位从事抗日的上海地下党主要成员。日本宪兵在多次抓捕这位抗日地下党不成功的情况下，将冯姓家庭中的 10 多位直系亲属关进了宪兵队的大牢里，威逼利诱他们交代这位抗日地下党的下落。在严刑拷打成年人的同时，日本宪兵还多次拿出各种花花绿绿的糖果诱惑母亲，但是母亲总是说什么都不知道。母亲曾经为了"轧户口米"①，数次挨过日本兵的枪托。上海解放后，母亲的这位冯姓亲戚担任了首届江西省政府的主要领导，但是母亲从来没找他帮忙为我家做任何事情。父母亲经常教育我们：第一，要做一个堂堂正正的中国人；第二，要争取为国家做一些力所能及的事，因为有国才有家；第三，人可以贫穷，但是志气绝对不能短缺。

父母亲结婚后的前 20 年里，在居住面积不足 8 平方米的房间、月收入 60 多元、全家 7 口人困苦生活的现实条件下，又经历了三年困难时期、十年动乱和前后两次遭遇白发人送黑发人的人间惨剧，贫穷、疾病、动荡、灾难伴随着父母亲近 60 年婚姻生活的前半段，但是他们俩始终保持乐观向上、善良正直的本性，为我们撑起了一把遮风挡雨的大伞。

---

① 当时日军为了控制粮食，在上海强制实行户口米政策，即每人每天只有几两米的配额，这些米不仅是变质的，而且还不能保证供应，所以市民只能早早地去米店排队，凭户口本抢购配额的米，去晚了买不上的话只能全家饿肚子，这种买米的方式叫作"轧户口米"。

　　在我们整个成长过程中，家庭贫困、生活艰难，可是父母亲从来没有让我们挨过一次饿、受过一天冻，而且我们的学杂费父母亲都是如期如数交付的，所以贫困的家庭并没有给我们留下任何心理阴影。由于父母亲"人穷志不穷"，以身作则地谆谆教诲我们，反而激发了我们努力发奋、追求卓越的动力。如今我们的优秀，就是源自父母亲坚定、艰辛的付出和栽培。

　　父亲为人忠厚老实，工作勤恳敬业。在母亲体弱多病的40多年的岁月里，父亲不离不弃，始终相伴左右。有时母亲心情不好，父亲和颜悦色地好语相劝。每次吃完饭，父亲总是先递给母亲一条热毛巾的情景是父母双亲相濡以沫、相敬如宾、相守终身的真实写照。在繁杂的事务之余，父亲一辈子也阅读了大量的书籍，平时话语不多，很安静，极具耐心，说的每句话都很中肯，能切入主题。在父亲退休后，我们才从父亲的同事口中得知，父亲曾在20多年的时间里献血30多次，以换取每次10多元的营养补助费，来贴补、维持我们的正常生活和支付母亲的医药费。从父亲身上我们学到了男人的担当和责任，理解了父爱如山的深刻内涵。

　　母亲为人真诚善良，做事心灵手巧。小时候我们穿的衣服、鞋帽都是母亲亲手做的，邻里街坊的衣样、鞋样也都是找母亲帮忙裁剪的。母亲精打细算，一分钱当作两分钱花，偶尔举债，下月必定奉还。尽管生活贫穷，身体病弱，但是母亲始终对生活抱着乐观向上的态度，从母亲身上我们体验了母爱似海的仁厚慈祥。母亲晚年笃信佛教，烧香拜佛、念经折锡箔是母亲日常的功课。我们相信我们家这几十年的平平安安、顺顺利利与母亲对佛祖的虔诚和功德是分不开的，同时我们也深信，在天堂里，佛祖也会继续眷顾母亲以及母亲的全部家人。

父母亲在 20 世纪 50 年代至 70 年代历经艰难，始终不屈不挠，呕心沥血维持着家庭生活的正常运转，保证着我们衣食住行的正常供给，让我们享受了人间最珍贵的父爱和母爱，以及温暖的家庭成长环境和正规的教育。在如此艰难困苦的条件下，父母亲殚精竭虑把我们拉扯成人，这种坚强刚毅的人生态度令我们肃然起敬，终身受益！我们今天的自信自强和事业有成的人生就是他们俩这种人生榜样的延续。

父亲、母亲的离去是我们永远的悲痛和遗憾，而他们俩处世为人的良好榜样则是我们永远的精神财富。他们俩不仅没有留下任何债务与纠纷，还给我们留下了物质财富，更给我们留下了巨大的精神财富，为我们打下了处世为人的良好基础。

父母双亲，在天堂里现在有早于你们离世的二位爱女朝夕陪伴着你们俩，我们也放心了，你们安息吧！深深地感谢你们俩保佑子孙后代平安幸福，我们也将继续努力并延绵后代，以报答你们俩如山似海的养育之恩！

如今虽然父母亲已先后离我们而去，但儿辈和孙辈们对你们俩的思念却与日俱增。现将父母亲的照片整理成册，以便我们放在身边经常翻看，这样我们就觉得你们俩似乎还在，仍然和我们生活在一起。其实，生命中再没有比父母亲的养育之恩更值得我们珍视的了，所以此生此世，你们俩都将永远活在我们的心中！

（2014 年清明节于上海）

大妹

　　大妹出生于 1955 年的年底，生肖属羊，如果还活着的话，现在已经是一个六十几岁的大妈了。

　　大妹在我家排行老三。母亲头胎生了我哥哥，二胎生了我以后，心里一直盼望着再生一个女儿。母亲分娩大妹时造成了产后大出血，当时医生护士忙得团团转地抢救母亲，把刚出生的赤身裸体的大妹扔在一旁将近半个小时。那时候是冬季，地段医院的产科病房里也没有任何取暖设施，当医生护士抢救完母亲后再去抢救大妹时，发现大妹全身已经冻得发紫发黑了。尽管后来大妹活了下来，但从此落下了体弱多病的症结。

　　通过母亲的精心调养，大妹长到四五岁时，尽管经常伤风咳嗽，但是已经变成了一个白白胖胖、五官清晰、容貌秀丽的小姑娘了，亲戚朋友、隔壁邻居都称她为"洋娃娃"。在我的印象中，大妹总是很文静，她不是静静地坐在那里看着家里的一切，就是默默地帮着母亲做一些力所能及的家务。我从来没有看见过大妹去弄堂里与其他小女孩们一起疯玩，只看见过她把其他小女孩们约到家里来玩挑绷绷的游戏（又叫翻花绳，是一种利用绳子玩的儿童游戏，只需灵巧的手指就可翻转出许多的花样），最终结果总是她赢了那帮小丫头。

哥哥比我大一岁半，我比大妹也大一岁半。哥哥是9月1日以后出生的，我是9月1日以前出生的，所以哥哥开始读二年级时，我就开始读一年级了。当我们哥俩在家复习功课时，大妹总是不声不响地站在旁边看着、听着。这样不知不觉地过了一段时间，突然有一天，我发现大妹竟然能够理解课本的内容。经过我们哥俩的验证，大妹不仅能够理解语文课本和数学课本的内容，并且还能说出有些语文题目与数学题目的正确答案。

大妹初识文字后特别喜欢阅读，不管是我们哥俩的课本还是父亲的报纸，不管是借来的小人书还是借来的小说，她都看得津津有味。遇到她不能理解的文字时，大妹首先会询问我们哥俩，如果我们哥俩也不能给她满意的答案，她就会去问父亲，直至得到满意的解答后，她才会继续阅读下去。

大妹上小学后，就当上了班长。由于她对一、二年级的各门功课都已经烂熟于心，因此上课时，她把一半的时间和精力放在了做作业上。那时候的母亲感觉很骄傲，经常向周边邻居夸耀，说我们兄妹三个每学年的成绩报告单好像是商量好了似的，每个人每门课都是满分。大妹在小学二年级时，自己一个人悄无声息地到当时的南市区图书馆办了一张图书借阅卡，每个星期可以借两本小说拿回家看。平时在家里，大妹只要帮母亲做完家务，稍微有空她就会坐下来专心致志地看她借来的那些小说。说来惭愧，我对阅读的爱好，其实还是由大妹所借来的那些小说推动的。

大妹读完二年级时，由于三年困难时期、母亲病况严重、家里经济困难和父亲工作繁忙等多重因素，父亲就和母亲商量，想让大妹休学在家照顾母亲。父亲认为大妹休学在家，一则可以照料母亲，二则可以照看二妹和三妹，三则可以节省学杂费，这样他可以安心在外工作。对于父亲的这个想法，母亲坚决不同意，她说她吃了太多没有文化的苦，哪怕再苦再累，她也要坚持让大妹继续读书。有天晚上父亲喝了一点酒，他借着酒劲又与母亲说起要大妹休学的事，结果还是遭到母亲的一口拒绝。父亲情绪有些失控，他拿起大妹的书包，不但把里面的书本全部撕得粉碎，还把所有的碎片都扔进了垃圾桶里。大妹看着这一切既没哭也没闹，她为父亲重新加热饭菜后，平静地对着父亲说："我保证读书不会耽误家务事，另外我想去和老师申请，看看能不能把我的学杂费全部免掉。"见父亲没有吱声，大妹又往父亲的酒碗里加了一点酒，这一刹那父亲把头垂下去靠在桌沿上。过了好长一会儿，父亲把头抬起来，随即他把那点酒端起来一口气喝完了，我看见他眼圈是红红的，整个身体也在不停地颤抖。父亲一向是很有自制力的人，这是我唯一一次见他情绪失控到了如此地步，估计属牛的他当时就像老牛在负重。父亲和母亲感情一直很好，母亲为此事和父亲冷战了近半个月，这也是我见过的他们夫妻之间唯一一次争执。大妹继续上学后，不仅得免了所有的学杂费，而且读书更加勤奋，成绩更加优异。有时候父亲下班回家晚了，大妹做好晚饭还会为父亲单独留下饭菜，当父亲到家时，她不仅会为父亲端上热的饭菜，还会为父亲倒上一点小酒。父亲从那以后再也没有提过要大妹休学的事，还有他对大妹的语气和眼神也变得越来越温柔了。

品学兼优的大妹戴上红领巾以后，理所当然地当上了少先队的大队长。在我家，大哥是三条杠的大队长，现在大妹也是三条杠的大队长，实在是让我这个当时第一批红领巾戴不上、第二批红领巾还要特批、一杠也不杠的二哥感到无地自容、羞愧难言。

大妹当上大队长后，老师安排她对口帮助班上几个学习比较落后的同学。由于大妹太认真、太负责，遭到那几个同学的反感和怨恨。有一天放学回家的半路上，那几个小坏蛋把大妹绑在电线杆上，用树枝狠狠地抽打她，一边抽打还一边叫骂："谁让你来管我们的？"当另外几个同学把大妹解救下来时，大妹关照他们千万不要把这件事情告诉给家里人。大妹回到家里后，被人欺负的事情真的像没有发生过一样，她若无其事地做着平时该做的事情，那天母亲和我们家里的所有人都没看出她与平时有任何不一样的地方。过了好几天，母亲才从弄堂里的其他小孩子口中得知了这件事，当母亲和大妹核实时，她十分镇静地说："这桩事情已经过去了，就不必再追究了。"结果母亲还是没忍住满腔的怒火，不仅去找了那几个小坏蛋的家长理论，还将此事反馈给了学校的老师和校长。

三年级下半学期，大妹上体育课时稍有剧烈运动就会呼吸急促、嘴唇发紫，并且有时候还会莫名其妙地摔跟头。大妹在家里一声没吭，后来还是她的班主任老师告诉了母亲有关大妹的病况。母亲带大妹去附近的地段医院，大妹对医生说最近经常感到头晕、胸闷、浑身没有力气。经地段医院的医生检查后，说大妹可能患了心脏病，建议母亲带大妹去上海市胸科医院进一步诊断。第二天一大早，母亲就带着大妹去胸科医院看病，经胸科医院的医生确诊，大妹患的是严重的风湿性心脏病。

由于父亲是商业系统的职工，属于当时的小劳保范围，因此不能享受家属子女医疗报销的待遇。另外我们家那时的经济也相当困难，仅靠父亲一个人每月菲薄的工资来支撑全家 7 口人的日常生活。在没有经济条件住院的现实情况下，母亲带着大妹每隔半个月去胸科医院复诊和配药。我家那时住在大东门，胸科医院在淮海西路，相距大约有 10 公里。母亲第二次带大妹去胸科医院复诊时，大妹不愿意坐公交车，坚持要步行去，她说车票太贵了，能省点就省点。就这样，每次复诊，母亲带着大妹沿着复兴东路—复兴中路—复兴西路—淮海西路步行往返。母亲牵着大妹的手，母女俩走走停停、停停走走，往往一大早出门，一直要到下午三四点钟才能回到家里。

"文革"开始后，学生不用去学校上课，大妹就在家里自己看书做作业，有时候她还坚持帮母亲做些力所能及的家务，只有感觉不舒服时，她才会去床上躺一会儿。起初大妹每星期还自己去图书馆，母亲怕大妹在路上犯病，后来就由我来代替她去图书馆还书和借书。我发现当时流行的《苦菜花》《迎春花》《林海雪原》《青春之歌》《红岩》《三家巷》《苦斗》这几部小说，大妹都十分喜爱，读得非常投入，有时候她会掩卷沉思，有时候她会自言自语，有时候她会泪流满面，有时候她会哑然失笑。

我家的弄堂口是当时上海市轻工业局的职工宿舍，里面有一台当时还十分稀罕的电视机，有时候我会趁看门的老头不留意的机会，偷偷地溜进去蹭看电视节目。1967 年夏天的某个晚上，上海电视台第 8 频道播放现代芭蕾舞剧《白毛女》。那天晚上我早早地吃了晚饭，还是趁看门老头打盹的时机，按老规矩悄悄地躲在工人堆里，观看白毛女与大春的爱情故事。当《北风那个吹》的音乐刚响起时，看门老头就找到了我，说大门口有人找我有事，让我赶紧出去。我赶到大门口一看，原来是大妹站在那里，她说她也想看《白毛女》，央求我带她进去一起观看。我苦苦地恳求看门老头让他放我们兄妹俩进去，但老头就是不肯破例，还说以后看到我一回就赶我一回。回家的路上，我狠狠地责怪大妹，说她把我蹭看电视节目的好事给搅了，大妹没有回嘴，只是默默地低着头跟在我后面走着。到了家里我才发现，大妹两只大大的眼睛里满含着泪水。

大妹12周岁生日的那天，母亲给了她一毛钱，让她自己到杂货店买她喜爱的水果糖。过了一个多小时，大妹回到家里，把她手心里早已捏成一团的一毛钱交还给了母亲，说她在杂货店里已经把红红绿绿的水果糖看饱了，这一毛钱留着还可以给家里买好几斤蔬菜哩。

1967年年底，大妹的风湿性心脏病越发严重了，大部分时间她都躺在床上静养。那段时间母亲的老毛病支气管扩张也复发了，经常不停地咳嗽和大口地咯血。有天下午我从外面回到家，看到母亲和大妹都躺在床上休息，大妹说她肚子饿了，想让我帮她搞些吃的来充饥。虽然我搞了一碗泡饭和一些剩菜给大妹吃，但是在我递给她这些当天中午家里仅剩余的一点食物时，还是不耐烦地说她变得像娇小姐一般要人侍候。当时大妹很委屈地看着我，她没有说一句话，只是勉强地半靠在床头，低着头十分缓慢地咀嚼着这些残菜剩饭。可我后来万万没有想到的是这些食物竟然是大妹短短的人生中的最后一顿饭！

那天晚上，大妹没有起床也没有吃晚饭，她说她下午已经吃饱了。那年头没啥娱乐活动，加上家里有两个重病的人，所以全家人这天晚上八点不到就熄灯睡觉了。半夜十一点多，只听到大妹大叫一声，然后像接连扎破好几个自行车轮胎似的，急促地往外呼了三四口大气，接着她就没有任何动静了。这突然发生的事情，让我们全家人都惊醒了，只看见父亲从床上跳起来打开灯，扑过去把大妹紧紧地抱在怀里，运用他所掌握的中医急救方法来实施救治，过了一会儿，大妹没有任何反应，于是父亲决定马上送大妹去医院抢救。看见我们哥俩都已经起床穿好衣服，父亲就让哥哥继续掐大妹的人中，让我照顾好受到惊吓、哭成一团的母亲、二妹和三妹，然后就冲出了家门。过了不多一会儿，父亲骑回家一辆人力三轮车，说是附近根本找不到任何交通工具，也找不到公用电话来呼叫救护车，只能去附近的菜市场借了这辆人力三轮车。父亲在这辆人力车上铺了一床被子，然后和我们哥俩一起把大妹抬了上去。父亲安排我留在家里照应，然后他在前面骑着，哥哥在后面推着，我看见这辆人力三轮车以小汽车一般的速度冲出了弄堂，向位于南外滩的上海市第二人民医院急驶而去。

深更半夜，母亲一怕影响周围邻居的睡眠，二忧大女儿的生命安危，于是就紧紧地咬住被子一角，身体缩成一团，浑身不停颤抖，侧躺在床上痛哭着。二妹和三妹也早已经哭得稀里哗啦，还不停地叫着妈妈和大姐姐。尽管那时候我也乱了分寸、慌了手脚，但还是故作镇定地安慰着母亲、二妹和三妹，不停地说着大妹不会有啥事的宽心话。天亮后，哥哥先回到家里，说大妹没有抢救过来，父亲留在医院里处理后事，让他先回家报信。听到这个消息，刚刚稍微安静了一些的母亲，再也控制不住自己的情绪，放声号啕大哭起来，接着我们4个孩子也都紧紧地抱着母亲，昏天黑地地哭成了一锅粥。父亲回到家后，安慰了母亲好长一段时间，他说大妹送到医院时已经没有任何生命体征了，还说医生根据大妹临死时的症状，说大妹可能患的是急性乙型脑膜炎。对这个说法我有些疑惑：一是乙型脑膜炎是通过蚊子来传播的，这大冬天哪来的蚊子啊？二是乙型脑膜炎是要发高烧的，可大妹那天的体温还有些偏低哩！三是曾经听到已经痊愈的乙型脑膜炎患者说起，发病期间会感到难以忍受的痛楚，可那天下午和晚上大妹连一声都没有吭啊！

大妹的追悼会安排在当时的斜桥殡仪馆，她学校的老师、同学和周围的邻居有六七十号人参加。那一天父亲是带着哥哥、二妹和三妹去的。哥哥回来对我讲，当大妹的灵柩推出来时，在场的所有人都惊呆了，因为妆容宛然如生的大妹像天女下凡一般美丽动人。追悼会举行到一半时，有人惊呼大妹活过来了，因为看见大妹的额头在冒汗。我知道这是温度急剧转换所产生的现象，但我那时候还是真心希望大妹能够起死回生，让我家能够恢复以往的正常生活。

那天我很想去参加大妹的追悼会，可是父亲留我在家照看悲痛欲绝与病情加重的母亲。看着母亲生不如死的样子，我真的找不出更多、更合适的语言来安慰她，只是不停地对着她保证：我以后一定听她话、一定会争气、一定做家务、一定不胡闹、一定多赚钱、一定孝敬她等等。大妹的不幸去世，给了我人生中第一次痛彻心扉和难以磨灭的痛，也让我一下子从一个不知愁滋味的懵懂少年蜕变成了一个略带忧郁气质的老成少年。当时所有认识我的人都发现了我这个明显的变化，说我与以前相比像换了一个人似的。

当我拿着大妹最后借的两本书和借书卡去图书馆办理注销手续时，管理员们得知原委后，无一不对大妹这个知书达礼、文静大气和刚过 12 周岁的美丽女孩的过早离世扼腕叹惜。由于当时处于动乱年代以及抵制封建迷信的社会氛围，所以暂存在斜桥殡仪馆的大妹的骨灰盒后来竟不知去向。看见母亲总是拿着大妹的遗像和遗物发呆，长时间难以从白发人送黑发人的悲痛中走出来，父亲在久劝无效的情况下，找了个机会悄悄地把大妹的遗像和遗物都处理掉了。母亲后来一直没有原谅父亲处理大妹遗物的这一决绝举措，说父亲狠心冷酷，但我认为母亲是错怪父亲了，在往后很长一段日子里，我有好几次看见父亲背着我们偷偷地抹眼泪。我猜想父亲当时做出这个艰难举措时，肯定是想着作为一家之主要如何扛起整个家庭迅速恢复正常生活的重任。

从那时起，母亲养成了烧香拜佛、初一和十五吃素的习惯，每年的清明节和冬至夜，母亲都会为大妹烧上满满一大袋的纸钱。每年母亲还会去庙里为大妹做法事，请和尚烧香念经超度大妹。这样过了几年以后，母亲不仅逐渐走出了痛失爱女的悲伤心态，还找到了三条理由来说服她自己。第一条，聪明懂事的大妹是投胎来我家还债的，现在欠债还完她走了，所以祝愿她以后投胎到一个好人家去。第二条，按照中国民间的说法，属羊的女孩子命苦，大妹出生在冬天，人又长得白，所以她的命很苦，还不如早日跳出苦海。第三条，大妹如果活着的话，是1973届的初中毕业生，按当时的政策要去边远农村插队落户，大妹长得漂亮且体弱多病，将来她的人生命运一定非常悲惨。父亲和母亲去天堂与大妹相聚后，我们兄妹几个还是会按照老规矩，在清明节和冬至夜为大妹烧上满满一大袋的纸钱。在每一次的悼念仪式中，我总会望着摇曳跳动的火花，默默地祝福大妹在天堂里能够用上这些纸钱，多买些她喜爱的书和水果糖。

大妹的大名叫魏玉凤，尽管她去世已经有50多年了，也没有留下任何遗物，但是我每每想起她来，还总会悲不自胜、泣不成声。写这篇文稿时，有好几次我竟哽咽流泪直至大放悲声，数度不能落笔继续书写下去。大妹确切的出生日期和确切的去世日期我已经无从知晓，但是我牢牢地记住了母亲告诉我的这段话：大妹来到人世间的时候天气很冷很冷，大妹离开人世间的时候天气也很冷很冷！

（此文完稿于 2022 年 3 月 19 日）

棍棒下的父爱

　　我小时候经常挨我父亲的打，至于挨过多少次打，我只能坦白地讲：不计其数。大多数挨打的经历我早已忘得一干二净，不过有3次挨打的原因与挨打的痛楚至今还让我印象深刻、难以忘怀。

　　20世纪60年代初三年困难时期即将结束的时候，我8岁左右，由于我母亲当时在里弄生产组上班，因此我们家里由我负责烧饭。有天临烧晚饭时煤球炉突然熄火了，把我急得像热锅上的蚂蚁团团转。我在家里上窜下跳，翻箱倒柜寻找可以引火的纸张，找了很久总算在一个放在抽屉的盒子里找到了一卷纸，我来不及细看赶紧拿去引火点燃煤球炉做晚饭。吃了晚饭后，我母亲突然焦急地问："刚领的一个季度的票证怎么找不到了？"在那个物资极度短缺的年代，一个季度的票证让我全烧没了，等于我们全家人3个月的时间没吃的、没喝的、没用的啦！

我读小学三年级时，我母亲得了重病，经常大口咯血要送医院抢救。有次去邻居同学家复习功课，看见桌上有一卷钱，我就偷偷拿回家如数交给了我母亲，我当时对她说："是路上捡到的，赶紧用这钱去看医生买药去。"我母亲数了一下这卷钱，一共有10多元，相当于我母亲生病前在里弄生产组上班时一个月的工资。

我上五年级刚开学时候，有次课间我去小便，由于憋了很久压力有些大，结果反弹的尿液溅湿了旁边年轻男老师的新皮鞋。当时男老师不仅大发雷霆、破口大骂，而且还要求我把他的新皮鞋擦干净。我回答他说："把皮鞋擦干净可以，但你必须为辱骂我父母向我正式赔礼道歉。"当这家伙不肯道歉还继续骂骂咧咧时，我跳起身来在他脸上狠狠地打了一拳。

我做的这三件大坏事后来是如何妥善解决的，我现在已经没有任何印象了。但我父母亲肯定跑了好多腿，说了好多话，求了好多情，陪了好多笑脸，最终的结果才没有对我的生活和成长造成任何实质性的影响。

当然，我做了这三件大坏事后的每一次挨打都是结结实实的。记得我父亲是用棍棒狠狠地打我的屁股和大腿，我每次都会伤痕累累，疼痛难忍，彻夜难眠。当时我们家7口人挤在8平方米不到的一间小屋里，这几次挨打后的深夜，我总是听到我母亲哭泣着对我父亲说："你打得这么重，万一把孩子打残了咋办？"我父亲总是沉默着没有回答。我又听到我母亲说："每次你打孩子后都会浑身发抖整夜睡不着，你自己要注意身体，不要再生气了好吗？"我父亲还是沉默着没作任何回答。不过到了这个时候我总是听到我父亲的喘气声会变得很急很重。

小时候的我脾气是很倔强的，这有可能是因为接受英雄人物宁死不屈的红色教育比较多的结果。在我父亲用棍棒狠狠揍我的过程中，我不哭不闹也不求饶，只是默默地忍受着，事后还要绝食以示抗议。但是每次当我在深夜听到我父母为打我而说的悄悄话时，我都会认真思过。特别是我父亲在清晨出门上班前，还会像平时那样轻轻掀起被子看看习惯蒙着头睡觉的我，怕我着凉依然会有为我把被子盖得严严实实的惯常举动，这都会让我禁不住泪流满面、呜咽不已。或许这个过程中的感悟和觉醒让我从一个懵懂无知的小孩、桀骜不驯的少年渐渐转变成了一个有为的青年；亦或许这三次既触动皮肉又触动心灵的深刻记忆给了我不断奋发有为、终生向上的不懈动力。

我父亲在退休前的几十年里，一直为菜篮子工程忙碌着，他骑着单位派给他的老坦克自行车每天凌晨五点上班，晚上七点下班。我父亲单手从左侧上下自行车的潇洒身姿，绝对是当时弄堂里的一道亮丽风景线。我父亲退休后，我们全家才从他同事的口中得知，我父亲曾在20多年的时间里献血30多次，用献血换取营养补助费来维持我们家的正常生活和支付我母亲的医药费。每每想到中学开学的第一天，我穿上崭新的白衬衫、蓝裤子与白球鞋高高兴兴跨入市八中学，而这整套服饰是我父亲用不久前他献血的营养补助费为我买的那一刻，我都会忍不住心潮澎湃、泪如雨下。

我父亲喜欢喝点小酒，吃晚饭时他通常会用一两白酒兑半斤温水慢慢地喝，有时候没啥下酒菜，他就用油汆黄豆或者油汆豆瓣将就。我母亲曾不止一次地告诉我，当我还在襁褓里的时候，我父亲喝酒时会经常抱着我坐在他怀里，用筷子沾酒让我吮吸，估计我的酒量就是那个时候练就的。"文革"前每年春节放假的时候，上海市商业系统都会在南京路上的永安公司楼上举办新年音乐会，我父亲总是带着我一起去，还一本正经把我介绍给他的同事与朋友。尽管当我聚精会神地欣赏音乐时，总会断断续续地听到我父亲的鼾声伴奏，但就是这些音乐会，让我幼小的心灵产生了对音乐艺术与声乐艺术的美好向往。

我父亲非常喜欢看报，但是只要我回到家里，他总会把当天的报纸给我让我先看，一直到我长大参加工作后都是这样。我父亲口袋里经常放着他喜爱吃的零食，当我看报时，他会从他的口袋里拿出几颗大白兔奶糖，或者几个小蜜橘，又或者几粒糖炒栗子让我吃。一个80多岁的父亲让一个50多岁的儿子吃这些还带着他体温的零食，这样的情景让我至今回想起来还感到非常温馨甜蜜。

我母亲过世后，我父亲一下子就失去了生活重心，原先每天的散步、看报、种花与养鸟都弃之不顾了，整天不是在沙发上发呆就是在床上沉睡。我父亲卧床不起住进护理院后，每个周末我都会数小时地坐在他床边静静地陪着他。那时候我父亲已经不会说话了，但是护理阿姨告诉我，我父亲是知道我来的，因为他激动的脸部表情是平时看不到的。当我双手紧紧握着我父亲当年强劲有力而如今变得枯瘦如柴的双手时，总会百感交集、悲从中来，在感叹人类生命短暂的同时对至爱亲人的即将远逝感到无奈。

记得小学毕业后，我再也没有挨过我父亲的打，反而是他肯定赞许的目光停留在我身上的次数与时间变得越来越多、越来越长。在我父亲这种眼神的期许下，我走进了中学，我走进了工厂，我走进了大学，我出国留学深造，我回国开始创业。

今天是父亲节，此时此刻我十分思念我的父亲，同时我也在呼喊我父亲的在天之灵：你能再用棍棒狠狠地打我一顿吗？

（此文完稿于 2020 年 6 月 21 日，父亲节）

舌尖上的母爱

　　最近几年我经常会去我哥嫂家蹭饭，回家时总会把一盘干煎小黄鱼打包带走，这是我好多年来的传统保留节目。在江浙地区像我这样喜爱干煎小黄鱼这一类传统美食的吃货朋友还是蛮多的，但对我而言，除了贪吃这些传统美味之外，这一盘干煎小黄鱼还有更深沉、更多元的含义在里边。

　　其实我哥嫂家不仅有我喜爱的干煎小黄鱼，还有好多好多源自母亲的家传美食。母亲生前烧得一手苏锡菜与上海本帮菜，尤其是酱鸭、走油蹄髈、油爆虾、响油鳝丝、熏鱼、四鲜烤麸、银丝芥蓝菜，这几个菜是她的绝活。每次这些菜一上桌肯定都是被一抢而光的，我家好多亲朋好友包括我哥当年部队的战友，至今都念念不忘这些回味无穷的美食。

　　母亲有一双巧手，她会把非常普通的食料做成你想象不到的美味佳肴。早春的季节，小青菜吃起来有点苦，母亲会把小青菜先腌制一下去除苦味然后再炒，这样炒出来的小青菜（俗称咸鸡）吃起来就非常鲜美。夏季的西瓜皮我家从来不扔掉，母亲把吃剩的西瓜皮两面清洗干净，稍微腌制后用来炒毛豆，西瓜皮炒毛豆就成了一道非常凉爽清口的夏令小菜。秋季的老黄瓜很便宜，母亲买回来洗净晒干，然后再用酱油、红糖腌制后放入小瓮里，做成的酱瓜又成了一年四季百吃不厌的伴粥伴泡饭的最佳搭档。冬季的大青菜只有几分钱一斤，母亲会买上百斤回来腌制咸白菜（我赤着一双脚在大缸里一层层地踩着大青菜，母亲一双手往一层层的大青菜上撒着盐的情景仿佛就在昨日），腌制好的咸白菜炒肉片又成了冬季餐桌上的一道滑润适口的冬令好菜。

　　经济状况比较好的那些年份，每年春节前的几个星期，是母亲最忙碌的时候，她会买一个大猪头搞成咸猪头，她会买一大块猪后腿肉搞成酱油肉，她会买上一条大青鱼搞成腌青鱼，她会买一条大海鳗搞成鳗鱼鲞。她还会连续几天一大早去十六铺附近的自由市场，抢购崇明农民出售的特殊大公鸡。这种大公鸡从小就被阉割了，还关在笼子里不让乱跑，而且只给它吃玉米这一种食物，所以这种大公鸡可以长到 10 斤左右，而且肉质非常鲜嫩肥美。大公鸡买回家后，母亲把它一分为二，一半做成白斩鸡，另一半做成红烧板栗鸡块。接着母亲又开始准备汤圆的食材，先是把糯米浸泡几天，再用手推磨把泡软的糯米磨成水磨粉，然后装入米袋子挂起晾干。汤圆的馅料有三种：荠菜猪肉、红豆沙与芝麻核桃。荠菜猪肉馅是用最鲜嫩的荠菜和猪后腿精肉剁碎后加入调料拌制而成的，红豆沙馅是用煮烂的赤豆加入红糖与橘子皮在铁锅内炒制而成的，芝麻核桃馅是把这两者炒熟放入石臼捣碎后再加入香蕉泥拌制而成的。我们家里的人都不喜欢吃很甜很油腻的东西，所以芝麻核桃馅的汤圆里从来不放糖和猪板油。用香蕉泥作黏合剂制作的芝麻核桃馅的汤圆吃起来真是香啊！不过我好像在其他地方还从来没有吃到过用这种方法制成芝麻核桃馅料的汤圆，估计这又是我母亲别出心裁的创造发明。

通常情况下，母亲忙到每年的大年三十就累倒了，好像一台充满动力的越野车突然断了油一样。吃年夜饭时，我们会把桌子移到床边，这样母亲就可以坐在床上与我们全家人一起吃年夜饭了。其实母亲每年的年夜饭吃得并不多，但是当她看到我父亲和我们几个孩子大口大口吃着她给我们精心烹饪、色味俱浓的年夜饭时，总会露出心满意足的灿烂笑容。当年夜饭吃得差不多的时候，母亲总会催促我父亲赶快给我们几个孩子发压岁钱。大年初一一大早，母亲又早早起床为我们煮汤圆，汤圆吃好后，母亲又催促我们兄弟俩去买鞭炮烟火，然后在弄堂里噼噼啪啪地燃放。母亲曾经不止一次地告诉我，她从小就怕自己去点燃烟火鞭炮，但是她很喜欢远远地听着这些带有喜庆年味的震耳欲聋的鞭炮声。接着母亲又催促我们几个孩子去给长辈们拜年，她还特别关照我们要有礼貌，要讲吉祥如意的拜年话。大年初一的午饭与晚饭，母亲通常也是在床上吃的，有时候父亲想拍拍母亲马屁，就给母亲盛饭端菜，但是母亲总是要求我们几个孩子为她盛饭端菜。母亲从来没有说过她为什么这样做，但是我猜想或许这是她有意让我们从小就养成孝敬父母与长辈的意识与习惯吧。大年初二的清晨母亲又早早地起床了，好像那台越野车又重新加满了油一般，她又开始忙着准备春卷和馄饨等点心，来迎接亲朋好友的来访。每当客人进门，母亲忙前忙后接待客人的脚步就会变得非常地轻盈，母亲热情招待客人品尝点心饭菜的手势就会变得非常地温柔，同时母亲对客人嘘寒问暖的语调也会变得非常地悦耳。

记得女儿考进精英高中那年，从澳洲回上海度假，母亲每天必定要做好几个拿手菜犒劳她孙女。有一天我刚回到家，母亲就迫不及待地告诉我，说我女儿把一大盘干煎小黄鱼都吃掉了。母亲说："你女儿像只小猫一样跳进跳出，我煎一条她吃一条，一边吃一边讲好吃好吃，我最后一条煎好，她最后一条吃干净。"母亲把这件趣事讲给我听时，不但眉飞色舞一副得意劲儿，而且疼爱孙女的浓情蜜意同样溢于言表。我从来没有看到过母亲这种幸福满足的感情流露，莫不是母亲从她自己的孙女身上看到了并且回想起她自己当年那曾经充满梦想的天真烂漫、无拘无束的少女时光。

　　我是从小吃母亲烧的这些风味独特的饭菜长大的。从小时候到成家前的 30 多年的时间里，我一直喜欢睡懒觉，尤其到了冬天，每逢休息天一般要睡到中午才起床。只要母亲看见我到了早上八九点钟还不愿起床，她就会安排我在床上梳洗和吃早餐，然后让我继续睡大觉。回国创业后，我也会经常在休息天、节假日去母亲家蹭饭。一般情况下，我到了母亲家先吃午饭，然后睡午觉，午觉睡醒吃点心，接着吃完晚饭后回家，当然还要打包带一些菜走，其中肯定包括干煎小黄鱼。午饭和晚饭自然是享用母亲精心烹饪的色香味浓的美食，而下午的点心，夏天是绿豆莲心百合羹，冬天是红枣桂圆赤豆羹。看见母亲总是忙忙碌碌地为我端茶送水与盛饭夹菜的身影，那个时候的我还感觉有点心安理得并没有多大触动，有时候仅仅是对着母亲说句轻描淡写的谢谢而已。母亲去世后，每每想到这些情景，我心底会油然地充满感恩，眼眶会难以自禁地满含热泪，当然也会回想那些人间美味。

　　母亲走了以后，我的嘴巴里总是感觉没有啥滋味，心里总是惦念着母亲做的这些家常菜肴，但不管是自己在家里学模学样做的还是在超市、商场买的现成品，不管是路边小餐厅的特色小吃还是豪华饭店高级大厨师烹饪的名菜，坦率地讲，我觉得都比不上母亲烧的。

　　我哥嫂与我父母共同生活了几十年，母亲刻意的言传身教以及我哥嫂受到的耳濡目染，让他们夫妇俩基本上传承了母亲自成一派的厨艺。所以我现在经常会去哥嫂家蹭饭，主要原因还是想继续享用由母亲家传的美食和继续感受母爱的温暖。每一回坐上我哥嫂家的餐桌，看到一盘盘色香味俱全的家传美食端上桌时，我似乎总会恍惚看到母亲仍然在厨房里忙碌的身影，感觉到又和母亲病弱的身体有了一次近距离的接触。而每一次打包回家的干煎小黄鱼，我都会慢慢地享用，因为我品尝这些由母亲精心传授的家传美食的过程，早已经成为我思念母亲与感恩母亲的仪式了。

母亲生前我从来没有给她送过花，今天是母亲节，我想送一束花给远在天堂的母亲，在快递如此便捷的当下，不知她能收到否？

（此文完稿于 2020 年 5 月 10 日，母亲节）

吾家有女

今天是女儿 32 周岁的生日。

32 年前的今天，她出生时的情景仿佛就在我眼前。原先所有的征兆显示是个男孩，当焦急地等在产房门口的我听到接生护士报信是女孩时，难免有些失望和惆怅。女儿出生后我一直没见过她，医生说有些指标异常，需要观察几天，所以我只能带着她母亲先回家坐月子。在焦虑不安的等待中，我天天打电话给医生询问女儿的情况，医生回答说怀疑她患有新生儿溶血病，需要继续观察。看到她母亲在家思女心切、以泪洗面的模样，我反复恳请医生让我见见女儿，医生回复说只能隔窗相望。当我第一次透过玻璃看到已经出生十多天的女儿时，心里一下子升腾起当天一定要把她带回家的决断。经与医生软磨硬泡并且立下出了事情后果自负的生死状后，我把刚喂饱的女儿抱出了上海市第一妇婴保健院。我紧紧抱着她从吴淞路乘上17路电车到打浦桥，再换乘隧道一线到浦东上钢新村下车，将近两个多小时里，在我怀里的女儿或许是知道自己要回家了，一路上都非常安静地沉睡着。我无数次凝视着女儿蜡黄发黑且瘦弱的小脸，内心深处要不惜一切代价珍爱和保护她的那种最柔软的感情以及最坚定的意志渐渐地浓厚了起来。

实际上女儿的身体很健康，只不过可能是胎气的原因，出生时皮肤看上去有点黑而已。到了她6个月大的时候，女儿长成了一个又胖又黑的小妞。那时的我非常瘦，当我抱她出门购物或者游玩时，看见我女儿的人们的反应基本有这么三种：一是我长得这么瘦，女儿长得这么胖，看起来好像是我的肉都长到女儿身上去了；二是皮肤黑的孩子不娇气好养活，女孩子健康美其实也蛮好的；三是女孩子小的时候是"猫脸"会越长越漂亮，女孩子小的时候是"狗脸"会越长越难看，我女儿是"猫脸"肯定会越长越漂亮。我真的不知道对这些似是而非的话该如何回答是好，往往只能不置可否地以"嘿嘿"两声来予以回答。

由于客观原因，女儿小时候我带的时间多一些。女儿一周岁后，每天清晨吃完早饭我就先把她送去托儿所，然后再赶去上班，下班后我先急匆匆地赶到菜场买些当天吃的菜，接着再赶到托儿所把女儿接回家，到家后先给女儿吃一些饼干之类的零食，同时让她看动画片或者听儿歌，我则手忙脚乱地烧晚饭，吃了晚饭后再给女儿讲故事，哄她睡觉。遇到我出差或者休息日，我就送女儿去我父母家或者带着女儿去我父母家蹭饭。我当时住在浦东昌里东路靠近长青公园的上钢六村的新工房里，交通方式以自行车和公交车为主。当时去我父母家的83路公交车线路，一头在长青公园，另一头在黄浦江边南码头的轮渡站。那是南浦大桥还没有建造的年代，没有今天浦江两岸如此便利的交通；那是出租车还很稀罕的年代，没有今天如此普及的私家车与网约车；那是通信要靠公用电话站老头老太口头传达的年代，没有今天人手一部智能手机的便捷通信条件。去我父母家蹭饭，通常我是带着女儿坐83路公交车去的。在南码头路下车换乘轮渡到浦西后再走十多分钟，就到了我父母位于董家渡天主教堂附近的家了。由于女儿长得很结实，体重很重，我长时间抱她实在抱不动，开始的时候我还能勉强抱一阵走一阵，女儿大约两周岁时，我抱着她一会儿就气喘吁吁力不从心了。想到女儿体力还可以，她自己走走也还行，就跟她商量如果这段路她自己走的话，就给她买好吃的。浦西南码头轮渡站旁边正好有家小食品店，女儿每次到了这家店的门口就赖着不走，一定要我兑现诺言给她买好吃的，于是夏天的冷饮、冬天的糖果成了我让她自己走到我父母家去的交换条件。在父母家蹭了午饭与晚饭后，我又带着女儿赶回自己浦东的家里。当我们乘坐的轮渡船抵达浦东后，只要看到有83路公交车在车站等候时，我就会带着女儿拼命地赶，因为那时候晚上的 83 路公交车要半个小时才开一班。牵着女儿的手奔跑这段近 300 米长的路时，我会一边跑一边问她行不行，每次女儿总是坚定地回答说她行。当我和女儿气喘吁吁地坐上 83 路公交车时，车上所有的乘客都会对这位厉害的小女孩表示由衷的赞叹。听到人们对我女儿的赞叹，我在骄傲得意的同时也对女儿坚毅顽强的性格暗自惊叹。在公交车上坐定后，我怕女儿睡着了下车会着凉，还担心实在吃不消抱她上 4 层楼的家，所以一般情况下，我会用给她讲故事与背儿歌的方式来消除她的睡意。女儿的记忆力很好，通常我给她讲的故事和背的儿歌复述几遍以后，她就能一字不漏地背诵出来。每当女儿用她清脆的童声背诵那些故事和儿歌时，仿佛一只夜莺在欢乐地歌唱，那些旋律也变成了永驻我心头的小夜曲。每当这个时刻，整个公交车的车厢会变得非常安静。还是那些刚才惊叹我女儿奔跑厉害的同车乘客，现在又开始赞叹我女儿的聪明伶俐了。有次坐在我后座的是一对青年情侣，我清晰地听到那个女青年悄悄地对她的男朋友说，要好好地读书学知识，因为我女儿健康聪明的原因是我看上去就很有学问、很有修养。每次听到这样的赞扬，我这个做父亲的除了为我的女儿骄傲之外，也情不自禁地为自己骄傲。

有一年冬天的晚上，我带着女儿在父母家蹭完饭，按例乘上了浦西回浦东的轮渡船，到达浦东南码头看到 83 路公交车站空无一车，我和女儿只能在车站等候，哪知道等了半个多小时，83路公交车还没来，漫天漫地的大雾却不请自来了。在接下来的半小时里大雾越来越浓，能见度不足5米，有些时候甚至到了啥东西都看不清楚的地步，这是我一辈子迄今为止见过的最大的雾。在这种天气条件下，不要说公交车行驶过程危险性很大，就连骑自行车危险性也很大。我在与83路公交车站工作人员确认83路公交车不可能再发车之后，和已经在寒夜里站了一个多小时且脸颊冻得通红的女儿商量，是否可以沿着83路公交车的路线走回家去，如果公交车通了，我们再找就近的车站上车也不迟。我刚开这个口时还担心女儿不同意，没想到她听了我的这个建议，毫不犹豫就答应了下来。随即我们父女俩就沿着83路公交车路线往家走，大雾越来越浓，空气湿度越来越大，气压也越来越低，走了没多久，我就开始气喘吁吁、汗流浃背，因为那时是隆冬时节，身上除了穿着很厚很重的冬衣之外，还套了一件一年难得穿上几回的厚呢大衣，而且我手上还提着父母给的一些物品。那天女儿的身上也穿了很多衣服，我看着她从小脸冻得通红到热得满头是汗，想着她毕竟只有4周岁左右的年龄，心里着实有点不舍，所以有好几次我试着要背她走一段，可是她总是不让我背她走。就这样我们俩走走停停、停停走走，83路公交车一直没有来，大雾也一直没有消退，我们俩就一直这样走着。这段路大约有10公里，我与女儿一共走了3个多小时，回到家时已经是第二天的凌晨了。

女儿小时候不愿吃蔬菜，我就哄骗她说多吃豆腐皮肤会变得很白，她很听我的话，每次饭桌上有豆腐时，她总是吃得很多。女儿到了两周岁左右的时候，皮肤长成了正常的颜色，我不知道这是她多吃豆腐的缘故，还是她的胎气已经消失殆尽的缘故；我也不知道这是她名字里有个"涤"字的缘故，还是经常给她洗澡擦爽身粉的缘故。女儿学走路时，我买了个学步车给她练习，虽然女儿用学步车学会了走路，但也导致她两条腿的腿型有点罗圈，并且两只脚的脚型还有点内八字，走起路来经常会把自己绊倒。看到这个情况，我的内心非常焦急，考虑到当时并没有儿童腿型与脚型矫正的医疗资源，所以我应用我机械工程师的知识，想方设法为女儿量身自制了一台腿型与脚型矫正器。每天临睡前，我帮女儿把这台矫正器戴上，第二天早上再把它拿下来。刚开始的时候女儿还有点抗拒不愿意，我只能耐心地向她解释腿型和脚型对一个女孩子的重要性。后来女儿很配合，每天临睡前还会主动要求我帮她戴上这台矫正器。过了半年左右，女儿的腿型和脚型都矫正好了，现在每每看到女儿那两条笔直的大长腿，以及非常轻盈优美的步伐时，我都会感到非常的宽慰和自豪。有时候我在马路上看到一些长得非常漂亮的女孩子，非常可惜的是：她们的腿型有的是 X 型腿，有的是 O 型腿；脚型有的是外八字，有的是内八字。每次看到这些腿型和脚型不完美的漂亮女孩子时，我就会感到非常后悔，我后悔我那时没有把我那台自制的腿型与脚型矫正器做成一个标准产品并且作为大众商品加以推广运用，我后悔当时没有用这套自己摸索的成功经验创办一家矫正腿型与脚型的诊所来帮助更多有这种需求的女孩子。

女儿自出生后身心健康均衡发展，所以没有给我添多少麻烦，但是不知道什么原因，在她3周岁左右的时候，咳嗽一直没完没了，我不知道这是否就是小孩的百日咳病征。在半年左右的时间里，我去了好多医院，找了好多医生给女儿治咳嗽，结果还是没有治好。有一天上班，当我唉声叹气地向同事们诉说女儿的咳嗽怎么都治不好的担忧时，一位女同事告诉我，延安中路上海音乐厅的旁边有家中医院，有一位年老的女中医专治小儿咳嗽，那位女同事还说她的女儿久治不愈的咳嗽也是刚刚在那位老中医那里看好的。第二天我就带着女儿去了那家中医院，那位女中医看上去50多岁，一副慈眉善目的老大妈模样，她仔细观察了我女儿的症状后告诉我说，女儿的咳嗽没啥大问题，配一瓶中成药的咳嗽药水回家按时喝就可以了。我当时对这位女中医这样的诊断和处方难以置信，因为在这半年多的时间里，我带着女儿看了不少的中医与西医，吃了不少的药片和药水，我不太相信凭这样一瓶中成药的咳嗽药水就能治好我女儿的咳嗽。我抱着半信半疑的态度，把捧着那瓶咳嗽药水的女儿抱回了家，结果大大出乎我的意料，这瓶中成药的咳嗽药水半瓶还没喝完，女儿的咳嗽居然给治愈了。从那以后我对我国博大精深的传统中医和中药的态度从半信半疑到深信不疑，也由衷地希望那位女中医的医术能够传承至今，为更多的咳嗽患儿提供治愈良方。女儿咳嗽治愈后不久，有一天那位女同事悄悄地来到我的办公桌旁，对我说她很后悔把那位女中医的信息告诉我，因为她女儿咳嗽的老毛病复发了，她还告诉我这位女中医的信息也是她的另外一个朋友告诉她的，她的那位朋友告诉她这个信息之后自己孩子咳嗽的老毛病也复发了，她接着又告诉我上海民间有一种传统的说法，即你孩子的毛病治愈以后，千万不能告诉其他人你孩子是由哪家医院、哪位医生治好的，不然的话你自家孩子的毛病就会复发。听了这位女同事的这番话后，我知道这纯粹是一种迷信的说法，但是为了我女儿的身体健康，我就真的一直没告诉任何人关于这家中医院与这位女中医的一丁半点的信息。后来女儿的咳嗽确实没有复发过，我知道这样做很自私，但是请大家谅解一个爱女心切的父亲。现在我把这家中医院和这位女中医的信息公布出来，一是希望这家中医院与这位女中医还在继续为人民服务，二是希望能够补救一下我当时初为人父的那种情不自禁的自私。

我在动身去新西兰留学之前的一段时间里，内心深处对女儿总是有点难舍难分的忧虑，通过反复比较与充分沟通以后，最终还是决定给女儿转学，让她在我父母家附近的幼儿园上学，这样一来，不仅我父母可以代为照顾我女儿，而且我哥嫂也可以代为照顾我女儿。在去虹桥机场的路上，我把当时才4周岁半的女儿紧紧地抱在怀里，在她的脸颊上亲了又亲，亲了又亲。在登机口分别的那一刻，当我看见女儿的那双小手向我挥手告别时，我泪水像开闸的洪水般哗哗地涌出眼眶。我一个人到新西兰留学以后，对女儿的思念越来越频繁、越来越强烈，同时我发现我对母亲的想念也越来越频繁、越来越强烈。我记得我曾经在一本书上看到过这样一句话：对于一个人而言，生命中最重要的人是生你的人和你生的人。我发现这句很精辟的话在我苦苦思念母亲与女儿的过程中，已经得到了充分的验证。当我听到新西兰移民政策中，对技术移民有家庭团聚的优惠照顾时，我就毫不犹豫地向新西兰移民局提出了家庭团聚申请。我的申请过程很顺利，过了半年左右，新西兰移民局就批复了。在女儿来新西兰之前，我考虑到她当时刚好满6周岁，正好符合新西兰小学一年级的入学资格，所以我就在公司附近找了所好的小学，还转租到了学校附近的房子里。

驾着我自己的第一辆车，在奥克兰国际机场接到女儿的那一刻，我发现经过一年半的分别时间，女儿的身高比我离开上海时整整高出了一个头，已经出落成一个人见人爱的小美女了。在从机场回家的路上，女儿在车上像只小麻雀似的喋喋不休地向我说着上海的各种各样的趣闻乐事，我听得非常陶醉，心儿像灌了蜜一样。我开着车很快就回到了家，很奇怪那天从奥克兰机场到家的这段路会怎么变得这么短。从那天中午接到女儿的那一刻起，一直到晚上睡觉，女儿都像一只小宠物似的粘在我身边。我好几次劝女儿睡到她自己的床上去，她都躲在我怀里赖着不走。这个情景一下子让一件往事浮现在我眼前，当时我住在上钢六村一居室的工房里，那年的夏天很热，没有空调，只装了个吊扇降温。我很怕热，上海炎热的酷暑之夜更是让我汗流不止，难以入眠，所以我就在房间中央吊扇之下铺上两张大草席一个人睡。女儿那年夏天大约一周岁半，看到我睡地板她也要睡地板，所以我只能哄她睡着后再找个远离女儿的位置睡（两张草席的面积约6平方米）。我睡着不久后，就会被胸口的热量惊醒，睁眼一看，原来是女儿酣睡在我的怀里。这样的情况每晚会反复发生3到5次。我对这个现象很奇怪，有次我强打精神在黑暗中睁大眼睛寻找答案，居然发现她是在深度睡眠的状态下连滚带爬拱进我怀里的。我不知如何从科学上去解释这种现象，但对我而言，那年夏夜的回忆是极度甜蜜的，就像现在女儿在我怀里装睡一样。

女儿到达奥克兰的第二个星期一，我就送她到附近的小学去上学了。那天早上，我陪着女儿从家里步行到学校，一路上我告诉她在新的学习环境中要放轻松，就像在上海的幼儿园里一样，跟小朋友好好地玩就是了。班主任是位中年洋人女老师，看上去相当和蔼可亲。我向女儿的班主任介绍说："女儿才从上海过来，英文没学过，连 ABCD 都不知道，今天只要教会她吃午饭的英文、上厕所的英文就可以了。"在班主任让我尽管放心去上班的同时，女儿看见班级里全部都是洋人同学，就紧张地抱着我的大腿不让我走。我弯下腰来对女儿说了好多好话，并且答应她放学时我会来教室门口接她后，女儿才眼泪汪汪地走进了教室。那天上班我总是心不在焉，担心女儿能否适应陌生的学习环境，所以下午三点不到，我就向老板告假急急匆匆地赶到了学校。下课铃响后，我看见女儿高高兴兴地向我飞奔过来并且扑进了我的怀里，又听到班主任老师告诉我，女儿很快就适应了学校的环境，班级里的同学也都很喜欢她时，我那颗一整天都悬着的心总算落了地。第二天早上，女儿背着书包自己蹦蹦跳跳地走着去上学了，我还是有点不太放心，就远远地跟在后面看着，一直看到女儿走进了教室，我才彻底放下心来。

女儿正常上学后，在学校里就是全班孩子每天随机分组玩游戏，回家后就是背单词——老师每天只安排她背 10 个英文单词，没有其他任何家庭作业，我感到很惊讶的是到一年级学年结束时，女儿居然还获得了学习优胜奖。那年开家长会时，我把我的迷惑告诉了其他家长和班主任，得到的答案是：在新西兰小学低年级阶段就是让孩子玩，这叫愉快式教育，这个阶段的孩子第一重要的是身体健康，第二重要的是心理健康，第三重要的才是学习成绩；一个身体健康和心理健康的人将来长大成人后，才能在工作、社会、家庭中成为一个正常的人，在身体健康和心理健康都得到充分保证的前提下，如果上帝再慈悲点的话，孩子的学习成绩也非常好，那当然是再好不过的事了。听到这与国内应试教育截然不同的教育观念，原先我准备为女儿在家里开小灶的念头，一下子就被彻底打消了，我想着先耐心地观察两年再做决定。女儿来到奥克兰半年左右就能说流利的英语，甚至说梦话都在说英语。有时候留学生朋友们聚会，大人聚在一起都在说普通话或者上海话，而小孩子聚在一起都在说英语，事实证明学语言最重要的是语言环境。另外我发现尽管学校没有布置家庭作业，但是会要求孩子回家阅读，看啥书由孩子根据自己的兴趣去学校图书馆找，看完以后还要写读后感。每看完 10 本书并且写出这 10 本书的读后感后，老师会奖励给孩子一张去必胜客免费就餐的券。我陪女儿去必胜客免费就餐过好多次，在那里除了可以凭券领用一整块免费的小尺寸比萨之外，还能享用免费的饮料、水果、冰激凌和糖果，等等，所以可以说女儿从小养成的看书与写读后感的习惯是由免费的比萨刺激出来的。在这种寓教于乐和寓教于食的教育环境中，女儿不仅身体和性格越来越好，而且学习的兴趣和能力也得到了极大的提高。每个学年的家长会上，当我看到校长向女儿颁发优秀学生的奖状时，我总会为女儿能在这样的学习环境中全方位地茁壮成长感到十分庆幸与骄傲。

我正式决定回国创业时，女儿恰好小学毕业，我想着女儿作为一个中国人，如果中文也能熟练掌握的话，以后走向社会时职业选择的范围会宽泛些。于是我与女儿商量带她回上海读完初中和高中后再返回新西兰读大学的计划。一开始女儿不愿意回上海读书，经过反反复复与她讲理由，还答应她如果半年试下来实在不愿意在上海读书的话，就马上送她回奥克兰，这样女儿才勉勉强强地答应了下来。我在上海为女儿找了一家比较好的初中。按照女儿的年龄和实际情况，她被安排进了初中预备班读书。刚开始的时候女儿还感到比较开心，一方面她的各门功课基本能赶上同班同学的进度，另一方面她的中文能力也得到了很快的提升，最重要的是她被老师任命为英语课代表，负责领读英文课与录制英文课听力磁带，所以她对自己的价值被老师认可觉得有点得意扬扬。半年时间很快就过去了，有一天女儿一本正经地对我说，她不愿意继续待在上海读书了，她要去澳大利亚接受初中、高中与大学教育。我问她理由是什么，她告诉我四个理由：第一，上海太脏了，她找不到可以随处打滚和翻筋斗的地方；第二，上海人经常为小事情吵架打斗，人与人之间缺乏应有的同情心和谦让精神；第三，班主任老师把她当童工剥削，不仅要她做英语课代表分内的事，还要她批改英语作业和英语考卷，把她的午休时间与课后时间都占用了，当她完成任务去教师办公室交差时，却发现班主任老师跷着二郎腿、喝着茶、吃着瓜子与同事聊天；第四，她在奥克兰就读的那所小学里的好几个洋人同班同学，他们小学毕业后父母就带他们去澳大利亚读书了，其中肯定有他们的道理。女儿说如果一定要把她留在上海读书的话，还不如把她打死。面对态度如此坚决、已经具备独立思考能力与自我坚强意志且处于逆反期的女儿，我只能送她去澳大利亚继续接受教育。

女儿在澳大利亚悉尼很顺利地考进了相当于国内重点中学的精英学校，在初中3年与高中3年的学习阶段，她都取得了很优异的学习成绩。在这6年时间里，女儿学习方面的事情我基本上没操过什么心，在她课余方面我主要做了三件事：一是节假日陪她在国内外游山玩水，让她熟悉和了解各地的风土人情与多元文化；二是让她回国去相关学校同年级班级做插班生，继续接受中文教育，了解国内同年龄学生的所思所想；三是让她来我公司实习，带她参加各类社交活动，树立群体交流时的自信心，理解良好的沟通在处理人际关系中的重要性。

女儿高中毕业时，她自己早已决定选择悉尼大学接受医学教育，但是具体选择什么专业与职业发展方向，她有点迷惑不清。女儿从小喜欢动物，所以一开始她想选择学兽医。她认为兽医的社会需求很大，而且也能与她的兴趣爱好结合在一起，所以她认为这是一个比较好的选择。当女儿来征求我的意见时，我首先肯定她学兽医是很有爱心的选择，接着我建议她先去悉尼动物园当义工，如果一个月下来，她还喜欢做兽医的话，那就可以决定下来了。结果女儿去悉尼动物园当了两个星期的义工后，就决定放弃学兽医的念头了，理由是太脏、太臭，而且天天看着动物一点儿也不好玩。过了几天女儿又来跟我商量，说她想去学理疗医生，能够帮助那些伤残人士恢复身心健康也是很有意义的。我又充分肯定了女儿的爱心，同时也建议她去理疗医院实习一个月再作决定。女儿找了家理疗医院去实习，过了半个月以后，她又告诉我她不想学理疗医生了，因为每天高高兴兴地去上班，到了理疗医院看到那么多伤残人士非正常的体态与心态，自己也渐渐变得忧郁起来了。又过了几天，女儿又来与我商量，说她想学外科医生，看到病人躺着进来走着出去，肯定很有意义、很有成就感。这次我还是肯定了女儿的爱心，同时也建议她找一家医院去实习一下再作决定。由于澳大利亚规定高中生不能进行外科实习，因此后来我利用女儿假期的时间，在上海找了家国际医院，让她进行外科医生观察实习。过了两个星期女儿告诉我，说她不想学外科医生，理由是工作压力大与劳动强度大，而且她还有点晕血。这次女儿接着问我对她的大学专业选择有什么好的建议，我对她说没什么好的建议，不过可以安排她去参观一些生物医药企业。后来连着几天我安排女儿去参观了位于张江高科技园区的几家生物医药企业。她看得很仔细，问得也很仔细，并且和接待人员的沟通也很通畅愉悦，结果她越看越有劲、越看越兴奋，似乎对生物医药这个行业有一种天然的亲近感与熟悉感。参观日程结束后，女儿一本正经地对我说，她已经作了最终决定，准备去悉尼大学攻读生物医药专业。面对女儿的决定，一方面我为她选择了一个适合她的专业感到欣慰，另一方面也感觉冥冥之中好像有一种神奇的力量在引导女儿去选择生物医药这个专业。我父亲年轻时在中药店工作了10多年，对中医与中药很熟悉，我们家里有个头疼脑热的，都是父亲亲自配方抓药。女儿从小对药物特别敏感，家里的人无论吃什么药、什么时候吃、吃多少她都能记得清清楚楚，到了时间点，这个小药剂师就会主动地把谁需要吃的药物拿到谁的面前，而且从来就没出过错。我父母对我女儿的这种天赋曾经不止一次地表示过难以置信与惊奇万分。

女儿如愿考进悉尼大学医学院后，对我提出为她买一辆二手车的要求，我当然毫不犹豫地答应了。经过7年的努力，女儿很顺利地通过了本科、硕士与实习的考试，拿到了药剂师的资格证书。在这7年时间里，我不仅在女儿的学习方面没操过什么心，而且在女儿的经济方面也没有承担多大的压力，因为女儿在课余时间去兼职做了奥迪的车模和资生堂的美容顾问。通过这种勤工俭学的模式，女儿不但获得了辛勤劳动的报酬，同时也锻炼了将来走向社会独立生存的能力。女儿给我讲述她勤工俭学的那段经历，有时候收工晚了，为了节约往返时间，她把车停在学校附近的停车场，晚上就在车里过夜，我被女儿顽强拼搏的心志深深感动，同时也为女儿的吃苦耐劳感到心疼不已。

　　女儿作为药剂师在普通药房工作后，做了一件大大出乎我意料的事，她报名参加了那一年的澳大利亚小姐与澳大利亚华人小姐的选美比赛，而且还都进入了前十名的决赛圈。当这两个选美比赛全部结束以后，女儿才把这件事情与相关结果告诉我，我惊讶地张大了嘴，下巴差点掉在了地上。面对这两项选美比赛结果，女儿有点愤愤不平，她认为从外形、气质、素养与观众评价，她都应该进入前三名，现在未达预料的最终结果里面肯定有猫腻。我劝慰她说："首先，我对你有信心参加这类选美比赛感到很高兴；其次，你在没有任何幕后操作的前提下能够进入前十名已经充分证明了你的实力；最后，你要明白这类选美比赛本质上是商业行为，如果没有大量的资金赞助，要进入前三名是绝对不可能的。"我接着对女儿说："如果你对药剂师这个职业感到厌倦或没意义的话，想改行从事娱乐行业，爸爸绝对支持你，但是你必须自己认真考虑，仔细分析哪个选项更适合你。"我还对女儿说："参加这两次选美比赛，你肯定学到了很多东西，其实人的经历就是财富，你已经证明了你自己不是一个简单的书呆子，你具有很强的跨界能力。我相信你通过这两次选美比赛学到的知识和能力，将来肯定有助于你药剂师职业的更好发展。"

　　大约过了半年时间，女儿提出她想自己创业，她说她看见一条消息，说美国明星麦当娜之所以始终看上去年轻有活力，主要是因为她经常使用一种理疗仪来进行按摩，以保持全身皮肤的弹性、去除多余的脂肪。女儿认为这是个极好的商机，计划从美国购买一台这样的理疗仪，在悉尼开一家诊所，为那些想保持青春活力的澳大利亚女性提供专业的塑身美体服务。女儿把她要创业的想法告诉我，希望得到我的赞同，另外创业还需要一大笔钱，她也希望得到我的支持。面对女儿自主创业的想法和资金支持的求助，首先我对女儿想做自己喜欢的事的性格表示了肯定，另外我还给了女儿两个建议："一是你的这个创业想法能否找几家银行谈谈，看看能不能找到商业贷款？二是如果我给你一笔钱，你是去买家小药房自己做老板兼药剂师呢，还是去创办一家美体理疗诊所呢？"我希望女儿认真考虑我的这两个建议，并且说当她作出最终决定后，我会按照她的最终决定无条件地支持她。3个月后，女儿告诉我尽管银行不愿贷款，她也知道买家小药房自己做老板兼药剂师，可以省掉雇用一位药剂师的费用（澳大利亚政府规定，药房一定要全职聘用一位有资格证书的药剂师），小药房肯定是不会亏本的，但是她感觉经营小药房非常辛苦，还感觉职业生涯有点平淡无奇，所以她最终还是决定创办一家美体理疗诊所。紧接着女儿还对我说她从小到现在，我没为她额外花过什么冤枉钱，现在应该是补偿她的时候了。我想着或许是女儿真的找到了一个自主创业的好办法，或许是我血液里的创业基因在女儿身上得以延续，又或许是我这个做父亲的至少应该要有让女儿折腾一次的宽容，于是我咬牙答应了女儿的请求。紧接着女儿从美国进口理疗仪，招聘员工组建团队，寻找合适房源装修，添置各类家具用具，风风火火、忙忙碌碌折腾了两个月，像模像样地办起了一家塑身美体诊所。女儿前后两次邀请我去参观这家诊所，坦率地讲，无论是从选址装修到人员配置，还是从市场营销到理疗操作，这家诊所做得都不错。在参观过程中我有两个内心体验：一是我仿佛在女儿身上看见了我自己当初创业时的身影；二是她的这家诊所的装修风格让我感到非常熟悉与温馨，原来女儿照搬了上海浦东原先家里的模样。这家诊所女儿亲力亲为、呕心沥血经营了大半年，尤其到了后期，她还兼职去做药剂师，拿药剂师的工资收入来贴补诊所。后来女儿还是决定终止这家诊所的经营，她告诉我三个理由：一是经营这样一家诊所她有点力不从心，感觉太累了；二是员工工资、房租与营业收入相抵，没有利润；三是澳大利亚人崇尚自然美、健康美，对这类塑身美体理疗项目不是很感兴趣。这次折腾的结果是这台美国制造的理疗仪至今还躺在家里的汽车间里，女儿说她这辈子再也不想做老板了。

在接下来的一段时间里，女儿对自己今后的职业发展方向比较迷茫，于是我利用那年春节在澳大利亚度假的时间，邀请她一起自驾穿越澳大利亚中部、北部与西部地区。我与女儿对澳大利亚东部与南部地区都非常熟悉，但是澳大利亚的中部、北部与西部一直没有涉足，所以一直想着找机会去好好看看这些蛮荒之地。为分散女儿的注意力，所有的行程安排、物资准备以及租一辆大功率四轮驱动的运动型汽车等事宜全部让她一个人去操办。整个旅途中我的角色是司机，女儿的角色是领队、导游兼副驾驶。第一天从悉尼到阿德莱德的行程，我与女儿享受着现代城市、现代交通和现代文明所创造的便利，一路顺利到达了当天的目的地。

第二天一大早，我们俩就驾车启动从阿德莱德到达尔文这段 3000 多公里的"征途"。开了 300 多公里来到一个小镇，吃完午饭，女儿提醒我最好把汽车的油箱加满，我认为油箱里的油还能开 500 公里左右，到下一个镇上再加油应该问题不大。哪知道接下来的路况很差，全部都是那种碎石铺设的乡间公路，车速根本跑不起来，因此油耗就直线上升了。起先我还不太重视，这段路开到三分之二的路程时，车上的油量表已经显示到了警戒线，这时我有点紧张了。澳大利亚中部基本上是无人的沙漠区域，在这里三五百公里的路上，你可能遇不到一个人，也遇不到一辆车，甚至还遇不到一棵树，手机也只有在镇上才能够接收到信号。女儿在一旁不停地嘀咕，怪我前一站不愿加油，还说经常在电视里看到有些人在澳大利亚中部自驾游览时，因为车辆故障等原因造成重度中暑甚至死亡的新闻。我们这段旅程正好在 1 月份，是处于南半球的澳大利亚的夏季，也是澳大利亚中部最为干旱炎热的时节。综合考虑到这些不利因素，我的脑子一下子就轰了起来，接着我把车停在路边，一方面想着让自己冷静一下寻找自救对策，另一方面也想着是否有可能向其他路过的车借点油。等了半个多小时，没有一辆车路过，这个时候气温越来越高，为了省油，我早就把汽车发动机与空调都关上了，父女俩坐在窗户全部打开的汽车里，已经热得汗流浃背难以忍耐了。又等了半个多小时，看到后面有一辆集装箱大卡车开上来，于是我决定跟着卡车走。一路上我为了减少风阻和降低油耗，驾着自己的车紧贴着卡车的屁股，打开车窗，关闭空调与音响，发动机匀速运转，尽量不踩刹车，眼看着油量表从警戒线到零位线，再从零位线到油量报警红灯亮起，这一路上我提心吊胆地开着车，在卡车扬起的漫天尘土里，我和女儿都顾不上去擦满脸的尘土，只盼望马上看到加油站，就像身处绝境的人盼望救命恩人马上出现一样！油量报警红灯亮起以后，又开了将近 60 公里的路程，终于看到了一个加油站，我像见了大救星一般迅雷似的冲进了加油站，结果容积 70 升的油箱居然加了 73 升的油，也就是说，我把油箱里的老底子都用掉了。这次历险给了我和女儿一个终身的教训：在路况不佳和偏僻地方长途驾车时，每次看到加油站一定要毫不犹豫把油箱加满！

在接下来几天的行程中，基本上没有什么值得提及的事情，唯一的感觉就是澳大利亚中部沙漠的无边无际以及荒凉寂寞。尽管我曾经多次乘坐飞机飞越澳大利亚中部，几个小时的航程中眼皮子底下都是这片橘红色的土地,在飞机上向下俯瞰这片土地没有什么特别的感觉,但是当我身临其境走在这片荒无人烟、广袤无垠的土地时,却感觉到了惊心动魄。我与女儿游览了这条路上所有的旅游景点后到达了达尔文。我发现达尔文是一个只有几个街区的小城市,居民大多数是澳大利亚的土著人。我又发现从阿德莱德到达尔文有一条横贯南北的铁路线,而达尔文港又是离亚洲最近的天然良港。我告诉女儿如果在达尔文建一个国际机场和一个国际港口,那么亚洲的人流和物流将很便利地进出澳大利亚。不过这件从时间、费用和现在的模式相比都可以节约一半的好事,从地缘政治的角度考虑,澳大利亚的有些人可能不愿意干。

在达尔文休整了两天后,我与女儿踏上了从达尔文沿着澳大利亚北边与西边海岸线开往澳大利亚西部城市珀斯的旅程。这段旅程的第一天没有啥问题,第二天的白天也没有啥问题,可是第二天晚上到一个小镇上找住宿时,旅游信息中心的工作人员说这两天这里在开石油行业会议,所有能住人的地方都住满了,推荐我们去距离这里有100多公里的一家汽车旅馆。于是我和女儿赶紧找了家餐厅吃了晚饭,还把汽车油箱加得满满的,然后就急急忙忙地往那家汽车旅馆赶去。开了两个多小时的车,当我们赶到那地方时,才发现这家规模非常小的汽车旅馆,其实是路边一个孤零零的加油站的辅助配套设施,而且还处于歇业装修状态。在这深更半夜伸手不见五指的时光，在这前不着村后不着店的地方，在女儿担忧碰到坏人的唠叨中，我和女儿面面相觑了好久，决定继续驾车开往距离这里约 500 公里远的一个小城市。开了没有多久，老天突然稀里哗啦地下起了大雨，起先我还是硬着头皮往前开，后来雨越下越大变成了大暴雨，当时不仅能见度变得越来越差，而且公路上低洼地里的积水也越来越深。涉水驾车穿越过膝的水面时，好几次我的车都撞到了因分量很重而发出很闷的声音的东西，事后查看车辆前脸完好无损，估计是撞到了鳄鱼之类的动物。在这种恶劣的环境下，继续驾车前行肯定是危险重重，就在寻思要找个地方躲避一下的时刻，我看到指路牌上标明前方有个观景平台，于是我就毫不犹豫地驾车冲上了这个小高坡。在这个 100 多平方米的观景平台上，已经停着一辆车，估计也是在躲雨。我把车停稳后，在打开车门的一刹那，只看到一大群苍蝇蚊子钻了进来，可能这些昆虫找躲雨的地方找了很久，也有可能这些昆虫好久没有尝到人类的味道了。我从来没有想到澳大利亚内陆会有这么多的苍蝇蚊子，我也从来没有想到坐在夏夜暴雨中的汽车里有这么闷热煎熬。从凌晨一点到凌晨五点这 4 个小时的时间里，站在车外洗天浴，坐在车里洗桑拿，敞开车窗喂蚊蝇，打开空调乘风凉，我和女儿在多种情景交替中不断地轮转，终于盼来了黎明的曙光。随着天色渐渐亮起，雨也渐渐停了，我走出车外打了几个大哈欠，伸了几个大懒腰，才发现这小小的观景平台上已经停了七八辆车，估计他们也碰上了我们昨晚一模一样的境遇。我和女儿决定继续驾车前行，为了在驾车途中不打瞌睡，看到随身食品只有仅剩的那两块黑巧克力，于是两个又渴又饥的人来不及细想，一人吃了一块黑巧克力。在这段路上，我们遇到了无数个积水的低洼地，有的时候我下车观察水位高低确认安全，有的时候我跟在大卡车后面劈波斩浪，就这样几经周折、跋山涉水、胆战心惊地抵达了目的地。到达这个海边小城市已经是上午十点多了，我和女儿找了一家汽车旅馆，草草地吃了早午饭，与女儿约定吃晚饭时再打电话唤醒她后，我进房间洗澡睡觉。万万没有想到，我尽管身体极度地疲乏劳累，但是脑子却是极度的兴奋状态，五六个小时过去了，我一分钟都没睡着，整个身体像油锅里的春卷一样，在床上不断地左右翻滚。吃晚饭时女儿告诉我，她也一分钟都没睡着，我猛然想起，那两块黑巧克力咖啡因含量很高，我是咖啡因过敏的体质，没想到女儿也是咖啡因过敏的体质，真是有其父必有其女啊！

接下来从海边小城市到珀斯，再从珀斯到悉尼，一路平坦顺畅，我与女儿谈了好多话题。比如说，办法总比困难多，方向比距离更重要，要多交朋友多建桥，要集中自己的优势去找职业的突破点，要善于换位思考从他人的角度去处理情绪，要通过多看书、多倾听来提升自己的内涵，挣钱的目的是为了自己的健康和快乐，要努力成为最好的自己，我不想做她的爸爸，只想做她可以平等沟通交流的好朋友，等等。就这样谈着谈着，我与女儿在半个多月的时间里完成了13000多公里的留下深刻记忆的旅程，平平安安地回到了悉尼的家中。

在家里休息了一段时间后，女儿最终决定用生物医药硕士与药剂师执业资格证书这两块金色的敲门砖来继续从事医药领域的工作。前年春节我到澳大利亚休假时，她还在一家医药配方软件编程公司担任测试工程师；去年春节我到澳大利亚休假时，她已经是澳大利亚药剂师培训机构的培训老师了；今年春节我到澳大利亚休假时，她已经在澳大利亚最大的医药公司从事新药质量管理工作了。女儿很高兴地告诉我，她在这家医药公司从事新药质量管理工作时感到很愉快，就像一条鱼在环境很好的水里游动一般欢畅喜悦。女儿还告诉我，前段时间她受这家公司的委派去瑞士公司总部进修，并且代表公司去法国和匈牙利参加了医药专业会议，一路上还享受了飞机头等舱、五星级宾馆住宿和专车接送的待遇。接着女儿又告诉我，她已经找到了她职业生涯的突破口，就是在大的医药公司里从事药剂师工作。听了女儿的这些话，我感到非常宽慰、释怀，同时女儿的成长也让我感到非常高兴、自豪。看来女儿已经真正长大，我衷心祝福她永远健康快乐幸福！

女儿在所有客观条件都早已具备的情况下，就是不愿结婚和生育，所以我就趁着她的高兴劲儿与她聊起了这个话题。我告诉她建立家庭与生儿育女也是人生大事，很多成功女性到了晚年很后悔当初没有生一个自己的孩子。我还告诉她我现在特别想怀抱第三代享受天伦之乐。女儿告诉我，她知道有喜欢的工作，有喜欢的爱人，有喜欢的孩子是人生的三大幸福，但是她目前就只想着把工作做好而已。

前几天，女儿从弃狗站里领了一条出生才 4 个月的小奶狗，郑重其事地交到我手里，说这条小奶狗现在就是我的"外孙女"，还嘱托我以后要多花点时间精力好好地照顾这个"外孙女"！

（此文部分写于 2018 年 2 月 20 日，

全文整理完成于 2022 年 2 月 20 日）

二 阅人篇

　　一个人的人生可以很复杂，一个人的人生也可以很简单，有时候回过头来看一个人的一辈子，可能就是那么关键的几步，就像一个人走一条很长的路，他在每一个十字路口的转向选择，最终决定了他这个人一辈子的人生轨迹和人生成败。

我与《同学少年》一文中洋葱头的合影

我在金山学农时与中学同学的合影
（二排左二是《人生几何》一文中的顾排长）

出国留学前，老单位同事为我送行

回国创业时，老单位同事为我接风

《奇异 Kiwi》一文中的新西兰友人戴维回英格兰寻根时的留影

戴维送我的电脑

《奇异 Kiwi》一文中的新西兰友人路易

《奇异 Kiwi》一文中的新西兰友人菲利普

小学女老师

　　在我的记忆中，读小学时教过我的所有老师好像都是女老师。

　　一年级的时候我们班的班主任老师姓徐，她个子瘦瘦小小的，身材与五官的线条都像用刀削出来似的，给人一种相当凌厉的感觉。听说她以前是大户人家最小的女儿，从小养尊处优让家人宠惯了，后来由于家道破落，才无奈出来做小学老师。她当时大约35岁，也没听说她有家庭、丈夫和孩子。她尽管不太愿意与我们多说话，但言谈举止总让人觉察出她那股凤凰落在鸡窝里的深深怨气。

　　徐老师还兼任我们班的数学老师，她写的阿拉伯数字很奇怪，其中最奇怪的是5——有点像一条倒挂的小蝌蚪。我有点不明白，徐老师学阿拉伯数字的时候，她的小学老师是怎么教她的？如果你问我为什么会记得这么明白，那我明确地告诉你，当时我的数学作业本和数学考试试卷上满满的都是这位徐老师批的阿拉伯数字5，当时的5分相当于今天的100分哦。

读小学一、二年级的时候，每个学期我拿到新的数学课本时，总是花一到两天的时间就彻底学会了这一学期数学课本的知识，所以每当徐老师上数学课的时候，我就会感到十分无聊与枯燥，总是想方设法做各种各样与数学课无关的事情来消耗掉那过剩的精力。比如做小动作、自说自话，影响旁边的同学听课。更有甚者，有时候徐老师在黑板上刚将题目写了一半，我就把答案说了出来，这让徐老师感到非常恼火。这种状况有点像一个讲故事的人刚把故事讲了一半，你就把结果透露出来了，那么后面一半的故事就没办法再继续讲了，你说你的这种行为是否有点故意捣乱拆台的味道？不管怎么说，我猜测徐老师对我在课堂上的所作所为就是这么想的，她认为我是故意与她作对的。徐老师对我的态度很凶，一旦发现我上数学课时影响她授课，就会马上惩罚我站到教室外面去，接下来的整堂数学课都不再让我进教室了。记得徐老师给我们班上数学课的全部授课时间里，我至少有三分之一的时间是在教室外面被罚站的。我一直有种感觉，要不是我的学习成绩好，估计徐老师早就把我踢出她的班了，或者让我当留级生了。

徐老师还经常在放学后不让我回家（这在当时叫留夜学），让住在我家隔壁的同学通知我母亲到学校来领我，然后告诉我母亲说我怎么调皮捣蛋，怎么不听老师的话，要我母亲回去好好地教训教训我。有一次我母亲应她的要求来学校领我，徐老师竟然对我母亲说："我叫条狗过来，还要扔一根肉骨头，怎么一叫你来，你就马上过来了？"这一次我母亲感到很气愤，不仅板着脸与徐老师理论了几句，而且还把她这种侮辱人的行为告诉了校长。估计是校长很严厉地批评了徐老师，她对我的态度改善了不少，不仅上数学课时不再罚我站到教室外面去了，而且还告诉我说："如果你不想听，可以安安静静地看你自己想看的书，只要你不影响其他同学上课就可以了。"不过她最终对我的打击报复还是很厉害的，那时候小学二年级就可以加入少先队、戴上红领巾了，但关于我加入少先队的事情，徐老师坚决不同意，所以一直到二年级结束时，我都没有加入少先队。过暑假时，当我听到徐老师患了肺结核，不再担任我们班主任和数学老师的时候，真的有一种"翻身农奴把歌唱"的感觉。

三年级时来了一位吴老师担任我们班的班主任，她当时20多岁，好像刚从师范学校毕业就来我们小学当老师了。她中等个儿，一张大饼脸上的塌鼻子架着一副高度近视的眼镜。这位吴老师最让我们全班同学受不了的是她身上有一股强烈刺鼻的狐臭味，9月1日开学第一天，我们就在教室里闻到了这股令人恶心的味道。

吴老师担任我们班主任的同时也兼任数学老师，不过她上课好像不是很认真，也不管我们是否在认真听讲，她总是自顾自地上着课，只要我们按时交作业就万事大吉了。小孩子不仅鼻子灵，而且耳朵也灵，有几个同学听到其他老师在议论吴老师，说吴老师根本没有心思上课，她把心思全部用到找男朋友谈恋爱结婚上去了。

吴老师热衷于找男朋友谈恋爱结婚的事情很快得到了我的验证。和我住在同一条弄堂里的一位同班男同学的哥哥（我家住6号，他家住16号）是上钢三厂的机修工，当时大约25岁，长得高高大大、白白净净、一表人才，由于家里经济拮据，因此从敬兴中学高中毕业后没能上大学而去工厂当工人了。吴老师看上了这位同学的哥哥，就三天两头以家访的名义到这位同学的家里去，找机会与他哥哥聊天。有时这位同学家里没人，吴老师就到我家里来，名义上与我的母亲聊天，实际上是打探这位同学哥哥的情况，等他哥哥回家。吴老师每次来我家，我母亲总会感到很奇怪，说："以前的徐老师经常叫我到学校去，现在的吴老师怎么经常到我们家里来哩？"我的这位同学的哥哥根本就没看上吴老师，他后来娶的老婆是当年上钢三厂的厂花。有次我到这位同学家里去玩，他新婚不久的哥哥向我得意扬扬地吹嘘，当年上钢三厂追求新娘子的小伙子加起来一个加强连都不止。恢复高考后，这位同学的哥哥考上了大学，后来还当了上钢三厂某分厂的厂长。这样说来，吴老师找对象的眼光还是可以的。吴老师一心一意找男朋友谈恋爱的经历好像不太顺利，到我们三年级快结束的时候，她的精神状态开始有点不正常了，也有的人说她是得了"花痴病"，所以学校就让她回家休息了，她也不再担任我们班的班主任了。

其实在三年级的下半学期，学校就派了一个李老师来做我们班的大队辅导员，我也没有搞清楚，大队辅导员来我们班具体是做什么的。但据我观察，可能是因为校长已经发现吴老师的精神状态有点反常，所以安排李老师作为副班主任来实际管理我们班。李老师矮矮胖胖的，也是20岁出头，刚从师范学校毕业，她穿得很朴素，一头齐耳的短发看上去很精神，模样像个运动员。

李老师一开始并没有看好我，所以她对我总是不冷不热的。当学习雷锋好榜样的活动在全国轰轰烈烈开展时，我们学校、我们班也发动了像雷锋同志一样做好人好事。那时有的同学争着擦黑板、擦桌椅、扫地，有的同学去马路上扶老奶奶、老爷爷过马路，有的同学去给公交车司机、警察叔叔送茶水，有的同学甚至把自己的零花钱交给学校，说是在马路上捡的，以获得一个拾金不昧的赞扬。我一直按兵不动没有参与类似的活动，通过几天仔细的观察，我发现好多同学来学校上课时，衣服上的纽扣总是缺一少二的。回到家后，我就向我母亲讨教缝补纽扣的方法，第二天一大早，我带着满满一大包各种颜色的线和各种式样的纽扣来到学校门口，为衣服上掉了纽扣的同学缝补纽扣。

我在学校门口为同学们缝补纽扣的行为在学校里都传开了，李老师听到后感到很奇怪，一个男孩子怎么会缝补纽扣呢？于是有一天早上，李老师到学校门口来察看我是如何为同学们缝补纽扣的。看到李老师来了，我非常激动，为同学们缝补纽扣的速度也加快了好多，后来我发现用"飞针走线"这个成语来形容我当时缝补纽扣的速度与质量毫不夸张。李老师看到这一幕，对我这么有创意的学雷锋做好事的行为大为赞赏地说："我从来还没见过一个男孩子缝补纽扣缝补得如此之好，甚至比一般的女孩子缝补得都好。"还说看我缝补纽扣的动作是一种很好的视觉享受。当李老师知道我还不是少先队员时感到非常吃惊，后来在她这位大队辅导员的极力推荐下，我不仅被评为全校学雷锋做好事的标兵，而且还终于成为了一名光荣的少先队员。当我戴上用革命先烈的鲜血染成的红领巾，终于成为一位可以为共产主义奋斗终身的共产主义接班人时，我感到无比的自豪与激动。戴上红领巾的我不仅继续积极主动地为男同学缝补纽扣，还想方设法地为女同学缝补纽扣（不过成功的机会真的很少）。在这个过程中，我发现自己为同学衣服缝补缺失纽扣的眼光越来越精准（纽扣式样、颜色的选择及棉线的匹配），缝补纽扣的速度和质量都有了大幅度的提高，好多围观我缝补纽扣的人才晓得，原来缝补纽扣也是一门很有讲究的手艺。有一天，有位男同学裤子的前门襟上的大纽扣掉了，我为他补这粒大纽扣的时候可能兴奋过度、用力过猛，结果把他裤子前门襟的左右两片缝死了。结果那个男同学上卫生间时，因为裤子脱不下来，差点把大便拉到裤子里，还好有人拿着剪刀帮他剪开救了急。这件糗事让我终生难忘，后来我对前门襟用纽扣连接的长裤特别有感情。前些年我在泰国旅游时，看到李维斯专卖店有一条限量版的牛仔裤，就是前门襟使用铜纽扣的那种款式，尽管价格不菲，我还是毫不犹豫地把它买了下来。我一直认为，对于属马的我来讲，李老师应该是我整个人生中的第一个伯乐。

三年级的时候，我们音乐课的任课老师姓陶，她当时40多岁，高高瘦瘦的身材，瓜子脸、大眼睛、高鼻梁、小嘴巴，如果换上一头金发的话，那就是一位标准的欧洲美女，她是我小时候见过的少有的几个大美女（包括我母亲）之一。陶老师的丈夫是国民党的大军官，解放前随着国民党的部队跑到台湾去了。她有两个女儿，据说也长得如花似玉，不过都已经出嫁了。陶老师那时没有去台湾的原因，是她的丈夫不愿带她去还是她自己不愿意去，从来没人告诉过我。

我清楚地记得陶老师来我们班教我们唱的第一首歌叫《小鱼》，歌词是这样写的："小鱼小鱼游游游，摇摇尾巴点点头，一会儿往上游，一会儿往下游，好像快乐的小朋友，好像快乐的小朋友。"这首歌我跟唱一遍就学会了，陶老师问谁愿意上来领唱时，我就毫不犹豫地站到讲台前去了。当陶老师弹着风琴，我领唱着这首歌时，我发现陶老师时不时侧转身体点头赞许我的姿态以及看我的眼神非常非常地柔美。

后来陶老师推荐我加入了学校的合唱队。三年级下半学期学校排练小歌剧《抗日英雄王二小》，经陶老师选拔我担任主角王二小，因此得到了她对我的声乐启蒙教育。在排演这个小歌剧的过程中，陶老师经常把我单独留下来"开小灶"，教我如何正确表达歌词情感、如何正确演绎王二小这位抗日小英雄的朴实形象等等。每次"开小灶"陶老师总会不厌其烦地让我唱那首主题歌，一直要等我唱到陶老师眼中有隐隐的泪光时，她才会感到满意并且允许我回家。没想到小歌剧在全校正式汇报演出时，我唱响那首主题歌《歌唱二小放牛郎》，"牛儿还在山坡吃草，放牛的却不知道哪儿去了。不是他贪玩耍丢了牛，那放牛的孩子王二小……"，台下师生竟然哭声一片。

接下来的很长一段时间里，不管是上完音乐课还是合唱团活动结束后，陶老师经常把我单独留下来"开小灶"。每次补习完声乐的内容后，陶老师都会与我聊上一会儿天，她经常说我母亲的身体如何不好，扶养我如何辛苦，希望我能够好好地读书成才，将来让我母亲为我感到骄傲等等。陶老师的这些话通常会搞得我眼泪汪汪的，同时我在心里也会暗暗地发誓要好好地学本领，长大后一定要成为一个对家庭和社会有用之人。有一次我带了一顶当年很流行的军绿色雷锋帽，陶老师看到后呆呆地愣了好几分钟。我不知道她为什么这么喜欢我，可能是她非常想要一个像我这样的男孩子，也可能是我扮演的抗日英雄王二小的角色，勾起了她当年投身抗日宣传、她丈夫英勇击杀日寇的悲壮记忆。这些可能仅仅是我的猜测，对于这一点陶老师从来没有明确说过，我也自始至终没有得到过正确的答案。我一直在想要是我那时候认识弗洛伊德的话，我一定会去当面请教他的。不管怎么讲，是陶老师开启了我对音乐和歌唱的爱好，对于属马的我来讲，陶老师无疑是我整个人生中的第二个伯乐。

四年级开学时来了一位新的班主任高老师，她那时年龄50岁左右，中等个儿，看上去非常慈眉善目。她除了眼睛长得比我祖母大一点以外，其余的五官与我祖母极为相似。高老师还兼任我们班的语文老师，她对我的造句能力和作文描述能力非常地肯定与赞赏，她经常把我造的句和作文作为范句和范文在语文课上进行点评。高老师上语文课时讲得生动有趣、深入浅出，所以我上她的语文课时特别专心致志，会非常认真细致地完成她布置的语文作业，也会更加积极主动地去看她推荐给我的那些课外读物。

高老师很喜欢与我聊天，我俩不仅经常谈论关于语文课的有关话题，还经常交流对某本书的读后感想，甚至还包括男孩子如何树立正确的人生志向的话题。我也非常喜欢与高老师聊天，因为每当我与她聊天时，总会感觉到如沐春风的温暖舒适。四年级下半学期，我们班去长风公园春游时，不管是在公交车上，还是在公园里，高老师总是找机会与我聊天。在长风公园里吃午饭时，高老师把她带的饭盒里自家做的咸菜炒肉丝往我的饭盒里拨拉了好几筷子。不知道是我当时的味蕾特别丰富还是其他什么原因，反正在那之后直到现在我都没吃到过那么鲜美的咸菜炒肉丝。那一天高老师与我聊了很多话题，具体内容我就不一一详述了，反正从那一天开始，我自我感觉好像一下子成熟了许多。

五年级刚开学不久，有次课间我去小便，由于憋了很久，压力有些大，结果反弹的尿液溅湿了旁边新来的年轻男老师的新皮鞋。那家伙不仅大发雷霆破口大骂，而且还要求我把他的新皮鞋擦干净。我回答他说："把皮鞋擦干净可以，但你必须为辱骂我父母向我正式赔礼道歉。"当这家伙不肯道歉还继续骂骂咧咧时，我跳起身来在他脸上狠狠地打了一拳。这件事情发生后，我听说学校要以开除学籍的方式来惩罚我。听到这消息我已经做了最坏的打算，一旦学校真的把我开除，我将离家出走到外面去做小工，靠自己来养活自己。当高老师向我询问事情的来龙去脉时，我告诉她是这个家伙先骂了我的父母，然后再狠狠地推搡了我几下后，我才动手打他的。我的这个说法也得到了目击到整个过程的同学们的佐证。高老师不顾一切地去找了校长，陈述了当时的实际情况，并且据理力争希望校长能够对我酌情从宽处理。最终校方只给了我一个口头警告，这样才没有对我后面的生活和成长造成任何实质性的影响。

我母亲多年来一直念叨着一句话，说如果没有高老师极力帮我的话，我的人生肯定会是一番截然不同的光景。对我母亲的很多话，我是不以为然的，但对我母亲的这句话，我每次听到都会心悦诚服地无条件点头称是。所以对于属马的我来讲，高老师肯定是我整个人生中的第三个伯乐。

我一直非常赞赏一句话，即教师是人类灵魂的工程师。当年这些女教师在三年困难时期物资严重缺乏的大背景下，拿着三四十元的月工资，又要维持家庭生计，又要在非常简陋的教学环境（既没有电风扇又没有空调）中兢兢业业地教书、默默无闻地育人，她们的奉献精神是难能可贵的，也是让我肃然起敬和难以忘怀的。不管她们出身如何，也不管她们当老师的动机如何，她们当时辛勤的付出与实际得到的物质与精神回报是完全不对等的，所以说她们的这种甘为人梯和辛勤耕耘的园丁精神是值得我永远学习的。

我真的很幸运，有些人一辈子都碰不到一个伯乐，可是我在小学里就碰到了三个伯乐。李老师开悟了我做好人好事的善念，陶老师开悟了我对音乐和歌唱的爱好，高老师开悟了我用正确的语言和文字表达自己内心真实思想的口才与文笔。高老师还在我的人生将要误入歧途的十字路口猛地拉了我一把，让我避免了另外一种命运安排。这三个伯乐教导与传授给我的这些知识与能量，也让我树立和形成了初步的价值取向与思维方式，我发现这绝对是让我一辈子受用无穷的精神财富。

小学毕业后，我再也没有见过这几位女老师，也没听到过她们的任何消息，不知道这些女老师是否还在世上。现在我真的很想找到她们并且很想对她们说上几句话：我由衷地感谢你们对我的谆谆教诲，至于我这个学生为你们争了多少光，我真的说不上，但我可以肯定的一点是，我绝对没有给你们丢脸！

（此文完稿于 2022 年 1 月 6 日）

同学少年

　　我读小学时的男同学基本都是我的邻居。我们这帮男孩子住在一条弄堂里，从小就在一起玩，读小学时也都分在一个班里。每天我们总是在一起打打闹闹、嘻嘻哈哈，像发了疯似的玩耍。比如：在谁的书包里放进一只癞蛤蟆；在谁要坐下时突然把他屁股下的凳子拉开，让他摔一个四脚朝天；在夏天趁谁不注意时突然把他的短裤拉下来，让他的小鸡鸡暴露在大庭广众之下；等等。在这些小时候的玩伴之中，我和猴子、小辫子与洋葱头这三位邻居兼同学走得最近。

　　猴子家与我家仅相隔一个门面，他思维敏捷，动作迅速，黑瘦黑瘦，走起路来好像脚底装了弹簧似的总是蹦蹦跳跳，爬扶梯时也是一个大步跨两三级台阶跳上去的。还有他的口袋里总是装满了零食，而且嘴巴总是不停地在吃零食，所以我们大家给他起了个"猴子"的绰号。说起猴子的零食，那可不是一般的零食，他的几个口袋里装的不是海虾干就是贻贝干，好像聚宝盆一般总是吃也吃不完，有时候他高兴了还会分享一些给我们几个要好的小朋友尝尝味道。

猴子父母的老家在浙江舟山渔场，他父母解放前到上海做海货生意，后来落户到我们这条弄堂。尽管猴子的父母解放后被安排在集体所有制的菜场里卖鱼，但猴子家在浙江舟山渔场打鱼的亲戚朋友们还是三天两头源源不断地把海货送到他们家里来。那些渔民肩挑手提，络绎不绝地从十六铺码头下船后往猴子家送海货，绝对是那时候我们弄堂里的一道亮丽风景线。经过我的仔细观察，送海货的渔民大致可以分为两类，一类是到上海来推销海产品的，但占绝大多数的另一类是家人生重病了，到上海来寻医看病的。因为那个年代渔民是集体所有制企业职工，手上没有多少现金，要到年底渔业合作社分红时才能拿到点钱，所以渔民只能用带到上海的海货换取现金用于家人治病。

于是猴子的父母就拿着这些海货在弄堂里以及附近的街坊邻居中销售，这些海货的价格一般比食品店里同样的商品便宜百分之三四十，加之新鲜与质量上乘，所以周边邻居有实际需求的话，都愿意买猴子家的海货。我们家也时不时地会买上一些当令的海货来尝尝味道，在这个过程中我才知道原来带鱼不用刮鳞，墨鱼也不用把墨汁洗干净，否则品尝不到海鲜原汁原味的鲜美。好多年后，当我第一次在意大利餐厅吃着用墨鱼汁做的海鲜饭，张大着乌黑的嘴巴时，才知道这是地球人都知道的一个常识。20世纪三年困难时期，政府开放自由市场，允许老百姓进行货物自由交易，猴子的父母马上在十六铺码头附近的东门路自由市场弄了一个摊位公开销售海产品。我记得猴子家当时挣了好多钱，邻居们从他家的各种消费上都能明显地看出来。不过"文革"时猴子的父母也因为私自销售海货的这件事，被戴上了"投机倒把分子"的高帽。

猴子的学习成绩一般，但他的数学心算能力超一流，甚至四则运算的数学题他都能用心算来完成。小学毕业后，尽管我与猴子都被分到了市八中学，但是不在一个班。中学毕业后，猴子因为是家里的老大，按当时的政策被分配到黑龙江去插队落户当农民。猴子去黑龙江后不久就回来了，然后他就在黑龙江和上海之间来回跑，那些年他好像有一半时间在上海，一半时间在黑龙江。有段时间他在上海，我碰到他时问他在忙什么，他得意扬扬地告诉我："我才不会去种地呢，现在做海货生意，上海与黑龙江两地跑，挣了不少钱，小日子过得还可以。"这样过了几年后，猴子和一个哈尔滨的姑娘建立了小家庭，小夫妻俩生了个女儿后就开始长住上海了。有了一亩三分地的猴子还是在做海产品生意，只不过变成他在上海将海货通过火车托运到哈尔滨，由他太太哈尔滨的亲属来打点黑龙江的销售事务了。

　　20 世纪 80 年代初，当改革开放的春风吹遍祖国大地时，猴子又上窜下跳地忙碌起来了。他往家里陆续搬进了劈分机、针织横机与拉毛机等生产羊毛衫的机械设备。原来猴子发现了当时东北地区羊毛衫供应十分短缺的问题，计划自己来生产羊毛衫满足这一巨大的市场需求。我找了点时间去研究了一下猴子的生意经，原来他把当时 4 到 5 元一斤的腈纶棒针绒线用劈分机一分为三，用针织横机编织成针织衫后，再用拉毛机将整件衣服拉毛处理，最后做成当时的女孩子非常喜爱的、非常时髦的拉毛衫。这种拉毛衫每件成本 5 元都不到，但批发价就可以卖到每件 10 元以上，由此可见猴子当年的利润有多高。当我得到这个研究结果以后，我对猴子精明的赚钱能力佩服得五体投地。

　　猴子后来的拉毛衫生意越做越大，他不仅在周边邻居家租了房，添置了更多的设备来扩大生产，而且还在周边邻居家雇佣了不少女孩子来帮他打工。说起来有趣，他的 3 个弟弟后来娶的 3 个弟媳妇都是从这些打工的女孩子中挑选出来的，这几个姑娘不仅长得漂亮，还十分聪明能干。猴子在城隍庙小商品市场设了个很大的摊位，他的拉毛衫不仅大量地销往东北地区，而且还大量地远销到俄罗斯、东欧等地区，据说那时的猴子每个月至少挣 1 万元。成了大富翁的猴子接着在上海新客站附近买了好几套商品房，不过他搬出我们弄堂后我再也没有见过这个已经长得白白胖胖、成了精的猴子。其实从我的角度来讲，我也没有主动去找过猴子，因为对于我这个当时月收入才100多元的穷工程师来说，差距实在是太大了！

小辫子的家就在我家后面的弄堂里，实际上我们两家的房子基本上是背靠背的。小辫子的爸爸是骑人力三轮车的，这个职业相当于现在的出租车司机。小辫子的妈妈是我们弄堂里的居民小组长，这个职位相当于现在的业委会主任。他爸爸妈妈曾经有好几个孩子，但都在出生后不久就得病死了，所以生下小辫子以后就把他的头发留起来系了个小辫子，意思是要把他的命牢牢地拴住。小辫子的小辫子到了上小学时还留着，这到底是他爸爸妈妈不让剪，还是小辫子自己不愿意剪，没人告诉过我。后来周围的同学们经常拿小辫子的小辫子嘲笑他，他才在无奈之下剪了这条伴随了他整整8年的小辫子。在剪去从出生以后就蓄留在他头上的小辫子的那一刻，他还号啕大哭了一场，所以同学们就给他起了个绰号叫"小辫子"。

小辫子的爸爸每天一大早就去十六铺码头揽客，但他的三顿饭都是回家吃的，他妈妈煮的粥很稠，还会放一点食用碱在里面，这样粥吃起来就很滑爽。他爸爸也不吃什么菜，只用盐炒黄豆来拌粥。每次到了饭点的时候，我总能看到小辫子的爸爸骑着三轮车飞快地回到家里，把小辫子的妈妈早已经放在桌子上、温度适中的三大碗粥和一小碗盐炒黄豆狼吞虎咽地吃进肚子里，然后一抹嘴巴又飞快地骑着三轮车出去揽客挣钱了。小辫子的爸爸尽管是个文盲，但是记忆力极强，能把以前听苏北评书时所掌握的《三侠五义》《七侠五义》《隋唐演义》与《封神榜》的内容倒背如流地讲给我们这些小孩子听。在那段时光里，只要小辫子的爸爸有空在家，他就给我们讲这些中国古代传奇、志怪故事，好像已经成了我们弄堂里小朋友的一大保留节目了。

小辫子的妈妈做里弄小组长尽管没有一分钱的收入，但是她还是满腔热情地操持着弄堂里的一切家长里短，在弄堂里我经常看见她风风火火的身影，听到她声如破锣的嗓音。她根据居委会主任的要求，带着弄堂里所有的家庭妇女定期搞卫生、抓老鼠、灭蚊蝇。当我母亲身体不好的时候，小辫子的妈妈还会到我家来帮着洗衣服做家务。记得有一年的冬天，由于我母亲那段时间身体一直不好，没有顾得上为我做棉鞋，她看见我还穿着单鞋时，就送来了小辫子的一双新棉鞋给我穿。小辫子的妈妈一直称呼我为"二少爷"，她告诉我，当时我母亲分娩时她就在现场，她不仅看着我呱呱落地，而且我一出生的时候她就认定我长大后一定会很有出息。

小辫子的学习成绩也很一般，不过他口才很好，能说会道，而且追求权力与金钱的意识很强烈。我的一个小姑姑嫁给了小辫子的堂哥，所以他一直以我叔叔的身份自居，不仅在同学们中间广泛宣称他是我的叔叔，而且还要我听从他这个叔叔的一切指挥。小辫子为了彰显他的领袖风范，还经常要求我配合他做一些事儿，比如：在公开场合，我一定要叫他叔叔；他当着同学们的面批评我时，我一定要服从；他当着漂亮女同学的面把我打趴下时，我不能反抗；等等。最开始的时候我还感觉好玩，配合小辫子演了几回戏，但后来有好几次他打我打得很重，甚至后背都被他打到发麻。就这样到后来我不仅不配合他演这类蹩脚戏了，而且还对小辫子说："如果你下次再敢打我，我一定也把你打趴下。"相比矮矮胖胖的小辫子而言，我当时的身高比他高，力气比他大，所以他后来就再也不敢欺负我了。

小辫子的父母由于老来得子，因此很宠爱他，总是给他吃最好的，穿最好的，给他口袋里装满零花钱，还不让他做任何家务事。那时候的小辫子对他以后的人生有好多宏伟的规划，但加入少先队戴上红领巾后，他连小队长都没有被选上。三年级的时候，有一天他拉着我沿着 11 路电车（环城圆路）行驶的路线走了整整一大圈，在两个多小时里，小辫子一个人滔滔不绝地给我描述他以后如何做大官或者挣大钱的宏图壮志。在这个过程中，我不仅听得目瞪口呆，而且还佩服得五体投地，感觉自己就是个井底之蛙，眼光实在是太肤浅了。因为对于当时的我来说，吃饱肚子是唯一的愿望。

小学毕业后，小辫子也被分到了市八中学，但与我也不是一个班。有一次我们年级办最高指示学习班，从每个班抽 3 个学生，这样 16 个班就组成了近 50 个人的临时学习班。这类学习班一般时间为一个星期，而且吃住都在学校里，整个学习期间由政治老师给我们讲解新的最高指示的重点内容。学习班结束后，各自回到各班，再向自己班的全体同学传达新的最高指示精神。我和小辫子恰巧都被选中参加这个学习班，开始的几天还一切正常，后来有十几个男同学发现挂在男生寝室里的所有衣服都被莫名其妙地扎了几个小洞，当然也包括我的衣服。同学们都感到很气愤，纷纷议论一定要把作案的人找出来。在排除女生作案的前提下，20 多位男同学被老师召集到一起开会，大家七嘴八舌讨论分析作案者的动机与目的。在每位同学谈论自己想法的过程中，大家发现小辫子的言谈举止明显不正常。接下来老师找小辫子单独谈话，最终小辫子承认所有衣服上的洞都是他用旅行剪刀扎的，理由是学习班的伙食太差了，每顿饭都吃炒茄子，他曾经多次要求同学们绝食以示抗议，但结果没有人听他的号召，所以他感到心里极其不舒服，就用扎衣服的方式来报复大家。

中学毕业分配时，按照小辫子的家庭情况，他是应该去农村插队落户的，但学校考虑到他父母已经老了的实际情况，所以对他特别照顾，把他分配到青浦的工厂去当工人。小辫子上班后嫌工作累，上班路又远，所以三天两头往家里走。这样过了几年后，小辫子的一个堂哥帮他介绍了浦东高桥地区一个农户的女儿当女朋友（当时上海郊区的农民以找到上海市区户口的女婿为荣，而且还流行一种说法：一工一农，一世不穷）。没过多久，小辫子就与这个农村女孩结了婚，他还通过这家农户的社会关系，把工作调换到了高桥的工厂。在以后很长的一段时间里，我很难再碰到小辫子，因为他很少从高桥回他父母家，我家也搬出了原先居住的弄堂。就是难得有机会碰到小辫子与他交谈时，我也发现他目光游离、言语支吾，他小时候的那种豪情壮志也不知道跑哪儿去了。后来我也成家了，并且搬到了浦东，从那以后我再也没见过小辫子，只是后来听以前的老邻居讲，那个农村的女孩改革开放后做生意发了大财，就与小辫子离了婚，据说小辫子现在在一个小区里做保安。

洋葱头的家与我家间隔着好几个门面，他从小就与他婶婶和堂哥堂姐生活在一起。洋葱头的爸爸是旧上海的地下党员，解放前在潘汉年的领导下从事抗日与反蒋的活动。潘汉年出事以后，洋葱头的爸爸受到牵连被关进了大牢。洋葱头做老师的亲生母亲当时根据相关政策无奈与自己的丈夫离婚后，只能带着他姐姐另谋出路，当时才 3 岁的洋葱头被送到了他婶婶家里，委托他婶婶抚养。洋葱头的爸爸是个文人，以前写过一些文章。洋葱头曾经告诉过我，他还看过他爸爸的自传，但不知什么原因，他从来没给我看过这些文字。20 世纪 80 年代初，他爸爸被彻底平反，从外地的劳改农场回到了上海。洋葱头的爸爸不仅被落实了相关政策，还在浦东塘桥分到了一套两居室的房子。我曾经去看望过洋葱头的爸爸，当时在我眼前出现的这位白发苍苍、瘦瘦小小的老人已经70多岁了，由于遭受了多年的牢狱之灾，已经变得畏畏缩缩、少言寡语。

　　洋葱头出生时很瘦小，所以他爸爸给他起了名字叫晓雷。我一直认为这个名字起得很好，"拂晓时的雷声"，多有意境的名字，不愧是文人爸爸给起的。不过洋葱头的堂哥不喜欢这个名字，认为洋葱头很聪明，名字里面应该有个"聪"字，结果户口本上洋葱头的名字就有了个"聪"字。另外洋葱头的两只耳朵不但又大又厚，而且还是绝对的招风耳朵，所以整个脸型远远地看上去就像一个大大的洋葱头。洋葱头的那两只超大的招风耳朵是我女儿最心爱的玩物，我女儿从小到大每次碰到洋葱头，总会揪住他的两只大耳朵长时间地拿捏把玩。洋葱头对我女儿的这种特殊爱好从来没有恼火过，他好像还非常享受这个待遇，在整个过程中总是"嘿嘿"地傻笑着。

　　洋葱头的婶婶对洋葱头像亲儿子一样，他的堂哥堂姐对他也像亲弟弟一样，所以洋葱头的成长基本上没受到他爸爸问题的影响。洋葱头学习成绩很好，尤其喜欢看书，在这点上我们两个人走得很近，经常交换彼此爱看的书。洋葱头做人很低调，在公众场合他一般不说话，这可能是由于他家人的告诫，也可能是他爸爸的事情给他留下的阴影。不过在私下里他的话却很多，对喜欢看的书还会写一些评论，我们俩在一起时也会经常对某本书谈论各自的读后感。那时候洋葱头的理想是长大后当一名作家，尽管直到今天我都没看到过他写的只字片语，但不知咋的，当时的我就是相信他有这个潜质。

小学毕业后，洋葱头也被分到了市八中学，尽管我们两个人没有分在一个班，但教室却是门对门的，另外我们俩还经常去对方的家里借书与还书，所以我与洋葱头一直保持着很紧密的联系。中学快毕业时，洋葱头与他班上的一个女生恋爱了。那女生是家里的老大，按当时的分配政策是要去黑龙江插队落户的。洋葱头的堂哥堂姐都在上海工作，所以按分配政策他也是要去外地农村插队落户的。就这样身处热恋中的洋葱头当时下了决心要陪伴那女孩去黑龙江插队落户，而且还向学校毕业分配组正式报了名、表了决心。那时候我哥哥在部队工作，我是家里的老二，按分配政策我是铁定要进上海工厂工作的。学校领导考虑到我的这些情况，安排我当毕业分配组的学生代表。当我在毕业分配组里听到洋葱头要去黑龙江插队落户的消息后，立即私下里找了他问了些情况，他告诉我他是真心与那个女孩子相爱的，另外比他大一岁多的1969届初中毕业生的同胞姐姐也在黑龙江插队落户，他想去找到他的同胞姐姐（恢复高考后他姐姐考进了同济大学，后来又去美国留学，现在美国生活），彼此可以互相照顾。

想到自己的知心朋友即将去黑龙江插队落户，我感到难以接受，同时又感到无能为力。那天当我闷闷不乐地从学校回到家时，我母亲看到了我的情绪变化问我啥原因，我告诉了她洋葱头要去黑龙江插队落户的事情。我母亲沉思了片刻，告诉了我洋葱头真实的身世，我到这时才知道，原来洋葱头现在的妈妈和哥哥姐姐都不是原生家庭的。我母亲还让我马上去找洋葱头，因为根据他原生家庭的情况，他的姐姐在黑龙江插队落户，他作为家里的老二是应该被分配到上海工厂工作的。听了我母亲的这个建议，我随即去找了洋葱头，洋葱头听到后很为难，他说他其实是知道自己的身世的，但是他的婶婶和堂哥堂姐对他很好，所以他一直没有勇气开这个口，怕伤了他们的心。对此我与洋葱头讨论了很久，详细分析了各种利弊得失，我说："去黑龙江插队落户与在上海工厂工作，这个天平的两头谁重谁轻，相信你婶婶和堂哥堂姐能够掂量清楚，如果最终他们不同意去更改户口信息，那最坏的结果也就是去黑龙江插队落户。"洋葱头听了我的建议，回家与他婶婶和堂哥堂姐说了这个想法，没想到他们一口同意还马上去派出所更改了户口信息。结果学校毕业分配组接受了这个事实，于是洋葱头被分配到了上海火车东站做装卸工。洋葱头的婶婶和堂哥堂姐一直对我很好，这件事情以后他们对我更好了，这让我松了一口气，感觉自己真的做了一件大好事。

我和洋葱头都被分在上海工作后，周末和节假日我们基本上都在一起玩，有时两人一同去逛书店，有时两人一同去看电影，有时两人一同去餐厅吃饭。我和洋葱头有个约定，在书店看

到喜欢的书时，我们俩买不同样的书，这样我们可以花买一本书
的钱看两本各自都喜欢的书。这些书的归属对于我们来讲不是很
重要，往往是谁最喜欢哪本书，在谁的家里能找到哪本书。我到
单位工作不久，就被提拔为单位团组织的宣传委员，所以那时我
有拿到电影票的便利。我能拿到的不仅有淮海路国泰电影院的首
轮电影的票，还有宁波路新光电影院的内部观摩影片的票，这在
当时绝对是有能力的象征。一般来讲，我请洋葱头看电影，看完
电影后他就在电影院附近找家餐厅请我吃饭。在买书和看电影的
经历中，我和洋葱头曾经遇到过两件有点意思的事情：一是有次
我们俩在河南中路的新华书店买书，突然有一个看上去非常不
错的女孩子拉住我们俩的胳膊，问我们为什么架子这么大，看到
她理也不理还装作不认识的样子是啥意思，我与洋葱头都确定与
那女孩没有任何瓜葛，并且反复与她说明我们根本不认识她，但
是那女孩还是不断地纠缠着我们俩不放，最终在书店工作人员的
配合下，我与洋葱头才飞也似的逃离了书店；二是有次我们俩在
国泰电影院看电影，看完电影就在旁边茂名南路上的红房子西
餐厅吃午饭，那天我们是第一批客人，所以服务员安排了一个
很好的位置，我们俩吃到一半的时候，来了五六个客人，其中有
位 40 岁左右的女性看上去雍容华贵气质不凡，她手上还戴了一
串手铃，走起路来铃声非常悦耳动听，我们俩清晰地听到服务员
在与这批新到的客人嘀咕，因为除了我们的桌子之外剩下的其他

桌子要安排五六个客人都有点困难，所以他们计划与我们商量一下能否换个桌子，当服务员过来告诉我们换桌子的想法，介绍这位女性是朱逢博时，我与洋葱头毫不犹豫地就答应了下来，朱逢博听到我们愿意换桌子，她马上就过来很客气地与我们打招呼致谢，当我们吃完准备结账走人时，她又走过来对我们俩致歉，我与洋葱头对朱逢博说："我们俩本身就是你的歌迷，非常喜欢你唱的歌，今天能为你效劳，还能亲眼见到你，是我们俩莫大的荣幸！"

在我读大学时的有一年暑假，洋葱头请我一起去杭州玩，为了省钱洋葱头找了他杭州的亲戚帮忙，安排我们俩在他亲戚单位的招待所里住宿。这次外出旅行给我留下了非常深刻的印象：一是杭州的风景确实是美；二是杭州的餐饮确实是鲜；三是那几天杭州天气闷热异常，我浑身上下像贴满狗皮膏药似的难受；四是招待所里成堆的臭虫把我咬得体无完肤，我就像个大赤豆粽子，但洋葱头身上居然一点事都没有，不知是他的床上没有臭虫哩，还是这些臭虫就是他养的宠物。

洋葱头到了谈婚论嫁的年龄，每次他的亲戚朋友帮他介绍女朋友，他都会来告诉我并且听取我的意见。洋葱头与他的太太第一次见面时，他就是请我去帮他把关的。记得那次他们俩约在小南门的原南市区少年宫门口见面，我装作不认识的样子在他们俩跟前转悠了几圈后就回家了。事后我对洋葱头说："这女孩子不错，你应该好好地去对待她。"洋葱头与太太结婚以后，感情一直很好，看到他们俩夫妻恩爱，相敬如宾，我悬着很久的一颗心终于放了下来，因为中学毕业时我那个棒打鸳鸯两分离的建议始终让我感到有点内疚与不安。

20世纪80年代初，洋葱头通过多年的业余时间自学考试，取得了上海师范大学中文专业的函授本科文凭，工作也从普通的装卸工提升到了业务管理人员。外高桥保税区成立后，上海铁路局委派洋葱头到外高桥保税区开拓新的物流服务。洋葱头作为这家物流公司的领导从零做起，他服务态度好，工作认真负责，而且还为外高桥保税区里的企业提供当时还很稀罕的门对门的货运物流服务，一下子就打开了局面，生意做得风生水起，洋葱头因此受到上海铁路局领导的高度肯定。我留学回国创业后，曾经几次鼓动洋葱头出来自己单干，我表示资金全部由我来出，业务由他全面负责，亏的钱算我的，赢的钱大家平分。对于我这个建议，洋葱头没有听，他认为他当时很稳定，不愿意冒这个风险，结果洋葱头在他的岗位上为单位创造了巨额利润并且一直做到光荣退休。

退休后的洋葱头成了一名幸福的外公，他女儿女婿因为工作忙，让洋葱头的外孙从小就待在他家里，由洋葱头与他的太太来抚养和照顾。这个小男孩不仅长相是一个活脱脱的小洋葱头，而且还非常聪明伶俐；不仅对文字很感兴趣，而且在音乐方面也很有天赋——除了钢琴弹得很好之外，还会作词作曲、自弹自唱。现在洋葱头经常在朋友圈里发视频，里面都是他外孙小洋葱头作词作曲与自弹自唱的内容——洋葱头对小洋葱头每一次的点滴进步都感到非常骄傲，志得意满溢于言表。

好几年前，我曾经听过一个在美国留学后回国工作的教育学博士的一个讲座，他当时的两个观点让我有点难以认同：一是一个人的终身成就只有5%是他个人后天努力的结果，而95%是由他的遗传因子所决定的；二是一个人的综合能力学校只能传授5%，而95%是在社会这个大课堂里学到的。直到今天，当我总结归纳了猴子、小辫子与洋葱头的人生经历，并且联想到澳洲小袋鼠出生落地后，它是完全靠自己爬到母袋鼠的口袋里去吃奶的，还有加拿大的三文鱼经过几年的生长发育，成熟后又逆游上千公里回归到它的出生地，重复三文鱼世世代代悲壮的生命之旅的这类生物现象后，我开始对这位海归博士的这两个5%与95%的观点有点半信半疑了。

（此文完稿于2021年12月26日）

两小有猜

　　我出生在20世纪50年代的上海老城厢，那个年代是生育高峰期，如果一个母亲生10个孩子，就可以获得"英雄妈妈"的光荣称号。那些年隔壁邻居一家有四五个孩子是普遍现象，小名叫八弟、九妹的孩子也有不少。当时有关部门还号召大家养猪，口号是：猪多肥多，肥多粮多，粮多人多！在弄堂里无论发生什么样的、大大小小的、乱七八糟的事情，首先围上来的肯定是一群不大不小的小屁孩。套用一句时髦的话来讲，那个年代的孩子是一道亮丽的风景线。

　　我当时上的小学是南市区凝和路小学，那个年代小学是按学生所住区域分配的，所以同一条弄堂的孩子基本上都是在同一个小学同一个班上学，每天上下学时呼啦啦的一大帮孩子同进同出弄堂的场面是颇为壮观的。按道理来讲，在这样的情况下，同一条弄堂、同一个班与同一个小学的女同学会留给我较多的记忆。可能是三八线画得太清晰的原因，可能是营养不好发育不良的原因，还可能是那些女孩子都是黄毛丫头的原因，时至今日，她们之中除了两位给我留下较深的记忆之外，其余的已经没有任何印象了。

我与琴芳同岁，她是我家的隔壁邻居，我家住6号，她家住8号（就是那套我祖父打官司输掉的房子，琴芳家租住在这里）。琴芳长相一般，粗粗壮壮的，总是顶着一头乱糟糟的短发。她家是双职工家庭，爸爸是建筑公司的泥瓦匠，妈妈是毛巾厂三班倒的纺织工。琴芳是老大，下面还有3个弟弟。由于我母亲身体不好，因此一直在家做家庭妇女。琴芳的父母有时候忙起来顾不上家里的事情，经常会委托我母亲照顾他们家的4个孩子。

我与琴芳不仅在小学是同班同学，而且在幼儿园时就是同班同学。当年在老城厢居住的孩子去幼儿园的很少，基本上都是由家里人与亲戚朋友照看，也有的家里是大孩子带小孩子，所以到现在我都没有想通我母亲当时为什么会送我去幼儿园。那时的父母心都挺大的，第一天接送一下，从第二天开始就让孩子自己往返幼儿园了。我胆子大又认路，所以陪伴琴芳往返幼儿园的重任，就由我母亲义不容辞地承接下来并且转交给我了。我母亲还再三关照我要注意安全，说往返幼儿园的路上一定要拉住琴芳的手。说句心里话，我是有点讨厌琴芳的，当脱离了我母亲的视线后，我总是急急忙忙地把琴芳那胡萝卜似的手指从我的掌心中甩开。为了达到不用陪伴琴芳往返幼儿园的目的，我想了好多办法：有时候我在半路上躲起来，让琴芳找不到我；有时候我把她带到幼儿园的杯子藏起来，不让她喝水；等等。可是每次回家后，当她哭哭啼啼地向我母亲诉说我如何欺负她，而我母亲问她是不是还要我陪伴她往返幼儿园时，她总是毫不犹豫地马上点头说还是要我陪伴的。

　　我读小学时成绩很好，门门功课都是 100 分，而且我的家庭作业都是在学校里做好的，回到家里从来不做功课，除了玩就是看各类杂书。琴芳智商不是很高，加上她要做家务，还要照顾 3 个弟弟，所以成绩很不好。这样一来每天放学回家当她忙完了家务事后，就会跑到我家来，名义上是要我帮她复习功课，实际上是来抄我的作业的。为了如愿抄到我的作业，她拍我马屁的手段有很多，比如：她帮我削铅笔（那个时候卷笔刀还是个稀罕物），如果把铅笔削断了，她就用她的新的长铅笔换我的旧的短铅笔；她拿她的新的大橡皮换我的旧的小橡皮。她还经常带各种各样的零食给我吃，有一次她带了一包用花手帕包的爆米花送我，那一天我心里正烦着她这样子死皮赖脸地抄我的作业，就没好气地说这手帕是擦过鼻涕的，我才不要吃这么脏的爆米花。她除了拍这种物质马屁之外，还想方设法拍我的精神马屁，方法就是经常当着我的面，告诉我母亲说老师如何夸我聪明能干、老师如何夸我成绩优秀等等。有几次我狠下心来不让她抄我的作业，她就会闷声不响、抬着她那村姑似的脸眼泪汪汪地望着我。每当看到这一幕，我的心一下子就软了下来，不仅马上让她抄我的作业，还告诉她抄个差不多就可以了，容易的题目自己做，否则老师会看出破绽。

四年级开学刚过去几个星期，有天早上上学时我看见教室门口站着好几个同学在交头接耳议论着什么，我就很好奇地问他们是怎么回事，他们告诉我班里新来了一位女同学，看上去有点像阿飞（那个时候穿着时髦的人都被大家叫作阿飞）。我走进教室时看见有一个陌生女孩子安安静静地坐在那里，她长得白白净净的，大大的眼睛且眼稍有点上翘，精致的五官配上干净利落的马尾辫，身上穿了一件天蓝色的灯芯绒夹克衫。一瞬之间我突然发现她坐的那块地方特别明亮，也突然发现这世界上除了黄毛丫头之外还有其他毛色的丫头。上课了，老师介绍说新来的女同学叫惠玲，说她们家刚从其他区域搬到我们这个区域来的，要同学们欢迎她、帮助她尽快适应环境等等。坦白地讲，那一天我真的没有好好地听课，有点像喝醉酒了一样身不由己，时不时地偷偷转过头去瞄上坐在我右后方的惠玲几眼。过了若干年以后，当我学到了"惊为天人"这个成语并且了解了它的真实含义以后，才发现用"惊为天人"这个成语来描写惠玲给我那天如触电般的感觉是再恰当不过的了。

那天放学后我神魂颠倒地回到家里，第一件事情就是央求母亲为我做一件灯芯绒的夹克衫（这样看来情侣装的创意知识产权应该属于我了）。从这一天开始我注意打扮了，每天早上起床后，洗脸时我会先用温水把头发搞软，再用我父亲的压发帽（行文至此我好像闻到了我父亲的头发味道）把头发压服帖，然后梳理整齐，我会把脸洗得干干净净后用我母亲的百雀羚雪花膏擦脸，涂抹得非常均匀，晚上睡觉时我会把长裤折叠好了压在枕头下，以使第二天早上上学时穿的长裤看上去非常挺括平整。每天去学校上课之前，我都会在镜子前反复地照上多遍，直到自己感到满意了才会出门。过了一个多月，我母亲真的为我做了一件藏青色的灯芯绒夹克衫，当大家看见我穿着这件新衣服时，学校的老师、同学和周边的邻居都感到非常惊奇，突然发现我好像换了一个人似的。

惠玲来到我们班后，我感觉她好像有点孤独。她总是安安静静地听课，课间休息时也是一个人安安静静地看书，好像班上的同学都不愿意与她做朋友，往返学校的路上她也是一个人孤零零走的。同学们在传惠玲的父亲是个资本家，因为犯了什么事去劳改农场了，所以她妈妈才带着4个女儿（惠玲与我一样，也是家里的老二）从静安区的大洋房搬到我们这个区域来。有次课间休息，我看到惠玲埋着头在看书，就过去问她喜欢看什么类型的书。她当时非常吃惊地看着我，然后红着脸告诉我她喜欢看什么类型的书，同时她也问我喜欢看什么类型的书。我发现惠玲看过好多书，所以我就问她以后可不可以把她喜欢看的书借我看看，同时我答应她如果我看到喜欢的书也会借给她看的，就这样通过借书还书我们俩成为了书友。

惠玲的学习成绩很好，尤其是语文。在她没来我们班之前，老师总是把我的作文作为范文在语文课上点评，但是自从惠玲来了以后，大多数情况下老师把惠玲的作文作为范文在语文课上点评。这种情况搞得我狼狈不堪，在班上有点抬不起头来，所以我就想方设法把我把能够借到的和拿到的所有的书都拼命地看，有时看到特别喜欢的，还会拿着手电筒钻到被窝里看到深更半夜，我母亲说我的近视眼就是那个时候造成的。过了一段时间我的作文也有了明显的进步，这样一来上语文课时老师就把我的作文和惠玲的作文交替作为范文在语文课上进行点评了。我和惠玲都感到非常开心，这种情景让我们俩觉得整个语文课就像我们两个人在唱双簧戏一样。

为了保护学生的视力，班主任老师会定期安排学生前后左右调换位置，一般情况下同桌还是同桌。但是在有些特定的情况下，班主任老师也会调换同桌的同学，同桌的原则是一男一女，成绩好的同学带成绩差的同学。有次调换位置时，惠玲的同桌换成了另外一个男生，上课的时候那个男生站在教室门口不肯就座，老师就问他什么原因，他支支吾吾地说惠玲嫌他长得难看、身上还有味道。这下子整个班里炸锅了，好几个同学站起来指责惠玲，说她这是资产阶级大小姐脾气、摆臭谱，我发现闹得最凶的是班里长得最丑的那几个女生。我一声不响，只看见惠玲涨红着脸低头坐在那里无声地抽泣。老师叫同学们安静下来准备上课，同时叫那个男生还是坐在惠玲的旁边。与惠玲同桌的那个男生确实长得有点另类，他不仅脸长得很宽，而且两只小小的眼睛也隔得很宽，加上超大的嘴巴，他的整个脸看上去就像现在过万圣节时的南瓜灯一般。这个男生的家里是做废品回收的，家里的住房底层用来收废品，二层用来住，估计他身上的味道是由废品回收站带来的。那天整个上课时间，惠玲的头一直没有抬起来过，我猜想她一定是哭了很久很久。放学后，我看见惠玲一个人慢慢地低着头走回家，就悄悄地跟上去，轻轻地安慰了她几句。我看见惠玲的两只眼睛哭得通红，并且委屈地对我说她其实是很想与我坐同桌的。

四年级很快过去了，五年级开学后，惠玲不知什么原因好几天没有来上课。趁着琴芳来我家抄作业的时候，我就问她惠玲为什么这两天没有来上课，她头也没有抬就说惠玲生病住院了，我马上着急地问是什么病，她抬起头来说是心脏病，接着又说资产阶级小姐娇气、毛病多，我没好气地瞪了她一眼，说："就你无产阶级，你身体好是吧？"过了一段时间，班主任老师在上课时问有哪几位女生愿意周末去医院探望惠玲，但没有人吱声，后来老师只能指派了几个女班干部去医院探望惠玲。几天后我特别注意那几个女班干部的谈话内容，结果听她们说惠玲患的是风湿性心脏病，不过病情不是很严重，估计再过一段时间就可以出院了。过了一个多月，惠玲病情有点好转就出院了，但医生嘱咐她不能剧烈运动，还需要在家休息几个月。

那段时间我一直想着要去惠玲家探望她，但由于各种难以说清的因素，我一直犹豫徘徊着，想了很久才下定决心以还书为借口去看看惠玲。惠玲的家其实很好找，就在学校隔壁的弄堂，一进弄堂就能看见位于二楼的她家的八角形大窗户。走上楼梯我发现她家的厨房就设在扶梯口，我深深地吸了一口气，鼓起勇气轻轻地敲了敲门，她妈妈开门后我自我介绍说："我是惠玲的同学，是来还书的。"惠玲听到我来看她时非常高兴，她马上向她妈妈介绍我读书如何如何聪明、成绩如何如何优秀等等。进门后我发现她家20多平方米的房子里，用家具隔成了客厅、主卧、次卧3个空间。当时惠玲就坐在客厅区域的小沙发上看书，她脸色有点苍白，人也好像瘦了，下午的阳光正好透过八角形的大窗户照在她身上。看到她的一瞬间，我感觉到她身上有一股金色的光芒闪得我有点迷离。我愣了一会儿才缓过神来，就像在不经意间突然欣赏到一幅世界名画一般。接着我与惠玲寒暄了几句祝她早日康复之类的话后，就把我带给她的几本书介绍给她，她也把她最近看到的几本喜欢的书借给了我。另外她还说尽管她由高一个年级的姐姐帮助她复习功课，但是她还是希望我能把我的课堂笔记借给她抄抄，这样的话她就能够跟上整个班的学习进度了。对于惠玲的这个要求，我当然毫不犹豫地答应了，而且接下来的课堂笔记我都做得非常细致认真。

在惠玲居家养病的那几个月里，我隔三岔五地去她家让她抄我的课堂笔记，同时我们还交换彼此最近看的书，聊各自的感想。我还经常把学校、班里发生的有趣的事告诉惠玲，每当说到好笑之处，惠玲总会哈哈大笑，我看着她如花般的笑容，听着她银铃般的笑声，感到非常开心。当我看到惠玲用她那双洁白纤细的手翻阅我借给她的书和带给她抄的课堂笔记时，总有一种想把她那双如蝴蝶般翻飞的小手握在掌心里的冲动。在这种冲动过后，我也懵懵懂懂地知道《红楼梦》里的宝哥哥偏偏要爱林妹妹的缘故了。

在这段难以忘怀的美好时光里，我遇到过惠玲的爸爸一次，当时他刚从劳改农场返家探亲。她爸爸看上去高高瘦瘦的，身高大约有一米八，当时的年龄应该在 40 岁上下，五官长得很端正精神，言谈举止也很善良和气，看上去有一种中年男人特有的英气。惠玲爸爸的这副模样让我十分吃惊，因为这与当时的报刊和电影里的满脸横肉、大腹便便的不法资本家形象相距甚远，甚至可以说截然不同。惠玲的妈妈中等个儿，白净慈爱的脸上大大的眼睛总是笑眯眯的，说话走路总是轻声细气的，给人一种雍容大气的感觉。在她们家的4个丫头中，惠玲长得最漂亮，好像是把她爸爸妈妈所有的优良基因都集中到她一个人身上似的。

五年级下半学期过了一半时，惠玲身体恢复健康后开始来学校上课了。惠玲来学校恢复上课的第一天早晨，当她走进教室的一刹那，竟然引起了一片怪叫与哄堂大笑。惠玲在这大半年的病休期间，也许是她经常躺在床上的原因，也许是她营养补充充分的原因，也许是她正好赶上身体发育的原因，她的个儿猛地比班上的同学蹿高了大半个头，突然一下子变成了一位亭亭玉立的美少女。这个突发情况也让我十分吃惊，可能是我这段时间经常碰到惠玲的原因，所以没有感觉到她的这种明显变化。我身处这个场景的瞬时，仿佛看到一池污水里突然冒出一朵白莲花，又仿佛看到一群丑小鸭里突然走进一只白天鹅。惠玲恢复上课后学习一点都没有耽搁，接下来的期中考试和期末考试，她的成绩都是100分，这让我感到十分高兴和宽慰。

五年级结束过暑假时，"文革"开始了。我母亲告诫我不要到社会上去瞎折腾，让我待在家里老老实实地看书学习。所以在那个暑假里，我有时在家里看书学习，有时与弄堂里的几个小伙伴到附近的大马路上骑自行车、踢小足球。有天傍晚，当我踢完小足球，满头大汗且饥渴难耐地回到家里时，我母亲告诉我琴芳他们突然搬家了。原来是琴芳的爸爸最近当了造反派的大头目，所以他们家就搬到了静安区中苏友好大厦（现上海展览中心）附近的大洋房去了。我母亲嘀嘀咕咕地对我说："琴芳家说搬就搬了，也没告诉他们家新的地址，更没有说请我们到他们新的家去玩。"母亲接着还对我说："琴芳是个十分顾家的好姑娘，以后居家过日子会很贴心实惠的。"我知道母亲的意思，就故意装作听不懂的样子，没有接茬。

　　六年级开学后一直没能正常上课，学生们基本上都闲散在自己的家里玩。有时候接到返校的通知，也就是去学校聆听新的最高指示和新的会议精神。第一次返校时我没看见惠玲来，会后我来到惠玲家的弄堂口，看到弄堂里铺天盖地地贴着大字报，其中有一些大字报上还写着批判惠玲爸爸不法资本家行为的内容。看到这个场面，我吓得没敢进去，只是担忧地朝着惠玲家的那个八角形的大窗户望了一会儿就回家了。第二次返校时，惠玲还是没有来，这使得我有些担心了。那天会后，我在惠玲家的弄堂口又犹豫徘徊了好久，最后还是鼓足勇气走进了那贴满大字报的弄堂。我大着胆子，手上拿着几本书，想着如果有人问起，还是以还书为借口应付。走上惠玲家的扶梯，我还是轻轻地敲了敲惠玲家的门，结果应声出来开门的是位陌生人，他告诉我惠玲家已经搬走了。我有点不甘心，于是我又敲开了惠玲家隔壁邻居的门，她家邻居告诉我，惠玲的爸爸在劳改农场遭批斗了，她家也被人贴了好些大字报，无奈之下惠玲母亲只能带着4个女儿迁出上海搬到浙江宁波的娘家去了。听到这条消息，我顿时有点失魂落魄，我急急慌慌地问惠玲家有没有留下通信地址，她家邻居告诉我惠玲家是匆匆忙忙搬走的，所以没有留下任何联系方式。我已经不记得那天我是如何回家的了，只记得我慢慢地走下了扶梯，只记得我慢慢地走出了弄堂，只记得我在离开那个弄堂口时，两只眼睛直直地盯着那个八角形的大窗户呆愣了许久。

　　自从那个暑假以后，我再也没有见过琴芳和惠玲，再也没有听到过关于她们两个人的任何信息。50多年来我经常会猜测她们两个人离别后的状况：是否有健康的身体？是否有满意的职业？是否有温馨的家庭？是否有恩爱的丈夫？是否有孝顺的子女？是否有幸福的晚年？等等。

　　每每想到小学时的那段岁月，我难免会唏嘘惆怅，个中缘由或许是我没有与这两位女同学好好道别，或许是我没有与当时那个英俊好学的自己好好道别，或许是那个与当时的自己没有好好道别、没有好好珍惜、现在难以重返的青葱岁月！

（此文完稿于 2021 年 11 月 29 日）

『十三点』

　　黄蓓蓓这个名字在 20 世纪 50 年代出生的女孩普遍都叫娣、娟、萍、妹、芳、芬的名字中算是个另类。不过所有认识黄蓓蓓的人都认为她的家人给她起的这个好名字有点可惜了，因为黄蓓蓓的性格脾气与这个寓意美好的名字根本不匹配。实际上大家都叫黄蓓蓓为"十三点"，而她真正的名字除了在正式场合之外很少有人提起。"十三点"这个俗称等同于痴头怪脑、愚昧无知，在上海话里用以形容那些傻里傻气、口无遮拦、言行不合常理的人。在我与她的接触过程中，我始终认为黄蓓蓓就是"十三点"的典型代表。

　　我家与"十三点"的家相距好几条街，尽管我与她在一个小学，一个年级读书，但不在一个班里。以前我不认识"十三点"，但关于她的糗事我倒是听说过不少。三年级时学校组建合唱队，当我顺利通过面试后坐在旁边看其他同学面试时，老师叫到了黄蓓蓓，这时我看到有一个头上梳着两个羊角辫的女孩子应声上来，对老师说她不会唱歌，能否念首儿歌来试试。当老师点头同意后，她就拨直着喉咙用上海话大声念道："一只小花狗，眼睛骨溜溜，坐勒门口头，想喫肉骨头。"顿时所有意欲参加合唱队的同学哄堂大笑，有同学指认黄蓓蓓就是大名鼎鼎的"十三点"，这样一来我才总算把她的人与她的名字对应起来。尽管"十三点"后来没有被合唱队录取，但是从那以后，她还是给我留下了深刻的印象。

小学毕业后，我与"十三点"都被分到了市八中学，我七班，她一班，我的教室正好在她教室的楼上。没过多久，"十三点"不着边际的奇谈怪论和过分夸张的行为举止就成了全校同学茶余饭后的笑料。初中一年级快要结束的时候，"十三点"居然成了轰动全校的大名人，那个事件对于当时的我们来说不亚于原子弹爆炸。原来是有天上午"十三点"来学校上课，告诉班里的同学们说她昨晚在回家的路上被人强奸了。当"十三点"详细描述昨晚的经历时，同学们还认为她是在讲故事哩。老师闻讯报了警，公安系统经过查实，那晚"十三点"被强奸的经历确实是真实的。

中学毕业后，我们全年级有 80 多位同学被分配到了上海有色金属加工厂工作。我与"十三点"都被分配到了这家工厂里，不过我在电炉车间上班，她在食堂后勤组上班。那时候这家工厂有 1200 多个员工，主要从事铜、铝金属的冶炼与加工。厂里当时产品供不应求，在 20 世纪 70 年代人均工资大约 50 元的情况下，人均年上缴利润就超过了 1 万元。厂里大约有三分之一的工人在各类高温车间工作，高温车间一年四季平均温度在 40 摄氏度以上，到了夏天最高温度甚至超过 50 摄氏度。我所在的电炉车间主要冶炼各种铜合金，我负责的工位是把电炉里温度高达 1000 摄氏度的铜水浇铸成重达 1000 公斤的大铜锭。在每个铜锭半个多小时的浇铸过程中，我像烤鸭一般在旁边观察与调整着铜水的液面状况，以保证铜锭的浇铸质量。顺便说一句，进了这个车间 3 个月以后，我浇铸的铜锭质量在很长的一段时间里都被评为全车间第一名。干这个活的工人一年四季都是光着身子穿工作服的，因为不断涌出的汗水会把内衣内裤都粘在身体上，用不了多久就全撕烂了。让我记忆最深刻的就是大冬天在更衣室里换工作服的惨状，那时候的更衣室没有空调，也没人想到把高温车间里的热量转移到更衣室里来，所以朝北的更衣室冷得像冰窖，每次把厚暖的冬衣全部脱光穿上工作服的那一刻，就像身受酷刑般浑身颤抖难熬，只能用激烈的跳动来使自己的身体尽快地暖起来。在冰冷的冬季里，我每天上班似乎都在这种冰火两重天里轮流转换。由于体力消耗大，加上年轻新陈代谢快，因此我当时吃得也多、喝得也多，记得有一天上班8小时，我喝了8大瓶盐汽水。那时工厂对高温车间的工人有伙食补贴，标准是早班一毛五，中班两毛一，夜班两毛八，不过不发钱只发营养券，对照当时青菜两分钱一斤，带鱼两毛多一斤，猪肉七毛多一斤的物价而言，这些营养费不算少，所以我基本上顿顿吃大荤。饮料是送到车间里的，夏天是盐汽水和酸梅汤，其他季节是茶。饭菜是一年四季我们自己去食堂吃的，大冬天光着身子穿着工作服，裹着大棉袄走几百米去食堂吃饭也是我一段难以忘却的经历。"十三点"所分到的食堂后勤组就是负责整个工厂饮料和饭菜供应的，她被安排的具体工作是平时为高温车间送饮料，饭点为高温工人打饭打菜。

说来也巧，我与"十三点"的三班倒的排班日程是一样的，也就是说我上早班她也上早班，我上中班她也上中班，我上夜班她也上夜班。尽管我上班时经常碰到"十三点"，但在那段时间里我们基本上没有任何直接沟通交流。

"十三点"长得不美也不丑，不白也不黑，不高也不矮，不胖也不瘦。有时候我在想，造物主把这么多的平均值放在她一个人身上，确实有点不容易哩。我对"十三点"的态度一直不冷不热，但不知从啥时候开始，我发现"十三点"对我的态度有了十分明显的变化，甚至连周围的同事都看出她对我有点那种意思。当时工厂食堂里煮熟的饭菜都是分别放在一个个大盘子里，开饭时你要吃啥，负责打饭的工作人员就为你盛啥。每当遇到"十三点"负责打饭时，她不是为我挑选最大的排骨就是为我挑选最精的红烧肉，不是为我挑选最大的狮子头就是为我挑选最好的熏青鱼，蔬菜她为我盛最好的，营养汤她也为我从锅底捞最稠的，有时候她还会在我的米饭里加上一大勺浓浓的肉汁。"十三点"来我们车间送饮料时，会经常找我聊天，有时候她还会利用给我递饮料的机会，有意无意地触碰我的手。有天我上夜班的时候，"十三点"送完饮料深更半夜来找我聊天，我当时有点心烦，就躲到一旁的角落里整理工具，她蹭过来问我在干啥，我没好气地回答她说在偷东西，她马上接着问我是不是想偷人，然后讪笑着走了。

一个高温日上夜班之前，我在家里燥热得实在待不住，就提前几个小时早早地来到厂里的食堂边吹电扇边看电视。20世纪70年代，家用电器对于普通老百姓来讲还是个稀罕物，所以有好多人像我一样到单位里去蹭电扇蹭电视，就像现在有些人去商场蹭空调一样。那天"十三点"也早早地来到食堂上夜班，当她看见我在食堂里看电视时，就走了过来问我可不可以陪她去食堂楼顶的露台上去乘凉——我们当时上班的工厂位于现在卢浦大桥浦西桥墩处的黄浦江边上，食堂楼顶的露台既可以看到黄浦江上的风景，又能吹到凉爽的江风，确实是极佳的乘凉地方——我回答她说我想看电视，结果她既没有留下来看电视，也没有去露台乘凉，一个人无精打采的，不知道跑哪里去了。过了没多久，有一天上好中班洗完澡，我骑着自行车刚到厂门口，看见"十三点"在门卫室里站着，她见到我时就神色慌张地告诉我，说有个男人最近在盯她的梢，问能不能让她坐我的自行车回家。对于"十三点"这个突如其来的请求，我想也没想就断然拒绝了，我告诉她我还有其他的事情要办，被男人盯梢的事情可以叫警察来处理，紧接着我骑着自行车飞也似的回家去了。

几年后我被提拔为厂里团组织的宣传委员，尽管不脱产，还是在电炉车间干活，但是有的时候已经不用上三班只上常日班了。再后来我去上大学，在当时的上海冶金高等专科学校（现在的上海应用技术大学）攻读冶金机械专业。因为我读大学前已经有了5年以上的工龄，所以按当时的政策我是带薪读书的，只不过按照当时厂里的规定，每年的暑假与寒假我还是需要回电炉车间上班的。有一年的暑假，我回工厂上班时，远远地看见"十三点"踩着一辆人力三轮车在给高温车间送饮料，她满头大汗，看上去很疲惫，而且腰身也粗壮了不少。我当时感到有点奇怪，但是我没跟她打招呼就急急匆匆地走开去忙我自己的事情了。没过多久电炉车间的同事告诉我，原来"十三点"是未婚先孕，厂里让她去打胎，她死活不肯，她肚子里的孩子已经有6个多月了。"十三点"既不肯去打胎，也不肯告知她肚子里孩子的父亲是谁，使得厂里负责计划生育的人员很恼火，明确地告诉她，如果她不去打胎，也不说出孩子的父亲是谁，就一直安排她送饮料。那年暑假我回工厂上班期间，时不时地看到"十三点"挺着越来越大的肚子踩着人力三轮车给各个高温车间送饮料，我还听到几个不怀好意的工人在嘲笑她，说她挺着大肚子踩人力三轮车的背影看上去非常性感。那年9月1日开学后，我回到学校没过多久就听到了"十三点"的孩子出生的消息。"十三点"生了个女儿，因为是非婚生女，又没有计划生育指标，所以这个小女婴根本报不上户口，也拿不到当时计划供应的各类票证。医院里的好心人为这个小女婴找了个领养家庭，听说领养人当时给了"十三点"几百块钱的营养费，但她没有收这笔钱。当领养人要把小女婴抱走的时候，"十三点"把她紧紧地抱怀里，好久都不愿意松开。

每个月我回厂里领工资时，总有车间里的同事告诉我"十三点"的一些近况。"十三点"分娩后因为没有资格享受产假待遇，所以基本上没怎么休息就上班干活了。人们发现"十三点"变得沉闷孤僻了，通常情况她总是一个人埋头干活，当有人问起她的野男人是谁时，她总是顾左右而言他，但是只要有人谈起小孩子的话题，她就会滔滔不绝地向大家讲述自己的小女婴多么漂亮、多么聪明与多么乖巧。"十三点"还告诉大家，她实在是无奈才同意把那个小女婴送走的，因为报不上户口就买不了计划供应的婴儿必需物品，没有资格享受产假就拿不到产假的工资收入，所以她实在是没有能力养活那个小女婴。一开始大家还怀着好奇和耐心听她讲，但"十三点"讲她的小女婴的次数多了，同时又把人家夸奖自己孩子的机会都剥夺了，所以到了后来，只要她一开口，大家就没好气地把她轰得远远的。后来"十三点"变得更加沉闷孤僻了，有时候人们看到她一个人时身体像怀抱婴儿般轻柔扭动，嘴里像哄睡婴儿般自言自语。

大学毕业后，我被安排在厂里的机动科搞机械设计，我上常日班，"十三点"还是三班倒，所以我与她见面的机会不是很多。我去食堂吃午饭的时候，如果排队排的恰巧是"十三点"服务的窗口，她总会默默地看着我，然后为我盛上最好的饭菜。有一天我有事去食堂吃午饭去晚了，食堂大厅里就剩下我一个人在吃饭，那天"十三点"正好上早班，当她看见我一个人的时候，就走过来对我说，她也想考大学，问我能不能借些复习资料给她。这次我答应了她的请求，过了几天我带了几本高中数理化的复习资料，找了个机会交给了"十三点"。她拿到这几本书时看上去有些激动，接着"十三点"又问我能不能找时间帮她复习复习功课。由于我手上正好有几个技术改造项目在做，实在是有点忙，另外我觉得自己也不适合去帮她辅导功课，因此我只好对"十三点"说我没时间，她最好还是去正规的高中复习班学习。听到我这么说，"十三点"静静地看着我一会儿，然后默默地转身走开了。

借给她这些书以后，大约过了半年时间，有天上班时我听到了"十三点"自杀身亡的消息。在她自杀前，"十三点"将近有一个月没来厂里上班，食堂后勤组负责人问她原因她一直不肯说，当厂里人事部门明确告诉她，如果再继续旷工不来上班的话，就要把她开除出厂时，她才支支吾吾地说她在外面找人。她自杀前的那个深夜来工厂时，厂里的门卫还以为"十三点"是来上夜班的。"十三点"死在食堂后勤组的小仓库里，当人们发现她时，她的身体早已经变得冰凉僵硬了。经法医解剖鉴定，"十三点"是喝了大量敌敌畏致死的，法医同时还发现，她还怀有近 4 个月的身孕。

"十三点"的哥哥从西安赶到上海为她处理后事。她哥哥告诉厂里的人，说他们的爸爸妈妈是在 20 世纪 50 年代由上海的原单位调配到西安分厂支持内地建设的，当时爸爸妈妈带着他去西安，把一周岁还不到的妹妹留给上海的祖母照看。她哥哥说是没有文化、不识字的祖母把她拉扯大的，在她读初中时，祖母就不幸病逝了，然后她一个人住在祖母留下的小屋子里独自生活。她哥哥说爸爸妈妈的身体很不好，听到自己女儿的死讯，两位老人非常悲伤，委派他一个人来上海全权处理她的后事。她哥哥接着又告诉厂里的人，他与妹妹的感情并不是很好，因为他爸爸妈妈就生育了他们两个小孩，去西安支内的时候，没有选择把他留在上海，祖母过世后又把房子留给了妹妹，导致他回不了上海，只能待在西安生活，他觉得家里人处理这两件事的做法对他很不公平。

虽然"十三点"是自杀身亡的，但厂里的人事部门出于人道主义的考虑，最终还是以病亡的待遇给了相应的抚恤金。对于"十三点"后事的这个处理方案，她哥哥并没有任何的异议。当厂里的人提醒她哥哥，说她在更衣室里还有些遗物，问怎么处理时，她哥哥想也没想就回答说直接扔掉算了，接着她哥哥拿着"十三点"的抚恤金头也没回就走了。

"十三点"自杀身亡时连27周岁的生日都还没过，我对她选择这样的方式结束自己年轻的生命感到很震惊。从认识"十三点"开始，坦率地讲，我从来就没有好好地正眼看过她，也没有认认真真地对待过她，但她过世后我却一直在想：也许她与没有文化的祖母相依为命的成长过程中，没有得到很好的家庭教育与温暖；也许她想用彻底敞开自己心扉的方式，来寻求同学与朋友的认可与友谊；也许她像卖火柴的小女孩一样，用燃烧自己一把把的生命之火来取悦他人与乞求爱情；也许她的那个男人曾经对她海誓山盟，让她耐心等待，他一定会给她婚姻与家庭的温馨港湾；也许她想用把第一个孩子生下来的既成事实来逼迫那个男人兑现他曾经的诺言，可是她万万没有想到，当她怀上第二个孩子后，那个男人又玩起了失踪的把戏；也许她不能忍受再次失去孩子的凄苦，所以下定决心带着自己的这个孩子一起走向天涯！不过所有的也许仅仅是也许，其实我一直没有得到正确的答案，我得到的仅仅是遗憾与内疚。我想如果我不是拒她于千里之外，而是适当地为"十三点"做些力所能及的事情，向她已经干枯的心田注入几滴清泉的话，也许她不会选择这么早就离开这个世界！

自从工厂食堂大厅里的公告栏里贴上《关于黄蓓蓓自杀身亡的处理意见》的布告后，接连好几天公告栏前总是人头攒动，议论纷纷。开头几天我没去凑这个热闹，一是想着人太多，二是想着我是否应该放一大束蓓蕾初绽的黄色玫瑰花在这张布告前。过了几天之后，我找了个加班的机会，故意拖了些时间去食堂吃晚饭，用完餐后我一个人静静地走到了这张布告前，当我看到黄蓓蓓这三个字时，我才突然意识到我已经有 10 多年没有用这样正式的称呼来叫过她的名字了。我在布告前默默地看了好久，看着看着我的眼睛开始模糊了，而眼前的布告也渐渐地演变成了别样的幻影图像：在一大片含苞欲放的黄色玫瑰花的环绕中，有一个头上梳着两条羊角辫的女孩子拨直着喉咙用上海话大声念道："一只小花狗，眼睛骨溜溜，坐勒门口头，想喫肉骨头。"

（此文完稿于 2022 年 1 月 10 日）

人生几何

1967 年 9 月，那时候我刚进中学，中国共青团组织还没有恢复，学校领导班子的主要成员是"军宣队"的军人和"工宣队"的工人。还有当时学校里学生的组织完全是按部队的军事体系来管理的，例如班里的四个小组长都称为班长，班里的班长称为排长，年级的学生干部称为连长，学校的学生干部称为团长。这些团长、连长、排长和班长都是清一色的工人子弟，在大环境"工人阶级领导一切"的思潮影响下，他们意气昂扬地管理着我们这些非工人家庭出身的学生。

我们团长长得虎背熊腰，身材很壮实，浓眉大眼，四方脸，头发像刺猬身上的刺般一根根坚挺着。在我的印象里，他似乎有永远用不完的力气，整个人的形象就像我小时候非常喜欢吃的一整块糖年糕。团长比我高一个年级，只有在整个学校搞活动时，我才会看到他。团长性格豪爽、敢做敢为，在每一次全校师生的大会上，他总是第一个上台表达坚决拥护领袖的赤胆忠心，不断地高呼口号。

1968 年的秋天，上海地区乙型脑膜炎高发。有关医疗机构发现蚊子是乙型脑膜炎病毒的主要传播途径，而鸡鸭是病毒的中间宿主。于是整个上海轰轰烈烈地开展了城市地区消灭蚊子和不能养鸡养鸭的整治行动。为了配合这场行动，我们学校和我们班对口支援了所在区域内的街道和里弄。开始几天，我们分组分块，用敲锣打鼓的方式，向所负责区域内的居民宣传城市地区消灭蚊子、不能养鸡养鸭的道理和乙型脑膜炎的危害性，动员居民自己动手消灭蚊子，把自家养的鸡鸭妥善处理掉。通过几天的高强度宣传，绝大部分居民自觉地把自家养的鸡鸭都处理掉了，但是还是有极少数的居民坚决不配合。团长得知这个消息后，主动请缨，带着几个得力部下急急匆匆地赶了过去，准备亲自上阵解决那些"顽固居民"养的鸡鸭。

那天下午的突击行动，不知什么原因，我们班里一个同学都没去。接近傍晚的时候，我们听到了一个消息，说是团长带出去的突击队出大事情了。再后来的消息证实是团长自己出了大事情。事情大概是这样的：在坚持养鸡养鸭的居民中有一个孤寡老太太，她养了一大群鸡，是靠着出售鸡蛋来谋生的。当团长去抓老太太养的鸡时，她不但用她的一只手拼命护住她的鸡，还用她的另一只手紧紧地抓住团长的要害部位不放，直至将团长的要害部位捏坏。

事情发生后，据说这个强悍的老太太被有关部门处以三年劳动教养的惩罚。团长很快就转学走了，去了哪个区、哪个学校，他没有告诉学校里的任何人。50多年来，我再也没有见过团长的面，再也没有听到过他的任何消息。

我们连长姓衰，长得很高很瘦，个头比我们同龄人要高出大半个头，而且头长得非常小，所以我们给连长起了个绰号叫"小头"。连长文笔很好，字也写得很漂亮，"工宣队"的领导田队长看了他写的"学习最高指示的心得体会"后，发现了他这个人才，于是就提拔他做了我们年级的连长。连长性格孤傲，自我感觉非常好，总是把他那小小的头抬得高高的，居高临下地向我们发号施令。连长平时没有什么大的声响，但是在大场面上他却非常活跃。连长和我不在一个班，所以我们俩在学校的时候也没有什么交往。我偶尔在路上碰见他时，总看见他目空一切地从我身边走过，而我总是带着一点崇拜的眼光尾随着他那逐渐远去的小小头颅。

1971年中学毕业分配时，我们学校有80多位同学被分到了同一家工厂里，我和连长恰巧也在这群人之中。到工厂办理入职手续时，我被分配到一车间当工人，连长被分配到四车间当工人。连长在四车间当了大约半年的工人，就被厂领导提拔为厂团委的专职团干部。在我的印象中，那段时间连长还是一如既往地自高自大，在单位里也没有啥朋友。偶尔相遇时，我与他例行公事般打招呼，他也基本上都是那副爱理不理的老样子。但我读大学后，有一次回单位办事，连长遇见我时竟十分热情地邀请我去他的办公室坐下来聊天。我记得那天我们谈了两个话题，一个是关于寻找女朋友，另一个是关于个人职业发展。当连长得知我还没有女朋友时，他得意扬扬地告诉我，他目前正谈着好几个女朋友，现阶段他奉行"等距离外交"的策略，具体要与其中的哪一位女朋友结婚现在还没有确定。谈到个人职业发展的这个话题时，我认为一个人还是要有安身立命的专业知识或一技之长，但是连长并不认可我的这个观点，他认为我们厂里的那些知识分子现在根本没有什么地位，所以还是搞行政工作有出息。聊了没多久，我感觉有点话不投机，看着连长谈锋甚健，于是我就找了个托词离开了他的办公室。

1980 年的夏天，我大学毕业回到原单位，在厂里的机动科从事机械设计工作。那时候正好赶上改革开放的萌芽期，工厂领导安排连长去负责对接乡办工厂和社办工厂的横向联络等"三产"工作。我们工厂有 1200 多人，我的办公室在工厂的最东边，连长的"三产"办公室在工厂的最西边，尽管我们两个人平时一般都见不上面，可是有关他的传闻我还是经常能听到。这些传闻大致可以分成两大类：第一类是说那些乡办工厂、社办工厂的负责人为了拍连长的马屁，经常带着大包小包往他家里拼命地送农副产品，他家的邻居经常可以抓到从连长家里偷逃出来的大螃蟹和大甲鱼；第二类是说连长和他的顶头上司许副厂长同时看上了销售科新来的小姑娘，有一天夜里双方为了争风吃醋居然在这个小姑娘的家里扭打了起来。

厂里销售科新来的小姑娘长得很高挑、很漂亮，性格也很活泼大方，是一个要脸蛋有脸蛋、要身材有身材的大美女。她在中等专科学校里学的是财会专业，毕业后分配到我们工厂，被安排在销售科负责进出厂材料的开票和统计工作。小姑娘的父母都在外地工作，上海的家里就她一个人住。她来我们单位销售科上班3年左右就搞出了大事情，而且还被重判了17年有期徒刑。

事情是这样的。我们工厂是从事铜合金生产加工的，几十年经营下来，厂里大概有几百吨的铜材盈余。那年的年底，厂里对铜材进行盘点，结果发现铜材的库存居然是亏损的，也就是说几百吨的铜材不翼而飞了。当时铜材的市场价将近每吨1万元，在人均月工资50多元的年代，这是个惊天动地的经济大案。经过当时的卢湾区公安分局和厂里的武装保卫科联合组成的专案组的反复侦查和个别访谈，发现问题出在这个销售科小姑娘的身上。原来这个小姑娘开出厂单时，留给厂里财务结算用的记账联上的数目和交给乡办工厂、社办工厂拿到仓库去提用的发货联上的数目是不一样的，并且发货联上的数目都明显大于记账联上的数目。专案组感到很奇怪，小姑娘是学财会专业的，理应知道这样做是严重犯罪，怀疑她是否利欲熏心铤而走险，或者是否有人在幕后指使她这样干的。小姑娘最终只是承认了她接受过乡办工厂和社办工厂那些人的小恩小惠，并一口咬定没有牟取过什么大的经济利益，也没有什么人在幕后指使她这样做。这个涉世未深的小姑娘的大案尘埃落定后，转业军人干部出身的许副厂长把他满腔的仇恨一股脑儿地发泄在了连长的身上，找了个冠冕堂皇的理由把连长一脚踢出了我们单位。

在这之后的20多年里，我没有听到过连长的任何消息，也不知道他在哪个单位工作。2010年上海世博会期间，有一天我陪几个外地客户朋友去青浦朱家角游览，我看到走在我们前面的一群人里面有个人的身影和声音与连长十分相似，于是我就试着叫了他的名字，没想到还真的是他。连长停下脚步、转过身来和我寒暄了几句无关痛痒的话，在短短几分钟的时间里，我发现他的脸部表情从惊喜到犹豫再到不安，就像天气从晴天到多云再到阴天般迅速地变化着。连长没有告诉我现在他在哪个单位工作，也没告诉我他现在的手机号码。告别时连长连我的手都没有握，就慌慌张张地朝他原先跟着的那群人赶了过去。我望着连长匆匆离去的那小小尖尖的后脑勺，愣了好一会儿才缓过神来。

我们排长姓顾，他好像比较会"照顾"人，特别是会"照顾"我。排长的父母都是收入很高的老工人，他是家里的长子，父母比较宠爱，似乎他口袋里有永远用不完的零花钱。排长智商一般，没啥才能，也不善于表达，班里有好几个同学叫他"憨大"。但是他为人诚恳、性格率直、出手大方，所以还是得到了全班同学的拥戴。排长的长相有两个很明显的特征：一个是他的两只脚外八字很厉害，走起路来整个身体左右晃动的角度很大；另一个是他的上下嘴唇都长得很大很厚，占了他整个脸部的好大一片区域。他的这两个特征让我证实了民间的两个说法，即走路外八字的人大方爽朗和上下嘴唇肥厚的人忠厚老实。排长偶尔会一本正经地训斥班里那些所谓的落后分子同学，但大多数情况下，他会和我们一起打闹嬉笑。他对我的态度一直相当和颜悦色。他说他很喜欢和我聊天，因为可以听到好多有趣的故事和学到好多有用的东西。

1970年的秋天，我们班被安排到上海郊区金山农村学农半年，接受贫下中农的再教育。尽管在那半年时间里，我们和农民一样辛勤劳动，但是我们吃穿用的所有费用都是要自己承担的，每个学生每个月要交十块八毛钱的伙食费。我们那时十五六岁，正值长身体的阶段，饭量出奇地大，那些饭菜根本喂不饱我们，我们经常饿得肚子咕咕叫。我口袋里也没啥零花钱，大部分情况下只能自己干挺着，有时也只能去多喝几口水缓一缓。当排长也熬不住的时候，他会叫上几个他比较认可的同学去相距我们生产队不远的后岗小镇"打牙祭"，当然这几个同学里面必定有我。一般情况下，我们在后岗小镇里，不是每人吃两个肉包子，就是每人吃一碗肉丝面，费用全部由排长买单。那一年的大冬天，排长带着我们七八个同学去买煤球。在金山的亭林镇上，我们像流浪儿似的一伙人又是理发又是洗澡又是吃饭，还去照相馆拍了一张集体照，所有费用当然还是由排长买单。学农半年的时间即将结束时，有次排长和我聊天，说起班主任老师向他收取这半年的伙食费，他告诉我伙食费都让他当零花钱用掉了，准备回上海后，让他的父母把这半年的伙食费一起补交给班主任老师。

1971 年的秋天是中学毕业分配的时间。排长是家里的老大，属于去外地务农的范围，所以他选择了去黑龙江大兴安岭当伐木工人，说是那里待遇好、收入高。排长出发去大兴安岭的那一天，我去上海的老北站送他。火车即将启动时，他的神态看上去十分兴高采烈，全身上下一副要干大事、挣大钱的模样。记得那天排长还给我开了个玩笑，说我在上海的工厂当学徒，每个月只有 18 元钱的收入，他在大兴安岭当伐木工人，每个月至少有七十元钱的收入，以后回上海度假时，还是应该由他来请我吃饭玩耍。排长离开不到一年的时间，我的另一个留在上海工厂工作并且住在排长家隔壁的同学，有一天晚上来我家，告诉了我一个不幸的消息，排长在大兴安岭那边因工亡故了。听到这个噩耗，我的脑袋一下子嗡了起来，胸膛像被重物狠狠地锤击了一下，耳朵里恍恍惚惚地听着那个同学的声音好像是从很遥远的地方发出来的：排长那天晚上值夜班，一个人独自负责在半山腰用卷扬机牵引着大木头从山上放到山下，干活干到下半夜时，由于太劳累疲乏，排长在卷扬机旁睡着了，没想到他身上穿的大棉袄让正在工作的卷扬机卷了进去，接着卷扬机把排长的整个身体也一起卷了进去，等山脚下的同事发现上面的情况不正常，急忙赶到半山腰时，排长不仅早就没了生命迹象，而且整个身体也已经被卷扬机铰成了几段。

我在得知这个悲痛消息的第二天下午，就约了几个留在上海工作的同学去排长家吊唁。我以前去过排长家，也见过他的父母，这次看到他的父母时，我大为震惊，因为他父母的容貌与以前相比发生了非常大的变化，仿佛一夜之间两个人一下子老了几十岁一般。排长的父亲原来很红润的脸色现在变得很灰暗，原来很光洁的脸庞现在布满了皱纹，他起身和我们几个人打了招呼后，又坐回到他原来坐的椅子上，低着头唉声叹气且一口接着一口很猛烈地抽着香烟。排长的母亲没有起身，只是和我们点了个头打了招呼，我看见她的两只眼睛哭得又红又肿，她原先头上乌黑的头发如今也变成了满头白发。在我们几个人安慰了排长的父母，表达了对排长的最深切的哀悼以后，在场的所有人都陷入了非常悲哀和沉闷的气氛之中。在近半个小时的时间里，我们谁都没有打破沉默，大家都十分尴尬且沉默地坐在那里。起身告辞时，我们几个向排长的父母表达了希望他们节哀顺变、保重身体的愿望，我发现排长父母此时的心情比我们来的时候更加悲痛欲绝。在回家的路上，我想着今天我们几个去排长家吊唁恐怕不是很妥当，因为我们的出现，加倍勾起了他父母对长子本来也应该留在上海工作的那种无奈、悲哀、凄楚和怨恨。到家后，我把那张在亭林镇拍的集体照片，也是我在中学期间和同学拍的唯一的那张照片拿了出来。望着照片上排长那富有特征的脸，想着排长还不到 20 周岁就离开了他如此热爱的世界，我非常伤感地沉思了好长时间。这张照片我一直珍藏到现在，时不时地会拿出来看看我的排长。我不能确定排长算不算我的好朋友，但是我想这里面肯定有很多很多个原因，而且其中最重要的一个原因肯定是那些年来排长特别"照顾"我！

我们班长姓诸，可是他长得瘦瘦小小的，有点小驼背，整个人的形态看上去像一根细细的烂香蕉，很难让人联系到姓名的谐音——"猪"的身上。班长不爱说话，比较沉闷，总是一副无精打采的模样，有时候在人堆里好像感觉不到他的存在。班长面对比他厉害的同学时，总是一副低头哈腰、唯命是从的样子，而面对比他弱小的同学时，却又是一副凶狠严厉、不容置疑的模样。同学们感到班长的整体形象与京剧样板戏《智取威虎山》中的反面人物栾平十分相像，所以给他起了个绰号叫"栾副官"。同学们叫着叫着发现不太顺口，后来大家就不约而同地改口叫他"小炉匠"。虽然班长是我的班（组）长，而且班（组）里也只有十几个人，但是我和班长之间没什么直接来往，连相互交谈都很少有。我感觉我和班长的思维方式来自两个完全不同的世界，他走不进我的世界，我也走不进他的世界。班长在各类大的公开场合中从来不发言，似乎没有存在感，不过我有好几次无意中发现，他总是在用他那双故意眯缝着的小眼睛的余光，非常细致地观察着在场的每一个人的举止。

我们班去金山农村接受贫下中农再教育的那半年时间里，班长和我们十多位男同学睡在同一个仓库里——大家一长溜睡在用几大块门板搭建的大通铺上。不管是在劳动还是在休息，不管是在吃饭还是在聊天，班长都是一如既往地无精打采、沉默寡言，细致入微地观察着他眼前的一切。那年农村最繁忙的"三抢"农活结束阶段，有天晚上我们整个班的师生借用后岗镇上的小学教室开总结表彰大会。会议从晚上七点开到九点，会后回到住宿点，想着明天一大早还要干农活，大伙儿都早早地洗洗睡了。第二天天刚蒙蒙亮，同学们睡得正香甜的时候，住在另一个住宿点的一位同学来我们住宿点拼命地敲门，叫喊几个班干部马上到班主任老师的住宿点开紧急会议，并且告诉其他的同学待在各自的住宿点不动，当天的农活暂停。班长被叫到班主任老师那边开紧急会议后，我再也没有睡着，我感觉很奇怪，不知道究竟发生了什么事，虽然三个多月以来，我们一天都没有休息过，可是我实在猜想不出什么原因会造成这样的结果。

过了一个多小时，班长回到了我们的住宿点，向大家传达了紧急会议的内容，说是班主任老师存放全班伙食费的包包被人偷了。班主任老师的这个包包里共有 600 多块钱，是全班 50 多个同学这个月刚交的伙食费和前几个月的伙食费略微剩余的总和。班主任老师的这个包包放在他的住宿点，只有他自己知道地方，昨天晚上开会前，他还从这个包包里拿过钱，今天一大早他准备拿钱给负责买菜的同学去买菜时，才发现这个包包不见了。班主任老师认为，这件事肯定是我们班里的某个同学干的，而且作案时间就在昨天晚上开会的这个时间段。班主任老师还说这件事他暂时不告诉学校的上级领导，也不向当地的公安部门报案，如果哪个同学能主动退还这个装钱的包包，这件事就当没发生过一样。接着班长按照班主任老师的要求布置大家自查自纠，每一个人用书面形式交代清楚自己昨天晚上的活动轨迹。在这整个过程中，我没有发现班长有任何的异样神情，他还是那副一如既往不温不火的腔调。

经过两天时间的反复核对，同学们想来想去实在想不出来那天晚上有谁单独活动过，大家吃完晚饭去开会时都是三个一群、五个一伙过去的，开完会也是三个一群、五个一伙回来的，晚上睡觉以后也没有哪个同学出去方便过。班主任老师眼看着这样查不出结果，他自己又承担不了这么大的责任，于是无奈地将此事向学校的上级领导作了如实的禀报。学校指派的老师当天就从市区赶到了金山，然后逐一找班里所有的同学谈话。有一位女同学回忆起一件事情，说是在那天晚上开会期间，班长说他肚子感觉不舒服，曾经出去20多分钟以后才回到教室继续参加会议。等全班所有的同学都经过了一轮单独谈话之后，这位老师和班主任老师仅仅发现了这么一个疑点，于是就找班长去进行第二轮单独谈话。两位老师对班长表明了他有重大作案嫌疑，同时清晰地表达了两个解决方案："一是如果你选择坦白，并把钱款如数交还出来，那么这件事就从宽处理，算没有发生过，保证学生档案里没有记录，也绝对不会影响你的毕业分配和个人前途；二是如果你选择抗拒隐瞒，那么就从严处理，你不给同学们吃饭，那么我们也不给你拉屎撒尿，不仅要把你关起来，还要在学生档案里记上一笔影响你今后前途，更要把你扭送到公安机关进行劳动教养惩治。"班长被关在一个封闭的小房间里，两位老师轮流在这个小房间的门口一边值守一边劝说班长早点坦白。这样过了七八个小时，班长到底熬不住了，终于承认这个包包是他拿的，并陪同两位老师从班主任老师住宿点门口旁边的猪圈屋檐下拿出了这个装着600多元钱的包包。原来班长早就瞄上了班主任老师这个存放全班伙食费的包包，也早就发现了班主任老师住宿点的木窗非常破旧且形同虚设，所以他早已算计好了作案的时机与方法。那天晚上全班师生刚巧集中在后岗镇小学开会，加上班主任老师刚刚收好全班同学当月的伙食费，他认为这是一个绝佳的动手时机。于是在会议进行到一半的时候，他借口肚子不舒服要上厕所，以百米冲刺的速度赶到班主任老师的住宿点，撬开木窗爬了进去，拿到包包以后再从窗户爬了出来，按原样恢复木窗后，再把包包塞进猪圈的屋檐下，又以百米冲刺的速度赶回教室，随后脸不改色心不跳地坐回了原来的位置。

班长和我一样是家里的老二，由于他的哥哥在农村插队落户，因此班长按政策分配到上海的工厂工作。说来也巧，毕业分配时班长和我被分在同一家工厂，只不过他被厂里安排在二车间当工人。刚进厂上班那会儿，我干活的一车间是三班倒工作制，班长干活的二车间也是三班倒工作制，由于我们两个不在同一轮班次上，因此基本上见不上面。我有好几次在上下班的路上，或者在厂区里看到过班长，不过他总是远远地躲着我，所以在厂里起初上班的那几年，我和班长没有一次直接面对面沟通交流过。奇怪的是我也从来没有听到过他们车间的人对班长有任何的议论和评价，好像他这个人从人间蒸发掉了一般。

我读大学时，大约在 1979 年的春天，我听说厂里出了一件大事，说是二车间夜班整整一个班次五六十号工人当月工资总计有 3000 多元的钱被盗窃了。我们厂里三班倒的上班时间是这样规定的：早班从早上七点到下午三点，中班从下午三点到晚上十一点，夜班从晚上十一点到第二天早上七点。每个月厂里发工资的那天，劳动人事科和武装保卫科的工作人员一起到银行把全厂的工资用现金的方式提出来，然后再由每个部门与车间的工资员把各自部门与车间的工资领回去分发给每一个人。一般情况下，三班倒工作制车间的工资员是上常日班的，所以他们把早班工人的工资和中班工人的工资发完后，会把夜班工人的工资存放到第二天的早上上班时再分发给已经下班的夜班工人。20世纪70年代的时候，工厂车间的办公室条件都很简陋，也没有什么保险箱，过夜存放的工资一般就放在工资员自己认为安全的地方，因为以前从来没出过什么事，所以他们也就放松了警惕，没想到这一次却出了这样的事情。我清楚地记得当时五六百元钱就可以买一间小私房，这3000多元钱的实际价值应该说可以等值于现在的3000多万元。

由厂里的武装保卫科和当时卢湾区公安分局成立的专案组经过侦查发现，二车间办公室的门和工资员的抽屉都有人为暴力撬开的痕迹，但是除了车间办公室工作人员的脚印和手印之外，专案组反复排摸了二车间和附近相邻车间可能接触到二车间办公室的所有人之后，却没有发现其他任何有价值的痕迹与信息，所以专案组的侦查重点放在监守自盗这个突破口上。专案组要求二车间办公室所有的工作人员留在办公室里不得外出和回家，随时等候专案组的单独谈话和笔录。经过一个星期的折腾，尽管二车间办公室那七八个工作人员被搞得灰头土脸后恢复了自由，但是在此后很长一段时间里，他们在巨大的经济和精神压力下始终抬不起头来。专案组到底没有查出任何有用的线索，于是只能把这个案子作为悬案移交给了上海市公安局。上海市公安局的有关人员接手这个案子后，在梳理所有已经掌握的线索过程中，到发放工资的那家银行做进一步的调查时，发现了一条有点价值的信息，即这一批现金中有一些崭新的 10 元人民币。那时 10 元是人民币的最大票面价值，而崭新的人民币又是稀罕物，所以那家银行把这些崭新的 10 元人民币的编号作了相关记录。经过二车间发放工资的工资员回忆核实，那天晚上留在车间办公室准备第二天早上支付给夜班工人的工资中恰好有几张崭新的 10 元人民币，于是上海市公安局对全市的银行和商业网点发出了协查令，如果发现编号范围内的崭新 10 元人民币，就立即报案备查。好在那时候所有的银行全都是中国人民银行，商业网点也全都是国营的商店，所以这件事情办起来并不像现在想象的那么复杂。

从工资盗窃案发生日期算起大约过了半年，当时位于南市区小东门地区的一家中国人民银行收到了一张属于协查编号范围内的崭新 10 元人民币，于是那家银行就立即向上海市公安局报了案。上海市公安局侦办人员得知这个存款人的姓名后，向全市的中国人民银行又发出了协查该户名人员在全市所有银行内开户存款信息的通知，结果发现以这个户名开户的人最近在十几家银行存放了十几笔钱款，所有存款的总额已经超过了 3000 元，这个存款人不是别人，他姓诸，就是班长本人。

当得知盗窃工资的作案者是班长时，厂里的所有人都大跌眼镜。首先，班长那天是上早班，下班时他和同事们一起骑着自行车出的厂，第二天一大早来上班时，他也是按正常时间来车间上班的，按时间来推算他没有任何的作案时间。其次，班长在二车间工作的近8年时间里，给所有人留下的印象都是一个埋头苦干、与世无争的老好人，工资盗窃案发生后，他也没有任何异常的言行举止，还是那副上班干活、下班回家的老样子，在这半年多的时间里，他甚至连一天假都没请过，始终保持着全勤的记录。最后，专案组在全厂员工的档案里也没有发现班长有盗窃前科的记录，班长中学时在金山学农的那次盗窃事件，学校领导和班主任老师确实兑现了诺言，没有在他的个人档案里留下一丁半点的不良信息。

在十几家银行出具的个人存款信息面前，班长不得不低头承认这一次二车间的夜班工资盗窃案是他干的。班长在二车间工作了将近8年，对车间每个月分发工资那天的流程已经非常熟悉，特别是他每次上完夜班去领工资时，工资员一早赶来上班，急急忙忙且不加任何掩饰的发工资的状况让他记得一清二楚，另外车间办公室也没有什么安全门，工资就放在一般的办公桌的抽屉里，他早就设计规划好了作案的细节和路径，计划酝酿着要找一个最佳时机来动手捞上一大票。作案那天他上早班，下班后领好工资，他和几个同事一起骑着自行车离开了厂，到下半夜他离开了家来到工厂仓库外面的围墙边，把自行车放在一个隐蔽的地方后，爬进了围墙躲在仓库的屋顶上休息，等到凌晨四五点钟上夜班的工人最困乏的时候开始动手，他戴着手套很轻易地撬开了车间办公室的门和工资员办公桌的抽屉，拿了这 3000 多元钱人不知、鬼不觉地回到了仓库屋顶上，在仓库屋顶上他又休息了一会儿，然后爬出围墙骑上自行车回到了家，把这 3000 多元钱藏在他自己床上盖的棉被隔层中以后，清晨他按正常的时间点来到厂里上早班。案发后从来没有人怀疑过他，也没有任何人询问过他，过了半年左右他感觉应该没什么危险了，所以就把那些钱逐渐取出来，以他个人的名字分期、分批存放到十几家银行里。他认为这样做是万无一失的好方法，没想到一张崭新的 10 元人民币的编号让他彻底暴露了他的狐狸尾巴。班长在退赔了他盗窃的所有钱款后，被判处了四年有期徒刑。

我们四年中学的班主任老师是无锡荣家的支系，中美邦交正常化之后不久，他带着太太和两个年幼的子女去了美国。荣老师在美国定居生活了将近 50 年，不仅把一双儿女培养成人，还把第三代也培养成人，2018 年他决定叶落归根，带着太太回到上海颐养天年。我们班的另一位班（组）长中学毕业后，被安排到当时南市区教育局的财务部门工作，在她的通知召集下，聚拢了我们班的 20 多位同学，找了家餐厅举办了一场欢迎荣老师荣归故里的庆祝活动。诸班长那天也来了，我看到他的一瞬间感到非常地惊讶：一是 40 多年没有碰见过，他的容貌形态居然没有多大变化，看上去比同学们都要年轻；二是他的面部表情和行为举止没有任何的不安和慌张，就像一个什么坏事也没干过的人一样，还是那么若无其事和心安理得。在同学们各自介绍中学毕业之后近 50 年来的个人情况时，诸班长风轻云淡地告诉大家，他后来身体一直不是很好，靠低保来维持正常的生活，现在已经退休了，每个月可以领退休工资的小日子过得还相当不错。

　　一个人的人生可以很长很长，现在活到百岁以上的老人已经屡见不鲜，将来随着生物医药技术越来越先进发达，在可预见的未来活到 120 岁也不是什么困难的事；一个人的人生也可以很短很短，有的小孩子还没有睁大眼睛好好地看看这个世界，有的年轻人还没有好好地享受过爱情的甜蜜（像我们那位 20 周岁还没到的排长一样），就非常遗憾地去了他们根本没有列入旅途计划中的天堂。人生之路跌宕起伏、迂回曲折，在时代洪流裹挟下，有时候有些人甚至会身不由己，随波逐流，在这个大浪淘沙的过程中，一个人顺势漂流或者朝一个方向奋力划行，不一样的选择会产生完全不一样的结局，像黄河上游老船工奋力划着羊皮筏子在惊涛骇浪的颠簸中永不放弃划桨一般，最终能够到达目的地的人就是时代的弄潮儿，也是人生的佼佼者。一个人的人生可以很复杂，一个人的人生也可以很简单，有时候回过头来看一个人的一辈子，可能就是那么关键的几步，就像一个人走一条很长的路，他在每一个十字路口的转向选择，最终决定了他这个人一辈子的人生轨迹和人生成败。人生之路不讲结果，因为每一个人的终点站都是朝着相同的地方而去的；人生之路只讲过程，因为在人生之路上如何不断地发现自己、提升自己、完善自己、成为最好的自己的内心体验过程，才是每一个人的人生之路的重要意义所在。不管是富有还是贫穷，不管是高贵还是平凡，不管是长寿还是短寿，人生有两条底线坚决不能触碰，即不能违法乱纪和不能欺负弱小。我对王阳明的临终遗言"此心光明，亦复何言"的理解是：当一个人在人生这个大舞台上即将剧终谢幕之时，回首自己的人生之路，至少要感觉到自己的整个人生无愧于社会，无愧于他人，无愧于家庭，无愧于自己，是一个最终肯为自己的整个人生慷慨掏钱买单的人，毕竟自己的整个人生走的每一步路都是经过自己本人点头同意的！

（此文完稿于 2022 年 4 月 15 日）

胡大郎

　　1970 年 6 月初中毕业，下农村务农半年，再下工厂务工半年，一直到 1971 年 10 月之后，我才被学校分配到了一家有色金属加工厂的电炉车间当铜锭铸造学徒工。这个电炉车间有近 100 个人，按甲、乙、丙三个班组执行三班倒连续作业。我进的班组是乙班，班长姓胡，他的具体名字我现在已经记不清楚了，因为当时电炉车间里的所有人都叫他胡大郎。

　　这个胡大郎和水浒中武大郎的形象是截然相反的，他身材高高大大，体格虎背熊腰，尽管五官长得没啥优势，但整个人的形象还是让人感受到了一种浓浓的粗犷的男子汉的味道。他抡重磅大铁锤的矫健身姿、大铁锤落在铁钎上的准确无误以及大铁锤落在铁钎上的击打力度，都让当时扶着铁钎的我好像在醉心地欣赏着一尊大力士雕像一般。尽管那时我戴着厚手套的双手被震动得虎口发麻,但是我从来没担心过他的大铁锤会砸到我的手上和头上。这么多年以来,我再也没有遇到比胡大郎更好的抡大铁锤的好把式,这可能是因为我已经把他的这个特技作为评判他人的作业标准了,或许"会当凌绝顶,一览众山小"说的就是我的这种心态。胡大郎是上海人,尽管我遇到他时,他连 40 岁都还不到,但是他已经是厂里的老工人了。他初中毕业就进了这家工厂当炼铜学徒工,由于踏实肯干和吃苦耐劳,再加上有些小聪明,所以在三年学徒期满后不久,他就成了一个炼铜专业方面的行家里手。20 世纪 60 年代初的"大三线、小三线"建设期间,厂里委派他到内地支援一家铜矿当炼铜车间的车间主任。胡大郎这个"支内"的活儿一干就是 10 年,他在那里成家立业、生儿育女,我进厂的那会儿,其实他带着全家人返回上海工作才几年的时间。

胡大郎虽然只是个班组长,但是官架子不小,一般的人他根本看不上,他安排班里工人干活的时候,总是一副颐指气使的模样。我刚进他的班组工作的时候,他对我也很不客气,除了要我干好本职工作之外,还安排我干一些杂七杂八的零星活,而且他那时候安排我干活的口气都是不容置疑的命令口气。大约过了一年,胡大郎对我的态度有了明显好转,他给我安排工作时的语气,也从以前的命令式变成后来的商量式。他转变态度的原因有两条：一是我师傅也是个技术能手，而且当时还传说我师傅将要被提拔为电炉车间的副主任；二是我铸造的铜锭质量一直很好，乙班的产品质量在甲、乙、丙这三个班组的月度评比中总是名列前茅，这让作为乙班领导的胡大郎脸上增色不少。到电炉车间上班的时候，我总是喜欢随身带些书报杂志，利用前一根铜锭刚铸造完毕、后一根铜锭的铜水还在电炉中冶炼的间隙时间浏览阅读。刚开始的时候，胡大郎只要一看见我看这些书报杂志，就会厉声地批评我，说我不安心工作开小差，并且下令我立即去干活。胡大郎对我的态度转变以后，再碰到我看书报杂志的时候，他非但不批评我，还建议我找个安静避人的地方去看，说是到了浇铸铜锭的时候他会立马通知我的。

胡大郎说是初中毕业，但实际上只是粗识文字而已。自从高看我一眼之后，他经常会来找我聊天，让我给他说说国内外新闻和社会各色笑话趣事等等。这样一来二往，我和他混熟了以后，胡大郎有时也会和我说说掏心窝子的话：他说他"支内"的10年里日子过得像皇帝一般舒坦，因为那个电炉车间里的100多位员工对他都是毕恭毕敬和唯命是从的，他发号施令从来都是说一不二的；他说他手下有20多位做辅助工的女工，这些当地女工都是30多岁的年龄，每逢休息日和节假日，她们会争先恐后地来到他的宿舍里，帮他打扫卫生、洗衣做饭和铺床叠被；他说他当时月工资60多元，再加上各种各样的津贴，每个月能拿到手的钞票有 80 多元，在当地人均工资 30 多元情况下，他绝对是个大富翁，而且他的工资基本不花，因为吃喝拉撒都有人家供着，所以他 10 年"支内"期间的工资基本上都存了下来；他说他由于身高体壮、年轻阳光和有权有势，不仅有些中年妇女要将自己的女儿嫁给他，而且矿上围着他身边转的漂亮姑娘也有好几个，他老婆就是当时那几个漂亮女孩中综合条件最具优势的那个；他说他老婆嫁给他时，才 20 岁出头，不仅仅是矿上的矿花，还是方圆几十里数一数二的大美女，追求她的小伙子至少可以组建一个加强排；他说他在那个矿上是个重要人物，矿领导把他当作座上宾，每逢矿上有重大活动时都是让他唱主角的；他说他要不是考虑到孩子要在上海读书的问题，他可能不会选择回来，现在想着有点后悔，因为一方面他现在只是一个小小的班组长，以前众星拱月的优越感现在彻底没有了，另一方面他们夫妻两个人加在一起 100 多元的月工资在上海根本不够花；他说他当年去"支内"的时候，把那边的情况想得非常糟糕，但是没想到矿上的实际情况却非常好，回上海的时候，他把上海的情况想得非常好，可万万没有想到他现在的感觉却是这样糟糕。

胡大郎的妻子也在我们电炉车间上班，她的工作岗位是坐在吊笼里操作桥式起重机的驾驶员。为了照顾他们的三个孩子，胡大郎和他的妻子分别在乙、丙两个班组上班，也就是说我们乙班下班时，他在丙班的妻子才开始上班，这样的安排可以让他们夫妻俩始终可以留一个在家里给予三个孩子一定程度的安全感。第一次看见胡大郎的妻子时，坦率地讲，我彻底惊呆了，惊讶的程度，绝对不亚于我看到从鸡窝里飞出来一只金凤凰。在这之前，我曾经听说过胡大郎的妻子长得年轻漂亮，但是我真的没想到真人这么年轻漂亮！她个子不高不矮、身材凹凸有致，有着洁白细腻的皮肤、鹅蛋脸、挺拔的小鼻子、鲜红的小嘴巴、清晰明亮的大眼睛以及两根粗黑油亮的大辫子——让我很难想象这是一个已经生育过三个孩子且年龄已经过了 30 岁的女人。在我看来，在我们工厂数百位女职工中间，包括和我一起进厂的 20 多位才 20 岁时值花季的年轻姑娘，竟然没有一个可以与胡大郎妻子的容颜相提并论的。我发现，她是我们整个电炉车间乃至整个工厂的聚焦点，好多男工友的眼光追随着她窈窕的身影而不断地转移飘动。我还发现，聚焦在胡大朗妻子身上的男工友的目光越是多，她的面貌就越是容光焕发与顾盼生姿。我那时候一直没搞明白这是一种什么类型的特异现象。直到读大学上了物理课和化学课，我明白目光其实也是一种传递能量的物质之后，才恍然大悟：为什么在大冬天里，有些女孩子穿得很单薄却似乎一点都不觉得冷？因为超高的回头率从物理反应转化为化学反应，又从化学反应转化为生理反应，众多的聚焦目光像大烤炉一般让这些女孩子加倍感到滋润温暖，就像扬扬得意的开屏孔雀似的。胡大郎妻子的姓氏我已经记不清楚了，只记得大家明里都叫她小凤，而暗地里都叫她潘金莲——如果让她听见某人这样叫她，她不但会显得很生气，而且还会立刻对着某人说："你妈才是潘金莲，你老婆才是潘金莲。"在大家看来，那时候胡大郎夫妻俩的感情非常好，比如有时候他家里有点家务事，小凤就不来上班，由胡大郎乙班下班后紧接着顶丙班小凤的工作，我听丙班的工友说过，每逢胡大郎顶小凤班的时候，他总是在桥式起重机的吊笼里睡觉，有用到起重机的时候，丙班的工友要大声叫喊他好多次才能把他叫醒；比如每逢刮风下雨气候突变的日子，小凤来上班的时候，总是带着雨具和厚衣服交给胡大郎，免得他在回家的路上淋雨受冻；比如胡大郎每次穿上刚买的新衣服或者新皮鞋，他总是在更衣室里向工友们炫耀，说是小凤专门给他买的生日礼物或纪念品；比如胡大郎家里烧了点好吃的，他总是会带一些给班组里的工友分享，说是小凤把家务活基本上都包了，把他和孩子们都服侍的很周到；等等。

　　大约在我进电炉车间上班一年的时候，有一天我们乙班上夜班开班前会时，发现胡大郎没来，我师傅也没听说过胡大郎当晚有事请假不能来上班的信息。到了第二天早上，我们乙班下班、丙班接班时，工友们发现胡大郎的妻子小凤那天上午也没有来上班。就在我们乙班工友洗完澡、换好衣服准备回家休息的时候，厂部这时有人带来口信，通知我师傅留下来，说是厂部领导要找我师傅谈话。接下来的那天夜里，我上班时发现胡大郎还是没有来，还有我发现电炉车间的布告栏上有个大红榜，过去仔细一看，原来红榜上写着我师傅那天被厂部任命为电炉车间的副主任兼乙班的班组长。上班干活的时候，我师傅找了个身边没有其余人的空档，咬着我的耳朵悄悄地告诉我胡大郎被公安部门抓进去了，罪名是破坏军婚。这个风流故事的情节大概是这样的：胡大郎家的隔壁邻居是位中学女教师，年龄和他的妻子小凤差不多大，这位女教师的丈夫是位现役军人，部队驻地在外省市，平时女教师一个人住在上海。不知咋的两人一来二去渐生情愫，在小凤上夜班的日子里，长夜寂寞难耐的他和隔壁同样长夜寂寞难耐的女教师搞到了一起，这样混了一段时间后，两个人真的产生了感情，双方都想着要天长地久，约定双方各自离婚后，两个人再正式结婚过好日子。女教师以夫妻感情不和、长期分居两地的理由向现役军人的丈夫正式提出离婚后很长一段时间，迟迟没有看到胡大郎动静，这才知道他不舍得自己的老婆孩子，和她只是逢场作戏而已。恼羞成怒的女教师这下彻底翻脸了，向军人丈夫作了彻底坦白交代，说是胡大郎先强奸了她，然后又威胁她不让她说出去，否则的话就要杀她的全家，她考虑自己已经愧对自己的军人丈夫，又恐怕败坏了军人丈夫的名誉以免影响他今后的晋升，所以无奈之下才主动提出离婚的。女教师的军人丈夫听到这些勃然大怒，直接向公安机关报了案，随即公安机关把胡大郎抓了进去。

　　大约过了半个多月，小凤才开始恢复上班，考虑到她家里的实际情况，电炉车间领导照顾她，让她暂时上常日班。小凤恢复上班的第一天，我看见她时，同样也吃了一惊，因为在短短的几个星期里，她的容貌也发生了明显的变化，模样看上去一下子苍老了10多岁，可见胡大郎的偷腥事件给她造成了多大的心灵创伤！小凤对着工友们经常抱怨她现在是家里—公安机关—看守所—厂里这四点一线中不断地循环奔跑，加上一个人的工资要养活全家，还要给待在看守所里的胡大郎送些给养，所以现在的日子过得非常艰难困苦。小凤恢复上班没有几天，我师傅告诉我小凤找过他好几次，央求我师傅向厂部领导求情，让厂里出面以胡大郎是生产骨干、技术能手和厂级劳动模范的理由去解救他。我师傅是个退伍军人，按他的分析，破坏军婚至少判3年有期徒刑，强奸至少判4年有期徒刑，两罪并罚至少要判7年有期徒刑，所以胡大郎无罪释放的可能性基本上不存在。对此小凤态度很坚决，她说她现在什么都可以不管不顾，只想着不惜一切代价尽快地把胡大郎"捞"出来，因为她不想留给三个孩子一个支离破碎的家庭，她更不想承担她有个劳改犯的丈夫、孩子有个劳改犯的父亲、一天到晚让他人指着脊梁骨咒骂的恶果。紧接着小凤又做了两件事：一件是把她在外地农村的母亲接了过来，专门在家里照顾她的三个孩子，以便她在没有任何后顾之忧的情况下，为"捞"胡大郎的事宜日夜操劳奔波；还有一件是她不顾夺夫之仇，好几次放下脸面跪在那位中学女教师的面前，苦苦哀求女教师看在三个年幼无辜的孩子份上，放胡大郎一马，让女教师主动撤回强奸案的诉状。不知道是小凤打通了某个环节，还是我们厂领导去公安机关为胡大郎求情的缘故；不知道是那位中学女教师主动撤回了强奸案的诉状，还是公安机关被小凤锲而不舍的精神所打动的缘故，胡大郎在看守所待了半年左右，带着判刑 3 年、缓刑 3 年的刑事判决结果悄悄地回到了他自己的家里。

　　吃了半年牢饭的胡大郎回到家休息了一段时间以后，并没有开始上班干活，原因是他被医生诊断出患了很严重的肝病。在这个时候，小凤也恢复了三班倒的工作制，不过她没有回到丙班去，而是来到我们乙班负责驾驶桥式起重机。由于长时间的体力透支和巨大的精神压力，小凤的容貌不仅发生了较大的变化，而且最明显的变化是由于焦虑过度而引起的面部瘫痪造成了她原先美丽的小嘴巴倾斜了，从以前的五官端正变成了如今的"四官端正"。但是由于她原先的底子厚、成色足，所以从总体上而言，小凤的容貌在厂里所有的女工友堆里，还是像一只"凤"立鸡群的凤凰，对男工友具有极大的诱惑力。电炉车间除了辅助工以外，技术工人主要由四大工种组成：炼铜的冶炼工、铸造铜锭的浇铸工、切割铜锭的锯床工和铣削铜锭的铣床工。我们乙班的工友老陈是一位锯床工，是一个长得高高瘦瘦的中年男人，专门负责把近 5 米长的铜锭切割成近 50 厘米长的铜块。我们乙班另外一个工友老张是一位铣床工，是一个长得矮矮胖胖的中年男人，专门负责铣削铜块的两个大面积表面的瑕疵，然后将合格的铜块作为我们电炉车间的成品运送给下一道工序的铜板热轧车间。这两个已婚的中年男子本来就是小凤的仰慕者，平时一有机会，他们俩的眼神总是滴溜溜地围着小凤的身子转，在胡大郎担任乙班组长的时候，这两个人还算比较收敛，对小凤献殷勤、送秋波的行为基本上停留在"君子动口不动手"的初级状态；但胡大郎出事以后，特别是小凤来到我们乙班上班之后，这两个中年男人的胆子渐渐地大了起来，各种各样的追求举措逐渐从初级阶段上升到了高级阶段，围猎行为也逐渐从地下工作变成了公开行动。我们乙班的工友们用像观看爱情电影一样仔细观察着老陈和老张向小凤示好的一举一动。我们发现不是今天老张给小凤赠送零食小吃，就是明天老陈帮小凤去食堂打饭拿汤；不是这周下中班时老张骑自行车驮送小凤回家，就是下周老陈上夜班时骑自行车去接小凤来上班；不是老张急急忙忙地干完自己的活，就是老陈急急忙忙地干完自己的活，然后两人争先恐后地帮助小凤开桥式起重机，以便小凤躲在更衣室里睡大觉和干打毛衣之类的私活；不是老张有时候堵在女浴室的门口当贴心守卫，让小凤可以一个人在里面安安心心地洗澡和洗衣服（厂里的浴室在正常下班的时间点上洗澡的人比较多，平时没什么人，小凤喜欢在上班的中间点去洗澡、洗衣服），就是老陈有时候深更半夜当护花使者送小凤上女厕所，以免小凤遭到色狼的偷窥和性骚扰（我们电炉车间只有一个男用的小便池，女工友方便时要去几百米开外的女厕所）。老陈和老张追求小凤的花招越来越别出心裁，行为也越来越明目张胆，为了争"凤"吃醋两个人就像两只大公鸡一般，不仅互相爆了粗口，甚至还发生了肢体冲突，彼此都指着对方的鼻子大声责骂对方"搞腐化"（那个年代里搞不正当的男女关系称"搞腐化"）。厂里的保卫科听闻了此事，分别找了老陈和老张去谈话，结果这两个人都矢口否认自己与小凤有染，反而都指责对方与小凤有染。于是保卫科找小凤去谈话，没想到小凤到了保卫科坐下不久，马上就像竹筒子倒豆子似的满口承认她与老陈、老张这两个人都有染，而且她还反复强调她是心甘情愿的，因为他们俩待她都很好，况且她也真心喜欢他们俩。由于事关各方都属于你情我愿，加之也没有破坏各自的家庭，所以这事就按人民内部矛盾的性质来处理。保卫科对三个人进行了严厉的批评教育，接着劳资科将三个人调配到三个不同的车间且劳动条件更差的工作岗位之后，这桩三角风流事就算不了了之了。

虽然小凤调离了我们电炉车间，但是有关她的后续情色传闻还是源源不断地传递过来。我发现在一个上千人的工厂里，有关这样的桃式新闻，其传播速度绝对不亚于现在的网络。我还发现电炉车间的女工友们对自己的个人感情生活讳莫如深、答非所问，但说起其他女工友这方面的事情，就说得津津有味、唾沫横飞。昨天女工友甲讲小凤又有新情人了，而且是个小伙子；今天女工友乙讲小凤又有新情人了，而且是个大学生；明天女工友丙讲小凤又有新情人了，而且是厂里医务室的医生；后天女工友丁讲小凤又有新情人了，而且是厂里劳资科的科长。对于这些传闻，我一开始还以为是无中生有，可能仅仅是工余茶前饭后大家的瞎扯淡而已，但后来一系列的事实证明，这些传闻居然都是真的，因为这些传闻中的男主角，不是这个受到了降级处分，就是那个调离了好的工作岗位；不是这个从此变得灰溜溜、无精打采，就是那个干脆逃避到其他单位去了。好像从这个阶段开始，有人当着小凤的面叫她"潘金莲"时，她不仅变得不羞不恼，而且还很爽快地接受了这个带有调侃性质的称呼。厂里的人都在议论，说小凤是个"奇女子"，原来每次厂里保卫科找她谈话要核实她的某位新情夫的相关事宜，她总是在立马承认的基础上，反复强调说两者之间是两相情愿的，还希望单位千万不要处理对方。我不知道这是不是小凤的自我操守和道德底线，也不知道是不是小凤要显得比那位中学女教师来得"敢做敢为"。有些爱管闲事的女工友曾经问过小凤这个问题，小凤脸不改色、心不跳地回复她们在这方面她有三大原则：双方要真心喜欢，暴露后双方不能互相伤害，双方不能破坏对方家庭。随着小凤不断更换情夫以及情夫数量不断增长，电炉车间的女工友们似乎对小凤更新情夫的话题已经失去了兴趣，反而对她为什么要这样做的心态开始刨根究底了。这些女工友在女浴室里碰到小凤时，经常会问小凤这类话题，然后她们回到电炉车间，就像新闻发言人在新闻发布会上发布重大新闻给大家听一般：小凤说她嫁给胡大郎的时候还是个大姑娘，图他是个男子汉，没要彩礼，也没要大办酒席，只是请同事们吃了几颗喜糖，她就欢欢喜喜地住进了胡大郎的宿舍里；小凤说她结婚前和结婚后，尽管追求她的男人有很多，但是她的时间和精力都放在胡大郎和三个孩子的身上，以及小家庭繁杂的家务事里，从来没有做过任何对不起胡大郎的事；小凤说他们一家人千辛万苦从外地来到了上海，她和三个孩子好不容易才适应上海的生活，还没过上几天舒心的日子，想不到胡大郎竟然做出了这样令人不堪的事情；小凤说她认隔壁的女教师为姐妹，还让孩子们称呼女教师为姨妈，还让胡大郎帮女教师做些体力活，有时家里烧了好吃的，还叫女教师过来一起吃；小凤说现在追求她的小伙子有好几个，但是一方面她已经做了节育手术，另一方面她舍不得三个孩子，所以她现在和胡大郎暂时不离婚，等三个孩子成人以后，她再做另外的打算；小凤说她当初嫁给胡大郎是瞎了眼睛，现在想想亏大了，所以一定要补偿自己，她现在这样做的动机，一方面是为了弥补自己以前没有好好地谈过恋爱的遗憾，另一方面也是为了狠狠地报复胡大郎的忘情负义！

在我三年学徒期满成为正式工人后不久，胡大郎开始回到电炉车间上班，他上常日班，在车间里做一些打扫卫生、整理物件的辅助工作。那个时候，我师傅已经担任电炉车间的车间主任，在胡大郎正式恢复上班之前，我师傅曾经好几次和我说起他，说胡大郎有好几次提着农副产品到我师傅家求情，胡大郎说他现在身体很差，浑身一点劲都没有，长时间拿着病假工资，加上三个孩子大了开销又多，所以现在家里的经济压力很大，另外小凤要三班倒，他还要在晚上照看三个孩子，以免他们出去疯玩学坏，所以想着能否照顾他一下，希望回到电炉车间上常日班，以及做一些力所能及的轻松工作。之前听我师傅说起过胡大郎如今的模样，可我第一次见到重新回来上班的胡大郎的那一刹那，还很是惊讶，相比以前，现在的他已经变成截然不同的另一个人了。他整个身型的轮廓一下子缩小了几大圈，身体像一只虾一般佝偻蜷缩着，原先满头乌黑钢针般的头发，现在不仅仅全部变白了，而且稀疏的白发像几根乱七八糟的细棉线似的顶在他的脑壳上，他的脸部肌肉现在都松掉了，使得脸上的五官都耷拉了下来，蜡黄的脸上失去光泽的皮肤布满了深浅纵横的皱纹，尤其是一双眼睛，现在已经变得黯淡无光，总是用一种混浊胆怯的眼神看着他周围的一切，让人很难想象这是个 40 岁刚出头的中年男人。以前对诸如"像泄了气的皮球""一夜愁白了头""从将军到奴隶""如丧家之犬惶惶不可终日"等等的文字描述，我总以为是一种很夸张的比喻手法，后来通过胡大郎这个真实案例的客观验证，我才发现这些文字描述其实真的是一针见血、入木三分。

在那段时间里，尽管我和胡大郎在一个电炉车间工作，而且我学徒工已经满师，还兼任着厂里团组织的一些工作，但是我的真实身份还是一个三班倒的铜锭浇铸工，所以在大多数情况下，我能够碰到胡大郎的机会并不多，只有轮到我上白班或者由于工作需要临时抽调我上几天常日班时，才有机会碰到胡大郎并且和他聊聊家常。可能我师傅是电炉车间主任的缘故，可能我是厂里团干部的缘故，可能我对他还算是比较尊重同情的缘故，胡大郎对我的态度变得越来越低声下气和唯唯诺诺。我曾经多次对胡大郎说过一些大道理：让他重新振作起来，不要用这样的态度对待我，毕竟我们还是同事，一个人犯错误没关系，只要改正就可以了等等。不过这些大道理似乎作用不大，我只看到胡大郎整个人的情绪日复一日地消沉了下去。在只有我们两个人的场合，胡大郎会对我聊些他掏心窝子的话：他说那位女教师除了是上海人和职业这两项比小凤有优势之外，其余所有的一切和小凤相比较要差好几个档次，直到现在他自己都没有想明白咋会和她搞到了一起；他说是那女教师主动勾引他的，开始他有所顾虑还予以拒绝，慢慢地不知吃了啥迷魂药，他就稀里糊涂地从自己家里那张照看孩子的床上爬到了那女教师的床上去了；他说他很后悔做错了这件事，也曾经多次跪在小凤面前求她原谅，但小凤根本不搭理他，也不和他睡在一张床上，小凤的身子现在碰都不让他碰；他说他现在等于是个废人，尽管知道小凤有过多个情夫，但是他现在只能祈求小凤看在以前夫妻情分和看在三个孩子的分上不要提出离婚，至少可以从表面上来维持一个完整的家庭；他说他想死的心早就有了，关在看守所的时候，他曾经有好几次想结束自己的生命，离开这个他已经回不了头的世界，但是想想实在舍不得小凤和三个孩子，才没有下定决心脱离苦海，可令他万万没有想到的是，现在过的日子比起在看守所过的日子更加苦涩难熬和前景绝望，所以他现在只能是混一天算一天，混到实在混不下去的那一刻，他会毫不犹豫地选择自我了断的！

　　胡大郎的这些隐私话，其实并不是一次性很完整地对我说的，而是每次有机会和我说起这些话题时，他就像祥林嫂一样，总是断断续续、反反复复地向我倾诉着他的这些内心独白。在这里我只是把他的这些碎片式的内心独白作了个"合并同类项"似的整理归纳而已。我不知道胡大郎是否把我当成了他的唯一的倾诉对象，我也不知道我能够为胡大郎做些什么，我更不知道如何运用心理学的知识来帮助胡大郎排忧解难，我只知道对于我这个当时刚满20岁、不解男女风情和不懂人情世故的毛头小伙子而言，在严重缺乏共情力的情况下，面对胡大郎每一次向我倾诉苦衷，看着他逐渐缩小的佝偻身体、愈加萎靡不振的神态、愈发迷茫哀愁的眼神，我能做的就只有倾听。我小时候看《水浒传》这本书时，一直因为没有在现实生活中找到武大郎那个"三寸丁谷树皮"诨号的具体对标形象而困惑，而现在其确切答案越来越真实、越来越清晰地呈现在我的眼前！

（此文完稿于 2022 年 8 月 30 日）

奇异 Kiwi

　　Kiwi（奇异）这个由新西兰人独创的英文单词，其实在新西兰人的语境中有三种完全不同的含义：一指奇异鸟，是一种没有翅膀的鸟科动物，仅分布于新西兰，是新西兰的国鸟，其大部分的活动都在夜间进行，觅食时用尖嘴灵活地刺探捕食虫类，奇异鸟身材胖大，腿部强壮，羽毛细如丝发，毛色主要呈黄褐色，带有黑褐色的条纹，人们可以在新西兰的国徽、钱币和相关证件上看到它奇特的形象；二指奇异果，奇异果的祖先其实就是中国的猕猴桃，由于新西兰土地肥沃，据说有人种下四个轮胎来年可以收获一辆汽车，所以长在该地的奇异果营养价值远远超出了长在中国的猕猴桃，成为新西兰的国果和国家名片，每年产量7000万箱，99% 出口，销售市场遍及全球 70 多个国家和地区；

三是新西兰人的自我称呼，奇异鸟因其尖锐的叫声 Keee-weee
而得名，在新西兰被视为国家的象征，深得当地土著人的喜爱，
新西兰的原住民毛利人喜欢将自己称为 Kiwi，现在大部分新西
兰人包括白种人都乐于这样称呼自己，当然这个自称也和他们从
中国引进的猕猴桃，经过了新西兰人一系列的培育，种出了举
世闻名的 Kiwi Fruit（奇异果）的传奇故事有关。现如今在新西
兰人的语境中，国鸟、国果和国人用的是同一个英文单词，即
Kiwi（奇异）！

　　我在新西兰生活将近 8 年的时间里，在读书和工作的过程
中，接触和了解到一些新西兰人，他们给我的总体感觉确实有点
"奇异"。

　　谈到新西兰人，肯定先要从新西兰的原住民，即毛利人
（Maoris）开始讲起。毛利人通用毛利语，相传其祖先系 10 世
纪后从波利尼西亚中部的群岛迁徙而来。新西兰官方文献证明，
毛利人主要是四千多年前从中国东南沿海地区迁出的原住民。在
我看来，毛利人的木雕和绘画上的图案与中国古代的青铜器上的
图案颇为相似，有着异曲同工之妙，还有毛利人的传统房屋门窗
的位置、建筑梁柱等木作结构都和中国东南沿海地区古人的传统
房屋有着非常相似的特征。毛利人体格强壮、英勇善战，是当今
世界唯一从原始社会一大步跨入现代文明的土著人。1840 年 2
月 6 日，由毛利人与英国人之间签署的《怀唐伊条约》（Treaty

of Waitangi），在新西兰建立了英国的法律体系，因此该条约被公认为是新西兰的建国文献。该条约是在新西兰北岛北端的岛屿湾（Bay of Islands）的怀唐伊镇（Waitangi）正式签署的，因此得名。当年签署条约的地方至今仍保存完好，现在已经成为一个旅游胜地，那里有一座大型的毛利会堂、一座殖民时期的教堂、一根有历史纪念意义的旗杆和一艘长长的毛利人战船（Waka Taua）。其实毛利人认为新西兰的国名不是"新西兰"（New Zealand），而是"奥泰罗阿"（Aotearoa），意思为"绵绵白云之乡"，"奥泰罗阿"是毛利人对新西兰这片美丽土地的传统称呼。

我是 1990 年到新西兰留学的，在新西兰应该算是第一批来自大陆的中国留学生。在这以前生活在新西兰的中国人，以下南洋时期广东的劳工后代为主，个子长得比较矮小，脸型比较扁平。在新西兰人的语境中，流传着这样一句歇后语：为什么中国人都长得这么矮小——因为他们的父母在做爱时节省了 5% 的激情！这句挖苦中国人的歇后语其实包含了三层意思：第一，是中国人普遍长得矮小；第二，是中国人普遍很节约；第三；是中国人买东西时普遍喜欢讨价还价。当我介绍我是中国人时，有些新西兰人感到难以置信，认为我的个子长得高，脸型看上去很立体，特别是那只鼻子比大多数的洋人长得还挺拔，怀疑我不是百分百的中国人。我对那些怀疑者说我来自上海，是百分百的中国人，因为我出生时屁股上和后背上有大片的淤青，而且我的两个小脚趾的指甲盖都是复瓣的。

毛利人对来自中国的人们确实有种非比寻常的热情友好，这或许是他们知道他们的祖先来自中国，这或许确实是血浓于水的缘故，这或许是他们欢迎更多的中国人来到这片美丽的土地上生活。当我在路上问路时，开车的毛利人会直接把我送到目的地；当我找工作时，他们会请我进公司坐一会儿，喝点饮料、吃些食物以后再继续找；当我找房子时，他们会留我在家吃饭，然后再给我打包带走一些食物。毛利人与他人见面表示友好的礼节不是握手，而是碰三下鼻子。根据达尔文进化论的法则，这也许能解释为什么毛利人的鼻子普遍比较肥大的缘故，事实上我到了新西兰之后，发现我自己的鼻子也增大了一些。有一次我找的住宿点的房东也是毛利人，尽管我感觉房间不合适不想租，但房屋的主人还是盛情留我和他们一起吃午饭。聊天的过程中，我介绍我是刚从上海来的留学生，现在一边读书一边勤工俭学，经济上不是很宽裕。房屋的主人听到这儿，就说他一直想粉刷房子的外墙，材料和工具早就准备好了，如果我愿意帮忙干这活的话，时间没有任何限制，可以给我 500 元钱的酬劳金。这 500 元是我当时在奥克兰一个月的生活费，如果按当时的汇率计算，这500 新西兰元可以换取 3000 元人民币，对于当时出国前月工资只有 100 多元人民币的我来讲，绝对是个有诱惑力的大数目。

我有自制木质家具上油漆的操作经验，这次我就照猫画虎地运用到粉刷房屋外墙上，当我把重新粉刷之后变得焕然一新的房屋交给房屋的主人时，他连连夸奖我干得漂亮。这栋房屋的隔壁邻居也是毛利人，看到后也要我按照此模式为他们家的房子重新粉刷一下外墙，于是我又故技重演搞了一遍，这样粉刷两栋房屋让我"净赚"了1000元的工钱。这里说的"净赚"是有原因的，因为这两家毛利人每到喝上午茶、下午茶和吃饭的时间，只要看到我在干活，他们都会请我进屋喝茶、吃点心和吃饭。初到新西兰时，我的主要交通工具是公交车和两条腿。途经我当时住宿点的那路公交车有一个驾驶员是毛利人，每当我上车碰到他时都会和他打招呼，他总是会笑眯眯地对我点点头。我乘坐公交车买的是可以乘12趟的周票，周票上有12个小格子，每次上车时，驾驶员会用小钳子在一个格子上打一个孔，如果12个格子上的小孔都打满了，那么这张周票就作废了。一开始我还没注意，后来我发现每当我乘坐这个毛利人驾驶员开的公交车时，他打孔都是打在已经打了孔的小格子上，这样就等于让我白蹭了一趟又一趟的公交车。这种心照不宣的默契，大约持续了半年时间，直到我买了车以后才结束。从那以后我再也没有碰到过这个毛利人公交车驾驶员，所以也没有机会和他挑明这件事，然后用我的中国鼻子碰三下他的毛利大鼻子，好好地谢谢他的那个营私舞弊的小善举！

　　戴维（David）是一家机械设计公司的老板，他是早年从英格兰到新西兰的移民的后裔。那天下午我其实是要到另一家公司面试的，然而我抱着"走过路过，不要错过"的心态在这个工业园区里面转了一圈，无意中发现了戴维的机械设计公司，于是走进去想碰碰运气。走进戴维的公司看见车间里空无一人，在车间的深处有个办公室，我走近一看，一个中年洋人坐在那里对着电脑快速地敲打着键盘。当瘦瘦高高的戴维看见我站在他的办公室门口时，就站起身来问我是不是需要什么帮助，我说我是来找工作的，有十多年的机械设计工作经历，想问问贵公司有没有职位空缺。戴维当时并没有直接回答我有没有职位空缺，他让我先进去坐在他对面的位子上和他聊聊。戴维仔细地听完了我的个人介绍之后，他谈了谈他公司的大致情况，这家机械设计公司是他本人在大学毕业以后创办的，现在已经有 20 多年的历史，主要从事非标食品机械的研发设计与生产制造，平时就他一个人，会根据所接项目的具体情况来配置临时的工程技术人员和生产技术工人，所以有需要的话，可能会有些活给我干。戴维接着又说："既然你今天已经来了，我这边有些钢材和标准件，因为平时也没有人、没有空打理，你能否帮我分门别类地整理一下，并做好相应的标记？"我在车间里大约忙了三个小时，把满地的乱七八糟的钢材和标准件都分类归纳整理好，还贴上了相应的英文标签。看来戴维对我干活的质量还是比较满意的，他支付给了我

60元的劳务费。我们俩接着聊了一会儿后，他说他要下班了，不过他可以送我到我最方便回家的公交车站。在戴维的车上，他对我说，他发现我的专业英语需要下点功夫，另外我的计算机辅助设计（CAD）软件的使用也不是很熟悉，如果今后有空的话，我随时可以到他的公司实习操练。在这两方面我确实存在着较大的问题，以前在国内接受的英语教育课程，我学的主要是科技英语，学习目的是为了能够阅读科技资料，可以说学的是"哑巴英语"，在准备出国留学时，我临时抱佛脚把《新概念英语》的前两册囫囵吞枣地啃了一遍，这样总算能够结结巴巴说些简单的日常用语。在国内搞机械设计时，我用的都是手工绘制图纸的方式，来到新西兰留学后，尽管学校里有计算机辅助设计的课程，也有公用的电脑可以操作练习，但是这套计算机辅助设计软件需要掌握的内容很多，还有语言的问题，再加上我自己当时还没有电脑，所以这门课让我感觉有点力不从心，而作为一个机械工程师，如果没有熟练操作计算机辅助设计软件的能力，在当时的新西兰要找到专业对口的工作岗位绝对是令人难以想象的。让我感觉不可思议的是，戴维在短短的几个小时里就把我的专业短板看得清清楚楚，可见他是个专业能力很强的高手，也是个细致入微的男人。对于戴维这种雪中送炭似的帮助，我当然是求之不得的，于是我隔三岔五找时间去他的办公室学习计算机辅助设计软件和熟悉专业英语的口头表达。有时候，戴维会安排我做一些力所能及的工作，而且说明他是要给我付工钱的。我说我在他这边给他添了这么多麻烦，这些活我可以免费做，但是戴维说坚决不行，说他安排我干的活，是一定要支付工钱的。这样过了几个月，我和戴维成了无话不谈的好朋友。他说他对我越是了解，越是感到难以理解，他问我为啥要放弃上海的一切，一个人离乡背井来到新西兰打拼。我说了一些理由，但是戴维并不认同，他说其实每个国家都有每个国家深层次的问题，不是一朝一夕能够轻易解决的，比如新西兰福利制度的过度优越，造成好多懒人的问题；由于历史遗留原因，毛利人主张社会资源再分配的问题；等等。这是我出国之后第一次和一个外国人谈类似的话题，戴维客观理性的思维方式给了我很好的示范效应。当戴维得知我在申请新西兰的技术移民时，他毫不犹豫地以他个人的名义和公司的名义分别为我写了推荐信，他还多次与移民局的官员电话沟通，力陈我应该通过新西兰技术移民审核的各种理由。我顺利地拿到新西兰绿卡时，戴维显得非常高兴，他把他的一台半新的电脑连带着计算机辅助设计软件一起作为礼物送给了我。戴维家的院子很大，院子里有间 20 平方米左右的小屋，以前用作他三个孩子的游戏室，现在他的三个孩子都成年了，并且都不在新西兰生活（一个去了南非，一个去了英国，一个去了美国）。他谈到孩子时有些伤感，说孩子就像鸟儿一样，突然一下子长大了都飞得远远的。他说这间小房子空关着，如果我愿意的话，可以免费提供给我住宿。由于这间小屋子没有配置卫生间，考虑到洋人特别注重隐私权，所以对戴维的这份超级大的心意，我婉言谢绝了。我能够顺利进入环保设备厂实习，后来当上工程师和总工程师，也与戴维的推荐信有着很大的关系。戴维写给新西兰移民局和环保设备厂的推荐信的副本，一直到现在我都珍藏着，可以毫不夸张地说，他是我人生中重要关头的良师益友，也是我模仿绅士风度的学习楷模。1996年我准备回国创业，去向戴维告别的时候，他非常支持我的想法，并且坚信我创业一定会成功！

路易（Louie）是我在新西兰那家环保设备厂的同事，他是早年移民新西兰的法国人的后裔。路易个子长得瘦瘦小小的，但是皮肤很白，是厂里的高级技工。路易的手很巧，车床、铣床、刨床和钻床等他都能操控自如，钳工和电焊工的活，他也干得挺好的。在新西兰，我发现这么一个现象，即不管是技术工人还是技术人员，其实专业都不是分得很细，相关领域的工种基本上都能兼顾，类似我们经常说的"一专多能"。路易是我在环保设备厂车间里实习的带教师傅，一开始他对我有点例行公事般地敷衍，估计他以前带过好几个这样的实习生，他认为这只是走个实习的形式而已。我以前在上海读大学的时候，在校办工厂劳动过一个月，我参加了齿轮减速器从设计到制造的全过程，在后来的课程设计和毕业设计的过程中，我也是真刀真枪按具体项目实际操练的，回到上海原单位担任机械工程师的经历中，我也是理论结合实际，贯穿从设计图纸、生产制造到安装调试的整个流程，这种模式在当时称为"知识分子要与工人打成一片"。我和路易接触了一段时间以后，他见我真的有两把刷子，于是我们两人的关系逐渐从互相尊重转换到热情友好，成为知心朋友。路易看见我上下班是乘坐公交车的，他主动提出凡是我来环保设备厂实习的日子，一大早他可以到我住宿点的公交车站来接我，他还抱歉地说下班他不能够送我，因为他要赶去幼儿园接孩子回家。刚开始我还以为路易只是顺路带我一下，后来才知道他为了早上能来接我，每天至少要早出门半个小时，我感到有些过意不去，好几次要付给他一些油钱，可是他坚决不收。路易是独生子，他的父母开了一家加油站，他母亲尽管上了点年龄，但绝对是个小巧玲珑、看上去非常精致的典型法国女性。他父母的加油站离路易上班的地方不远，所以他母亲经常会到厂里来看望路易。路易的母亲开一辆红色的敞篷跑车，和路易碰面时母子两人会互敬一支香烟，在烟雾缭绕的过程中，他母亲会往他的口袋里塞上一张支票，然后又驾着那辆红色跑车风风火火地飞驶而去。我的第一辆车就是路易陪着我去汽车跳蚤市场买下的，那天他花了好长时间帮我精心挑选了一辆二手车，后来一系列的事实证明，那辆车确实是一辆价廉物美、物有所值的好车。我拿到新西兰绿卡的时候，路易送了我一双质量很好的皮鞋作为贺礼，我从来没有对他说起过我的鞋码，他也从来没问过我的鞋码，让我格外感动的是那双皮鞋的尺码居然就是我的鞋码，可见路易是一个有心的人。由于抽烟过多，路易肺部出了些问题，医生建议他最好去有优质空气的偏远农村地区去休养生息。路易的父母听到他们的独生子的病况后，立马把加油站卖了，然后在合适的地方买了一个奶牛场，让路易全家搬到奶牛场和他们一起生活。路易从小在城市长大成人，对奶牛场的生活缺乏信心，但是考虑到他身体的实际情况，最终还是决定带着全家搬到了奶牛场。路易到了奶牛场不久就给我打电话，热情地邀请我去奶牛场那边玩。找了个假日，在某个傍晚时分我驾车来到了奶牛场附近的小镇，预先我和路易在电话里确认路线怎么走，因为地图上根本找不到这个奶牛场，他让我到了这个镇上的某个地点之后给他打电话，届时他会驾车来接我。按照路易的指示，我到了该镇某个地点后给他打电话，他说他正好有点事走不开，他太太可以马上过来接我，让我待在原地不要动。过了一个多小时，路易的太太开着车赶来了，我认识他太太，所以我和她简单地寒暄了几句，我的车就跟着她的车行驶在去往奶牛场的乡间小路。路易的太太长得牛高马大，性格豪爽，她和瘦瘦小小的路易有着很大的反差，我发现有个很有趣的现象，按世俗的眼光来判断，反差很大的夫妇，其感情往往是非常恩爱的，路易夫妻俩的情况就是如此。此时天色已经大暗，乡间小路没有任何照明，只能靠车灯来观察路况。路易的太太开着车在前面高速飞奔，我开着车在后面紧追不舍，那个地区是丘陵地带，乡间小路起起伏伏、七转八弯的，加之我那天从早上到晚上开了一天的车，人感觉有点疲乏，所以在这一个多小时追车的路上有点胆战心惊和力不从心。好不容易到了奶牛场，路易父母已经为我准备了很丰盛的晚餐。吃饱喝足后和路易单独聊天时，我说我看到他现在气色好多了，人也胖了一些，真心为他感到高兴。路易说他现在基本不抽烟了，有的时候烟瘾上来实在没办法时，就拿支烟光嗅不抽过把瘾。我接着夸赞他太太车技了得，说她以前肯定当过赛车手，路易说他太太连驾照都没有去考过，不过从来没出过任何交通事故，她开车的技术确实厉害，有时候连他都跟不上。听到这话我吓了一大跳，一是庆幸自己这一路上还算是跟上了，不过还是有点后怕，幸亏没出啥大问题；二是感觉有些人具有的天赋是一般人难以想象的，这可能就是"老天爷赏饭吃"的意思，你不服还不行！我在奶牛场待了三天，在这短短的三天时间里，我还发现一个很耐人寻味的现象，传统上一般人认为洋人的家庭关系比较疏远和淡漠，但是我在路易父母、路易夫妇以及他们的三个孩子共同生活的大家庭里，却看到了三代同堂不一般的其乐融融和母慈子孝。我决定回国创业，通过电话和路易告别时，路易告诉我，他一直认为我是个干大事的人，在新西兰这个小地方肯定待不久！

菲利普（Philipp）是我在问路时认识的朋友，他是早年从苏格兰到新西兰的移民的后裔。当我实习的那家环保设备厂决定要正式聘用我时，我想在附近的地方租一个合适的住宿点。那天我拿着地图寻找住宿点所在的那条小路时，有个 30 岁出头、长得很壮实的洋人主动迎上来，问我是否需要帮助，他自我介绍他叫菲利普，当他知晓我在找路时，热情地陪着我找到了那栋房子。由于住宿点不是很合适，我就没有租，尽管我没有达到此行的目的，但是我和菲利普彼此留下了联系方式。没过几天，菲利普给我打来电话，说他现在住宿点的房东还有一间空房间，他已经和房东说了我的情况，房东愿意租给我，问我有没有兴趣过去谈谈。我找时间去看了看那房间，感觉不是很满意，而且我感觉房东的性格很阴沉，所以还是没有租，不过菲利普的热心善举还是再次打动了我。菲利普是一个很虔诚的基督教徒，当他知道我在申请新西兰技术移民后，就经常双手合十为我祈祷，恳求上帝让我早日达成心愿。他还经常邀请我去教堂参加周日上午的活动，有些时候我实在感到情面难却就勉强去了，虽然我最终没有成为基督徒，但基督教关于努力改变自身命运和对生命归宿客观理性认识的积极意义，让我感觉对我的人生思考和定位还是有所启迪和帮助的。菲利普恳请教堂的牧师为我写了一封推荐信，寄给新西兰移民局，信件大致内容说他们深信我将成为一个新西兰的好公民。我不知道菲利普的祈祷和教会的推荐信究竟能起多大作用，但不管怎么说，当我意欲争取达成某个大心愿时，有人为我祷告和有人为我写推荐信这两件善事本身已经让我感到人性的大爱无边。我邀请菲利普参加了几次由中国留学生举办的美术展和联欢会，活动后还请他一起吃饭聊天，两人彼此熟悉了解之后，他向我打开了话匣子。菲利普说他来自新西兰南岛一个由他的祖先开拓的农场，他父母很年轻时就奉子成婚，婚后总共生了11个孩子，他是最小的一个，他大专毕业后来到奥克兰找工作，现在在一家计算机公司从事程序设计工作。他已经结婚了，他太太经营着一家小农场，他们生育了一个女儿，他们俩是那种经济相互独立且没有任何经济负担的新型夫妻关系。以前我一直认为洋人很注重隐私，菲利普对我敞开心扉的这些私房话，足以证明他对我绝对信任（这些隐私话语已经有30年了，我现在公之于众，算起来也应该是过了保密期了吧）。我拿到了新西兰的绿卡，菲利普很高兴，他拿了300元钱作为贺礼硬塞到我的口袋里，说是上帝让他转交给我的。有段时间菲利普失业了，他说他现在手头很拮据，口袋里连给汽车加油的钱都掏不出来，不过他不想拿失业救济金，还是在继续努力找工作。我拿了600元钱硬塞到他的口袋里，他坚决不肯收，几个来回以后，我说这钱也是上帝让我转交给他的，他才十分勉强地收下，好在菲利普很快就找到了新的工作。当菲利普得知我要回国创业时，他感到有点伤感，他说他从现在开始每天会再为我祈祷，祈求上帝让我能够顺利地达成创业成功的心愿！

　　早期从欧洲大陆来到新西兰的洋人移民，主要群体是小知识分子、小业主和手工业者，他们是因不满欧洲社会当时不合理的封建等级制度等因素，才离乡背井来到新西兰的。这些早期洋人移民忠厚老实、淳朴善良和古道热肠的性格特征传承到了他们后代的身上，而且在男性后代的身上尤其突出。在新西兰的跳蚤市场、车库甩卖交易中，如果我看见了一样心仪物品，我可以跟男性物主讨价还价，最后能以很优惠的价格买到，但如果是女性物主的话，那这种讨价还价的可能性根本就不可能存在。2006年为了申请中国绿卡，我返回新西兰办理一些证明文件，抽时间分别去拜访了戴维、路易和菲利普，我向他们介绍了我在上海创业的情况，对他们倾心帮助过我表达了由衷的谢意，并诚心邀请他们来上海旅游度假，表示所有费用由我承担。他们三位在分别为我在上海创业取得的成绩表示衷心祝贺的同时，又分别对我发出的诚意邀请表示婉转谢绝。这件事搞得我懊恼不已、忐忑不安，百思不得其解，我不知道是因为我邀请他们时的神态太过于扬扬自得，伤了他们的自尊心，还是因为他们坚守着他们的价值观里那种助人为乐、做好人好事不计任何回报的传统理念。

我刚到新西兰那几年，曾经在当地报纸上看到过几条消息：第一条说的是一位来自大陆的女留学生，因思念自己在国内的丈夫和孩子，在自身经济条件承受不了昂贵的国际长途电话费用的情况下，借口家里有急事沿途随机借用洋人住宅和企业商铺里的有线电话长时间打国际长途，由于当时新西兰的有线电话都是可以直拨国际长途的，开始人家还以为她打的是本地电话，等天价电话账单来了以后才发现上当受骗了，于是就报了警，同类的案子发生得多了，最终警察把她捉拿归案遣送回国；另一条说的也是一位来自中国的留学生，他用少量的资金在银行开了一个账户，获得了一本厚厚的支票簿，然后用空头支票购置了很多昂贵物品，最后因无力偿还开户银行巨额欠款而造成信用破产，结果被警察捉拿归案遣送回国；第三条说的是一位年轻的中国母亲，带着年幼的孩子来到新西兰陪伴其丈夫读书，平时在家待着无聊，年轻母亲就带着孩子在社区晃悠，看见社区里的公共厕所里有免费的卷筒纸供应，就不管不顾他人的需求悉数拿回了家，久而久之她养成了习惯，只要看见公厕里有卷筒纸就会顺手拿回家去，其他如厕的人常常发现关健时刻没有卷筒纸使用，还以为是社区管理机构出了问题并且进行了投诉，社区管理机构经过多次查访核实，发现了这位年轻母亲损人利己的行为，于是对她进行了很严厉的训斥。在当时中国和新西兰之间人均收入差距很大的情况下，上述这些事情的发生有着很明显的客观原因，但从主观因素上来讲，咱们老祖宗"不以恶小而为之，不以善小而不为"的古训还是要牢记在每一位炎黄子孙的心头的！

"国之交在于民相亲，民相亲在于心相通"，这一全民外交的理念，不仅重视国与国之间的人文交流，还重视人与人之间的友好往来。从某种意义上讲，"民心相通"既是"人类命运共同体"倡议由理论转化为实践的前提条件，又是中国同各国开展全民交往、世代友好的最终目的。长期以来，中国的公共外交与对外传播主要依靠外交人员和新闻媒介两个层面来进行理论建构与实践创新，而忽略了"全民外交"的重要群体——海外华侨华人和留学生。随着出国旅游愈发便捷，各类群体交流机会增多，同时教育全球化让更多的人走出国门，事实上这些群体早已经成为让世人感知中国、了解中国、信任中国的对外传播的主力军。而从留学生这个特殊群体的角度来看，他们的"同胞"身份与"故土"情结，使得他们与国内以及国内的民众之间有着内在的血脉联系，在诸多场合能够且愿意积极主动地为祖国与所在国的友好往来提供帮助，实际上已经具备公共外交与对外传播主体的鲜明特征。留学生的优势在于，身份认同与文化认同是其主体特性，多元文化的跨界能力、尊重文化差异的态度使得他们在跨国交流中占据着主动权。全民外交应该有着这样的一份共识——文化交流有益于信息相通，民间交往有助于加强友谊，经济合作有利于互利共赢。中国留学生这块金字招牌是由过往一代又一代的学长铸就的，如何续写中国留学生的新辉煌，如何持久闪亮中国留学生这块金字招牌，如何做一个传递当代中国正能量形象与素质的友好使者，是我们这些新时代的留学生应该承担的责任道义，因为我们的一言一行不仅关乎着个人的形象与素质，也关乎着祖国的形象与素质。为了讲述好中国故事、传播好中国声音、弘扬好

中华文化，以东方智慧来促进与更多外国友人精神上的融合，从
我个人形象与素质的基本要求来定位自己：温柔的眼神、微笑的
脸庞、得体的举止、善意的谈吐、友好的交流和广交的良友应该
与跳动的心脏放在同等重要的位置！

（此文完稿于 2022 年 9 月 29 日）

三 生 活 篇

　　我是个走南闯北的人，也曾经品尝过世界各国各种各样的美味佳肴，后来我发现一个规律，最好吃的食物往往是路边小店的传统食物，所谓"好吃在路边"恐怕说的就是这个道理。

那张花了 0.14 元拍的小学
游泳卡上的照片

黄浦江畅游十公里时的留影

至今仍爱游泳

曾经烟酒人生

也曾油腻小叔

如今爱上高尔夫

来到奥克兰的第
一天

在奥克兰某海滩
与孩子们嬉戏

在奥克兰某木工厂
做木匠挣生活费

欢迎来新西兰巡
回演出的上海芭
蕾舞团

和新西兰艺术家
互动

参加新西兰环保工
程公司圣诞派对

偷食家

　　说到 20 世纪的三年困难时期大家应该不会感到陌生，因为在以前的各类文章里曾经有过很多相关的描写。那段时间我刚好 6—8 岁，是最能吃和长身体的时期，当时那种饥饿难耐的经历刻骨铭心，到现在回想起来我还记忆犹新恍若昨日。

　　三年困难时期过去之后好些年所有吃的东西还是定量供应的，有关部门用各种票据来规范人们的各种食品的购买数量。我记得在那段时间里各家各户为了吃饱肚子经常会发生千奇百怪的争执。住在我家隔壁的邻居有一个大学生，他当时在嘉定的上海科技大学住校读书，每个周末才回家一天。有次星期天这位大学生在家时，她妈妈费了九牛二虎之力才搞了一条小带鱼。那天吃晚饭的时候，当红烧小带鱼端上桌的时候，他一个人狼吞虎咽把整条鱼全吃了，他爸爸在旁边看到空碗里面还剩下一点鱼汤，就顺手把鱼汤拿过去给自己拌饭吃，没想到这位大学生勃然大怒，拿起这个空碗就砸在了他爸爸的脸上。周围邻居听到吵闹声后纷纷围拢过去看究竟发生了什么事，我当时也挤在人堆里，只看到这位大学生还在大发脾气地说："我平时在学校里饿得都快昏过去了，难得回家吃上一条小带鱼，你还把鱼汤给抢了。"他爸爸满脸都是鲜血，嘴里不停地咕咕噜噜地说："我和你妈平时在家也没有啥吃的呀。"这位大学生的妈妈当时站在旁边号啕大哭，嘴里还在不停地说："这日子咋过呀？"

我记忆中那段饿肚子的年月里，我们家为吃的事情好像从来没有争吵过。每次吃饭时，我母亲总会按照每个人的食品定额来分配食物，当自己的那份吃完后，我们兄妹几个会争着用手指把留在锅、碗等一切餐具上的残汁刮进自己的嘴巴里，然后再用舌头把这些餐具里里外外都舔得干干净净。那个年代洗洁精是根本没有市场的，所以后来富裕了洗碗要用洗洁精才能洗干净时，我还一下子感觉有点转不过来甚至是难以接受哩。

有时候我们家晚上吃米饭或者南瓜面疙瘩，这是还不错的晚饭，因为这些食物比较耐饥，要是晚上吃稀饭的话，那就遭大殃了。每次晚上六点吃好稀饭，八点不到我肚子就开始嘀嘀咕咕了。天气凉快的晚上，父母可以用早早赶我们上床睡觉的办法来解决我们肚子饿的问题，可是到了夏天就难了。那时没有电扇与空调，大家只能手里拿着一把蒲扇在街上乘风凉，不到晚上十点是根本不可能进屋入睡的。所以说那时候夏天晚上我的饥饿感是最强烈和最难受的。记得有个名人说过：饥饿会产生最大的创造力！我也有这样的体会，当一个人处于饥饿状态时智商是最高的。

经过仔细观察与认真研究，我把为解决饥饿而发挥创造力的试验工场放到了我们家弄堂口的巡道街菜场。这家菜场不大，是凝和路菜场的分场，这个菜场不是室内的，有点像我们现在的路边摊与大排档，一般情况下这个小小的菜场都是白天营业和晚上进货，进货的各类食品由晚上的送货单位乱七八糟地堆放在路边，第二天一大早再由菜场营业员分类摆放上摊出售。我选了几个比较灵活而且嘴巴又紧的孩子，每天晚上以捉迷藏的形式在这些食品堆里打转，一旦看见露在外面顺手可以拿到又可以吃的东西，比如说西红柿、黄瓜与菜瓜等，就顺手牵羊放在口袋里马上离开，然后找个没人的地方聚在一起，大家坐地分赃共享这些食物。天气凉快时，我们几个发现胡萝卜、白萝卜、青萝卜与红萝卜也都很好吃。我们几个还发现，热气腾腾的刚出厂的新鲜油面筋、油豆腐与五香豆腐干，吃起来也都是人间美味。就这样我终于找到了一年四季都能吃到夜宵的地方，巡道街菜场也终于成了我们这几个坏小子的深夜食堂。

为保证这个深夜食堂的长期供应，我和这几个小伙伴约法三章：第一，吃多少拿多少，不浪费，不能私藏，更不能带回家；第二，这件事除了我们几个不能告诉任何人，包括自己家里人；第三，如果有人来抓就往家的反方向跑，万一抓到了就说这是第一次，实在饿得受不了才这样做的，还绝对不能当叛徒供出其他小伙伴。巡道街菜场一年四季的晚上都有一个老头值班，他的主要工作就是在送货单位的送货单上签字确认收货。有的时候他看到我们几个孩子在菜堆里捉迷藏，最多也就吼两句，不会真的来管我们。还有的时候路过的某个成年人看穿了我们几个小家伙在菜堆里捉迷藏的真实目的，也会扭过头去装作没看见然后悄悄地离开。

当我每天晚上摸着圆滚滚的肚子上床睡觉，第二天早上和中午家里的食物还是让我吃不饱并且感到饥饿难耐的时候，我又开动起脖子上小脑袋里的那根坏脑筋，寻思着再找一个免费供应的白天食堂。经过几天的现场踩点和观察比较，我最后选定了离家不远的黄浦江边，位于杨家渡轮渡站南面的大达码头。那时候的大达码头是上海主要的水果装卸和批发市场，一年四季各种各样的水果从江浙地区由果农用小木船运过来卸货入库。这种小木船大约也就 10 吨的装载量，是用一个人在船尾摇橹的方式来推进的。水果卸货的方式是用一块跳板架在码头和小木船之间，然后用人工把小木船上的水果放在大筐里，再用两个人把装满水果的大筐抬上岸。在整个装卸过程中，有些水果会跌落到水里或者地上，由于装卸工人忙着干活，或者他们对此已经司空见惯，再加上跌落的水果也有些损坏，因此一般情况下，装卸工人是不会再要这些水果的。当我发现这个吃机的瞬间，眼睛就大放光芒，回家赶紧做了个网兜，约上晚间一起在菜场作案的那几个小伙伴，正式开始在大达码头的水果打捞工作。捞水果的活儿还是在夏天干最开心，这个季节有西瓜和黄金瓜，而且还可以到黄浦江里去游泳，一边游一边找寻漂浮在水里的西瓜和黄金瓜。天气凉快的时候，比如春季、秋季与冬季黄浦江水很冷，那时不能下水游泳捞了，只能用网兜捞离岸边较近的水果与拣掉在地上的水果（苹果、梨和橘子等）。那时候黄浦江的生态环境很好，幸运的时候我们还能捞到大螃蟹和河豚哩。估计那个年代的水果是真正的绿色有机食品，所以留在我味蕾记忆中最美味的水果是那个时候吃的水果，尤其是那个黄金瓜，吃的时候那种唇齿喷香的感觉直到现在还难以忘记。

前些年我看过一本描写旧上海大流氓杜月笙的传记，当我看到书中杜月笙作为一名孤儿，混迹在十六铺码头以卖切片水果为生的童年经历，我突然想到杜月笙当年水果盘里的切片水果莫不会也是捡自大达码头的散落水果吧。然后他以小恩小惠笼络船工与码头工人，以获取又多又好的免费水果，使他的无本生意后来做得越来越大，掘到了第一桶金。杜月笙成年后，他也是利用这一批船工和码头工人来走私鸦片大发横财的，最终成为了上海滩大名鼎鼎的巨富大亨。想到这一点，我突然有点看不起自己了，我当时到大达码头捞水果的目的仅仅是为了填饱自己的肚子，而杜月笙却能够通过这个起点，逐渐成为旧上海响当当的大人物，人与人之间心胸与境界的差别怎么会这么大？意识到这一点，我如今也只能光有彻底佩服杜月笙的胸襟以及为失去这个天赐良机而扼腕叹息的份了。

也许是我们几个偷吃的行为做得比较隐秘，也许是那个约法三章执行得很好，更也许是那个时候的大人非常善良，因为他们自己也饿着肚子并且也深切体会到孩子们饿肚子的那种困苦感觉，所以对我们这几个小毛孩的雕虫小技抱着视若无睹的态度，总之不管在巡道街菜场还是在大达码头，我们偷拿食物的所作所为，没有发生过任何问题，得到的唯一结果是解决了我们几个在这段艰难岁月里的饿肚子问题。随着三年困难时期结束而家里食物逐渐丰富，随着学雷锋做好人好事运动的开展，随着我逐渐长大开始懂得行为规范的重要性，我们几个充分意识到我们的这些行为尽管不算坏人坏事，但绝对称不上好人好事，所以我们立马决定结束这种去"白天食堂"和"深夜食堂"偷食的举动。

记得有位心理学家告诫女人："如果你想控制一个男人的心，那你必须先控制他的胃。"通过亲身体验我发现这句话很有道理，因为尽管我从此以后不再去巡道街菜场和大达码头寻吃的，但偷吃的内心欲望，馋嘴嚼着美味的快感以及饱腹后肠胃的满足感，还是给我留下了深深的烙印。直到如今我还清清楚楚地记得在我读中学的期间，曾经发生过三件有关这种心理状态的事情：

第一件事情发生在前面所说的那个大学生的家里。大学生的哥哥嫂嫂在外地工作，他们的儿子到了上小学的年龄时，就离开外公外婆家到爷爷奶奶家来了。小男孩很喜欢跟我在一起玩，有的时候他会送几颗上海冠生园食品厂出品的大白兔奶糖和花生牛轧糖慰劳我。当时这两种糖果市面上根本买不到，可能是大学生的家里有亲戚在这家食品厂工作，所以他家里这种糖果有源源不断的供应。我从小不喜欢吃甜的东西，所以对糖果一直没有什么兴趣。不知道怎么回事，当我吃了这两种糖果后，我像中了魔一样对这两种糖果产生了难以克制的贪吃欲望。在往后的时间里，除了那小孩子主动给我吃这两种糖果之外，我还利用去他家陪小孩子玩和帮他复习功课的机会，经常从他家的糖果盒里偷拿几颗这两种糖果来满足自己的馋嘴之欲。后来这两种糖果在市场上有了充分供应，我只要看到是上海冠生园食品厂生产的就毫不犹豫地买几斤。但可惜的是，尽管我已经买了无数次这两种糖果，而且就是现在看到还在继续买，但再也没吃出这两种糖果当年给我带来的奇妙感觉。

第二件事情发生在我自己的家里。我母亲当时患有支气管扩张的疾病，一旦发病就不能吃固化的东西，当她感到饿了时就用开水冲藕粉或者用开水泡苏打咸饼干来充饥。我母亲总是把买这两种食品的任务交给我，而且指定要去哪家南货店买，一般情况下每次买一盒藕粉与半斤苏打咸饼干，同时还一定要我买西湖牌的藕粉和上海泰康食品厂出品的苏打咸饼干。藕粉是用纸盒包装的，打开也不方便，在路上用开水冲着吃更不方便，所以我从来没动过偷吃藕粉的坏脑筋。苏打咸饼干是散装零售的，你要买几斤几两，营业员就从大的饼干铁箱子里给你拿上几斤几两，我买的半斤苏打咸饼干称重后，营业员就把饼干装在牛皮纸做的纸袋里交给我。这种纸袋没有固定的封口措施，营业员稍微将纸袋口折叠几下就算封好口了。我认真仔细地观察了营业员封纸袋口的方法后，在回家的路上拆开纸袋把里面的饼干拿几块出来吃，然后按照营业员折叠的方法和纸袋上旧的折叠痕迹，把纸袋的口重新封好。在每趟回家路上偷吃饼干的过程中，我的脑子里总有两个孩子在打架。孝顺孩子说："这个饼干是妈妈生病时吃的，你不能偷吃。"而不孝顺的孩子说："我吃几块又没啥大不了的事喽，我现在正在发育长身体需要营养，再说这个苏打咸饼干也真的是非常好吃啊！"我发现不孝顺的孩子总是战胜了孝顺的孩子，所以说正义要战胜邪恶的难度是很大的。每趟我在回家的路上会有四到五次这样的内心挣扎，这种内心挣扎的最终结果是我一路上偷吃了四到五块苏打咸饼干。每次当我带着藕粉和饼干回到家时，母亲总会掂着饼干袋说："饼干好像没有半斤唉，你是否看到营业员真的称了半斤重的饼干？"我回答确实是半斤时，我母亲总会意味深长地瞧瞧我，我知道我母亲心里非常明白我偷吃饼干的事情，但是我母亲从来没有拆穿过我的这种小把戏。接下来的日子里，当我母亲还需要藕粉和饼干这两种食品时，她依旧让我去买，好像买这两种食品的活儿，家里的其他人干不了似的。

第三件事情发生在我初中毕业前去金山下乡劳动的时候。1970年我初中快毕业时，突然接到通知说要延长一年才能毕业，延长的一年时间里，去农村学农半年，去工厂学工半年。我们班被安排先去金山县（今金山区）松隐公社学农。我去学农的这半年里，是农村农活最忙的时间。三抢（抢收早稻、抢种晚稻、抢夏天农业管理）与三秋（秋收晚稻、秋耕土地、秋种冬小麦）这些重活累活全让我赶上了。我们穿着自己的衣服，睡着用门板搭在仓库里的大通铺，盖着自己带的被褥，每个月还要交十块八毛钱的饭钱，包括自己每个月的定额粮票。尽管农民有工分收入，我没有任何工分收入，但是为了毕业时有好的工作分配，我当时还是拼着命地表现，还是拼着命地干活。插秧苗时的腰酸，挑稻谷时的劳累，挑河泥时的艰难，挑猪粪时的恶臭，都让我至今难以忘却。有一次我挑着一大担稻谷送到打谷场，有一位在打谷场上负责稻谷脱粒的女同学看到我说："你为什么挑这么多？不要命了吗？"我回答说："我每次都挑这么多啊。"然后那女同学说："你自己知道你挑了多少斤吗？你挑的上一担稻谷刚才称重过了，足足有两百多斤哩。"超额劳动的结果就是饭量惊人，每天三顿饭时三大饭盒里的饭菜像遭遇龙卷风一样被刮到我的肚子里。吃进肚子里的食物基本上都是米饭和蔬菜，那时一个星期才能吃到一块肉，所以我当时的肚子里最缺的就是油水，拉出来的大便也是那种很干枯的绿颜色。在整个学农期间，老师还规定每位学生每个月要写一篇学农小结。睡在我旁边的姜姓同学央求我帮他写第一个月的学农小结，我帮他写完后，他看到我为他代写的小结上的前言引用了毛泽东的词句"喜看稻菽千重浪，遍地英雄下夕烟"时，感到非常满意。他为了酬谢我，请我吃了几汤勺他从家里带来的炒面粉，吃了这些炒面粉后，我一下子就答应了姜同学后面的学农小结也由我全部承包的请求。姜同学家的炒面粉可不是一般的炒面粉，是用核桃粉、芝麻粉、牛骨髓混合着面粉一起炒制的（过了好多年我才知晓这是回族人的食品）。吃了以后我的舌尖当时就像触了电一样，浑身上下顿时有种颤抖的感觉。姜同学把这个放炒面粉的饭盒藏在他的枕头里，他家里每月给他寄一盒，他总是以取衣服的名义去镇上拿包裹的，我睡在他旁边有一个多月了，居然从来没发现过。在接下来的日子里，我除了每个月给姜同学继续写学农小结，按例换取他的炒面粉报酬之外，我还想方设法偷吃了几回。因为我这个当时的饿狼发现了这个秘密以后，就像阿里巴巴发现四十大盗的宝藏一样，脑子里总是想着要找机会去偷吃这个令人难以割舍的炒面粉。要在睡着十几个男同学的大通铺上，偷吃姜同学藏在枕头里的炒面粉——况且同学们平时都是同进同出的，而且出门时仓库门还要上锁——难度还是相当大的。不过那个时候饥饿还是产生了巨大的创造力（具体细节在此就不一一详述了），后来我还是抓到了几次机会，现在每每想到这段偷食往事，我都会意识到原来"食"胆也能包天。

根据工业发达国家食品心理学的研究成果，一个人最深刻的味觉记忆是在 10 岁以前形成的，而且 7—8 岁是味蕾发育最丰富的时候，这也就是我们通常说的小时候的味道终生难忘的道理。这个论点也解释了麦当劳、肯德基与必胜客热衷于办儿童生日派对，培养儿童成为这些快餐终身客户的原因。我小时候偷吃的这些经历也给我带来了两个结果，一个是我对美味佳肴的无比喜爱与鉴赏力，还有一个是我的身高比我的哥哥至少高出 5 厘米。

如今，我尽管已经上了年纪，味觉和消化功能都有所衰退，但我发现我偷吃的贼心好像依然年轻，而且我还发现偷吃的瘾和吸毒的瘾有点类似，一旦染上可能终生难戒。最近几年我喜欢上了红烧栗子鸡腿，每次烧好以后还没等到上桌，我就会偷吃几个栗子，每次餐后当吃剩的红烧栗子鸡腿放在冰箱里冷藏时，我也会时不时地打开冰箱门偷吃几个栗子，最后结果往往是栗子已经全部偷吃完了，而大部分的鸡腿还留在冷藏盒里。最近几年我还喜欢上了有消食与助眠功能的威士忌，尤其在冬季临睡前的晚上喝威士忌时那种浑身暖洋洋、飘飘然与醺醺然的感觉给予我十分舒适惬意的享受。特别是心仪的威士忌、愉悦的心情、舒适的环境与美妙的音乐这几者在冬季的夜晚相互叠加时，我的心灵会产生巨大的共振，有种如痴如醉、飘飘欲仙的快感。在这种状态下，我会一小杯接着一小杯地续酒，每次当第一小杯喝完后，我总是告诫自己要控制酒量，但是最终还是没有忍住偷喝的心又续上了一小杯，就这样一而再再而三地续酒，有的时候甚至会续上5—6小杯之多哩。好在此时此刻我通常会想起"民以食为天"与"食色性也"这两句老祖宗留下的名言来宽慰自己，于是我就哼着"人生在世如春梦，独自开怀饮几盅"的唱词心安理得地洗洗睡了。

在这个世界上标榜自己是"美食家"的人很多，但大胆承认自己是"偷食家"的恐怕只有我一个。要是哪位书法家肯屈尊为我写一个"偷吃无罪"的条幅，我一定会把这个条幅好好地装裱起来，然后高高地挂在我家餐厅的墙上。

（此文完稿于 2021 年 12 月 12 日）

自行车

在我不满 10 岁的时候，我就会骑二八大杠的自行车了。只是骑姿不是正常的骑姿，而是那种人站在左边保持自行车平衡的前提下，先用左脚掌踩在脚蹬上，再用右脚掌蹬地，就像现在的孩子玩溜冰车一般让自行车向前滑行，接着右腿伸进自行车横杠下面的空档，左右两只脚掌反复踩转脚蹬约 90 度使自行车缓缓前行的骑姿。

那年代没有现在随处可见的儿童专用的小自行车，要是有的话，其实也没有多少人能够花得起这笔钱买来给自己的孩子玩。那时的男孩子对当前十分流行的斜杠自行车是不屑一顾和嗤之以鼻的，斜杠自行车在当时称为女式自行车，如果男孩子用这种自行车玩耍，小伙伴们肯定会嘲讽他是"娘娘腔"。我学自行车时骑的是一辆非常破旧的二八大杠载重自行车，这辆自行车是父亲单位里派发的公车，这种自行车上海人俗称"老坦克"。父亲公私很分明，起初看到我偷偷地玩这辆"老坦克"，就会用弯曲成锐角的右手中指朝我的头上狠狠地敲两下。这种俗称为"吃糖炒栗子"的惩罚，尽管让我感觉很疼很疼，但是我偷学自行车的行径丝毫没有收敛。后来父亲看到我学车心切且小心谨慎，非但没有弄坏"老坦克"，用完后还把"老坦克"擦得干干净净，所以他就开始睁一只眼闭一只眼故意装糊涂了。

第一种骑姿学会后大约过了半年，我的两腿稍微长长了一些，我又学会了坐在横杠上骑自行车的骑姿，不过左右两只脚踩脚蹬旋转的角度最多180度，等到脚蹬能够完全旋转360度的时候，时间又过了半年左右。没过几天，我找了把扳手把"老坦克"的座垫调到最低的位置，又来了一轮从脚蹬旋转180度到360度的转换历程。父亲身高一米七六，每次骑完"老坦克"，我总会把座垫调回到原先适合父亲的高度。粗略估算，从我最初学自行车开始，大约五年的时间，我才不用来回调整"老坦克"的坐垫高度。那些见过我骑自行车的大人们对我的一致评价是：动作稳健，身姿潇洒！

1970年的秋天，大我一岁半、1969届初中毕业的哥哥被安排到安徽军垦农场务农。那天父亲和母亲送他俩的大儿子到家门口，没说上几句话，母亲就转身进了家门，父亲随即跟着母亲也进了家门。我把哥哥的所有行李放在了"老坦克"上，我们哥俩步行到了当时的南市区志强中学。去军工路五号码头的大巴只允许去务农的本人乘坐，于是我就骑着"老坦克"跟随在这辆大巴后面来到了军工路五号码头。我看到来送别学生的家属人山人海，还听到此起彼伏的叫喊声和哭喊声。我看着哥哥提着行李上了船，我看着哥哥站在船尾挥着手向我道别，我看着那艘长江轮船拉响汽笛慢慢地离开码头，我看着目的地为安徽芜湖的这艘轮船向吴淞口驶去，一直到看不见一点踪影时，那首《送别》歌曲的旋律自始至终在我的脑海中反复回旋。在回家的路上，我一个人闷闷不乐地骑着那辆"老坦克"，体验着我第一次与哥哥离别的那种人生感悟。从军工路码头到当时位于大东门的家有 20 多公里，我回到家时已经是黄昏时分。进了家门发觉气氛十分沉闷，我看到母亲已经哭红了眼睛，父亲两眼含着泪光，正在劝慰她。愣了好一会儿后，我只能胡编"哥哥一路上都很高兴"的谎话来宽慰久久处于担忧长子前程的那种情绪中难以自拔的父母。

那一年初中毕业的学生全部去农村插队落户的政策明确后，母亲准备行装时，特意为哥哥缝制了一套藏青色卡其布的青年装。哥哥接到通知去军垦农场后，由于军垦农场属于部队管理有服装配发，因此哥哥把那套崭新的青年装转送给了我。那天我就是穿着这套新衣服去军工路码头送的哥哥。晚上睡觉时脱去新外套的那一刻，我突然发现新裤子左腿内侧根部的地方有一个小洞，这让我感到非常奇怪和可惜。我躺在床上想了好久，始终没有想出来这个小破洞是从何而来的。第二天晚上，父亲下班回到家，我才发现原来"老坦克"的座垫左侧铆钉上有一个很微小的尖锐凸出物，在往返军工路码头 40 多公里的路程中左侧裤腿根部和它产生了几万次摩擦，这个小不点居然把我的新裤子给搞破了。在我用小锉刀把这个尖锐的凸出物修平整的时候，心里很后悔为什么没有提前发现它，不然的话也不至于把哥哥送我的这条他自己都不舍得穿、还完全崭新的裤子搞得破了相。

1971 年 10 月，1970 届初中毕业生实施四个面向的分配政策（本地工厂、外地工厂、本地农村、外地农村），我按政策分配到上海的工厂做学徒工。从家里到工厂上班单程公交车票一毛五分钱，每天来回要花三毛钱，那时候一周要上六天班，因此我花了 6 元钱买了张公交车的月票。学徒工的月工资是十八元六毛四分钱，每个月我交给母亲 10 元钱，自己口袋里只剩下 2 元多的零花钱。我觉得坐公交车不划算，而且我还一直想着要拥有一辆属于自己的自行车，于是我有空就去附近的旧货商店寻找合适的旧自行车。有一天我在一家旧货商店看到一辆堆满了灰尘并标价 20 元的杂牌自行车，就是那种除了铃铛不响，其他都乱响的破烂自行车，我看它的骨架还可以，所以就毫不犹豫地买了下来。我本来还想着骑着它回家的，可没想到当时这辆破车所有的转动零件都严重变形，根本没办法骑，只能车骑人，最后我把它扛在肩头带回了家。回到家后，我把这辆自行车大卸八块拆了个底朝天，然后该整形的整形，该修理的修理，该调换的调换。花了几个星期天的时间，我把当时上海专门出售自行车零部件的中央商场、牛庄路市场和附近的自行车零配件商店都跑了个遍，大约花了10元钱的零配件费用，终于把这辆属于我自己的自行车给修好了。这辆车能够正常骑行的第二天，我的当月公交车月票还有十来天的有效期，可是我已经迫不及待地骑着它上下班了。这辆自行车我骑了三年左右，从来没有给我带来过麻烦，当我把它卖掉时，我买它的那家旧货商店以三十元的价格收购了它。

学徒满师后，我的月工资调整到36元。过了不久，父亲搞来了一张自行车票，是我喜欢的凤凰牌二八大杠最新款18型自行车。我兴冲冲地拿着这张票到自行车商店一看，这辆自行车标价168元。我绕着这辆自行车转了好几圈，有个营业员看见了悄悄地对我说，如果不想买的话，他可以花20元的价格收购我的自行车票。三年学徒下来，我的私房钱还没有超过100元，回家后我试着问母亲能否暂支100元给我买自行车，并且答应以后每个月多给她20元，五个月后还清。于是我终于把这辆精光锃亮的自行车请回家了，我不仅为它安装了好多小装饰，而且还用那时非常昂贵的红色针织尼龙布为它做了一个海绵坐垫套。当我骑着这辆当时还不多见的新款凤凰自行车在马路上穿行时，回头率和拉风程度绝对不亚于如今的红色法拉利跑车。

自从我买了这辆凤凰以后，在好长一段时间里，一些好兄弟时不时地来借用。刚开始我还有点纳闷，为啥这些家伙自己有自行车不用？后来我才知道，原来这辆凤凰是被当作"谈女朋友专车"用的。想想也对，如果你把打扮得漂漂亮亮的女朋友驮在一辆破旧的自行车上在外滩的情人墙边穿行，那绝对是件非常丢面子的事儿。我那会儿还没想着要谈女朋友，所以也没有想着要利用这辆凤凰去哄骗喜欢的女孩子，不过哥哥倒是派上了用场。哥哥去了安徽军垦农场一年后，应召入伍空军部队，接着又去空军第一航空机务学校读书，毕业时被安排到位于新疆哈密的空军第八航空学校（航天英雄杨利伟的母校）任航空机械教官。按照当时的国家规定，除非哥哥在上海有家属，否则转业时将回到当兵的出发地安徽。为了这事，我们全家老少齐动员，千方百计在上海为哥哥物色对象。为了提升家庭条件，我不仅利用自己的木工手艺为家里制作了一些家具，还采购了一些零部件自行装配了一台落地收音机和一台落地电风扇。当然最重要的是，只要哥哥回上海探亲或者度假，我的这辆凤凰就全部归他使用，自己心甘情愿地乘坐公交车上下班。结果全家人的努力没有白费，嫂子如愿进了门，哥哥转业时也如愿回到了上海。

我的这辆漂亮非凡的凤凰自行车不仅上得厅堂，而且还下得厨房。1975 年左右，我家有位邻居大嫂，她丈夫因工亡故前是上海高桥炼油厂的职工，按照当时高桥炼油厂的福利政策，职工可以享受使用液化天然气的照顾，其中工伤职工家属每月可以免费使用一瓶，对于那时候极大部分还在使用煤球炉的上海市民来说，这是个极大的暖心照顾。地处浦东的高桥炼油厂为了方便家住浦西的职工家属换气，在军工路码头增设了一个换气站，每天上午九点到下午五点提供换气服务。说来也巧，换气站所在的军工路码头就是我前些年送哥哥去安徽军垦农场、距离我家往返路程有40多公里的那个码头。这位邻居大嫂有五个未成年的女儿，家里也没有自行车，由于没有能力去调换液化天然气，因此考虑放弃这件好事。我母亲平时和这位大嫂比较聊得来，得知这个消息后，就和这个大嫂商量能否借给我家使用，每月按市场价格支付相应费用给她，这位邻居大嫂想也没想就一口答应了。那天我下班回到家里，母亲就拿这事跟我商量，想让我每个月去军工路码头调换一次液化天然气，听说有这等好事，我想也没想就一口答应了母亲。我特地制作了一个木架子，每次去换气时，我就把这个木架子绑在凤凰自行车的书包架上，以确保气罐摆放方便和安全。有好几次当我摆放好气罐后，自己看了心里都感到好笑，因为这辆凤凰自行车驮气罐的模样，看上去就像一辆红色法拉利跑车后背上挂了一只污迹斑斑的汽油桶。在这以后的七八年时间里，不管是酷暑炎热还是天寒地冻，不管是在单位上班还是在大学念书，每个月的某个休息天，我都骑着我的凤凰自行车，带着空的气罐从家里沿着复兴东路—中山东一路—吴淞路—四平路—淞沪路—军工路来到军工路码头换气，然后再带着满的气罐回家，往返一趟要花五个多小时。空的气罐大约有十公斤重，满的气罐大约有三十公斤重，所以去程容易返程难。熟悉这条路线的人应该知道，这条路线上的桥梁特别多，需要上下坡，加上当时的路况很差，又没有单独分开的非机动车道，所以自行车载重骑行非常之累，特别是遇到刮风下雨的天气，真是苦不堪言，记得有好几次我不得不下车推行过桥。一直到我们整个弄堂家家户户都使用了液化天然气时，我和我的凤凰自行车才算彻底完成了任务。凝望着在这段干重活和累活的岁月里，立下汗马功劳且没有出现任何故障的这辆"吃得苦中苦，方为车上车"的凤凰自行车，真想为它颁发一枚奖牌哩！

这辆凤凰自行车陪着我度过大学生活后，又陪着我回到原单位工作。刚回厂上班的那一年的国庆节，我在单位加班，负责设备大修的技术支持。傍晚下班时我骑着这辆凤凰自行车通过两条大路交叉的十字路口，当时我正好左拐弯准备进入另一条大路，只见一辆上海牌小轿车本来在另一条大路上从我左侧边准备右拐弯的，突然之间这辆轿车拨正方向直行了，一下子把措手不及的我撞倒在地。幸亏轿车的车速不快，及时刹住了车，而且也没有直接撞到已经加快速度规避的我，只是撞在凤凰自行车的后轮胎上，把我连人带车撞了出去。我爬起来首先查看我的凤凰，只见后轮胎钢圈被撞变形了，其他没啥事。这时上海牌轿车里走下来三个人，我一看原来是一对新人和一个司机。新郎和新娘忙不迭地和我打招呼，说他们刚刚从家里出发去婚礼现场，司机是他们的朋友，这辆上海牌轿车是司机单位的，那天是出来干私活帮忙的，因为司机不熟悉这边的路况，所以在路口犯了个"想着右转实际直行"的错误，希望我在那个大喜的日子里给予充分的谅解云云。在我耐心听着这对新人求情的时候，我才发现我的左膝盖有些疼痛和黏糊糊的感觉，低头一看，那条当天才上身的深灰色毛涤混纺西装裤的左膝盖处已经破了一个五分硬币大小的洞，卷起裤腿再看，发现左边膝盖早已血肉模糊，伤口大约有一个鸡蛋大小。我把撞坏的后钢圈、新裤子和左膝盖分别展示给这对新人看了以后，说："我理解今天的日子对你们的重要性，但你们的朋友开车把我撞成这样，总得给个说法吧！"正在理论之间，新郎的母亲赶了过来，恳请我让婚车先走，余下的问题由她来解决，我即刻同意了。我左手扶着凤凰自行车的方向盘，右手提着凤凰自行车的书包架，紧跟着新郎的母亲来到了他们位于不远处的家。进门一看，10多平方米的小屋非常简陋，也没啥家具。新郎的母亲说："这次为了儿子结婚，我们家花光了所有的积蓄，没想到婚车刚刚出门又碰上了这样的事情，实在是对不起！"见我没有吱声，新郎的母亲拿出10元钱说她愿意花10元钱来解决这件事，问我是如何考虑的。我想了一会儿，记起了"得饶人处且饶人"的古训，默默地拿了这10元钱就走出他们家的门。

我还是按老方法将我的凤凰推了一段路，在附近找了家修车店，结果后轮胎钢圈的矫正费用就花了 6 元钱。那条毛涤材质的新裤子是我花了近 30 元钱买的，本来那天晚上我要去朋友家做客，可惜刚上身就破了相。母亲用同样颜色的布料把这条新裤子左膝盖处的破洞给补好后，在接下来的许多年里，我还经常穿着这条裤子，但我每次坐下时，总要跷起二郎腿，用右膝盖压住左膝盖的招数来遮挡那个破绽。至于左膝盖上的那个伤口，因为我皮肤一直很好，擦了几回红药水、紫药水，过了十天半月就痊愈了，自己身上长的肉，所以没花啥冤枉钱。

我那时上班的单位位于打浦路隧道的浦西出口附近，1985年我成家时，单位分配的工房就位于打浦路隧道浦东出口附近的上钢六村。考虑到骑自行车过江要花双份的轮渡费用，再加上一年四季骑车很艰辛，所以我决定还是改乘隧道公交车上下班。哪想到半年隧道公交车乘坐下来，让我感觉像进了人间地狱般煎熬。首先，隧道公交车非常拥挤，经常迟到；其次，打浦路隧道属于试验性项目，通风条件很差，我每天都可以在鼻腔里挖出好几粒"老鼠屎"；再次，打浦桥隧道当时是黄浦江唯一的过江隧道，所以来往车辆很多，在一条来回都是单车道且塞满几百辆燃油汽车的隧道里，一旦有车辆抛锚，往往可以堵上一两个小时；最后，最要命的是高温天气堵在隧道里，在每平方米站立六七个人和没有任何空调通风的条件下，整个隧道公交车的车厢就像一个太上老君烧孙悟空的大烤炉。我有好几次碰到这种极端情况，我那时年轻体壮，不但浑身上下大汗淋漓像落汤鸡一般，而且空气质量相当恶劣导致我都喘不过气来，更何况那些年老体弱的人。从那以后，每回我洗桑拿总可以待很长时间，因为与闷在隧道公交车里相比较，洗桑拿绝对是小菜一碟、不值一提的事儿。

决定逃离隧道公交车之后，我这辆停放在新工房的楼梯口仅仅用于购物买菜的凤凰自行车官复原职。为了方便接送女儿，我在凤凰自行车的横杠上自制了一个非常可爱舒适的小座椅。有次女儿的右脚掌被前轮胎的钢丝划了一下，她痛得哇哇乱叫，于是我又用两块塑料片在凤凰自行车的前轮胎处安装了两块安全罩。为了准时去幼儿园接送女儿，如何规划既快又安全的行车路线是我那时脑海里始终思索的内容。按正常的路线，我应该从家里沿昌里东路—上南路—周家渡路—轮渡站（该轮渡站现已拆除）—龙华东路骑行到单位。这条路线尽管道路通畅，但是有点绕，所需时间太多。我在地图上研究了很久，发现从我单位东侧的鲁班路轮渡站（现已拆除）乘船过江以后，就是现在的浦东后滩，那地方的路当时还是没有路名的农村羊肠小道。我走了几回以后，这条路线尽管时间可以省一半左右，可是下雨天时泥泞的小路实在没办法骑行，而且浑身烂泥的凤凰自行车也让我心疼不已。在这个过程中，我发现轮渡站在浦东上岸地点的不远处有一扇上钢三厂的边门，在打浦路隧道浦东出口处的右侧也有一扇上钢三厂的边门，理论上来讲一个工厂的两扇边门应该是相通的。我设想我是上海冶金高等专科学校（现上海应用技术大学）毕业的，也算是上钢三厂系统的职工；我设想有几万名员工的上钢三厂，门卫肯定搞不清楚谁是谁；我设想要是门卫真的要看上钢三厂的工作证，我就说我是来找大学同学谈工作的。接下来的某天早上，我找了个上班人多的机会，骑着我的凤凰自行车目不斜视、马不停蹄地冲进了上钢三厂那扇位于浦东打浦路隧道口附近的边门，由于理论和方向都正确，大约花了十分钟，我就找到了另一扇位于浦东后滩轮渡口附近的边门，顺顺利利地登上了过江轮渡。走这条捷径与走农村小路相比较，等于三角形的一条边与两条边相比较，路程又省了将近一半，加上上钢三厂内部的道路既宽敞又平整，我的这辆凤凰飞起来又快又舒服，所以整个上下班时间比以前走正规的路线要省三分之二。这条时间短、路况好，还能自由呼吸的上下班骑行征程，一直延续到我出国留学时才结束。得到我出国留学的消息，我的一个同事想买我的凤凰自行车，在他拍胸脯保证一定善待我的凤凰的承诺下，我以极其优惠的价格转让了这辆凤凰自行车。看着我心爱的凤凰逐渐远去的背影，我的心里真的有一种名将卖骏马、英雄卖宝剑的无奈酸楚。事实上，这辆凤凰自行车是我整个人生中第一次买的新自行车，按目前的情况来看，恐怕我再也不会买第二辆新的自行车了。

　　1990 年刚到新西兰留学时，支付完飞机票、学杂费、伙食费和住宿费后，我口袋里的银子所剩无几，于是盘算通过勤工俭学去挣几两碎银来维持自己的生计。在一大堆报纸的招聘广告中埋头浏览了几天以后，我终于发现了一个适合自己的工作。打电话过去聊了一会儿，彼此的感觉似乎还不错，双方约定第二天早上十点过去面试。我那时住在奥克兰的南边，要去面试的公司位于奥克兰的西边，从地图上查看两地相距20多公里。第二天一大早以怎样的交通方式去那家公司面试搞得我颇费思量：坐公交车去不方便且时间难以控制，还有当地人认为一个没有自主交通工具的成年男人等于三等残废；开车去当然好，但问题是自己没有车，借车自己也不会开。骑自行车去面试成了唯一的选择。看到住在同一个宿舍的留学生同学正好有一辆自行车，于是我就厚着脸皮向他借了自行车和头盔。由于我自认为是一个骑自行车的老司机，因此对在奥克兰骑自行车的注意事项以及这辆自行车的相关状况都没有仔细询问，第二天一大早吃了早饭，我穿了套新的运动装就兴冲冲地出了门。去过奥克兰的人都知道，那地方属于高低起伏的丘陵地带，我住的宿舍正好位于那条街的最高处，距离下面300米左右的最低处是奥克兰最繁忙的南大路，最高点到最低点的坡度大约有30度。刚开始骑行，我的感觉还是挺好的，不承想接下来的速度越来越快、越来越快，我紧握自行车的刹车，可是刹车根本没用，自行车完全处于失控的状态。在这身轻如燕、两耳生风、腾云驾雾似的极速冲刺体验中，我的脑瓜也在急速地运转，思考着如何逃避即将冲入车流繁忙的南大路的自救方式。在接近南大路大约二三十米的地方，在这生死须臾之间，我看见马路的左侧（新西兰实施左侧行驶交通规则）有一块绿草地，于是我像看见一根救命稻草一样把自行车头猛地一拐，连人带车冲进了这片绿草地。我在绿草地上躺了好一会儿，闻着青草和泥土的芳香，庆幸自己没有闯下结果难以料想的大祸。当我慢慢地爬起来时，才发现不仅浑身沾满了泥土，新的运动裤左边膝盖处还破了个大洞，而且我的左腿已经痛得难以站立。卷起裤腿查看，看到原来左膝盖上的老伤疤又添了个鸡蛋大小的新伤口，看到左小腿的前端处磨破了长长的一道口子，看到不断流出的鲜血已经把左脚的运动袜给浸湿了。试着走了几步，我感觉左腿没有伤筋动骨，只是皮肉遭罪受苦而已。好在借来的自行车一点都没损坏，我用新运动装的两只衣袖把自行车稍微擦了擦后，拐着受伤的左腿，推着自行车慢慢地回到了宿舍。借我自行车的同学看到我以这副模样回到宿舍，非常抱歉地告诉我，说他忘记提醒这辆自行车的刹车不是很好，他出门走刚才那段路通常都是推着自行车下去的。我对这位同学表示了由衷的谢意和归罪于自己不小心的歉意后，拿起电话通知那家公司，说我已经找到了合适的工作，十分感谢他们提供我这次面试的机会！

　　1992 年在奥克兰正常上班后，有一天我驾车路过一个富人区，看到大件垃圾堆里有一辆"四肢不全"的运动型自行车（我发现一个规律：你喜欢哪类东西，你的眼睛往往会特别善于发现哪类东西），看这辆自行车的大致状况还可以，我就把它扔进了后备箱带回了家。第二天上班时，我把这辆自行车带到了公司，计划利用工余时间把它弄完整。有一天当我埋头摆弄这辆自行车时，恰巧被老板撞见，我以为老板会训斥我干私活，没想到老板说他家的小儿子是个运动自行车迷，家里各种各样的运动自行车零配件有一大车库，如果我愿意，他可以把这辆自行车拿回家去，让他的小儿子帮忙把这辆自行车修理好。对于老板的这番美意，我当然毫不犹豫地欣然接受。没过几天，吃午饭休息时，老板把我叫到了停车场，把一辆"五官端正"的运动型自行车放到了我的手里，我当时大吃一惊，难以置信这辆帅气十足的运动型自行车竟然是我从垃圾堆里捡来的！为了报答老板的美意，在好几个同事的围观下，我用这辆自行车表演了几个车技：用左右两腿分别单腿后跨侧向上下车，两手脱手把燕式快速骑行，前轮胎横转 90 度、用右脚掌点动前轮胎以保持自行车原位静止，等等。看了我的车技显摆，老板和同事们都感到非常惊讶，说这些动作他们以前只在杂技团里看到过。自那以后，我发现我与同事间的关系融洽了许多，同事们说原来以为我像其他一些中国人一样也是一台冷冰冰的挣钱机器，没想到我是个十分有情趣的人。那些老外同事还说我不像一个真正的中国人，就像现在我的好些外地朋友说我不像一个真正的上海人一样。这辆运动型自行车我用了好几年，空余时间会经常骑着它去健身。有天晚上我家车库的门忘记关了，第二天一早起来，发现这辆运动型自行车不翼而飞，估计是让小偷给偷走了。看着车库里原先停放这辆运动型自行车的空荡荡的角落，真的让我有种难以言述的惋惜和愤慨。

1996 年的年底我回到浦东张江创业，在这以后二十多年的时间里，我没有碰过自行车，原因是在浦东还是开车方便。最近几年共享单车刮起了城市流行风尚，作为资深自行车骑手的我，一直心心念念想去尝鲜。去年的春天，我找了一个风和日丽的下午，驱车来到靠近南浦大桥的浦东段黄浦江边，把车停好后我用手机扫码开锁了一辆共享单车。我沿着黄浦江边新建的自行车道，从南浦大桥到杨浦大桥一路骑行，自我感觉非常心旷神怡，在感受城市建设越来越人性化、越来越美好的同时，也让我体验了一把以前骑行自行车的兴奋和快乐。我在靠近杨浦大桥浦东段的黄浦江边，找了家咖啡馆休息了一会儿，喝了瓶矿泉水、吃了个小面包后，又扫码开锁了另一辆共享单车，准备按原路返回到我泊车的地方。当我骑行到陆家嘴滨江大道那一段，正享受黄浦江两岸的绝佳风景时，距离我的自行车前方很近的左侧绿化带的小径上冷不防地冲出来一辆婴儿车。在这紧急时刻踩自行车的刹车肯定是刹不住的，在早已观察左右两边地形的潜意识的驱动下，我向左边紧急转动自行车，眼睛一闭朝左边的绿化带里冲了进去。当我从绿化带小径的硬质地面上爬起来时，抬头看着那个推婴儿车的白发苍苍的老人背影，他头也没回飞快地推着婴儿车朝黄浦江边的亲水平台冲了过去。我没有看清这位行为鲁莽的老人的脸，只隐隐约约看到婴儿车里歪着小脑袋酣睡的那个婴儿可爱的苹果般的小脸。在万幸没有撞到这辆婴儿车，没有撞伤这个祖国的花骨朵的自我宽慰后，我才感到左腿钻心的疼痛，低头再看，不但那天刚穿的那条全棉浅色休闲裤的左膝盖处破了个大洞，而且鲜血已经渐渐地染红了左裤脚管的前部。十分幸运的是我的左腿没有大碍，完全能自行走动，于是我把共享单车退还到就近的停车点后，一拐一拐地走到路边，叫了辆出租车返回南浦大桥附近原先的泊车处。在出租车上坐稳后，我卷起了左裤腿查看伤势，出租车司机看到我的惨状，给了我几片创可贴。我用自己口袋里的餐巾纸擦干血迹后，将那几片创可贴贴在了几个主要的伤口上用以临时止血。回到了自己的车上，我坐在车里想了一会儿，考虑是否要去医院做个伤口治疗，揭开那几片创可贴一看，没想到伤口已经停止流血了，看来我这条皮厚肉糙的左腿还真的是经得起摔打。记得有句老话讲：不愉快的事情往往会过一不过二，过二不过三。可是我穿新裤子骑自行车已经弄破四次了，看来这句老话对我而言不太灵验。我也不知道我的左腿在前世究竟作了什么孽，为什么受伤的总是它？！

今年的春天，由于疫情封闭在家里，可是我想骑自行车的那颗心还是开始蠢蠢欲动了，经常站在窗前，听着鸟语，闻着花香，沉浸在那种在黄浦江边骑着共享单车尽情享受的憧憬中。抚摸着我那伤痕累累的左腿，我为自己立下了两条规矩：一是以后骑自行车坚决不穿新裤子；二是一定要带上护腿把多次光荣负伤且轻伤不下火线的左腿严密地保护起来！

我非常喜爱自行车，也非常喜爱骑自行车。据说现在有很多自发的自行车爱好者团队，如果哪个团队今后愿意接纳我的话，我敢保证我的骑行水平，不一定能在团队中拿第一位，但绝对不可能在团队中拖后腿拿最后一位！

（此文完稿于 2022 年 3 月 30 日）

游泳

我从小就喜欢游泳。

记得我小学三年级的时候，当时的上海市南市区体委在蓬莱路尚文路那里建了一个少年游泳池。这个游泳池建得很有特色，不但池子的形状是正圆形的，没有屋顶，是露天的，而且连瓷砖都没有贴，就像超大直径的水泥筒切一段竖在地上，还是用爬楼梯的方式进出游泳池的。这个游泳池尽管不大，但是去游泳的孩子却很多，池子里的水深还不到一米，而且也没有深水区与浅水区的划分。在不适合游泳的季节里，它变成轮式溜冰场照常营业，那里边就会挤满玩轮式溜冰的孩子。尽管这个游泳池按今天的标准来讲十分简陋，但对当时的孩子而言就是人间天堂，其重要性丝毫不亚于今天的浦东迪士尼乐园。

　　我当时就读的上海市南市区凝和路小学距离这个游泳池很近，我听到游泳池对外开放的消息后激动万分，当天下课后就赶紧过去一探究竟。到了那里一看，人山人海，好多孩子都挤在游泳池门口看热闹，我挤了很久才挤进去，原来大家都在看一张招生广告，说是暑假里举办游泳启蒙班，5堂课收费5毛钱，不过要办好游泳卡才能正式报名。

　　回家后我就缠着母亲说要去学游泳，当时母亲就断然拒绝了，因为总共要花一元钱左右，这在当时可是一家子几天的伙食费哦，还有就是隔壁邻居家的孩子（绰号"小矮子"）去年夏天在黄浦江董家渡码头游泳时，钻到木排底下没有出来淹死了。母亲怕我学会游泳后也去黄浦江里玩。我就和母亲软磨硬泡、胡搅蛮缠坚持要去学游泳，包括不吃饭、不做功课、不睡觉等等，反正小孩子的那一套耍赖皮、满地滚的套路全部用上了，母亲最后没办法，只好给我一元钱同意我去学游泳。我用一毛四分钱拍了张最小尺寸的照片，用两毛钱做了体检办了游泳卡，当然还用五毛钱付了暑假游泳课的费用。游泳裤是母亲用家里的零头布做的，就是那种侧面纽扣开合不用脱短裤就能换的游泳裤，现在基本见不着那种游泳裤了。

　　暑假里的5堂游泳课很快就学完了，不过我只学会了蛙泳，教练说我对游泳好像还蛮有悟性的。我学会了游泳以后热情高涨，一直想找合适的地方去游泳。因为那个少年游泳池太小、太浅，人又太多，所以感觉游起来特别没劲，当然口袋里没钱是最主要的原因。我花了几天时间去考察可以不花钱游泳的地方，苏州河水太脏且路远，董家渡码头有木排陷阱，十六铺码头来往船只多且水面油花大，新开河码头有垃圾船和粪便船装卸作业且味道太臭，最终我选定在黄浦江大达码头附近的地方游泳。大达码头离我家最近，走路十分钟左右，又是装卸水果的码头，就在现在的复兴东路码头的上游不远处。这段黄浦江的水质很干净，而且水果在装卸过程中难免掉入水中，那些浮在水面上的西瓜、黄金瓜、苹果、蜜梨都成了我充饥的点心。还有碰上运气好的日子，我顺手抓只大螃蟹或者抓条河豚回家也是常有的事儿。

当时去黄浦江大达码头处游泳，在上海滩的游泳圈里是比较有名的，因为无论从哪方面来讲这地方都是很适合游泳的。有一次，我看到一个高高大大的一看就是专业游泳运动员的家伙，在十几个粉丝的簇拥下气宇轩昂地来到大达码头游泳。这家伙游泳的动作把我看得目瞪口呆，不管是自由泳、蝶泳、仰泳、蛙泳，还是高台跳水，他的姿势都很专业。这让我看到了什么是真正的游泳健将，也让我知道了同样一件事由不同的人来做差别竟然这么大。我怯怯地问了那群人里面一个貌似小跟班模样的人有关那家伙的情况。那小跟班神气活现的回答证实了我的猜测，并且还让我得知这群人住在复兴西路原上海跳水池那边的"上只角"地段。

其实在黄浦江里游泳，除了意外溺亡的风险以外，还有被当时那些水上派出所的巡逻艇上的水警抓的风险。第一次抓到后，水警会在你的手脚上涂上沥青留下记号以示警告。第二次抓到后，会让你站在巡逻艇的甲板上暴晒，因为那个时候是大夏天，巡逻艇甲板上的温度可高达六七十摄氏度，所以让你赤脚站在滚烫的甲板上，你的两只脚只能不停地跳跃才能保证你的脚底板不被烫伤，这种形体动作很像当时非常流行的东方歌舞团的亚非拉舞蹈，加上我们这些孩子经常在黄浦江里游泳，人都晒得乌黑锃亮的，所以小伙伴们就称上巡逻艇暴晒的处罚是去跳亚非拉舞蹈，被抓上巡逻艇的孩子往往一边跳着一边高唱着《亚非拉人民要解放》的歌谣。当然水警最厉害的一招是把你带到外滩的水上派出所，然后让你父母来领你回家，同时水警还要求你父母写保证书，以保证你今后再也不到黄浦江里来游泳了。我运气很好，一次也没有被水警抓到过，所以母亲根本不知道我在黄浦江游泳的事。现在回想起来水上派出所的做法是对的，因为当时每年在黄浦江里游泳溺亡的孩子不计其数，所以这些水警也是对我们这些在黄浦江里游泳的孩子的生命高度负责啊！不过我坦率地讲，在游泳池里游泳和在黄浦江里游泳感觉还真是完全不一样，有时候在黄浦江里游到中间的浮筒上休息，看着大轮船就在眼前来来往往的感觉真是很美妙、很刺激的。

1967 年我进入上海市第八中学读书，因为学校有泳池，加上我个子高会游泳，经过挑选以后我就进了学校的游泳池当救生员。记得上岗的第一天就救了个差点溺水的小孩。还记得有一次不知是哪个缺德鬼在游泳池里拉了一段大便，我只能憋着气潜水下去把它装进了铝饭盒里，然后悄悄地处理掉。当有人好奇地问我在干什么时，我只能回答他们说："我抓到了一条鱼！"第八中学原来是女子中学，所以游泳池只有一个更衣室和一个浴室，暑假里只能一天对男生开放，一天对女生开放，门票八分钱一张，可以游一小时。我做救生员是做一天休息一天，工作一天的伙食补贴是两毛钱，这是我人生的第一次劳动收入，所以我不舍得用，将这些钱作为私房钱存着。游泳池开放的时间是下午一点到晚上八点，一般我出门的时候把午饭吃饱，再带一点馒头或者冷饭在下午五点左右的时候把这些食物当点心吃。晚上回到家里，我就拼命吃，母亲说我三大碗饭一下子就没了，那种狼吞虎咽的样子似乎能把饭锅、饭碗一口气都吞掉似的。

那时候每年的7月16日，上海市体委要组织大家去黄浦江游泳，以纪念毛泽东1966年7月16日畅游长江。我参加了1968年和1969年那两年的横渡黄浦江项目，出发点都是龙吴路划船俱乐部黄浦江对岸的泥滩地，终点就是划船俱乐部。我还参加了1970年的黄浦江畅游项目，出发点是黄浦江上游的奉贤西渡，终点也是划船俱乐部。记得那次畅游活动沿着黄浦江顺流而下，大约游了10公里。我还非常清楚地记得那几次游泳纪念活动的出发点都在黄浦江边的野地里，根本没有任何更衣室、卫生间及其他设施设备，参加游泳的男女同学只能分别在大卡车的两边换衣服，大小便也只能就地解决、就地掩埋了。直至今天我回想起这些当时的情景还似乎恍若昨日、历历在目哩。

中学毕业后我再也没有到黄浦江里去游过泳。离开市八中学到国营企业当工人，后来读大学，再出国留学，我对游泳的爱好始终没有放弃，只要客观条件允许，我都会想方设法去寻找游泳的机会来过过我的游泳瘾。

1996 年我回国创业后，在很长的一段时间里，每次我到游泳池去游泳，总会出现过敏的症状，不是鼻子拼命地打喷嚏，就是浑身皮肤出现大大小小的红斑。开始我还以为只是偶然的现象，所以没怎么放在心上，但是每次游泳后都有这种症状出现，并且换不同的游泳池还是会出现这种症状，这才引起了我的高度重视。去医院看了皮肤科医生和五官科医生后，才得知原来这是我的身体对游泳池里面的化学物质产生过敏而引起的症状。在我没有出国留学之前，我对游泳池的水质从来没有过敏的历史，而且也从来没有对花粉过敏的历史，哪知道去国外待了 8 年，回国后我不仅对游泳池的水质过敏，而且对花粉也过敏，变成了一个体质如此娇弱过敏的"娇小姐"，这其中的缘由一直到现在我都没有想明白。

想着要与这么多年的爱好断了往来，我心有不甘，所以过了一段时间后，我还是想着要再去试试看，但是每次去游泳池里游泳后的结果都是一个样子——过敏，所以后来我只能利用去海边城市度假的时候，用到海水里游泳的方式来过一把我喜欢游泳的瘾。从 2003 年"非典"那时开始，我爱上了打高尔夫球，就这样喜新厌旧的我渐渐地把游泳的事情给淡忘了。

大约在 2010 年的上海世博会过后不久，有一天我碰到了一位也喜欢游泳的朋友，两个人在闲聊时聊起了我对游泳池水质过敏的事儿。这位朋友以前在浦东水质检测站工作，他告诉我当时整个浦东新区水质达标的游泳池只有两个，一个是上海东郊宾馆的游泳池，一个是上海第二工业大学（简称二工大）的游泳池。我在二工大担任客座教授和硕士研究生指导老师已经有好多年了，居然不知道学校里还有个游泳池，以至于我的这个朋友对我喜欢游泳表示怀疑。当我的这个朋友知道了我和二工大的关系后，就拜托我帮他搞一张二工大的游泳卡，并且还说他早就想到二工大的游泳池去游泳，但是一直没有找到合适的机会。对于朋友的这个要求，我当时没有完全答应他，只是说我去试试看。过了几天我正好碰到二工大校办的一位老师，就和这位老师说起我想办一张学校游泳卡的事，这位老师告诉我："二工大的游泳池只对学校的老师和学生开放，你属于我们学校的兼职老师，所以完全有资格去学校的游泳池里游泳。"二工大校办帮我办游泳卡办得很顺利，找了个合适的时间，我去二工大的游泳池考察体验了一回。本来我想着如果去了以后感觉不是很好，或者游完泳以后皮肤和鼻子还是过敏的话，我就把我的这张游泳卡借给我那个一直想去二工大游泳池里游泳的朋友。走进二工大的游泳池，眼前的景象完全出乎我的意料，不仅所有的设施设备能够与正规的游泳池相比拼，而且还是恒温的室内游泳池，能够一年四季让学校的老师与同学在此劈波斩浪。第一回试游以后，在接下来的几天，我所担心的鼻子过敏和皮肤过敏的现象都没出现，我当时猜想这可能是我体内的化学物质还没有积累到一定数量的缘故，所以后来我又连续试了好几次，结果我所担心的过敏症状依然没有出现，于是我断定：二工大游泳池的水质确实是达标的！现在我每周3天利用下班后与晚饭前的时间去二工大游泳，一般每次游个把小时。至于我那个一直想去二工大游泳的朋友，听说他后来花了不少钱买了张东郊宾馆的游泳年卡。

　　我一直觉得游泳是人类最好的健身运动，一是人类起源于水，对水有天然的归属感；二是游泳是全身运动，对身体的发育与保健有极大好处且不容易受伤；三是有自救功能，意外落水时能救自己的命。多年以前我看到一条新闻报道，说上海某中学有一对男女中学同学下课后在苏州河边散步，情窦初开的少男少女坐在河边栏杆的铁链上闲聊，并且还把铁链当作秋千晃着玩，一不小心双双掉进了苏州河里，由于这两个人都不会游泳，最后都意外溺亡了。看到这个新闻后我心里很不是滋味，想想现在十几岁的中学生，一定学会了很多课内和课外课程，但唯独没有学会游泳。看来义务教育一定要把游泳作为基础课来抓，我认为这件事情很重要，大家都学会游泳该多好啊！如果今后有人问你那个老掉牙的问题："你的老婆和你的老娘同时掉进水里你先救哪一个？"你完全可以对提问者耸耸肩膀再对他笑笑，然后再轻轻松松地告诉他你的答案："她俩都会游泳，根本不需要我救！"

我真的很喜欢游泳，今天是 7 月 16 日，今天对我而言也算是我的游泳纪念日。行文至此，我身上的游泳细胞都按捺不住喽。好了，我现在准备动身去游泳了。朋友，有机会的话，我十分期待着在某个游泳的场合与你"坦腹相见"哦！

（此文完稿于 2020 年 7 月 16 日）

木匠梦

　　昨天下午，我在淮海路参观了 K11 建筑艺术节"木构复兴"展览。这个展览精选了好多具有代表性的木作构件作品，其中既有传统木作构件的样品，又有基于传统木作构件技艺传承创新的许多新的木作构件。这些创意大胆、结构巧妙、做工精细的木作构件作品，勾起了深藏在我心底将近 50 年的木匠梦。

　　其实我是正儿八经拜师学过木匠的。

　　1970 届初中生即将毕业时，由于国家毕业分配方案还没有确定，因此只能临时安排去学农学工。我所在的上海市第八中学1970 届 7 班的全体同学被学校安排先去金山县（今金山区）松隐公社学农半年，然后再去上海第一机床修理厂学工半年。在分配学工的工种时，我考虑到 1968 届与 1969 届两届毕业生全部被分配去务农的情况，想着以后如果去农村插队落户的话，手中有一技之长将来的选择可以多一些，所以原计划是想学电工的，结果被老师安排去学了木工。

带我这个一窍不通的徒弟的木工师傅是个老宁波木匠。刚开始的时候老宁波木匠架子很大，一副爱理不理的神情。后来见我对他很尊敬，而且苦活累活都抢着干，人也还算聪明伶俐，他就慢慢地开始接受我、喜欢我了，我叫他师傅时，他也开始愉快地答应了。师傅教得很仔细，徒弟学得也很认真，过了3个月左右，老宁波木匠逢人就讲："迭只小魏头来赛额，绝对是块做木匠师傅额好料子。"

半年学工即将结束时，老宁波木匠出了道满师考题给我：独立做一个传统的趴脚长凳。材料、尺寸、式样与结构由我自己确定，但不允许使用任何铁钉与胶水。我花了3天的时间完成了满师考题，师傅叫了些工友来当场测试，只见老宁波木匠双手将趴脚长凳高高举起后狠狠地摔在地上，结果趴脚长凳纹丝不动、完好无损。老宁波木匠当时高兴得满面红光，拉着我的手讲："侬还不算是洋钉木匠。"老宁波木匠还当即表示当他退休回乡时，要让我挑着他的全套木匠家伙，送他回宁波老家养老去。

学会木匠以后，我先后为家里打了双人床、落地碗柜、书橱与写字台等家具。这些家具我父母使用了几十年，直到前些年他们过世、老房子动迁时才处理掉。现在想想有点可惜，我居然没有留下一件来留作纪念！

学了木匠以后，我发现除了能健身壮体之外，还有其他不少好处。一是当我在为我父母打造家具时，弄堂里凡是家里有与我年龄相适的女孩子的妈妈，都会有意无意地来找我母亲搭讪，话题基本内容是：你儿子木匠做得很好的，是个勤劳过日子的好小伙，以后成立家庭可以省好多钞票。二是中国传统的木匠是没有详细图纸的（难得有张很粗略的示意图），所以学木匠可以对三维立体空间概念进行很好的训练。我的这种能力在我学机械工程和做机械工程中都得到了充分验证。三是直到今天，看到任何木料，我还能基本讲出该木料的品种、产地、性能与用途。由此也深刻理解了人尽其才、才尽其用的人生哲理。

随着初中毕业分配方案的正式确定，原先我准备去外地插队务农的木匠梦，被上海国营企业炼铜工人的现实所代替了。或许一个新时代的鲁班就这样被耽搁了，但是我对木匠这个职业的代际传承、木作构件制作技艺的创新发展、历史木构建筑的保护修缮等问题的思考却一直未停。

中国国画大师齐白石年轻时曾经是一名木匠。他当年做木工时兢兢业业，工余休息时临摹描绘图画。经过多年的木匠兼画家的两头进取，他在为生活获取基本收入的同时，也实现了自身要专门从事画画的梦想，渐渐地从当年的普通木匠变成了后来的名闻天下的国画大师。齐白石从木匠变为国画大师的理由肯定有很多很多，但我认为其中肯定有这么两条：一条是他具有刚劲有力的臂力与笔力，还有一条就是他的画面的结构布局很稳定、很扎实。这些是齐白石最终获得成功的条件，应该都是与他曾经当过木匠的经历密切相关的。有的时候理想并非遥不可及的，如果你能压低起始高度，扎扎实实、坚韧不拔地一步步走下去，或许有朝一日你也能够成为一位名传史册的神奇大师。

　　苏州东山的雕花楼坐落于苏州洞庭湖畔的东山镇，是江南地区木建筑与木雕艺术的代表作，也是研究中国近代民间木作构件与木雕传统技艺的珍贵参照物。雕花楼于 1922 年动工兴建，由 250 余名工匠昼夜施工，历时 3 年才得以完成，共花去黄金3741 两。雕花楼是 20 世纪初在上海做棉纱生意发了大财的金氏兄弟为孝敬母亲而建造的一座豪宅。我在出国留学之前，曾经前后两次去雕花楼游玩，在参观整个雕花楼那些做工精致的木作结构、雕工精美的木雕装饰以及华丽富贵的全套红木家具时，在惊叹"楼无处不雕，雕无处不精"之余，我还听到了一个传奇故事：当年金家的大小姐在雕花楼的竣工之日，与一位领班建造雕花楼的跛脚木匠师傅私奔了。当我听到这段离奇的爱情故事时，感觉还真的有点难以置信，身份与地位差距如此之大的男女怎么可能产生感情？他俩竟然可以不顾家庭的各种束缚、社会的各种清规戒律，有勇气冲破封建礼教的桎梏最终毅然决然地走到了一起！随着我自身年龄、阅历的增长，我开始一点点地明白这其中的一些缘故。首先，我发现顶级工匠都有一张沉静温柔的面孔（大科学家与大德高僧也是这种面相），我相信这一张张让人信赖的、慈善的脸孔肯定不是天生的，而是因为这些顶级工匠经年累月关注同一件事，经过了岁月的洗礼，所以他们的面貌发生了这种根本性的变化。其次，能够制作美的器物的顶级工匠，其处世为人的方式方法也必定会造就美的生活、培养美的情操、塑造美的人格、提升美的气场与营造美的家庭氛围。最后，作为建造雕花楼的木匠师傅中的领班师傅，他的技术与手艺肯定是响当当的，他的作品不仅感动了他自己，而且感动了他带领的那些木匠师傅，还感动了所有见过他作品的那些人。只是万万没有想到的是，在那些人之中，有着那位金家大小姐；而且他的作品不仅感动了那位金家大小姐，还让她身不由己地对他产生了以身相许、非他莫嫁的冲动与勇气。

前些年我曾经多次去日本观光旅游，对日本各地特别是京都与奈良地区的那些有千年以上历史的古木建筑留下了非常深刻的印象。这些巍峨雄伟的古木建筑不仅揭示了中国古木建筑技艺传至日本的历史痕迹，也传达了日本文化中难以诉诸文字的核心意识：对于传统的坚持，为了生存而突破限制，进而升华出崭新的境界。当我走进这些有上千年历史的古木建筑时，有一种穿越了时间与空间的错觉以及与建造这些古木建筑的木匠先祖心灵感应的震撼！这种穿越千年的心灵震撼很难用语言来表达，我只能感觉到我的双手被另一双有力且温暖的手紧紧地握着，在这种经由古今之人的双手来进行穿越千年的信息传递的过程中，让我逐渐意识到这些先祖木匠的生命是没有时间概念的，他们用跨越千年的眼光来制作传承千年的木作构件实现了他们的永生，因为我可以从这些千年前所建的历史古木建筑里看到这些先祖木匠的灵魂。日本的这些千年古木建筑能够留传到今天，自然有人们精心修缮保护的原因，但是其中最主要的原因是梁思成当年在紧急关头"刀下留屋"的义举。我国著名建筑学家梁思成在二战期间担任战区文物保存委员会副主任，当盟军准备轰炸日本本土时，他极力建议盟军在战争中注意保护京都与奈良的文化古迹，要求把这两个地区的珍贵古建筑当作人类共同的文化遗产来看待。此事曾经受到国际社会的普遍称赞，日本社会也一再把梁思成称为"日本古都的恩人"和"日本文化的恩人"。

梁思成的一生中，除了在建筑教育、城市规划等方面做出的开拓性的贡献之外，最为突出的是他对古木建筑文物的发现保护与调查研究工作。从 20 世纪 30 年代开始，他和林徽因等人先后踏遍中国 15 个省 200 多个县，测绘和拍摄 2000 多件唐、宋、辽、金、元、明、清各代保留下来的古木建筑遗物，包括天津蓟县辽代古木建筑独乐寺、宝坻辽代古木建筑广济寺，河北正定辽代古木建筑隆兴寺，山西辽代应县木塔、大同辽代寺庙群华严寺和善化寺。梁思成与林徽因等人在极端艰苦的条件下，运用近代科学技术对我国众多价值连城的古木建筑进行勘察、测绘、制图，并且结合历史文献资料以及对老工匠师傅们的采访，写出了众多的调查报告与学术论文，为我国古木建筑的研究与保护学科奠定了深厚的基础。在抗日战争以前、抗日战争和解放战争中，梁思成为保护中国的古木建筑竭尽了全力。新中国成立之后，梁思成为保护北京的城墙、牌楼、北海团城等古建筑也竭尽了全力。北京古建筑始创于元代，建成于明代，沿用于清代至民国，历经 7 个世纪。不过那时主张将古城墙拆掉的人们占了上风，他们认为这些古建筑产生于封建时期，带着浓重的封建气息，并且当初修建古城墙是为了防御，现在该功能已经消失，因此理应被拆掉。梁思成尽管提出了妥善保留北京这些古建筑的城市规划方案，但可惜的是他的方案最终并没有被采纳。老北京古城墙等古建筑被拆的时候，梁思成痛哭流涕地讲道："50 年后，历史将证明我是对的。"今天的事实确实证明了梁思成的主张是对的，但一切都不可能重新再来。北京好些古建筑已经消失，它们现在仅仅存在于那些让人看了唏嘘不已的灰色老照片中。梁思成曾经不无遗憾地说："如果这片古城能够保存下去，那么它将会是世界上唯一得以完整保留，规模最宏伟、气势最磅礴的历史文化名城。"其实梁思成对于北京城的规划方案中所包括的不仅仅是他反对拆除古城墙那么简单，也不仅仅是为了一个北京古城的完整留存，他的这个方案对北京城发展的方方面面都做了相当周密详细的说明。在当时，这个方案体现了世界上最先进的城市发展理念；到今天，这个方案仍是一份具有相当重要的参考价值的历史文献。历史带给后世的真正价值是什么，也许大家各有不同的见解，但绝不应该只是一句"老祖宗的智慧是无穷的"这样的轻描淡写，历史至少应该体现出各种可以让后人借鉴取经的价值作用。有些人也许认为旧东西是过时的，但往往后来却又发现其实历史是个轮回，结果今天的新人又将昨天的"老路"重新走了一遍。

前段时间我有幸参观了位于上海松江九亭的荟珍屋，得以身临其境地体验中国古代木构建筑与家具的神奇和魅力。荟珍屋的主人赵先生是一位古建筑、古家具的收藏家，自小对中国的古建筑、古园林产生了浓厚的兴趣。在几十年的时间里，从明清瓷器、古家具到古建筑，赵先生凭着一腔热血、一份执着，收藏了近万件古木家具和近百栋古木建筑。如今他亲手建造的荟珍屋，汇集了十多栋明清两代及民国时期的优秀古木建筑，既有花厅、楼阁，也有祠堂、牌楼。在参观荟珍屋的过程中，我与赵先生聊了好久，尽管我与他是第一次相遇，但是基于我们俩年龄相仿，经历与爱好也有颇多相似之处，所以有种相见恨晚、一见如故的感觉。同时我也非常认同赵先生的宏愿：祖先留下的古木建筑与家具，以及榫卯结构等技法，是极其宝贵的文化遗产，抢救、保护和传承它们是我们这一代人义不容辞的责任。而且我国的古代木构建筑与家具展现了我们伟大民族的一种人文精神，同古代的青铜器、陶瓷器、服装等一样，无不充满着我国民族文化基因的丰富内容，体现着我国民族文化发展的重要价值。

随着大量按现代工业化生产流水线制造的标准产品进入我们的生活，以及人们一次性用品用完即丢的习惯养成，加之现在一部分年轻人热衷于追求一夜暴红、一夜暴富的幻境，使得中国传统木匠这些原来与中国人的日常生活息息相关的人群的手艺面临即将失传的境况。社会的进步势必产生事物的新旧交替，然而木匠师傅那份以其手艺珍重他人的真诚，却是我们这个年代最不应该失去的。工业化生产可以把木材进行同等模样的加工，但木匠才能让那种纯手工制作的物件看上去富有温度、富有美感、富有性格与富有生命。这些传统木匠的技艺得以在历代经济发展和社会变革中保留下来，肯定有着很大的偶然与客观因素，但我认为其中最重要的肯定是那些木匠坚守内心、忍受清贫与创造奇迹的强大意志。当今社会我们的年轻人在人生道路上迷茫的时候，应该去近距离接触与认识这些木匠，也许那才是人们应有的活法。在 50 年以前，有相当大比例的年轻人的梦想是成为一个好的木匠，因为这是一个让父母感到满足、家人感到幸福、自己感到踏实的好职业。我殷切希望我们今天的年轻人能选择木匠这个职业，或者选择木匠作为自己的业余爱好，因为木匠这个职业值得我们尊重与传承，因为木工这种技艺值得我们发扬与光大。有机会的话，我真心想为木匠创作一首歌，歌词我也已经草拟好了：木匠是个好职业，做木匠修身养性，做木匠功德慈善，好木匠人见人爱；木匠自有黄金屋，木匠自有颜如玉，精美的木件是艺术，精美的木件会唱歌，精美的木件有灵魂，精美的木件千万年。

最近一段时期，我一直在网络上找寻相宜的木工工具与相关的优质木材。我正在计划等我正式退休后，在家里设置一个木匠间，以实现我未尽的木匠梦。亲爱的朋友，你是否期待在不远的将来，在你喜庆的日子里，魏木匠会将他精心打造的木工器物作为贺礼呈送到你的手里呢？

（此文完稿于 2020 年 10 月 3 日）

我的第一辆车

我在国内从没开过车，是 1990 年到新西兰留学后才开始学的。因为到了那里才知道，在当地人的认知里，不会开车的成年男性等同于残疾人。

第一步是拿学习驾照。到居住地附近的警察局花 25 元纽币报名参加交通规则笔试，拿到标明时间与地点的准考证以及复习材料。复习材料是英文的，听以前考过的同学介绍，中英文对照轮流着背效果很好。为保险起见，我向一位老华侨讨了份中文翻译稿。那老华侨是广东人，那份中文翻译稿中充斥着"爬头"两字，令我至今无法理解的是他为什么会把"变道超车"翻译为"爬头"。就这样我中英文对照花了不少时间才把这份交通规则全部死记硬背下来，结果笔试小菜一碟，一次性通过，拿到了新西兰学习驾照。

第二步是学开车。新西兰交通法律规定拿学习驾照的人必须在手持正式驾照一年以上的人陪伴下才能上路开车，没有必须进驾驶学校学开车的硬性要求。我死皮赖脸地央求有车的同学陪我练车，这样练了几次花了两三个小时我就学会了开车，同学们还夸我开车很有悟性与感觉。我想付点油钱给帮我练车的同学，无奈同学死活不收。后来我决定自己买车，找了个周末起了个大早，邀请对车相当内行的老外朋友路易开车陪我去汽车跳蚤市场挑选合适的二手车。转了几大圈后，结果路易看上了一辆五门斜背的马自达 323。我俩将此车开上高速公路兜了一大圈，发现车况很好，唯一的缺点是仪表盘上方的合成革晒爆了，可见新西兰太阳光的紫外线有多厉害。将车开回跳蚤市场后，路易与老外车主嘀嘀咕咕地讨价还价，我在一旁闷声不响看热闹，结果以 970 元纽币成交，另外此车还剩余的大半年的保险原车主也顺便送给我了。拿着原车主已经签了字的车主证来到附近的邮局，花了 15 元纽币将车主更改成了我。在第一次开着自己的车回家的路上，正式成为有车一族的感觉不要太爽哦。

第三步才是考正式驾照。到附近的警察局花 45 元纽币报名参加大路考，约定时间后抓紧练车备考。咨询了好多考上与考不上正式驾照的朋友，得到了两条宝贵信息：一是考官主要看你的自信心与安全意识，特别要注意起步、变道超车、上坡起步（手动档）与侧向停车等动作；二是每个警察局的考试路线都是固定的，有 A、B 两条考试路线，由考官随机决定。掌握了这两条信息后我一方面苦练基本动作，另一方面请参加过该警察局大路考的朋友帮忙在地图上标明 A、B 考试路线，有空就开着我的车去熟悉这两条考试路线的路况。到了大路考那天，我早早地等在警察局门口，到了考试时间看见一个老外胖警官晃晃悠悠地走过来，我赶紧把副驾驶的座位调整到最宽敞的状态，一句"Good morning，Sir"把他迎上了车。笑眯眯的胖警官选择了 B 路线，结果我轻车熟路像小刀抹黄油似的顺利通过大路考，拿到了新西兰正式驾照。

这匹"老马"买来后，跑起来真的一点毛病都没有。如果把后排座位放倒的话，车厢内的空间很大，简直可以顶辆小货车了。在那段勤工俭学的时光里，我每天早上七点出门，晚上十一点到家，每当我扭动车钥匙听到发动机那轻快的轰鸣声时，总让我有种跃马扬鞭催人奋进的愉悦感。每周工作日晚上要做的五家银行、一家邮局的保洁工作，是我开着这辆装满保洁工具与用品的车完成的。周末与节假日在木工厂制作花园栅栏的测绘与安装工作，是我开着这辆装满木材与工具的车去客户家的花园完成的。几次搬家除了席梦思是捆绑在车顶上以外，其余家具物品都是塞进车厢内搬运的，新西兰的搬家公司从我身上好像一分钱都没有赚到过。

　　有个节假日的下午我忙完了工作后，开着这辆车带着女儿高高兴兴地去游泳。在一个三岔路口，我开车直行时与一辆大转弯的车的尾部相撞。那辆车的驾驶人是位白发苍苍的洋人老太太，下车后就问我为什么我小转弯的车不让她大转弯的车。

　　我说："我是直行的车，你大转弯的车为什么不让我直行的车？"

　　老太太说："我看见你的车打小转弯的方向灯了，所以我大转弯的车可以先行。"

　　我说："我的车根本没有打小转弯的方向灯，我是直行我优先，你大转弯应该让行。"

　　双方公说公有理，婆说婆有理，争执不下只能叫警察。

　　在等待警察到场的时间里，我仔细观察了现场的道路情况，由于我的车是由东往西开，下午西晒太阳光非常强烈，照在我的车的大灯上反光了，让老太太误以为是转向灯的光。加上路口直行是绿灯，我当时是开着车全速通过的，老司机应该都知道，在大逆光的情况下，视觉效果很差，等发现大转弯的车突然横在我面前时，尽管我猛踩急刹车并且同时猛拉手刹，但结果还是两车相撞了。好在我的车头撞到了老太太车的尾部，要是撞在老太太车的中部那事情就搞大了。

　　等了十几分钟闪着警灯、鸣着警笛的警车来了，走下来一个有毛利人血统的大高个警察。老太太把警察拉到一边，手舞足蹈地与警察说了一大通，只见那警察一边点头一边认真做着笔录，我一声不响，只是站得远远地看风景。等老太太说完了，警察朝我走来并且询问我的情况，我如实作了陈述，那警察也认真做着笔录。我说完后警察走过去与老太太交谈，只见老太太有点情绪失控，嗓音高了好多分贝。警察招手让我过去，说按照新西兰的交通法规，老太太应该根据车辆的实际驾驶路线而不是转向灯光做出判断，这与我的车是否打转向灯没有任何关系，所以她的大转弯的车抢了我的直行车的道，此次事故由她负全部责任。警察要求双方在事故笔录与处罚单上签字，我当然爽快地签了，老太太面色难看，嘴巴里咕咕噜噜的，极不情愿地签了。

好在两辆车还都能开，只是老太太车的尾部撞烂了，我的车前脸撞烂了，而且水箱还有点漏水。急急忙忙想着赶紧开车回家去，打开车门的一瞬间，我这才发现撞车事故把女儿给吓呆了，只见她脸色苍白、浑身哆嗦、蜷缩在车的后座上。就这样，我一边开着车一边安慰着女儿，告诉她我们没事，是对方的错，承诺以后带她去更好玩的地方去玩等等，总算把女儿惹笑了，也总算在水箱里的水没有彻底漏完之前把车开回了家。

回到家后我马上给保险公司打了备案电话，保险公司听到对方全责，就告诉我他们会催促对方保险公司抓紧理赔的。过了几天，对方保险公司打电话给我，问了车辆品牌、型号、年份与公里数等情况后，说等他们核完价后再联系我。又过了几天，对方保险公司打电话给我，说我的车不值得修了，在我的车归我自行处置的前提下，保险公司愿意赔偿我1100元纽币，问我愿不愿意接受。傻瓜才不接受哩，我当然无条件地接受喽。

　　我的车主要是前格栅、左大灯与水箱撞坏了，花了100元纽币左右去拆车厂买了这三个二手零部件（顺便说一句，去新西兰的拆车厂买二手零部件真是方便，只要你报出车型、年份，他们就能马上找到你要的东西，而且价格绝对便宜），其余是钣金与油漆的活儿，是绝对难不倒我这个做了10多年的机械工程师的。就这样利用近半个月的空余时间敲敲打打、涂涂刷刷，我居然真的把这辆车给修好了。由于这车撞过，心里总有些余悸，因此我决定把它卖了。于是我在当地的私人货物卖买的小报上登了个免费广告，刊登了此车标价850元纽币出售的信息。没过几天，有个人打电话来想买此车，询问什么时间方便试车。在约定的时间里，来了个中年老外男士上门看车，试驾一大圈后，对这辆车很满意，说是开起来很稳，发动机动力很足，车厢空间大，用于他太太接送3个孩子上下学很合适。于是两人讨价还价，最后商定以800元纽币成交，当时已经乐得脸上笑开了花的我也把这车还剩余的大半年的车辆保险送给他了。

　　看着这辆开了3年多跑了近5万公里，为了初来乍到新西兰的我立下汗马功劳的驼背"老马"逐渐远去的背影（斜背车英文称为hunchback，即中文驼背的意思），我真的有点自家女儿出嫁，作为父亲莫名惆怅、难舍难分的复杂心情。这辆车卖出后，新的车主一次电话都没有打来过，说明这辆车一切正常。事后我教当时读小学二年级的女儿帮我算了一笔帐：（1100+800）-（970+100）=830。也就是说这匹驼背"老马"还为我净赚了830元纽币。说来好笑，通过这件事我还真的认为我有做一个成功的二手汽车经销商的天赋哩。

读到这会儿，你肯定有个疑问，这家伙怎么对30年前的钱数记得这么清楚哩？我坦率地告诉你，对当时的穷留学生而言，我恨不得挣一分钱当十分钱花，用上海人的一句老话讲：一分钱看得比人民广场还要大。所以我对于这匹驼背"老马"相关的钱数绝对是印象深刻与难以忘怀的。

30年来，尽管我开的车越来越新、越来越好，但后来的任何一辆车好像都没有这匹驼背"老马"让我付出的感情深厚、留给我的印象深刻。直到今天，每当我看到五门斜背的车型在我眼前晃过的时候，我都会不由自主、情不自禁地想起这匹驼背"老马"，个中缘由，我想最关键的原因是：它是我的第一辆车！

（此文完稿于 2021 年 10 月 26 日）

中秋节的烤鸭

　　上海人过中秋节，家里一般都会买只鸭子吃吃。以前母亲在世的时候，中秋节一定要去买只鸭子，再花很长时间把鸭子搞干净，加上芋艿、扁尖放在砂锅里一起炖上几个小时，或者做成酱鸭。吃晚饭时，一锅汤浓、色鲜、味美的鸭汤，或者一大盘酱鸭上桌后，往往一眨眼的功夫就锅（盘）底朝天了。今天我要说说以前中秋节与烤鸭的事儿。

　　20世纪80年代末，我在国营单位当工程师。有一年中秋节前夕，读大学时的一位同学请我单位帮忙加工一批机械零部件，说材料由他们自己提供，加工费则可以用烤鸭来支付。改革开放刚开始的时候，好多生活物资还处于计划供应状态，所以政策允许企业在完成自身生产任务的指标后，可以做一些"三产"横向合作来改善自己单位员工的生活福利。机修车间主任盘算了一下，认为加工费可以买100多只烤鸭，正好全体机修人员每人一只。消息传开后，整个机修车间群情激昂，大家利用业余时间很快就把这批机械零部件的活保质保量地干完交货了。到了中秋节那天，100多只烤鸭送来，每一位机修人员兴高采烈地领了一只烤鸭回家过节，作为中介人，我也领了一只烤鸭回家。吃晚饭时，当那只烤鸭端上桌时，我闻到一股浓浓的鱼腥味，家人尝了一下，说不能吃要扔掉。我硬着头皮吃了一块，差一点因反胃恶心吐出来，原来这鸭是用变质的鱼粉喂大的。第二天我去单位上班，看到机修车间所有人的脸都是加长版的。人家好端端的阖家团圆的中秋晚餐让我给搅黄了，所以他们给我看脸色还算是客气的，说不定有几个人心里想着还要狠狠地踹我一脚、揍我一顿哩。后来听说机修车间主任向厂部打了小报告，说我不仅中饱私囊，还用异常腥臭的烤鸭来搪塞所有的机修人员。这件糗事最终造成两个后果：一是我与这位大学同学彻底绝交，二是接下来我的高级工程师申请没有得到厂部批准。

1990年8月，我刚到新西兰留学时，有次看到一条新闻，说当地洋人在一家香港人开的烤鸭店门前抗议示威，洋人认为连头带脚地把整只鸭子加工烧烤和挂在橱窗里展示太残忍、不人（鸭）道。烤鸭店的香港老板无可奈何，只能入乡随俗，将烤鸭的加工工艺改成去头去脚后再进行烧烤和橱窗悬挂，这样一来才算基本符合洋人的那套仁义道德标准。

　　那一年的 10 月，也是在这家烤鸭店里发生了一件轰动整个新西兰的大新闻，说是烤鸭店的一位岛民（南太平洋岛国移民）员工和一位中国留学生员工起了争执，双方在扭打过程中，岛民员工一记重拳打在中国留学生的太阳穴上，直接把这位中国留学生给打死了。这条令人扼腕叹息的不幸消息见报后，烤鸭店的门口陆陆续续聚集了几十个中国留学生。烤鸭店的香港老板见势不妙（以为这些中国留学生是来伸张正义和讨要说法的），正准备拉卷帘门和报警时，烤鸭店的一个员工悄悄告诉老板，其实这些中国留学生是来找工作、补空缺的！那两年新西兰教育市场刚刚对中国留学生开放，由于特殊原因，两年的学生签证积压在那一年同时发放，再加上学习英语的短期留学生，当时一共有 1000 多名中国留学生来到新西兰留学，而且其中大部分的中国留学生都集中在奥克兰这个新西兰最大的城市。他们为了支付高昂的学费和生活费，为了保住自己的有效签证，大都会选择用勤工俭学的方式来谋生，力求找一些力所能及的活来赚取菲薄的收入，进而维持自己在异国他乡的艰辛生活。看到这家烤鸭店的一名员工去了天堂，另一名员工进了牢房，于是这些人就蜂拥而至，心里光想着要来即刻填补这两个职位的空缺。这件令人悲愤交加以至快要窒息的真实事件，不但让我看到了人性的阴暗面，也让我告诫自己：在人生最低落、最艰难的至暗时刻，务必要坚守自己作为一个中国人的那条正义和尊严的底线！

通过这两件事，我知晓了有这样一家港式烤鸭店。拿到新西兰的绿卡后，家属在奥克兰团聚的第一个中秋节，我带着女儿驾车循迹去这家港式烤鸭店买了一只烤鸭。在回家的路上，车内充满着那只烤鸭诱人的香味，我与女儿无数次地把持续冲上来的口水费劲地咽下去，不过最终还是没有忍住，就把车停在路边上，两个人一口气吃掉了半只烤鸭。要不是还有中秋节晚餐的约束，估计这整只烤鸭都要被我们俩消灭干净了。拿着剩下的半只烤鸭，到家后给家人的交代是：店里只剩这半只了，当天的烤鸭全都卖完了。

从小到大，我都不太喜欢吃太油腻的东西，所以对北京烤鸭一直不怎么感兴趣。一方面北京烤鸭太肥腻，另一方面北京烤鸭本身没啥味道，吃的时候主要靠黄瓜、京葱和甜面酱来调味，而鸭子本身那特有的滋味却尝不出来。在这里我没有任何贬低北京烤鸭的意思，青菜萝卜各有所好，我只是想表明我自己喜欢的口味而已。自从品尝到了广式烤鸭后，我对广式烤鸭有了特殊的爱好，甚至爱屋及乌连广式深井烤鹅也十分地喜欢了。我发现粤菜特别适合我的口味，"食在广州"这句老话说得十分有道理，绝对是资深吃货的毕生心得。广式烤鸭富含卤汁，滋味醇厚，具有皮脆、肉嫩、骨香、肥而不腻的特点，吃的时候如佐以酸梅酱蘸，那就更加别具风味了。

　　1996 年回国创业后，我经常会找时间、找理由去父母家蹭饭。母亲知道我喜欢吃鸭子，我要去蹭饭的那天，特别是中秋节的那一天，她还是一大早去菜市场买一只活鸭回来自己拾掇，做过鸭子的人都知道，拔鸭毛是一件相当费时费力的苦差事。看到年老体弱的母亲这么辛苦为我做吃的，实在让我有点于心不忍，于是我就对母亲说，现在我喜欢吃烤鸭，以后我来蹭饭时带一只烤鸭过来就可以了。母亲用迷惑的眼神看了我好久，可能她心里正在嘀咕：能为这个儿子做的事情如今又少了一件。父母那时还住在浦西南外滩的董家渡路，去过那边的人都知道，董家渡路是上海百年传统的商业老街，有着各种各样的特色店铺。吃烤鸭有个很重要的前提，就是要趁热吃，这样才能吃出烤鸭的最佳滋味，所以我就寻思着要在董家渡路上找一家好的烤鸭店。我寻找好吃的店铺有三条标准：第一，有诱人的飘香；第二，店铺整洁有序；第三，吃的人要多，尤其是要有很多本地人来吃。在上海老城厢生活过的人都知道，有些地方根本不用眼睛去找，人们只用鼻子去找就可以顺利到达目的地。当时董家渡路上有好几家烤鸭店，起先我沿着董家渡路目不斜视地走了好几遍，先用鼻子闻哪一家的烤鸭店飘出来的香气是我喜爱的味道。经过几轮反复比较，我在脑海里已经选定了其中的一家，当我站在这家烤鸭店的门口，睁大眼睛仔细一看，果然发现这家小店除了香味之外，同样也完全满足店铺整洁和吃的人多这两项标准，于是我就毫不犹豫地买了一只烤鸭拿回了父母家。经过仔细品尝，我发现这家烤鸭店的烤鸭不仅完全达到了我的口味要求，而且还大大超出了我的心理预期。从那以后，不管是中秋节还是春节，不管是工作日还是休息日，只要有时间去父母家蹭饭，我就先去这家烤鸭店买一只烤鸭作为伴手礼带给父母。尽管这只烤鸭大部分还是我一个人吃的，但想着母亲不用辛劳，还能心满意足地看着她疼爱的儿子大快朵颐地吃着他喜爱的鸭子，这样仔细一想，我也就非常心安理得地享受着这母慈子孝的温馨时光了。

　　我是个走南闯北的人，也曾经品尝过世界各国各种各样的美味佳肴，后来我发现一个规律，最好吃的食物往往是路边小店的传统食物，所谓"好吃在路边"恐怕说的就是这个道理。我猜想这些小店可能有祖传的秘方、食材非常地新鲜、主人特别地敬业，而且小店特别注重客人的味觉体验和回头率，因为这些都是店主用以谋生立命的根本。董家渡路上的这家烤鸭店就是这类小店的典型代表，那对中年店主夫妻每天只做五六十只烤鸭，卖完就整理休息，其他什么都不做。烤鸭店尽管只有一个门面，但收拾得干干净净，铺面是店堂，上面搭了个小阁楼用于睡觉。他们除了每年春节期间回老家半个月之外，其余时间都在烤鸭店里忙活，店主夫妇俩浑身上下洋溢着一副平安小康、怡然自得的模样，给客人一种如沐春风、宾至如归的感觉。我发现董家渡周边的居民都把这家烤鸭店作为购买烤鸭的第一选择，而且店主和客人之间也是那种不是亲人胜似亲人的其乐融融的关系。非常可惜的是随着父母的相继离世，随着南外滩的开发，这家烤鸭店也遭受到了动迁的时代命运。

我是个十分恋旧的人，一般情况下，一旦我喜欢上了某样东西，凡是我需要它的时候，我就会直奔那家店去买，因此董家渡路的那家烤鸭店的无奈消失，对我而言确实是件十分失落的事情，似乎有种婴儿断奶时的感觉。随着浦东张江地区的日渐繁华，来自天南地北的各类风味餐馆也像雨后春笋一般冒了出来，于是我就想着要在其中找到一家我所喜爱的烤鸭店。在很长的一段时间里，凡是我看到张江区域哪家餐厅有烤鸭或者烧鹅供应，我就买上一小份试吃，但是很遗憾，我一直没有寻觅到我喜欢的那种味道和感觉。几年前的一天下午，我到我家附近的一个商业中心去看电影，散场时我想着找一家餐厅吃晚饭，正当我转了几圈没有找到一家满意的餐厅时，突然闻到了一股熟悉的香味，我那灵敏的鼻子马上有了迅速反应：那是一家烤鸭店。我用我的嗅觉追寻着那十分诱人的香味一路小跑，找到了这家新开的烤鸭店。看见烤鸭店不仅店堂里坐满了客人，而且等位的客人也有十几个，我的心里马上就乐开了花，就像找到一个失散多年的老朋友一样欢呼雀跃了起来。这家新开的烤鸭店除了完全符合我对烤鸭的三个标准之外，还有另外三个我十分喜爱的地方：一是大烤炉的外壁是用全透明、耐高温的玻璃制作的，客人能够清清楚楚地观察到烤鸭烤制的全过程；二是厨师不仅在客人面前切割烤鸭的鸭皮，而且鸭肉、鸭骨的分割也是在客人面前当场操作的；三是客人可以选择在店堂里一鸭三吃，也可以选择将鸭肉和鸭骨打包回家。这家烤鸭店的烤鸭既不是广式烤鸭，也不是北京烤鸭，而是把两种传统烤鸭制作工艺的优点都融合在一起，比如：一点都不油腻；用薄面饼卷鸭皮、京葱、黄瓜和甜面酱吃；鸭肉和鸭骨吃起来有滋有味；等等。其实，这是一家大胆创新的烤鸭店，开设在张江这个国家级的创新区域内，应该也算是名副其实和适得其所的选择。直到如今，只要我想去吃烤鸭，我就会去这个商业中心，邀请三五好友看完电影后吃烤鸭也渐渐成了我待客的保留节目。当然每逢中秋节这一天，只要没有其他的安排，我就会去这家店买一只烤鸭带回家。我发现把鸭肉、鸭骨加上白菜、粉丝放一起炖汤是中秋美食的不二选择，当一大锅汁浓色白的鸭汤上桌时，在热气盈盈中，我仿佛看到了一轮皎洁莹亮的中秋圆月在自己的家里缓缓地升起！

　　烤鸭是我几十年来百吃不厌的美味佳肴，现在去餐厅吃饭，如果由我自主选择的话，要是菜单上没有广式烤鸭，也没有广式烧鹅的话，那我肯定会拍拍屁股走人的。浦西董家渡路的房子动迁后，哥嫂搬到了浦东的周浦地区。哥哥熟知我喜欢吃烤鸭，所以他按我的标准和要求，在周浦区域范围内费心费力地寻找合格的烤鸭店。每逢节假日我去哥嫂家蹭饭，尽管满桌子都是哥嫂张罗的我喜欢吃的魏家私房菜，但是哥嫂总是抱歉地说还没有找到我喜欢吃的烤鸭。前几天，哥哥特地打电话给我，他说他找到了一家绝对符合我要求的烤鸭店，而且这家的烤鸭每天吃午饭之前肯定被客人全部抢完。今天又是中秋佳节，哥哥得知我要去蹭饭后，一大早六点多就去这家周浦地区最好的烤鸭店排长队买了只烤鸭回来。开饭前，哥哥为了吃的时候烤鸭的味道纯正，他特地把烤鸭放在烤箱里稍微加热，这篇文章就是我闻着那使人馋涎欲滴的烤鸭香味写的。看来美食不仅能给人们带来好心情，而且还能带来如泉水喷涌的文思。我不知道那些大文豪曾经是不是也有过类似于我这样的切身体验。

今天有烤鸭伴随的中秋晚餐肯定很美味、很美好，因此我想把这份美味与美好分享给大家。在这千里共婵娟、万家齐团圆的美好时光，正康在此由衷地祝福所有的亲朋好友中秋节快乐！

（此文完稿于 2019 年中秋节）

在新西兰过大年

每逢佳节加倍吃，这句话似乎是对一个中国式吃货的最佳写照。

一说到吃，我总会不由自主地想起一件刻骨铭心的往事：1990 年 8 月 7 日是我从上海出发去新西兰自费留学的日子。那天因为有很多亲戚朋友来送我，所以我根本没有时间吃早饭和午饭。等搭乘上了下午两点半从上海虹桥机场飞往香港启德机场的航班时，我才发觉肚子已经非常饿了。上海飞香港的航班由于时间和航程的原因，只供应了一份饮料。等我下午四点半左右到达启德机场时，肚子感到更加饿了。因为飞往新西兰奥克兰的航班要等到晚上十一点半才能起飞，所以我想搞点吃的填填早已饥饿难耐的肚子。但在机场里找了几家快餐厅，看到一碗阳春面都要

50 多元港币（我当时在上海每月工资才 100 多元，上海的阳春面一元钱一碗，那时港币与人民币大约一比一兑换，50 多元钱在上海可以吃 50 多碗阳春面哩），摸摸口袋里干瘪的钱包，思索徘徊了许久，最终我还是没有舍得吃这 50 多元钱一碗的阳春面。在这转机等候的将近 7 个多小时里，我在候机厅的饮水处喝了好几肚子的纯净水，就这样我忍着饿了 20 多个小时的肚子直至登上飞往奥克兰的飞机。尽管这件事过去将近 30 年了，但每每想起，俺的肚子就会剧烈抽筋哩！

我这次成年后挨饿的经历，加上我童年时曾经在 20 世纪三年困难时期挨饿的记忆，再基于对将来可能遭受第三次饥饿的恐惧，我开始对食物储备的计划性有了很大的意识提升。比如我每次外出总会随身或在车上带一些应急食物；我家的冰箱里总是储存至少可以吃一周的食品；我不管是因公出差还是旅游度假离家在外住宿时，我都会先把吃的事宜彻底搞定后心里才会感到舒服踏实。所谓"一朝被蛇咬，十年怕井绳"，说的恐怕就是这个理吧。

到了奥克兰后，1990 年那年的圣诞节与 1991 年的新年长假，是我人生第一次一个人在海外过大年。本来我以为奥克兰人过新年和咱们上海人过新年差不多，无非是走亲访友、吃吃喝喝。可令我万万没有想到是那边的人过新年时，基本上都利用长达 3 周的假期外出旅游了。当我在奥克兰市中心最热闹的皇后大街（Queen Street）上没有看到几个人，只看到一些海鸥在悠闲地散步，整个城市都变得空空荡荡时，我才发现原来洋人过年的方式和当年的我们是完全不同的。如果你能想象 1991 年的春节在上海的南京路上有一些海鸥在散步的话，相信你的惊讶程度肯定不会亚于我当时的惊讶程度。更加出乎意料的是我去的那几年，新西兰还没有正式对外开放旅游和留学市场，所以到了星期天和节假日，除了便利店还在勉强营业外，其余的商店包括超市与饭店都关门休息。由于我对第一次在新西兰过年没有做好充分的思想准备与物质准备，又恰巧我刚买了辆二手车，以致口袋里的钱所剩无几，因此对于我这个资深吃货来讲，这个大年如何过、吃什么、如何吃，以及如何制订既省钱又好吃的填肚计划成了一个巨大的现实问题。

不知是谁说的饥饿与贫穷会产生最大的生产力。在假日开始的几天里，我与同学之间相互混吃了几顿，然后开始饥肠辘辘，于是绞尽脑汁、千方百计地搞东西吃。听说奥克兰北岸地区（North Shore）有家养鸡场倒闭了，养鸡场老板不仅把剩余的母鸡统统就地放生了，并且还明确表示这些已经放生的母鸡谁抓到就归谁所有。我与几个同学听到此消息后就商议着如何抓几只老母鸡回来炖汤喝。那天一大早我驾车与几个同学第一次跨越奥克兰大桥时，还疑惑桥面上的车道咋会越开越窄哩。来到那家倒闭的养鸡场，果然看到几十只肥大的母鸡在草地上觅食，我们几个人即刻下车像饿狼般扑向母鸡，经过几十个回合的围剿，居然一只母鸡都没有抓到。原来这些母鸡已经彻底野化了，或许是抓的人多，把它们锻炼得身手十分敏捷了。几个大男人连一只母鸡都抓不到，想想有些不甘心，在回家的路上，大家七嘴八舌商量着抓鸡方案，最后一致同意回去煮上一大锅米饭，再拌上一大瓶安眠药。第二天我们几个人把那锅拌了安眠药的米饭倒在母鸡们的附近，然后躲在远远的地方，看着母鸡们争先恐后地把那一大锅米饭全部吃完。我们几个人眼睛放着光，嘴里数着倒计时，期待着母鸡们像多米诺骨牌般一只只倒下，憧憬着每个人每只手提着几只老母鸡满载而归的情景。大约过了一个半小时，出乎我们意料的是连一只母鸡都没有倒下（对人有用的安眠药对鸡没有任何作用的问题看来要由药物学家来解释了）。折腾了两天的时间我们一只母鸡也没能抓到，还用实际行动诠释了"偷鸡不着蚀把米"这句老话的正确性，这残酷的事实绝对让我们几个人真真切切感觉到难以接受与无地自容。为安慰我自己绝对失望的小心脏，在返家的路上我在便利店里买了只烤鸡来弥补缺憾，这样子至少也稍微满足了一下我自己那心心念念想吃鸡的口腹之欲吧！

听洋人朋友介绍说奥克兰西边名叫皮哈海滩的黑沙滩［Piha Beach，这里后来曾作为奥斯卡经典影片《钢琴课》（又译《钢琴别恋》，英文片名 *The Piano*）的外景拍摄地］那边的礁石缝里有很多螃蟹。咱到了新西兰就听说皮哈海滩是奥克兰最受欢迎的海滩之一，那里黑色的火山沙与岩石地貌极具视觉冲击力，狂野的海面还吸引着无数狂热的冲浪者来挑战这里难以驯服的惊涛骇浪。黑沙滩还有个鸟岛，成千上万只鲣鸟在这里栖息筑巢，听说它们是一夫一妻制，每个季节会共同孵化一只雏鸟。其实我早就想去黑沙滩玩了，一方面没有时间，另一方面还没有买车，最重要的是当时想着单纯地观赏风景，恐怕还不是咱这个穷留学生应该做的事儿。现在听说黑沙滩那边有螃蟹抓，那既有精神享受又有物质享受的事情，加上既有空闲时间又有自备汽车的条件，咱肯定要抓紧去干喽。一大早，我驾车又带着那几个吃货同学来到了黑沙滩，那里独特的景色确实让人震撼，但更加让我们震撼的是礁石缝里确实有很多海螃蟹。在开往黑沙滩的路上，那几个吃货同学早就商量好了用什么方法抓海螃蟹。我们用尼龙绳绑着一个新鲜鸡架沿着礁石缝放进海水里，海螃蟹尝到血腥味就奋不顾身地咬着鸡架不放，这时一个人慢慢把尼龙绳提上来（螃蟹有个特性，在水面下它咬住食物是不放的，但是一出水面就赶紧逃命了），另一个人戴着手套将尚未露出水面的海螃蟹抓起来。两人配合默契，有时一次两只手抓一个，有时一次两只手各抓一个，花了大约两小时，成人手掌大的海螃蟹就抓了大半塑料桶。回家后每人分得十几个，每顿吃上两三个，我吃了好几天哩。用上海人吃大闸蟹的方式烹饪，再配上新西兰的白葡萄酒，吃起来味道不要太崭哦！

　　看到奥克兰皇后大街（Queen Street）的海边码头有人钓鱼，我们几个也搞了根钓鱼竿去钓，花了三四个小时结果一条小鱼也没有钓到。眼看着天已近黄昏，其他钓鱼者都已经满载而归了，只剩下我们几个仍在咬牙硬撑着，想着哪怕钓上一条小鱼也算对得起这番时光。就在我们犹豫是否要黯然接受空手回家的当口，钓竿突然一下子绷紧了，而且力度很大——两个人都拖不住。反复拖放了个把小时，把那鱼拖疲倦了才拉到岸边，那时天已经黑了，那鱼也是黑乎乎的，根本看不清楚有多大以及是什么品种。有人急中生智把车开到码头边，打开大光，我们才看清居然钓了一条八仙桌面大的锅盖鱼（鳐鱼，Ray），足足有100多斤重。看样子这么大的鱼靠钓鱼竿是绝对拖不上来的，于是两个人跳到海里去推（1月份的奥克兰是夏天，海水温度较高），就这样岸上的人拉，水里的人推，大家齐心协力把这大家伙弄上了岸。接着一伙人七手八脚把那条大鱼大卸十多块，每人分得一大块，还让旁边看热闹的人也雨露均沾。当天晚上我搞了个红烧鱼块，出锅时再淋上些醋，味道真的好极了，至今回味起来还口齿留鲜哩！

　　1992年的新年假期，老外朋友路易（就是带我去买第一辆车的路易）邀请我去他父母的奶牛场度假。路易父母家的奶牛场在奥克兰北边，大约有两个小时的车程，距离号称世界第九奇迹的新西兰怀托摩萤火虫洞（Waitomo Cave）不远。

我一个人驾车先去了萤火虫洞游玩，然后来到路易父母家的奶牛场。路易夫妇俩与他的父母非常热情地欢迎我的来访，每天都安排丰富的食物让我品尝。我发现他们无论是烤羊排还是烤牛排，无论是烤鸡腿还是烤鱼排，在把这些食物放入烤箱之前都会用牛奶浸泡一会儿，因此这些食物吃起来都有一股非常浓郁的奶香味。路易父母家的奶牛场只养了二三十头奶牛，他们把牧场分隔成十几块，然后每天把奶牛赶到其中的一小块牧场里自然放牧，半个月左右这些小块牧场就可以轮换一遍，他们把奶牛牧场称为"牛奶工厂"。每天早上挤好的牛奶放入专门的牛奶罐中等候专业的牛奶公司上门收购，而当天的牛奶质量是用专门的仪器测定，并由双方当场签字认可的。我在路易父母家的奶牛场里待了3天，品尝了世界上最好的牛奶，我与路易夫妇俩、他的父母相拥告别后，带着那些充满着奶香味食物的美好味觉记忆，驾车走上了回奥克兰的公路。我大约开了半个小时的车，在跨越一座小桥时，我看到桥下有好些人撅着屁股在小河中心靠近入海口的地方挖什么东西。好奇心促使我停车下来看个究竟，当我赤着脚卷起裤腿淌着刚过膝盖的河水靠近这群人时，才发现他们都是毛利人。这拨毛利人一边挖一边吃，嘴巴里还不断地说着好吃好吃（yummy）。我仔细一看，原来他们挖的与吃的都是毛蚶，由于1988年上海人因吃毛蚶而爆发甲型肝炎大流行的阴影在我心中还没有彻底散去，因此我有点失望地准备转身离开。就在我将要转身的那一刻，一个健壮如牛的毛利人两只手各拿着一只早已在清水里洗干净的毛蚶猛地对敲了一下，然后把其中的一只壳已经敲碎的毛蚶举到我面前，热情地邀请我分享他的劳动成果。面对突如其来的盛情款待，我感到有点情面难却，想着咱总得为勤劳勇敢、讲究礼仪的中国人挣点面子吧，于是毫不犹豫地把那只毛蚶接了过来并且放到了嘴里。就在那块血淋淋的毛蚶肉与我的舌头接触的那一瞬间，我的整个味觉神经像触电一样产生了非常强烈的震颤，我不知道味觉有没有进行过强度的分类，但在我看来，这次的味觉震颤是我有生以来最强烈的一次。恰好我车上有一只洗车用的塑料水桶，于是我马上回到车上拿着它返回河里，学着毛利人的样子挖起了毛蚶。毛蚶像葡萄一样是一串串生长的，你只要用脚踩到一个，就可以用手顺藤摸瓜挖到一大串。没过多久，我就挖了满满的一大桶毛蚶。我带着这些战利品回到家后，马上通知那几个吃货同学来分享我的战利品。我家对门的广东夫妇把家里的后花园全部开辟成了菜地，经常给我送来芝麻菜、西洋菜和生菜等新鲜蔬菜让我品尝，为了回报他们夫妇俩，我也给他们送去了一大袋毛蚶。当他们几个面对毛蚶这样的礼物时，多多少少都有点顾虑。这时我运用了我学到的环保知识给他们讲述了大道理：毛蚶无毒，环境有毒，新西兰这么干净的环境，这里的毛蚶是绝对安全的。这些毛蚶分享出去后非但没有造成任何食品安全问题，反而导致他们都来问我，还有没有多余的毛蚶可以再次分享给他们。面对这样的胜利成果，我那骄傲得意的尾巴大概已经翘到天上去了。

1993 年的新年假期，与我在同一家环保公司上班的同事，工程师丹尼斯（Dennis）邀请我去他新家玩。丹尼斯的新房子是他自己买地自己建的，就在奥克兰南边的马努雷瓦（Manurewa），我驾车沿着一号高速公路大约一个小时就到了。看过丹尼斯的新房子之后，他太太就对我抱怨说由于建房子钱都花完了，因此这次没有多余的钱去旅游度假了。他太太的那句"The house is like a monster devouring money"（房子就像一只吞噬钱财的怪兽），给我留下了非常深刻的印象，至今难忘。闲谈了片刻，丹尼斯就问我想不想去附近的海边抓左口鱼（Halibut），这个提议正好戳中了我这个吃货的软肋，我当然毫不犹豫地答应了。接着，我和丹尼斯两个人拿着一张将近 20 米长的拖网（这种拖网有点像排球、羽毛球和网球的网，不过这种拖网的底部吊着好多用铅做的珠子）来到海边。我和丹尼斯两个人拉着这张拖网，一个在齐胸深的水里走，一个在岸边走，这样沿着海面走了几十米后，站在水里的那个人加快脚步，两个人齐心协力将逐渐形成 U 字形的拖网拉到岸边。当我第一次看到拖网里真的有好几条 30 多厘米长的左口鱼时，那兴奋的劲儿真不知道如何用语言来表达。我发现这边的海滩既不是沙滩，也不是泥滩，而是沙与泥的混合海滩，海边的小鱼、小虾和贝类很多，所以这边也是左口鱼的集聚之地。我和丹尼斯两个人轮流站到水里去拖网，这样反反复复地拖了3个多小时以后，我们俩居然拖到了100多条大的左口鱼。这些鱼丹尼斯分给了我一半，我带着50多条左口鱼高高兴兴地回到家里，当天晚上我就清蒸了两条尝了鲜，然后把剩余的左口鱼一条一条装到保鲜袋里放进冰箱冷冻。这些左口鱼我不是很舍得吃，吃了半年左右才吃完。遗憾的是从那以后我再也没有吃到过比这些左口鱼更好吃的左口鱼了，这真可谓是"自己的劳动果实最好吃"啊！

2006年的新年假期，我返回新西兰去办理中国绿卡所需的证明文件。在新西兰政府机构办理得都很顺利，当我去中国驻奥克兰总领事馆办理相关文件时，却发现由于春节放假，领事馆要过半个月以后才能恢复正常工作。这出乎我意料的半个月时间，对我来说是个很大的收获，因为我在新西兰留学期间，曾经把北岛全部游玩了一遍，但是南岛我没去过，所以我想好好利用这半个月的时间去南岛好好玩一下。于是我把机票改签好了以后，高高兴兴地踏上了奥克兰飞往基督城的航班。我在南岛大约玩了10天，把南岛比较有名的旅游景点都仔仔细细地逛了一遍。今非昔比，因为我口袋里有了点钱，所以在那10天里我住的宾馆和吃的餐厅都选择了比较好的。我在南岛有两个感慨：一是原来以为新西兰北岛的景色已经非常优美了，但到了南岛以后才发现北岛的景色只能算是入门级的；二是尽管北岛的海鲜已经让我留下非常难忘的印象，但是与南岛的海鲜相比较以后，我才发现这里面还是有明显差距的。特别是稍微烧烤一下的贻贝和刚挖开的牡蛎，用新鲜的柠檬汁浇一下，然后把贻贝肉或者牡蛎肉一股脑儿地吃下去，如果再配上新西兰南岛特有的冰葡萄酒的话，那么那种口感绝对称得上人间至美。在即将返回奥克兰的那天中午，我来到库克山（Mt Cook）脚下的三文鱼养殖场吃高山三文鱼（Alpine Salmon）。由于特殊的地理环境条件，三文鱼养殖场的水源多来自冰川雪山——融化之水富含矿物质，而且这里水温早晚温差较大，加之水流速度快，水中含氧量高，使得三文鱼运动量增大从而保证了肉质细腻口感好，因此这里的三文鱼是世界上最新鲜、最纯净、最美味的三文鱼。我在养殖池里挑了两条看上去最灵活的三文鱼，工作人员把它们抓到后称了下，有10多斤重。我看着厨师用庖丁解牛似的刀工将这两条三文鱼制成了四大盒三文鱼刺身。我原计划当场吃掉一盒，另外三盒用冷藏箱带回奥克兰，作为我参加当天晚上朋友老丁为欢迎我重返新西兰而特设的家宴的礼物。我像饿了几天一样，狼吞虎咽地把满满的一大盒三文鱼刺身很快就吃完了。那入口即化的口感与非常鲜美的味道实在让我停不下来，所以我又马上打开了另一盒三文鱼刺身，接着我又风卷残云般把第二盒三文鱼刺身吃得干干净净。吃完后我挺着满是三文鱼刺身的肚子和余下的那两大盒三文鱼刺身赶到了机场，登上了基督城返回奥克兰的航班。大约下午三点半我回到奥克兰，暂住在朋友老方的家中，朋友老丁家的晚宴是晚上六点开始，所以我想着有两个小时的富余时间可以去眯上一会儿。我让老方夫妇把冷藏箱里的那两大盒三文鱼刺身先放到冰箱里冷藏一会儿，然后五点半左右我们带着这些三文鱼刺身一起去老丁家赴宴。我一觉睡醒正好五点钟，当我和老方夫妇俩准备出门上车时，我看见老方手里拿着一瓶红葡萄酒，方太太手里拿着一束花，我就提醒他们夫妇俩不要忘记那两大盒三文鱼刺身。这时老方看着我没有说话，方太太也看着我没有说话，然后他们夫妇俩互相看了看又没有说话，当我起身想去冰箱拿三文鱼刺身时，老方才支支吾吾地告诉我，在我打瞌睡的那段时间里，他们夫妇俩把那两大盒三文鱼刺身都吃完了。在我们去老丁家的路上，老方一边开车一边不停地向我解释与辩解，他们俩早就听说南岛的高山三文鱼很好吃，本来想着拿几片尝一下，没想到他们俩的嘴巴打开以后就像打开潘多拉魔盒一般再也控制不住了。

　　那些年在新西兰过的大年至今回想起来是我人生中最值得怀念和最有年味的大年，写到这里，我的思绪早已在新西兰美丽的景色中和美味的食物中神游飘逸了，用上海闲话讲：阿拉老早已经两只眼睛放着光，嘴巴里馋吐水答答滴喽！

（此文完稿于 2021 年 2 月 15 日）

看电影

　　我喜欢看电影，我也相信喜欢看电影的朋友肯定不在少数。由于疫情造成航班多次取消，这几个月里我关在悉尼的家里又看了不少好片，足足过了一把瘾。看了这些好的影片，我不仅有一些观后感，思考了电影的生命力为什么一百多年来变得越来越强。我的答案大致如下：电影是集所有人类情感表达艺术形式的大成者，电影能把文字、语言、绘画、音乐、歌唱、哑剧、木偶、舞蹈等等都集成在了一起。电影既可以表达极其细微的人物脸部表情与肢体语言，还能表达极为宏大的时代场景与极其真实的心灵感受，这是其他任何艺术形式都无法与之比肩的。随着社会的发展，相信会有更多的高科技艺术表达形式进入电影，由衷期待以后会看到越来越多、越来越好的电影！

　　周末晚上关手机，舒服窝在沙发里，

　　一杯红酒配电影，醉看众生百态戏。

　　前几周看的这部电影国内译名为《布达佩斯之恋》，讲了个第二次世界大战时发生在匈牙利首都布达佩斯的故事——一个餐厅老板、一个钢琴家、一个德国商人（军官）这三个男人共同追求一个餐厅女招待的四角恋爱故事，这样说来中文译名倒也相符，好像豆瓣评分也有八点几分。

　　我曾经把这部电影郑重其事地介绍给我女儿看，但她好像有点不以为意。经过我的多次推荐，她终于耐着性子陪我看了一遍，没想到她看后感觉非常、非常地震撼，后来她到网上去查了一下，这部电影居然曾经被评选为世界上最好看的十大电影之一。

　　这部电影其实我早已经看过两三遍了，但不知咋的这段时间我还是想着要再看看，因为这是一部我个人认为世界上不多的、绝对的、最好的电影之一，所以每次重新看都会有不同的体验与感悟。

　　当一个人苦苦追求自己想得到的人或物时，当一个人面对他人做事为人处于绝对优势时，当一个人对所遭遇的境况公开表述言论时，其本性是需要用道德底线来加以规范约束的，这就是我这次看这部电影时更加强烈、更加深刻的体验与感悟。

　　还有贯穿影片的主题曲《忧郁的星期天》（Gloomy Sunday，也是本片的英文名）告诉我们，音乐不会是杀手，或许杀手就是他本人，因为每个人都有每个人背后深层次的死因的。

　　重看这部电影的那天恰巧也是星期天，在新冠肺炎疫情全球大暴发的时代大背景下，我想改用影片中的一句台词来告诫我自己：当你的一双眼睛中有一颗是假眼珠子时，你至少要让你的真眼珠子比你的假眼珠子多一些宽厚、善良、仁慈的目光！

　　半个月前我看的这部电影是韩国人拍的《寄生虫》。尽管这些年韩国影视作品与演职人员在国内颇具人气，除了20世纪70年代我在国营企业上班时由单位组织观看过几部朝鲜电影之外，实际上我从那个年代以后再也没有看过任何朝鲜、韩国影视作品。这次韩国电影《寄生虫》居然获得了四项奥斯卡大奖，着实让我吃了一惊。于是我放下偏见，认认真真、仔仔细细地把这部电影看了一遍。

　　故事讲述现在韩国的社会贫富差距扩大、底层民众拼命想改变生活方式的问题是世界性的问题，这也是当今社会矛盾的主要根源。但影片不仅展示了韩国当今贫民艰辛生活的一面，同时也展示了韩国当今富豪优渥生活的另一面。通过两个家庭巨大贫富差异的对比，通过两个不同阶层人物语言与行为的对比，以点带面，以小见大的讲述方式是这部影片获得成功的关键。另外影片中所有的人物塑造、场景布置与语言对白，无不跳出了国别与民族的界限，非但没有让人产生任何违和感，还让人感觉好像是发生在身边的真人真事，产生了自然而然的认同感、亲切感，所以这部影片的获奖也就不足为奇了。

上个周末的晚上我看的这部电影是《Little Children》，国内译名为《隔壁有心人》，似乎是一个奶爸越界偷腥、一个妻子红杏出墙的老套情色故事，好像豆瓣评分也只有六点八分。但我认为这是一部绝对的好片，编、导、演试图通过两个女人和四个男人的各自角色刻画，来深刻揭示当今社会普遍存在的重要问题：其实好多成年男女，不管是做丈夫的还是做妻子的，不管是做父母的还是做子女的，就其心理本质而言，都是没有真正长大的孩子！做家长、做子女、做夫妻，并不是每个人一出娘胎就会的自然行为，所以说原英文片名（中文意译"小孩子"）是极其画龙点睛的片名。顺便说一句，扮演男主角与变态母子的三位演员演技了得，至于那位扮演女主角的著名英国女演员，我认为她的演技有点程式化了。好了，剧透就这些了，大家有空可以看看，相信你看后对个人、家庭、社会的观察视觉较之以前会有所不同。

昨天晚上看的电影《查泰莱夫人的情人》（Lady Chatterley's Lover）是 1982 年由法国人拍摄的版本。好久以前我就看过英国作家劳伦斯创作的这部长篇小说，这部电影是不是改编的所有影视作品中最好的一部，我真的不知道，因为其余根据这部小说改编的影视作品我都没有看过。

首先吸引我的是这部影片把情爱拍得如此缠绵悱恻、如此唯美纯粹、如此动人心弦。对这一点我毫不讳言，因为有男女之情才有天地万物之情嘛。不过这方面不是我今天要谈的重点，毕竟俺的口味还不至于那么重，再说咱也应该为上海男人树立好榜样。

影片改编情节大致如下：第一次世界大战结束后，男主人克利夫回到庄园，因作战受伤瘫痪，冷落了妻子康妮。后来康妮遇到了庄园看守人梅勒斯，于是不顾阶层与道德禁忌，重新体验到了男欢女爱的滋味。克利夫的生活也有了转机，一个守寡多年的护士波太太，不仅让克利夫得到了母性的温暖鼓舞，而且还通过她的不懈努力帮助克利夫重新站立了起来。

影片改编者的高明之处在于，用两对有情人终成眷属的故事演绎了世间男女之情相亲、相爱、相伴、相守的全过程。这一绝妙的改编才是真正吸引我喜欢这部电影的原因所在。

男女相亲相爱走到一起其实并不难，只要有正常心理需求与正常生理需求并且有合适机遇的人基本都能做到。由于相亲相爱这两方面的叙述已经有海量的高人高论放在那里让人们可以随便喝碗爱情鸡汤，所以现在我就只从相伴与相守这两方面来谈谈我的感想。

在日本有个"成田离婚"的社会现象，说有好多相亲相爱的佳人从成田机场出发去海外旅行结婚，没想到旅行结束返回成田机场后，就马不停蹄直接奔向民政所去办理离婚手续了。在日本还有个"退休离婚"的社会现象，说是几十年的夫妻相安无事，男人每天早出晚归上班挣钱，女人在家管孩子做家务。没想到男人退休回家后，女人突然发现这个现实中的男人根本无法继续与他共同生活下去了，于是就毅然决然地离婚了。再说说咱们中国，这次疫情锁在家几个月后，好多相亲相爱的情侣与夫妇，从以前的相看两不厌转变为目前的相看两都厌了，听说上海离婚办理机构的预约日程都已经彻底爆满了。

两个在完全不同的环境里长大成人的男女走到一起时，其各自的思维方式、价值取向与生活习惯要完全重合是不可能的。还有生物细胞学研究发现，人的全身细胞每七至八年会彻底新陈代谢一次，这就意味着七八年前的你与七八年后的你可能是不同的两个人了，这好像也从科学的角度诠释了婚姻"七年之痒"的社会现象。在相亲相爱的激情消退后，男女双方彼此互相尊重、理解、包容与谦让就显得尤为重要，毕竟平平淡淡、踏踏实实与高高兴兴过日子是男女共同生活里最重要的人生真谛。

"鞋子是否合适只有你自己的脚最清楚"这句话说得很到位，所以有意愿走到一起的男女在作出最终决定之前，最好来一次较长时间的旅行来作为模拟摸底考试。在双方体力透支与遭遇场境没有任何预设的情况下，一个人的本性会逐渐暴露无遗，所谓

"是骡子是马拉出来溜溜"说的就是这个理儿。如果双方所有的马脚都露出来之后，彼此还都能接受的话，那么说明这俩人是有相伴相守的扎实基础的，可以考虑进一步发展了，因为这相伴相守的互适性对婚姻的生命周期而言实在是太重要了。

前些年有一次我在某国际机场转机时去吃早餐，看到邻座有对年迈的白人夫妇刚好用完餐。我没有刻意盯着人看的习惯，按照上海人老底子的说法：阿拉眼睛是长了额骨头上面呃。那天不知咋的这对老人像有磁性一样吸引着我的目光，因为无论是这两位老人的面容身材、衣着打扮，还是言谈举止无不让我感受到一种沐浴冬日阳光般的舒适温暖。看着他俩仔细地清理桌面，看着他俩佝偻着腰清理餐桌下的地面，看着他俩把桌椅摆放整齐，看着他俩把垃圾分类扔进垃圾桶，再看着他们两个人手牵着手缓缓地离开，当我目送这对天作佳偶相携相扶与身心交融的背影逐渐远去时，竟然像面对一件稀世珍宝似的愣了好长一段时间才缓过神来。

每当我在路上看到一对老人携手并行时，心中就会有种深深的感动，耳中就会自然而然地响起流行歌曲《最浪漫的事》的歌声：我能想到最浪漫的事／就是和你一起慢慢变老／一路上收藏点点滴滴的欢笑／留到以后坐着摇椅慢慢聊／我能想到最浪漫的事／就是和你一起慢慢变老／直到我们老的哪儿也去不了／你还依然把我当成手心里的宝。这段歌词简直把男女双方皓发相伴相守的意境写绝了，应该讲现在的流行语"陪伴是最长情的告白"与这首歌有异曲同工之妙，凭我的拙嘴烂笔是肯定写不出这种执子相守的神韵意境的，因此我只能知趣识相在相伴相守的这个话题上点到为止了。

好多年以前看过印度电影《流浪者》、《大篷车》等，曾经我对印度电影只是抱着"可以接受"的态度。前两年看了《摔跤吧！爸爸》后，我对印度电影所演绎的角度与深度有了认识上的根本性转变。这次在澳洲浏览几个视频网站，我居然发现印度影片占据了相当大的比重。在中国周边的几个亚洲国家中，日本影片和印度影片在世界影坛的地位是遥遥领先的，现在后起之秀韩国电影也赶了上来。

记得有年夏天我在奥地利维也纳转悠，在瞻仰了众多音乐大师巨大华丽的纪念碑之余，我在一幢破旧的老房子门框底部看到了一块铜牌，一般铜牌是放在门框中部、上部的，这引起了我的好奇心。仔细看了看这块没有头像的铜牌上的介绍，原来这里是当年中国政府驻维也纳的总领馆旧址，二战期间曾经有位名叫何凤山的总领事，向数千位犹太人发放了前往上海的签证，使他们免遭了纳粹的迫害。回宾馆后我在网上查了下，方才得知何凤山在欧美国家被称为"中国的辛德勒"。

《辛德勒的名单》这部电影大家应该都看过，实际上世界各种影视作品中，这类题材占了相当大的比重，讲述的都是法西斯如何残酷无情、犹太人如何勤劳善良的故事。这类电影不仅票房巨大，还获得大奖无数，而最最厉害的是让犹太复国主义显得那么的天经地义。我猜测这方面肯定有犹太资本的推波助澜。

有些人认为，文化艺术领域可以不用讲政治，这纯粹是非常天真的一厢情愿。在我看来，欧美人是最讲政治的，诺贝尔文学奖、奥斯卡金像奖以及格莱美大奖等获奖作品都具有非常浓厚的政治色彩。美国好莱坞大片霸占世界各国银幕的主要目的就是文化侵略和商业垄断。我曾经在欧美、澳大利亚和新西兰的电影院里观看一些美国电影，在散场那一刻，洋人观众嘴里"美国狗屁"（American bullshit）的评论之声不绝于耳，可想而知，美国文化在白种人的心目当中并没有得到普遍性的认同。

综观国外公司拍摄的所有反映中国题材的那些影片，也基本上都聚焦于贫穷落后的视角，充斥着洋人居高临下的那种傲慢与偏见。至于那些在外国影视作品里扮演中国人的演员，也基本上都是滑稽可笑、愚昧无知的形象。

三十年前我刚到新西兰留学时，有三个出乎意料。一是没人相信我是从中国大陆来的，在他们心目中中国人应该都是身材矮小、脸型扁平的模样。二是那年圣诞节我去参加公司圣诞晚宴，邻座的老外同事居然说我是从中国大陆来的，肯定没有见过、用过西餐刀叉。三是某大报一天头版上有两条新闻：一条是当地有只小猫误上屋顶下不来了，有人不惜代价动用消防队云梯把小猫救了下来；另一条是中国某地高温，好几位产妇中暑死了，因为按照中国人的习俗做月子不可以开窗通风，更不能使用电扇空调。后来当我拿出利用回国探亲机会拍摄的上海城市新貌的录像给洋人朋友看时，他们无不惊讶万分，因为在他们的宣传媒介里，从来没看到过如今上海翻天覆地的变化，他们的认知还停留在原先十里洋场的老外滩。

在我看来，新中国成立 70 多年来，改革开放 40 多年来，尽管中国在各方面取得了举世瞩目的成就，但是对外宣传的整体提升，尤其是国家形象、国民形象在世人心目中的地位，还有待提高。当然这方面有众多的主观、客观原因，但是所有问题之中肯定存在缺乏有效宣传这一项。用世人能接受的人物、场景、语言，来创作影视作品，来讲好中国人的故事，例如用上述这样一个正真善良、古道心肠、纯粹中国人的形象代表——何凤山帮助犹太人逃离绝境的真实历史事件来拍摄一部世界公认的影片的话，肯定是有意义的。

前些年中国的武打片在世界影坛上热闹了一阵子，由于缺乏新意造成审美疲劳已经逐渐失去观众群。这些年国内充分体现历史重大事件和普通观众生活相贴近的现实主义题材、弘扬主流价值观、讴歌人性的主旋律电影有了很明显的进步，并且获得了国内外影迷的青睐。2017 年上映的《芳华》给我很大的情感触动。

1966 年"文革"开始时，我正是小学 5 年级学生。学校无课可上，就带着一帮弄堂里的小孩子，去公共汽车和黄浦江轮渡上唱红歌、跳红舞。这一段少年轻狂的经历，给我留下了非常独特的人生体验。在观看这部影片的过程中和之后很长一段时间里，我心绪久久难以平静，情不自禁写了这首诗：

今日观看芳华，感觉十分震撼。
热泪频频盈眶，鸡皮连连疙瘩。
画面深入脑海，音乐扎根心田。
当年红歌少年，至今激情犹在。

国内有三大国际电影节，据说主办城市之间竞争相当激烈。如何拍出既有票房又有国际影响力的主旋律电影，以及如何集中资源、集中精力办好一个国际电影节的问题，应该由中国电影产业的专业人士去思考、去解决，我在这里就不班门弄斧了。但是我今天想谈两点：一是缺少有国际影响力的电影是不可能办好国际电影节的；二是随着个人音频、个人视频以及计算机与网络技术的推广普及，由电脑仿真合成的个人电影不久将逐渐占据银幕，留给中国电影产业发展的时间与空间已经比较紧迫了。

优秀影片是吸引人们进入影院的最强号召力。我对电影的评判标准是：或者让我笑，或者让我哭，或者让我思考，只要达到其中一条就是好电影。中国有世界上最宽宏大度的电影观众，一对情侣或者一家人花了上百元买了电影票，高高兴兴捧着爆米花与饮料来到电影院看电影，结果不巧碰上部烂片，只能乘兴而来、扫兴而归，可从来没人大声抗议要求退钱赔偿的，只有选择中途退场来默默承受失落之感。这些失望观众回家后的补偿行为估计和我差不多，拿着遥控器乱换电视频道，借以部分满足渴望得到精神食粮的饥渴感。

最近数次看到有关新闻报道，中国的影视作品目前在发展中国家已经取得了较大的市场份额，这绝对是令人欣喜的好消息。我热切期待越来越多的中国电影在世界影坛闪亮登场。中国从古到今的历史与人物如何以世人都能接受的模式去诠释和表述的问题，以及如何在世界舞台上唱响中国主旋律、传播中国正能量的问题，不但需要我们每一个中国人认真思考，更需要我们每一个中国人砥砺前行。

我把我看电影所产生的一些感想以及关于影视创作与输出的思考七拼八凑写成了这篇文章，内心想真实表达的，就是殷切期盼中国电影能够在走向世界银幕的道路上取得越来越多、越来越大的进步和发展！

（此文完稿于 2020 年 5 月 12 日）

四 创业篇

一个人只有真正走上了创业之路，经过角色转变和换位思考，之前身为打工者的许多困惑和各种抱怨才会少很多，才会真正体会到经营企业的过程中权衡利弊的困难艰辛和责任担当所在。

创业初期在家里用门板当绘图桌审阅图纸

创业初期向客户讲解项目案例

租用张江郭守敬路办公室开始创业（98 m²）

租用浦东崮山路厂房开始自制产品（1200 m²）

如今浦东张江东区现代化厂房（20000 m²）

2007 年受到菲律宾时任总统阿罗约
女士的亲切接见

上海世博会期间参观澳大利亚馆

海内存知己

天涯若比邻

作为硕士生导师参加学生
毕业典礼

作为留学生企业家参加上海市
国庆 60 周年招待会

荣获 2017 年度上海市"白玉兰纪念奖"

故土新苗

　　对于我这个土生土长的上海人而言，浦东并不是一个陌生的地方。出生且小时候生活在浦西老城厢的我，那时候对于浦东的印象不外乎这么几个：浦东有着一望无垠的田野，东海的风可以吹到黄浦江边，所以浦东一年四季的风都很大；居住在浦东的人们与居住在浦西的人们说着不一样的方言，例如浦西人嘴里说的"风"，在浦东人的嘴里就变成了鼻音很重的"哄"；当年人们站在十六铺外滩看浦东，白天基本上什么东西都看不见，晚上只能看见漆黑一片；那个年代的浦东人都认为自己是乡下人，只有住在浦西城市化地区的居民才算真正的上海人，浦东人搭乘轮渡船过黄浦江到浦西购物办事一般都称作到上海去，是一件值得在亲朋好友面前炫耀的大事情。大学毕业后，我回到位于浦西的一家属于国有企业的单位工作，是一个从事机械设计的工程师。1985 年单位分给我的新工房位于浦东长青公园附近的上钢六村，可以说从那时起我就变成了一个真正的浦东人。当时连接黄浦江两岸的只有奉浦大桥一座桥，还有就是一条打浦路隧道。我上下班乘坐公交车往返浦东浦西的时候，在打浦路隧道里长时间塞车是家常便饭。那时候浦东的交通非常拥挤，来往浦东浦西的公交车也很少，说得直白一点，在我的眼里浦东就是农村化地区。过江难、江难过、难过江，常常让人心焦气馁，这是浦东留给我最深的印象。

20 世纪 80 年代的中后期，许多知识青年向往国外先进的科学技术，纷纷选择出国留学，出现了前所未有的出国热，我也汇入了出国潮的洪流，于 1990 年 8 月去新西兰留学。我临出国前，浦东已经向全世界宣布开发开放，国家关于开发开放浦东的决策引起了举世瞩目的轰动效应。但是这一重大决策究竟蕴藏着多大的机会，将会释放多大的能量？坦率地讲，当时我确实没有预见到浦东今天的模样，我只是隐约地感受到一点点，离开上海时，浦东开发开放还只是刚刚吹响了起床的号角。还有那时候浦东浦西已经开始为建造南浦大桥而实施居民动迁，黄浦江两岸的桥墩像新芽一般才刚刚露出一点点粗壮的身姿。我怀揣着历尽周折才拿到的有着新西兰留学签证的中国护照离开上海的那天，从浦东昌里路的家乘坐出租车到虹桥机场的路程花了 3 个多小时。

　　我和许多工程技术人员一样，抱着学习工业发达国家先进知识和技术的渴望，来到新西兰自费留学，攻读环境工程专业，研究方向是固体废弃物综合处理与利用的工艺、技术与装备。经常有人问我为什么会选择这个专业，我觉得原因有二：首先，我认为选择专业的跨度不应太大，应该在原来的基础上再深造，这样可以得到事半功倍的效果；其次，我一踏上新西兰那片美丽又陌生的土地，就被当地民众那种强烈的环保意识所打动。当地居民习惯在假日中举家出游，或在海滩戏水，或在郊外野餐，但是当假期结束后，他们所到之处依然洁净如故、景色优美，因为所有的垃圾他们都收集起来带走了，真的是除了脚印，什么也没留下。不管是农村还是城市，不管是公园还是野外，人与环境的和谐共存成了人们的共同理念和自觉行为。我耳濡目染这一切颇受教益，逐步认识到绿色环境乃是生命的源泉，越是发达的城市越是应该重视环境保护问题。

　　我习惯于理论加实践的方式，认为在某个领域内吃透理论知识后，融入实践学以致用，是最好不过的学习方法，所以我在课余时间进入当地一家著名的环保设备公司勤工俭学。学业结束时我被该公司任命为工程师，过了两年我又被该公司任命为总工程师。由于工作关系，我多次到环境管理较先进的国家和地区进行考察和学习，逐渐对先进的环保科学理念和固体废物处理工艺、技术与装备了然于胸。我发现在工业发达国家和地区，城市固体废弃物即垃圾的综合处理和综合利用已经是一个很完整的系统工程，也是一个很成熟的产业链。

我总认为我是幸运的，尤其是祖国改革开放之后，给了我更多的选择，让我可以为实现我个人价值最大化的理想去打拼。通过在新西兰的多年拼搏，我拥有了定居权、高薪职位、洋房和汽车，生活也跟着理所当然地好了起来。但在我看来，出国留学是为了学习更先进的科学技术，而不是为了长久地留在国外生活。与此同时，在国外为老板打打工、赚赚年薪的日子也让我越来越觉得自己碰到了职业发展的"玻璃天花板"，成了一个"精神断粮者"，像浮萍一样找不到根。

作为炎黄子孙，我始终关注着祖国的建设与发展。每天上下班我都要经过中华人民共和国驻奥克兰总领事馆。领事馆里备有《中国画报》、《人民日报》（海外版）和央视春节联欢晚会的录像带供留学生借阅。以前在国内时，我对这些刊物不是很感兴趣，哪知到了国外就像饥饿者找到面包、落水者找到小船，经常会去那里取阅浏览，关于上海、关于浦东的新闻报道我看得特别仔细，一个字、一个标点符号都不漏掉。一个人出了国以后会更加爱国，这话真的是说到了我的心坎上。看到上海与浦东日新月异的变化，我心里感觉有点痒痒的，于是我萌生了必须重新思考人生定位的念头。1995 年的年初，借首次回国探亲的机会，我回到已经阔别 5 年的上海走了走、看了看、想了想。

　　回到上海下了飞机，我从虹桥机场坐出租车沿着新建的内环高架路过南浦大桥到浦东家里的路程只用了30多分钟，5年前离开时，同样的路程却花了3个多小时。5年未见的上海的巨大变化几乎让我这个老上海认不出来了，尤其是浦东和我离开时相比简直判若两地，那变化绝不是"3小时缩短到30分钟"所能涵盖得了的。

　　不顾旅途的劳顿，我到家后一卸下行囊就要求家人陪我去登东方明珠电视塔，因为我乘坐的那辆出租车的司机一路上用不无炫耀的口吻向我介绍着东方明珠电视塔、南浦大桥、杨浦大桥和内环高架路。登上东方明珠极目远望，我竭力想搜寻到东昌路消防瞭望塔，高20多米的这个消防瞭望塔，曾经是浦东近半个世纪的制高点。可惜我找了好久都没找到这个以前的浦东地标建筑，看来这个消防塔已成为历史了。望着直插云霄的东方明珠，我相信了那位出租车司机曾经告诉我的那句话：东方明珠代表着浦东的新高度！上海美，美就美在上海夜。那天夜里，我推辞了所有亲友的宴请，租了一辆出租车，让司机驾车缓缓行驶在我所熟悉而又陌生的浦江两岸，沿着南浦大桥—外滩—杨浦大桥—浦东大道—浦东南路走了一大圈。夜色中，黄浦江两岸各种设计风格的高楼大厦灯火璀璨，隔江相映，让人目不暇接，宛如身处仙境。在被上海的崭新变化深深震撼的同时，我手中的摄像机也如饥似渴地拍了整整3个小时的录像带。我第一次真真切切地感受到了上海具有那样无与伦比的魅力，也第一次真真切切地感受到了浦东的身姿是那样地曼妙动人，还有我心中原先那个迷糊朦胧的念头也越来越清晰、越来越坚定：我要回国，回到上海，回到浦东，把自己融入到热火朝天的新上海、新浦东的建设中去，不能再让自己"没能参与上海和浦东开发建设"的遗憾延续下去了。

假期结束返回奥克兰，我的脑海里总是想着要回国的事情，但是究竟以什么方式回国、回国以后究竟干什么，我真的没有确切的答案。1995 年的年中，我又一次来到中国驻奥克兰总领事馆借阅刊物，可是总领事馆的接待人员告诉我，最近来借阅的留学生比较多，所以相关刊物都被借完了。看着我这个常客不无遗憾的样子，总领事馆的接待人员说让我等一下，他去外交人员的办公室看看有没有积存的旧报纸可以拿给我。等了一会儿，这位热心的总领事馆工作人员拿了一大叠《人民日报》（海外版）给我。我表达由衷的感谢以后，如获珍宝一般把这叠旧报纸带回了家。就是从这叠《人民日报》（海外版）中，我获悉了上海市人民政府鼓励出国留学人员回国创业并且给予一系列优惠政策的重大新闻。在这条新闻里，还有供海外留学生联系的主管部门、联系地址、联系人和联系方式等信息。当时的联系部门是上海市人事局专门设立的回国留学人员服务中心，两位联系人姓氏尽管不同，但是很有趣，他们的名字都是"为民"。我随即写了封信寄给了上海市回国留学人员服务中心，信中介绍了我的学业和专业，提出了我想回国创业和工作并且希望能得到他们的帮助等等。大约过了半个月，我收到了回信，上海市回国留学人员服务中心回复说，他们认为我的专业和技能在国内肯定大有用途，欢迎我回国考察，他们愿意全方位地为我提供咨询服务。

在决定是否要真的回国的那段时间里，我的脑子里一天到晚在推敲着这件事情，几乎到了朝思暮想和寝食难安的程度。要做这个决定并非易事，放弃新西兰的高薪职位、舒适的工作环境和优越的生活条件，不但自己感觉难以割舍，连亲戚朋友都很难理解甚至强烈反对。亲友们认为我从上海连根拔起来到国外，好不容易才过上安稳日子，现在又要从国外连根拔起回到上海，他们都觉得我这折腾的劲儿太厉害了。在无数次的肯定与否定、否定与肯定的思考交锋中，我还是觉得自己在经验、技术和能力等各方面条件都已经成熟了，是时候释放自己积累的能量、做自己想做和该做的事了。1996 年年底，我向公司老板提出了留职停薪的申请，准备花半年时间回到上海进行考察调研，以确认是否真的值得回去。

如果说上一次的回国探亲只是走马观花看到了一些表象的东西，那么这一次在接触了一些有关部门和工作人员之后便有了深入的了解，例如：上海市回国留学人员服务中心的工作人员不仅详细地向我陈述了创办企业可以享受的一系列优惠政策，而且还表示他们可以为企业注册提供一条龙服务；上海市环卫系统的工作人员热情地接待了我，传达了上海市政府急于改变本市传统的垃圾收集、运输与处置落后模式的实施计划；上海市好几个工业园区都设立了留学生创业孵化基地，不仅热忱地欢迎留学生创办企业，还能为留学生企业提供一系列保姆式的服务；等等。其实在考察调研的开始阶段，我对自己是否能回来创业办公司，心里并没有多少谱，因为自己毕竟是搞技术出身，而一个企业的创办需要打点方方面面的事，依照以前在国有企业的经验，我甚至做好了走十几个部门、敲几十个图章的心理准备。可是上海市欢迎留学生回国创业的一系列举措，实在是又真诚、具体又细致，回国留学生创办企业不论事务大小，都有相应的政策法规和操作指南，反映任何问题，都有人记挂在心，并且能够为你及时妥善解决。如果说在初步考察调研阶段，我对自己是否要回国创办企业还有点观望犹豫的话，那么通过这个过程，我要回国创办企业的信心和意志就变得更加强烈和坚定了。

上海热火朝天的建设场景和日新月异的变化深深地吸引着我，但是我也有所顾虑，不知道自己所掌握的环境工程的工艺、技术与装备的知识技能在这里能不能派上用处。因为重视环境保护，强调可持续发展，一直是工业发达国家先进的环保产业得以快速发展的一个重大前提。大多数老上海人都有过这样的生活经历，住房破旧、人口拥挤的老城区弄堂口往往有3大件宝贝：小便池、倒粪站和垃圾箱。这些上海市民日常生活中必不可少的简陋设施，不仅形象有碍观瞻，一年到头还散发着刺鼻的臭味。天气凉快的时候，居民可以紧闭门窗来躲避这些臭味，但是夏天为了通风降温只能打开门窗让臭气穿堂入室，或许是为了冲散这刺鼻的臭味，上海市民喜欢在夏天用香皂、香水和花露水，上海妇女喜欢在夏天佩戴茉莉花和栀子花，上海居民在夏天时普遍会在家里种植几盆米兰和玉兰花。小便池和倒粪站这两个老大难问题可以通过新建住房的独立卫生间来解决，而对于遍布上海大街小巷的几万个垃圾箱问题，上海市有关部门和企事业单位一直没有拿出对症下药的良方。几万个开放式的垃圾箱等于几万个污染源，这些垃圾箱一年四季不但污水横流、臭气熏天，而且垃圾随风飞扬，还有害虫滋生出没。我发现在上海的现代化建设中，环境工程领域仍然处在一个相对原始落后的阶段，无论是城市垃圾的收集还是运输，无论是城市垃圾的处置还是利用，基本上都在采用人力操作和农业社会的传统方式。对此上海市政府有着迫切的需求，在当时的规划中已经明确要把上海的环境卫生工作提高到与上海的现代化建设相适应的层次。上海的环卫系统和环卫工人更是对改变传统落后的垃圾处置方式有着非常强烈的需求。城市固体废弃物是我主攻的领域，当时上海在这个领域与世界发达地区有着很大的差距。我敏锐地意识到对于上海未来的发展而言，先进的环卫设备还是一个空白，配备先进工艺技术的环卫装备改变原始落后的现状应该是一个有很大市场需求的极好商机，我可以用我在国外所学到的先进理念和科学技术为上海的城市环境卫生现代化建设尽自己的一份微薄之力。

获悉了上海市计划对传统垃圾箱进行升级改造的这条信息后，我就像一只猫看见了一条大鱼、一只老鼠看见了一堆大米一般猛地扑了过去。我用了大约一个月的时间，针对当时垃圾房存在的相关问题提出了我的解决思路，起草了一个初步的可行性设计方案。在这个初步设计方案中不仅有文字表述还有图表对比，不仅有照片描述还有图样说明，这个初步方案的设计几乎把我做方案的能力都掏空了。拿着这个初步设计方案，我走访了上海市主管环卫设备和项目建设的有关部门，有关人员在听取了我的详细介绍后，都瞪大了眼睛，认为这是一个解决上海当时垃圾房问题的革命性方案，他们在提出一些优化意见的同时，还主动地表示如果项目可以真正落地的话，他们可以介绍下属的一个环卫设备修理厂来和我对接合作。将初步设计方案优化后，我又走访了上海几个区里的主管环卫设备和项目建设的部门，区里贴近一线的相关人员提出了更具实战性和可操作性的优化改进意见，还明确表示这种产品一旦开发出来他们就会立即采购的意愿，让我对这个初步设计方案如何变成一台实实在在的装备的过程有了更加强劲的动能和信心。

我获得了要不要回国办企业以及企业将来从事哪种经营活动

这两大问题的确切答案后，接踵而至的问题是企业在哪儿安营扎寨。曾经走访过的几个留学生创业孵化基地的工作人员，一直与我保持着紧密的联系，他们都希望我的企业注册落户到他们的园区，有的园区还主动热情安排专人专车来接我去洽谈进一步的合作事宜。我发现"有很多选择等于没有选择"这句话说得很有道理，所以在很长一段时间里，究竟选择哪一个留学生创业孵化基地来创业，我一直犹豫不决拿不定主意。在半年考察调研阶段即将结束前的半个月，我应邀来到浦东张江高科技园区的留学生创业孵化基地洽谈。在这之前，我与张江留学生创业孵化基地的工作人员在他们原先的办公地点有过多次接触，但这一次他们邀请我去的地方是新的办公地点，也就是位于郭守敬路 351 号新建的启泰楼中的留学生创业孵化基地。张江留学生创业孵化基地的工作人员在电话中抱歉地告诉我，由于张江高科技园区刚刚设立，好多交通配套设施都没有跟上，他们现在也都是乘坐班车上下班的，因此交通问题要我自己解决。那天一大早八点刚过，我出门招呼出租车，出租车司机听说我的目的地是张江，很坚决地告诉我那个地方他不去，因为没有回头客。紧接着出租车司机说他可以送我到塘桥长途汽车站，建议我坐长途汽车去张江。出租车司机还跟我说："只有沿新建的科苑路才能进入郭守敬路，你可以和长途汽车的司机商量一下，让他在龙东大道科苑路口停靠一下。"到了塘桥长途汽车站，我坐上了一辆途经张江的长途汽车，等了好长一段时间，这辆长途汽车才慢悠悠地驶出塘桥长途汽车站。我坐在长途汽车驾驶员的后面，问他能否帮忙在科苑路口停一下让我下车，结果长途汽车驾驶员一口回绝了我，说是那边没有站点不允许停靠。直到中午十一点左右的时候这辆长途汽车才停靠在龙东大道张江路的站点。我下了长途汽车往四周一看，眼前除了农田就是工地，没有道路指示标志，更没有任何可以取代步行的交通工具。我用手机打通了张江留学生创业孵化基地工作人员的电话，工作人员告诉我说："你目前位置的西南方向就是启泰楼，你可以步行过来的。"望着前方矗立在一大片田野之中的灰白色的启泰楼，似乎不是很远，我想着如果沿龙东大道往回走到科苑路口，可能路线是直角的两条边，要花的时间更多，不如走个斜线穿插来得省时省力。于是我沿着乡间羊肠小道，冒着6月的午间骄阳，在没有任何遮蔽物的情况下一步一步走向张江留学生创业孵化基地。俗话讲：望山跑死马。走这段路花了将近一个小时，我对这句俗话有了最切身的体会。在我以往的人生中还没有中暑的经历，但走这一段路途时的大汗淋漓、口干舌燥和气喘吁吁的身心体验，好像给了我一些濒临中暑的生理信号。张江留学生创业孵化基地的工作人员已经早早在大门口等候着我了，并且还为我准备了半个冰镇的西瓜。当浑身湿透的我用汤匙挖起一块凉甜的西瓜送进嘴里的那一瞬间，真的有种沙漠中的重度缺水者一下子喝到了凉爽泉水的极度愉悦。半个西瓜很快就被我风卷残云般消灭了，休息了一会儿吃午饭，当午饭吃好以后，我的体力和状态基本恢复正常。在接下来的洽谈过程中，张江留学生创业孵化基地的工作人员向我介绍了一些新的举措，比如：可以简化企业申办手续；可以减免企业申办注册费用；可以为留学生创业提供办公用房租金优惠；留学生企业可以免费使用会议室等公共设施；等等。张江高科技园区吸引留学生落地创业高效率和高价值的组合措施可以解决我的许多实际问题，在启泰楼转了一大圈，我签约了一间98平方米的办公室作为创办公司的注册地和创业根据地，于1997年6月正式在张江高科技园区申请注册设立上海绿环机械有限公司，主要经营范围是开发、制造、销售城市固体废弃物环卫治理设备及相关项目的技术服务等。我创办的这家公司破了两个纪录：中国第一家留学生创办的环卫工程机械公司和张江高科技园区第一家由留学生创办的实体企业！

热昏了的头脑被半个西瓜砸出归属感的我选择在浦东创业的主要原因，除了张江高科技园区给予留学生企业的硬菜实招之外，当然还有我对浦东浓浓的故乡情结，但是最重要的原因是：我的企业所提供的产品和服务在浦东有巨大的市场潜力和示范效应！我曾经听到一个关于浦东的规划故事，陆家嘴金融贸易区的规划方案是引进国际智力和通过国际咨询后最终确定的，在各国著名设计事务所提交最终方案之前，来自10多个国家的30多名规划专家花了一整天的时间来讨论"21 世纪人类的主题是什么",通过激烈的争论最终达成一个共识,即 21 世纪人类的主题是人与自然的和谐。仅仅走在紧靠黄浦江的滨江大道上,我就能感觉到人和自然的和谐作为一种先导理念已经深深地融入陆家嘴的规划建设之中。站立在滨江大道上看黄浦江,完全没有在浦西外滩"高高在上,人水对峙"的感觉,只要俯下身去,我的手仿佛就能"握住"这条上海母亲河的手。我看到的是开发开放的浦东和国际接轨的大手笔的现代化城市建设,在这种具有前瞻性的城市规划建设中,"绿、畅、亮、美"是浦东市政建设的目标,而追求经济、环境、社会相协调的可持续发展的浦东,当时已经明确地把环境保护产业列入重点扶持的产业之一。在张江高科技园区,环保产业甚至和生物医药产业、信息技术产业相提并论。随着浦东城市化地区的迅速扩大,外来人口的大量涌入,各类垃圾量的日益增长,以及浦东市民要求整洁优美的居住环境的意愿已成为浦东可持续发展的一个热点。如何有效解决垃圾处理问题,还居民一个健康、洁净的生活环境,已引起浦东、上海乃至全社会的高度重视,这正是科技界、企业界大有作为的领域。从战略高度来看,环境工程已经成为一个新兴的产业,将是我国乃至全球新的经济增长点之一,具有广阔的发展空间;从长远视野来看,搞好环境保护建设,是国家和地区获得可持续发展与保持竞争力的先决条件。研究开发、生产制造适合中国国情的城市固体废弃物综合治理设备，绝对有着广阔的市场和美好的前景。

人们经常说在这个世界上有两样东西是掩盖不住的，即爱情和烈火。在谋划筹建上海绿环机械有限公司的过程中，我发现创业的激情同样也是掩盖不住的，像物理中的共振现象一样，当所有的创业要素在某一个节点汇聚时，创业的激情就会无数倍地放大，然后像火山爆发似的势不可挡。我辞去了令人羡慕的新西兰原任职公司的总工程师职务，义无反顾地回到了祖国，回到了上海，回到了浦东，开始以上海绿环机械有限公司总经理的身份，着手开展公司创业初期的各项启动工作。单枪匹马回国创业，哪有一帆风顺的？公司创立初期，由于缺少资金和人员，我只能以提供技术咨询服务的方式来维持生计，当技术开发成果在市场上赢得了客户订单后，我才找了一家具有厂房、设备和技术工人的企业合作，通过技术转让和"借鸡生蛋"的合作模式，终于在1997年的年底试制成功第一台小型生活垃圾压缩机的样机，向成功迈出了第一步。该产品的设计思路是结合新区建设和旧区改造的工程项目步伐，配套建设经济实用、设施完善、便于管理、环境协调的生活垃圾压缩收集站，从而逐步取代并最终取消浦东乃至上海几万个落后的开放式的垃圾箱房。1998年年初，两座小型生活垃圾压缩收集站的样板工程在浦东新区的金杨新村和南市区的海潮新村分别投入试运行。这两套设备经过几个月的实际运作，其缩小垃圾体积、减轻垃圾重量、大容积全封闭运输、操作全自动化等优点受到周边居民、环卫工人和环卫部门的一致好评。在这两个小区里传统开放式的垃圾箱房已经彻底消失，居民们再也不用担心因为垃圾裸露而臭气熏天，再也看不到苍蝇蚊子围着垃圾满天飞，再也看不到垃圾臭污水横流，再也看不到垃圾运输途中的"天女散花"的景象。在这里，生活垃圾压缩设备革掉了旧垃圾箱的命，同时环卫工人的作业方式也经历了一场从传统人力作业到机器作业的巨大变革。简单地说，该全自动机械化设备能使垃圾的体积缩小三分之二以上、重量减轻五分之一以上、作业人员和运输车辆减少一半以上，一座日处理 10 吨规模的垃圾压缩收集站，可以取代近百个开放式的垃圾箱房，服务居民户数达一万户左右。令我十分自豪的是，当时上海市五位副市级领导和几十位区级领导纷纷来到这两个示范样板工程项目实地视察调研。综合近半年的实际使用情况，该产品通过了上海市机电产品质量检测中心的全面测试，产品标准被正式纳入上海市企业标准。接着又通过了上海市建委和上海市科委的新产品鉴定——确认该产品具有国内领先水平。该产品还获得了多项国家专利证书、上海市优秀新产品二等奖、上海市科技成果奖、上海市科技进步三等奖和上海市高新技术成果转化项目认定证书，被上海市市容环卫局作为向各区县推广的首选设备正式列入上海市环境卫生专用设备采购目录，上海市政府连续五年（1999—2004 年）将建造该类型的生活垃圾压缩收集站列入市政府实事工程。

　　目前在上海各区由我公司提供的垃圾压缩设备已经有几十座，用户既有居民小区也有商业中心，既有高等院校也有医疗机构，既有飞机场也有火车站，既有部队也有工厂，既有游乐场也有办公楼。随着手上的订单越来越多，原来"借鸡生蛋"的模式也越来越难以满足客户和市场的需求。创业初期我原先的设想是把研发设计和市场营销捏在自己手里，把生产制造和售后服务外包出去。但是理想很丰满、现实很骨感，可能是国情不同的原因，这种在发达国家很成熟的商业模式经过一段时间在国内的实际操作，我发现存在着颇多的问题：首先，交货期和售后服务得不到保障，当时的外包企业按合同约定的交货期滞后一至两个月交货是家常便饭，而且售后服务更是得不到充分保障。1998年的国庆节长假，有一台设备出了故障，报修电话打过去，外包企业说员工都放假了，等节后再安排维修人员过来。我急得团团转，只能自己买了一套工具，在地上铺了一张硬纸板，躺到设备底下把液压故障排除了。当浑身油污的我从设备底下钻出来时，正好遇到该区的领导来慰问节日加班的环卫工人，他看到这一幕时还以为我是环卫机修工人，顺口表扬我这个老师傅手到病除的技术不错。其次，生产制造外包需要把所有的设计图纸和技术资料等交给外包方，由于国内当时的知识产权和专利保护机制不完善，尽管有合同的相关条款约束，但是通过外包方的员工把图纸资料转售给第三方的事情屡屡发生，因此结果往往是手把手地无偿培养了一批竞争对象。最后，在中国的经商理念中，一家"皮包"公司在客户的心目中是靠不住的，曾经谈妥了一个房地产配套项目，在正式签约前这家房地产开发公司的老总来到我公司参观考察，他在我公司位于张江高科园区郭守敬路的办公室转了一圈之后说："你是一个留学生，如果你把工程款卷到国外去我们怎么找你？"他接着又说："逃得了和尚逃不了庙，你连庙都没有，我们咋放心和你做生意哩？"

这几个不利因素让我下了决心，上海绿环机械有限公司一定要有自己的生产制造基地。考虑到公司尚在初创阶段，手中的资金有限，要花钱的地方又有很多，新建厂房肯定不现实，所以想用租借厂房的方式来实现当一个有"庙"的"和尚"的愿望。再难啃的工程技术难题我都不怕，可对于寻找适合大型工程机械生产制造的重工业厂房这样的事我还真不知道从何处下手，所以寻觅了几个月没有任何结果。偶然和浦东留学生服务中心的主任聊天时说起此事，说过之后我就忘得一干二净，并没有指望得到什么反馈。哪知没过多久，浦东留学生服务中心的主任就给我打来电话，说某企业正好有符合我要求的闲置厂房。我急急忙忙赶过去考察，无论是厂房的结构还是面积，无论是房租还是地段，都像是为还在襁褓中的上海绿环机械有限公司度身定制的一样。其实像闲置厂房这样的信息，对浦东留学生服务中心的工作人员来讲绝对是冷僻的，我能想象得到，为了寻找到符合我要求的厂房，浦东留学生服务中心的工作人员不知跑了多少腿、打了多少电话。1999 年 5 月 18 日，我的公司位于浦东崮山路的生产基地正式开工时，望着忙碌的员工身影，听着隆隆的机器轰鸣声，看着飞溅的电焊火花，我想着如果不是浦东留学生服务中心工作人员大力帮助我解决燃眉之急，可能到今天我公司的生产基地还不知在哪里呢。浦东留学生服务中心工作人员想留学生企业之所想、急留学生企业之所急的这种工作精神令我特别感动和钦佩。

创建企业 3 年以来，我的公司在原先张江办公基地的基础上，新增了 1200 多平方米的生产基地及相应的加工检测设备，并组建了一支精干的安装调试及售后服务队伍，集研发设计、生产制造、销售服务为一体，每年能向社会提供 50—100 台设计科学、工艺先进的城市固体废弃物综合治理设备。在这个过程中，不仅企业的注册资金从当初的 6 万美元增加至 150 万美元，公司还在 2001 年的年初被评为上海市第一批高新技术企业，上海绿环机械有限公司已从当年步履蹒跚的"丑小鸭"成长为振翅欲飞的"白天鹅"。我公司立志做环境卫生设备强有力的保障基地，在市场竞争中，逐渐树立起由我公司承接的环卫工程项目就是省心工程、放心工程、交钥匙工程的良好企业形象，"用优质绿环机械，创优美城市环境"的企业宗旨深深扎根在职工和用户的心坎里。有句老话这样说：苦心人，天不负；有志者，事竟成。如今的上海绿环机械有限公司成功分享和见证了我国环卫装备产业迅速壮大的时代，已经具有制造成套城市固体废弃物综合处理系列设备的能力。我计划在过去项目取得成功的基础上，向多元化、科技化方向发展，为社会提供多种设计科学、工艺先进、安全卫生、方便实用的环卫综合治理设备。企业将根据市场发展趋势，在我国加大环境保护力度的利好大环境中，基于对环保产业的预测，结合公司的技术资源优势，精心研发制造具有国际领先水平的产品。一路走来，十分艰辛，但我一点都不后悔，看着公司从无到有，从起步到壮大，我的内心充满着初创成功的喜悦。我决心以城市固体废弃物减量化、无害化、资源化为己任，用雄厚的技术力量、精湛的制造工艺、严格的检测手段、周到的服务态度服务于我们的客户——"城市美容师"，用优质的固体废弃物综合治理设备推动浦东、上海乃至中国环境保护事业的进步。

我很高兴自己找到了人生、知识、技能和事业的最佳结合点。自己所从事的环保事业既能实现个人价值的最大化，又能带来相应的环境效益和社会效益，如果将来每个城市都能用上海绿环机械有限公司研发和生产的优质的设备来创造优美的城市环境，那将是我一生最大的幸事！

虽然创业之路充满艰难险阻，可是我像打了鸡血一般充满干劲，不但很享受这个艰苦并且快乐着的过程，同时我更加坚信当初自己的选择是正确的，特别是浦东这块万商云集的投资沃土，给了我实现自身理想和体现自身价值的超级大舞台，让我享受着从职业人到事业人、从领工资者到发工资者的巨大身份转变的快乐和满足。可以说选择了回国、选择了创业、选择了上海、选择了浦东，都是我一生中极大的幸运。浦东是我的家乡故土，现在我总是喜欢做这样一个比喻：如果把我回国创业的激情比作一颗"种子"，选择在有着我浓厚故乡情结的浦东落地扎根，那么这颗"种子"无疑是幸运的，因为它落到了一片有故事的沃土中、一片有辛勤园丁精心耕作的沃土里，在这片风调雨顺的沃土上，这颗海外飘回的"种子"找到了广袤的生长空间，必将从一棵刚刚破土而出、枝叶嫩绿的小小树苗长成一棵根深叶茂的参天大树！

（此文部分写于 2000 年公司成立 3 周年之际，

全文整理完成于 2022 年 7 月 5 日）

用优质绿环机械
创优美城市环境

——中国城市环境卫生协会第十二届年会主题发言稿

各位领导、各位朋友、各位同行：

大家下午好！

中国城市环境卫生协会第十二届年会今天在美丽的泉城济南开幕了，能有机会与大家欢聚在这里，我感到非常地高兴！借此机会我谨代表上海绿环机械有限公司全体员工，热烈祝贺本次年会顺利召开！其次，我要衷心感谢大家给我这个主题发言的机会，让我能够在这里讲述绿环机械公司创业8年以来的发展历程！

当今世界，环境与发展这两大主题已经成为全球普遍关注的焦点，环境保护也已经成为可持续发展的一个重要组成部分。在我国，随着城市化、工业化的推进，环境问题日趋严重，特别是固体废弃物即垃圾的处理，已引起了全社会的高度重视。上海绿环机械有限公司是一家成立于 1997 年、注册于张江高科技园区的留学生企业，主要经营范围是开发、制造、销售城市固体废弃物环卫治理设备。作为一家从事固体废弃物综合治理设备开发与制造的专业公司，我们一直关注着固体废弃物减量化、无害化、资源化的最新工艺技术发展趋势，致力于研制最先进的治理设备，提供最科学的技术服务，来创造社会、环境、经济三大效益，推动我国环境保护事业的进步。

我原来是上海一家国营企业的机械工程师，1990 年 8 月去新西兰自费留学，主修环境工程。学业完成后，我在国外的环保工程机械公司担任工程师和总工程师职务期间，经常到环境管理较先进的国家和地区进行参观考察和商务洽谈，因此掌握了先进的环保理念和工艺技术。虽然在国外我已经小有成就，但在事业心、创业情的驱使下，我于 1997 年 6 月辞去了令人羡慕的总工程师的职务，回到了祖国母亲的怀抱，并且把浦东新区作为我创业的基地，携 6 万美元到张江高科技园区注册成立了上海绿环机械有限公司。作为一名归国创业的留学生，运用我在国外学到的理论知识和实践经验，结合国内环卫的实际情况，研发制造适合国情的城市固体废弃物综合治理设备，是我当初决定回国创业的初衷。随着我国现代化建设步伐的加快推进、国民经济的不断发展和人民生活水平的逐步提高，人们对生活环境的要求也在不断地提升，同时生活垃圾亦呈现出快速增长的趋势。然而，相对落后的城市生活垃圾收集运载方式与生活垃圾量的持续增长以及居民要求整洁优美的居住环境这三者之间的相互矛盾日益突出，成为阻碍城市可持续发展的一个焦点。在这一历史背景下，上海绿环机械有限公司所研制生产的 SGC 系列生活垃圾压缩机，在环卫装备企业中应运而生、脱颖而出。1998 年 2 月，由我公司研发、制造的第一台垃圾压缩机的诞生，实现了生活垃圾收集与运输的集中化、压实化、封闭化。从此人们惯见的因为垃圾裸露时间太长而臭气熏天、蚊蝇满天横飞、污水到处乱流、运输途中垃圾"天女散花"的景象都一去不复返了。经过近年来的实际运行，其缩小垃圾体积、减轻垃圾重量、大容积全封闭运输、操作自动化等优点，彻底改变了以前生活垃圾收集与运输的过程中设施落后、污染严重、操作繁琐、管理困难、效率低下等状况，是一种科学先进的生活垃圾处理设备，具有明显的经济、社会和环境效益。该设备被上海市环卫部门作为向各区县推广的首选设备，并获得了多项国家专利证书、上海市优秀新产品二等奖、上海市科技成果奖、上海市科技进步三等奖和上海市高新技术成果转化项目认定证书。上海绿环机械有限公司因此亦成为了上海市高新技术企业。1999 年以来，上海市政府每年都将建设该类型的垃圾压缩站项目列入市政府实事工程。在第一个研发项目初战告捷的基础上，我公司陆续研发制造的横移式垃圾压缩机、流动式垃圾压缩机、垃圾压缩与生化处理一体机等产品均受到用户的一致好评。至今，由我公司生产制造的各类生活垃圾压缩机已超过 500 多套，遍布上海和周边地区的居民小区、大学、工厂、医院、火车站、飞机场、办公中心和商业广场等。当然在市场经济的浪潮中，一成不变的经营理念与产品模式很快会产生一些问题：一是由于中国的知识产权保护体系还不是很有成效，社会上一些厂商投机取巧，抄袭他人的劳动成果，不断地仿制、拷贝；二是由于用户认知水平的不断提高，对于我公司产品的性能、质量与款式的变化相应地也有更高要求。因此，我公司针对这两方面问题（后者是主要问题），运用新技术、新工艺不断改进自己的产品使之升级换代，从技术上领先对手，从要求上满足客户，从而确保我公司产品总是领先对手一步乃至几步，使公司在服务中求发展，在发展中求生存。

在产品和服务满足市场需求的同时，公司也得到了快速的发展。公司创建之初，在张江高科技园区租赁两间办公室，几个工程技术人员以技术服务与技术转让开拓市场。从 1999 年开始，公司租用了 1200 多平方米的标准厂房并且添置了相应的加工检测设备，组建了一支训练有素的职工队伍，形成了集开发、制造、销售、服务为一体的综合能力。随着市场需求的不断扩大和新产品的不断推出，租用的厂房已显得太狭小了，为了能形成更大的生产能力，更快地进行新产品研发试制，更好地满足社会的需求，公司在 2002 年购买了位于浦东张江东区的 30 亩土地，建造了 10000 多平方米的新办公用房和研发生产基地，新厂区已于 2003 年年底竣工，现已正式投入使用。相信在新的工作环境中，我公司的研发和生产能力必能得到进一步的发展，以此来满足不断扩大的市场需求，更好地服务社会。在这里，我真心实意地向各位领导、各位朋友和各位同行发出正式邀请，请大家有机会一定要来我公司走走、看看。

回顾公司开业至今的短短 8 年，我们得到了环卫系统领导、员工和同行的高度认可和赞扬，并相继成为了浦东新区环卫协会的副理事长、上海市环卫行业协会的常务理事和中国城市环卫协会的常务理事单位。作为一名环卫新兵，我们积极参加协会举办的各类活动，如技术研讨会、产品推荐会、展览会和协会年会等等，我们从中受益匪浅，也充分认识到社会、行业与企业之间的密切关系：社会的进步是多方面的，当然也取决于各行各业的发展，而整个行业的进步则必然在很大程度上依赖于各企业的发展。当然，作为一家为环卫行业提供装备与服务的企业，我们不仅全身心地投入到本职工作中，还为了上海乃至全中国的城市环境卫生而努力拼搏。同时对于一些公益性的社会活动也积极响应，比如 2003 年初的"绿环杯"上海市容环境卫生科技论坛论文比赛活动，就是由我公司独家赞助举办的。这次活动得到了广泛的响应和好评，共收到了来自上海市容环卫管理工作者、科技工作者，以及热心上海市容环卫事业发展的社会各界人士的论文 50 余篇。其中相当部分内容涉及广大群众关注的热点、难点问题，许多作者做了大量的调查研究和科学试验，提出了一些很有见地的意见，可供市容环卫管理工作者、科技工作者和决策部门参考。我们决定，在上海市市容环卫局的领导下，由我公司独家赞助的"绿环杯"市容环境卫生科技论坛论文比赛活动将继续举办下去。我们希望在中国城市环卫协会的支持与帮助下，能够在全国范围内开展"绿环杯"市容环境卫生科技论坛论文比赛活动。在这里我要向各位从事环卫行业的企业人士呼吁：企业能生存，靠的不仅仅是产品，再好的产品如果没有社会需要就不可能生存。经济活动总是发生在一定的社会环境之中，并相应地产生一定的社会后果。必须承认，我们所开展的一系列社会活动会给社会造成广泛影响，而社会的发展又会反过来促进企业追求发展的动力。作为经济活动主体的企业应当承担其产生的社会后果，在相应范围的经商活动中应努力在经济、社会、环境等方面产生积极影响，由此产生的声誉必然会为企业自身带来丰厚的回报。所以，我们企业人士对于一些有意义的社会活动，还是应该多加关注和积极参与。这不仅有益于社会，也有益于我们企业。

作为一家已成长为中型规模的企业，我们坚持以市场为导向、科技为依托，在产品科技含量和整机质量持续提升的前提下，贯彻"生产一代，试制一代，设计一代，预研一代"的开发创新战略。我们每年都会邀请上海市、区、县和上海周边省市的有关环卫部门主管设备的领导和专业人员来我公司参加新产品研讨会，听取大家的意见和建议，为我公司的新产品开发汲取一些新的思路与好的办法。我公司最新研制并已投入正常运行的大件垃圾破碎机和生活垃圾分拣分类流水线设备就是在这种背景下顺利诞生的。我们将不断努力地进行科研创新，为社会提供多种设计科学、工艺先进、安全卫生、方便实用的生活垃圾收集、运载、分拣、利用等设备，来满足当前社会发展对城市固体废弃物综合治理设备的需求，从而也满足现代人们对整洁优美生活环境的向往与追求。客户就是上帝，这是我们一贯恪守的宗旨。在我们承接的各种项目实施过程中，为客户提供最优质的产品和售前、售后服务，在项目进行过程中，比如项目的规划选址、土建设计、土建施工、供配电、通风照明、给排水、操作维修人员的培训等等，这些技术性的服务都是免费的。在设备维修方面我们承诺全年 365 天服务，不管是双休日还是节假日，接到报修电话 4 小时内赶到现场，产品提供一年内无条件保修、终身维修的售后服务。另外值得一提的是，我公司也接受其他两种情况的服务：一是当客户使用的其他厂商生产的设备有故障时，而其他厂商又无法及时赶到现场的前提下，我公司接到客户的紧急报修电话之后也会为其解决燃眉之急，排除故障，使故障设备能迅速恢复正常使用；二是在客户的要求下，运用我公司的新工艺、新技术和新装备，更新改造由其他厂商生产制造并已经使用多年接近报废的老设备，使之能够升级换代重新投入正常使用。

众所周知，2008年奥运会将在北京举办，2010年世博会将在上海举行。全国和上海的城市建设也将面临一个大的飞跃。此次北京奥运会和上海世博会的申办成功是对全国和上海环卫行业的两大挑战，同时也为我公司提供了一个很好的发展契机。"绿色奥运"是2008年奥运会的主题，"城市，让生活更美好"是2010年世博会的主题，没有良好的城市生活环境，就不可能营造良好的氛围来举办成功的奥运会和世博会。因此，如何把生活环境提升到一个较高水平，事关全国各地和上海新一轮的发展；加快全国各地和上海环境保护和建设，高标准推进全国各地和上海生态型城市建设的步伐，是摆在我们面前的一项重要任务。所以，作为一个"环卫"人，如何抓住举办奥运会和世博会这一重要机遇，把自己企业的发展同全国各地和上海新一轮的发展结合起来，将自己多元化、科技化的产品广泛地推向市场，使我们的企业做大做强，是需要我们今天在座的所有同行进一步认真思考的。好在国家已把科学发展观和循环经济列入基本国策，上海市政府也已经把城市固体废弃物无害化、资源化、产业化进程纳入环保三年行动计划的重点项目，这为我们企业发展提供了强劲的动力源泉和广阔的展示平台。作为企业来讲赢利只是一种手段，我们公司的目标就是：生产更优质的产品和提供更优质的服务。

我们立志做环境卫生设备强有力的保障基地（包括供应、维修和服务），在市场竞争中，逐渐树立起由我公司承接的环卫工程项目；就是省心工程、放心工程、交钥匙工程的良好企业形象，以科学的企业管理、严谨的工作作风、上乘的产品质量、灵活的市场营销、完善的售后服务，为建设新世纪具有国际一流环境水平的新中国和新上海贡献一份真情和力量。

环保时代不仅仅属于创业者、发明家、工程师、管理人员，同样属于能够在这一产业里实现自我价值的任何人——投身于环境保护事业的共同志愿把"环卫"人集中到了中环协这一个大家庭。人与环境的和谐共存，创建环境友好型、资源节约型社会这个"环卫"人共同的理想追求具有巨大的凝聚力和爆发力。我们"环卫"人必将迈着矫健的步伐，无畏前进道路的崎岖险阻，目前"环卫"人的队伍随着行业的发展正在迅速壮大，我相信我们"环卫"人一定能够创造美好的明天和辉煌的未来……

我相信，亮丽的城市离不开整洁的环境，整洁的环境离不开有序的管理、良好的生活习惯以及先进的技术装备。垃圾毕竟只是人类生活的附属衍生物，只要我们以科学的态度审视、对待并强化资源综合利用意识，明确城市清洁卫生的责任感，控制废弃物的产生，建立起有序、完善的城市垃圾收集、运载和综合治理的体系，营建起一个清洁、文明、优美、具有21世纪人文素质的居住环境是完全能够实现的。当然，任务是非常艰巨的，道路是非常曲折的，前景是非常光明的，这是我们每一位环卫工作者必须认清的。为了脚下的这片热土，为了这片热土的水更清、天更蓝、地更绿、人更美，我们"绿环"人责无旁贷，立志"用优质绿环机械，创优美城市环境"！

济南是世界著名的泉水之城，借用和改用一句古诗来结束我今天的发言："问泉（渠）哪得清如许，为有源头活水来。"感谢祖国母亲，感谢中国环卫行业，感谢上海，感谢浦东给了我这样一个创业和实现理想的机会；感谢各级领导对我公司的关注和重视；感谢 8 年来公司的新老客户、新老朋友对我们的理解、帮助和支持！没有大家的支持就没有我公司今天的发展，在这里，我再次代表上海绿环机械有限公司的全体员工对大家表示衷心的感谢！谢谢大家！

（2004 年 11 月 8 日于山东济南）

体验创业

    自从 1997 年回国创业至今已经有 18 年了，我的创业故事也被国内各类新闻媒体进行过多次专题采访和报道。转眼一瞬间的 18 年创业历程，每每看到身边共同打拼、相互激励的企业一家一家地倒闭，而自己的公司依然存在，在深刻领教"商场如战场"的冷酷无情之外，我总是情不自禁地油然生出一种释怀与自豪的感觉。在这个市场激烈竞争无处不在的商业社会里，生存是第一位的，尤其像我们这些没有任何社会背景、只能靠自己谋生立命的小企业，能够活下去是天字第一号的头等大事。一个人只有真正走上了创业之路，经过角色转变和换位思考，之前身为打工者的许多困惑和各种抱怨才会少很多，才会真正体会到经营企业的过程中权衡利弊的困难艰辛和责任担当所在。据有关方面统计，迄今为止回国创业的留学生企业 5 年以上生存率大约是 3%、10 年以上生存率大约是 1%。作为幸存者之一，我发现事业有成的海归创业者有着共同的基本特征：

1. **经历丰富**——大多数在国内受过高等教育并且在国内长期工作过，随后又到国外长期学习并且在国外长期工作过，具有开阔的视野和雷厉风行的特质；

2. **能量积累**——创业前特别注重专业知识、工作经验、身体条件、资金准备、人脉拓展和实际执行力等各种能量的积累；

3. **心理强大**——创业面对的不是温饱的物质折磨，而是高强度、高频率的精神折磨，面对无数的超高压力能够及时调整"消沉"时的心态要比调整"亢奋"时的心态艰难得多，也重要得多，所以善于折腾、敢于折腾是创业者的标准配置；

4. **角色转换**——创业者不可能一开始就是成功的企业家，但是他们都具有很好的换位思考能力，善于从技术人员到管理人员、从科学思维到艺术思维、从领工资者到发工资者、从职业人到事业人、从谋一事者到谋全局者的角色转换；

5. **善于借力**——创业者在国内外都有一定的事业人脉基础，脸皮厚，沟通交流能力强，自我推销能力出众，能够利用各种社会资源来避免走弯路，从而大幅度减少创业初期各项事宜的摸索时间和金钱耗费；

6. **企业定位**——创业者能够充分了解市场需求，做好产品定位、竞争定位和客户定位，结合自己的优势找准最佳切入点，做自己最熟悉、国内最短缺的事情，决不赶时髦、一哄而上做一大堆人在做的事，特别关注大型央企、国企和外企的短板以及忽视的领域和产品，坚持一个方向不断地去拓宽拓深；

7. 利益共享——创业者时刻牢记员工是企业最重要的资产，员工的归属感和忠诚度问题是事关企业生存与发展的最大问题，创业成功的关键是要让员工同心同德，共享企业发展的成果，朝着一个方向共同努力；

8. 团队建设——专业人做专业事，合适人做合适事，创业者一个人的能力毕竟是有限的，因此建立一个强有力的核心团队是成功的基础，要敢于授权和善于放权，让德者领导团队，让能者攻克难关，让智者出谋划策，让劳者执行有力；

9. 现金为王——创业者坚决不做超出自己能力范围的事，注意与金融家做好朋友，现金流是企业的血液，要牢记"现金为王"的古训，留足备用金以防不测，同时还要具有独到的投资眼光和市场洞察力；

10. 合法经营——创业者坚守合法经营、依法纳税、善待员工、注重环境和为社会提供优质产品与服务的基本准则，同时既要不侵犯别人的知识产权，又要做好自身的知识产权保护，发挥知识产权保护的表率作用；

11. 社会责任——创业者要承担相应的社会责任，在企业发展进步的同时要带动整个生态圈共同发展进步，社会责任是企业家从个人价值到社会价值的质变，要在扩大就业、回报社会、促进行业发展等方面多做贡献；

12. 终身学习——创业者一般都保持着每天大量阅读的良好习惯，努力提升个人的"无形资产"，机会总是给予有准备的人的，要管理好一个企业，必须不断地学习现代企业管理知识，适应全球化和信息化的发展趋势，及时了解产业创新发展动态，确保遵守各类政策法规和行业标准。

综上所述，我认为一个成功的创业者其实并不需要多少高深的学问和超强的能力，最为关键的还是要将自己的创业初心持续不断地坚守下去。从相当大的程度上来讲，创业者需要一种屡败屡战和不屈不挠的精神，在战略上感性且敢于创新、大胆冒险，在战术上理性且专注细节、小心谨慎，要敢于接受压力和挑战，具有善于发现问题、分析问题和解决问题的能力，而诚信做事、祥和待人，则是一个成功的创业者最起码的个人特质。

前段时间，某报的记者采访了我，让我谈谈创业的心得体会，对话中我深入地展开了以上的部分观点，现根据录音整理成文字分享给读者。

记者：这次来采访你之前，我在网上查了一下你的资料和相关的新闻报道，感觉你是一个很有个性的留学生企业家，今天想来听听你在创业方面的心得体验。

我：欢迎，欢迎！你有什么感兴趣的问题，可以放心大胆地问我。

记者：你好像很有眼光，请问你投身于垃圾处理装备的主要原因是什么？

我：突然发现如今搞垃圾成了十分时髦的事儿。（笑声）18年前当我刚回国创业时，介绍自己是个搞垃圾的，看到的是人们满脸的不解和不屑。最近这几年在不同场合上，当我介绍自己是个搞垃圾的，看到的是人们满脸的羡慕和敬仰。其实我是高度近视眼，根本没有什么眼光，搞垃圾的原因是我只会搞垃圾。（笑声）

当前在发达国家和地区，"节能减排"和"控制气候变暖"等环境保护的概念不仅是政治家的口号，而且也成为了人们普遍遵守的基本理念和行为准则，整个社会已经把商品生产和垃圾处理放在同等重要的地位。在我国，构建环境友好型、资源节约型社会，以及生态文明、美丽中国的口号不仅仅是执政理念，也是实实在在的行动纲领，事实上，我国垃圾革命的号角已经吹响。

环境工程是我学习的专业，也是我借以谋生的立足之本，而垃圾处理产业更是当今世界上迅速发展的朝阳产业。在地球上，垃圾是唯一增长的资源。如果说大城市现代化的生活模式是人类最重大的工程成就之一，那么在我们享用现代化的生活便利之际，是否应该意识到高质量的生活所消耗的地球资源会带来一系列环境恶化问题？因此创造一种能够供全人类循环使用的新型可持续资源模式，提供资源可以循环利用的解决方案将成为人类发展史上一个重要的里程碑。然而，实现这一目标任重而道远。

由于我国人口庞大导致人均资源紧缺，随着矿产资源的日渐枯竭，可供使用的矿产资源越发捉襟见肘。那么，还有没有好的解决方案？答案是肯定的：开发城市矿产。目前，中国已经成为全球制造业大国和消费大国，由此产生的大量城市固体废弃物不仅占用了大量的土地，还产生了严重的二次污染。实际上这些令人头疼的城市垃圾，却蕴含着丰富的再生资源，其利用价值丝毫不亚于原生矿产资源。因此，开发再生资源即城市矿产行业的异军突起已经成为全球范围内破解资源短缺矛盾、实现资源可持续利用、参与商业大循环的重要力量和发展绿色经济的排头兵。事实上这个产业在过去、现在和将来都蕴藏着巨大的商机，只是有些人没有意识到这一点而已。

记者：你说了一些很有道理的大道理，能否用一些比较直白的语言来说明一下这是一桩非常值得投入的事业？

我：不好意思，我说到垃圾的话题时就会刹不住车，经常有人说，只要一说到垃圾，我的两眼就会放绿光，就像一匹大灰狼看到一只小绵羊一般。（笑声）还有作为一个留学生企业家，总是想着要找机会显摆一下自己是如何的知识渊博和理念先进。（笑声）

其实在物质短缺年代，我国的废旧资源循环利用有很好的传统，据说全国靠捡垃圾为生的"拾荒大军"有数百万之众。随着社会的发展、生活水平的提高、环保意识的增强以及传统拾荒者劳动力断层的出现，这种手工拾荒模式已经完全不能适应现代城市的管理要求。旧的模式难以为继、新的模式还没有产生的窗口期，恰好被我发现了，于是我就一股脑儿地钻了进去，这就是我创办"绿环机械"的初衷。在这里我要着重说明一下，其实从严格意义上来讲，我不是搞垃圾的，其实是为垃圾处理提供先进的工艺、技术和装备的，说得再直白一点，我是为垃圾处理产业提供"现代化武器"的"军火供应商"。

记者：你如何来增强员工的向心力和培养员工的主人翁精神？

我：这是一个很大又很好的问题。（笑声）这个问题涉及三个维度，即员工的薪资待遇，员工的成长空间和员工的职业发展愿景、企业发展愿景的趋同性。

发达国家和地区的员工比较容易满足现状，如果谈妥了工资、福利，他们就会按部就班地根据企业的要求开展各项工作，这与发达国家和地区有着比较悠久和完善的雇佣制度有关，人们的心态比较平和，由于在市场经济中有充分竞争的经历，尤其是一个人到了一定年龄，他是怎样的人，能做怎样的事，能拿多少工资，他自己的定位非常清楚。但中国改革开放之后发展很快，机会也很多，眼看着身边的人去经商，人们的心态变得很焦虑浮躁，大家都想当老板发财。老板哪有这么好当的？现在社会上流行这么一句话，说是你要害一个人的话，就怂恿他去办公司做老板。（笑声）有些员工表面上在为公司干活，心里却想着"凭什么老板赚那么多钱"，因此就会想方设法消耗企业的核心利益，对企业的正常运营造成重大损害。其实，企业办到一定阶段，产品、市场、资金和技术都不是问题，关键是要让员工同心同德，共享企业发展的成果，聚集起更加强大的向心力，朝着一个方向共同努力奋进。应该说员工的归属感和忠诚度问题，是关系到企业生死存亡的最大问题。员工是企业的第一生产力，如果不能满足员工的合理需求，那企业是没有任何发展的内在动力的。

在新西兰留学的时候，有个同学临时有事，我曾经代替他去餐厅端过一个晚上的盘子。尽管这是我一辈子唯一的一次端盘子的经历，但是那家餐厅的小费制度却给了我很深刻的启示。客人对餐厅的环境、菜品和服务越满意，给的小费就越多。餐厅老板只负责员工薪酬的发放，小费的分配他不参与，由员工自己集体商量决定，每天晚上当场结清。让客户满意从而自愿多掏小费、员工自己可以多拿小费成了全体员工的工作愿景和驱动力，构成了老板与员工齐心协力的正能量和正循环。

借鉴这个小费制度，我主要通过三项措施来优化员工的薪资待遇。首先，我认识到劳动报酬是劳动者的第一需要，是员工赖以生存生活的基础。在企业利润和员工收益之间，劳资双方对此尽管常有分歧，但两者又是不可须臾分离的连体生命，是矛盾的双方，更是利益共同体。为配合员工的收益权和成就感，以及利润分享的合理诉求，在保证员工薪资水平略高于社会平均值和依法依规交纳社保、公积金的基础上，我每月拿出当月回笼款资金的 5% 作为月度奖金分配，每年还拿出当年利润的 30% 作为年终奖金分配。其次，我不参与月度奖金和年终奖金的分配，我只有两个要求，就是所有的员工都能分享月度奖金和年终奖金，以及每个员工在每一次的奖金分配方案上签字认可后才能发放奖金。还有我在员工的工资发放单和奖金发放单的醒目位置都写上这么一段话——我们每一分钱的收入都来自购买我们产品和服务的客户，我们一定要以上乘的质量和服务来回报他们！用以提高员工的主人翁精神，让员工时刻与公司血肉相连、心灵相通、命运相系，用当家人的心态和理念去做好每一项工作，去面对每一个客户，真心诚意地践行"用优质绿环机械，创优美城市环境"，从而为企业创造更大的经济价值和为员工本人创造更好的收入回报。

"绿环机械"企业文化的核心部分是"尊重员工、共同发展"。公司目前的高管团队都是公司内部自己培养选拔的，而且这些骨干员工都是从最基础的岗位逐渐成长起来的。我尊重每一个员工，倡导每一个员工都是平等的，平时注重员工情感和人际交往的需求，了解员工的所思所想，并且认真听取员工的合理化建议，力争给员工提供一个积极向上的工作环境，使他们感觉到自己是"绿环机械"这个特定大家庭里真正的一员，培养和满足员工对公司的忠诚感、责任感、归属感，使公司目标同个人需求相平衡、相结合，上下团结，共同进步。

我的企业愿景是成为提供固体垃圾整体解决方案的专家，承担环境保护与社会责任的标兵，实现客户、员工、企业共赢未来的典范。我作为一个留学归国的创业者，希望通过我自己的知识和技能，来推动环境保护事业的进步；为员工提供良好的工作待遇，为构建和谐社会做些努力；协同我们的合作伙伴，为建设"美丽中国"做些贡献！我经常对我的员工讲"做环保等于做功德"，当你老了以后，回忆起你曾经在"绿环机械"工作时，为上海市实事工程、四川汶川地震灾区援建项目、北京奥运会和上海世博会等所做的一系列重大配套项目的人生经历是值得向所有的人包括你的子孙后代炫耀的。（笑声）

记者：你认为经营一家企业最重要的事情是什么？

我：做企业一定要把赚钱放在第一位，一家总是不赚钱的企业是在"耍流氓"。（笑声）道理很简单，你公司的产品和服务，如果说市场和客户认可的话，那怎么可能不赚钱？主产品好卖就卖主产品、副产品好卖就卖副产品、服务好卖就卖服务、技术转让好卖就卖技术转让，要知道这个世界上只有卖不掉的产品和服务，没有做不了的产品和服务。在合法经营的框架里，事实上产品和服务没有主次之分，任何赚钱的产品和服务都是"主打歌"。当然为了赚钱有条底线是坚决不能突破的，就是非法的商业活动，例如"黄、赌、毒"。光有经济效益而没有环境效益和社会效益的事情，甚至破坏环境和社会的事情也绝对不能做。一定要让市场和客户来适应你的产品和服务的经营理念，或许是部分归国留学生创业失败的主要原因之一。

记者：听说你在知识产权保护方面曾经碰到过一些问题，想问问你是怎么来平衡科技创新和专利保护之间关系的？

我：刚回国创业时，我对知识产权保护比较重视。一是对于核心的技术一定会申请专利；二是与代加工企业签订的合同中要有明确的知识产权保护的条款；三是不能全部给一个企业代加工，而要分拆给几个企业代加工，然后自己总装。当然还要注意不要让这些代加工企业串起来合谋侵犯我公司的知识产权。

但过了几年以后，我发现这些努力都是徒劳，原因是国内的知识产权保护似乎有点失控。由于是工程机械产品，像一层窗户纸一样一捅就破，不像软件和生物医药产品，看不见摸不着。我们辛辛苦苦研发出来的专利产品，一旦投入市场，就会有人来抄袭仿冒，还有代加工企业的工作人员也会把我们的技术资料拿出去卖钱，所以没过多久，全国生产这类设备的企业，从我一家变成了十多家，到现在已经有几十家了。我们公司曾经聘用律师，对仿冒我们专利产品的两家主要企业进行法律诉讼，但花了好几年时间，花了好多精力，花了好多费用，最后的结果都是不了了之。

后来我发现有这点时间、精力和金钱还不如花在新产品研发和市场营销上，让我们公司的新产品一直比他人领先一步，然后把该新产品的第一口市场红利吃饱喝足。科学技术是第一生产力，我公司目前贯彻"生产一代，试制一代，设计一代，预研一代"的开发创新战略，运用新技术、新工艺不断研发新产品。现在对于侵犯我公司知识产权的企业，我已经采取了放任不管的态度，原因很简单，管了也没用。（笑声）对这个问题，我现在是这么想的，尽管这些仿冒产品损害了我们企业的利益，但不管怎么说，这些仿冒产品能被市场和客户接受，说明这些产品还是可以的，尽管我没挣到这些仿冒产品的钱，但是能引领与推动一个行业从无到有，再到与国际水平接轨的发展地步，这恐怕也算是我回国创业的初衷里某种形式的"曲线爱国"吧！我作为"领头羊"吃点好草，带着后面一大片"羊群"都有草吃的行业生态文明也挺好的，你认为我这种超脱的心态算不算是另外一种"阿Q精神"哩？（笑声）

记者：能否谈谈你的投资经营理念以及对多元投资的个人观点？

我：总体来讲，我的投资经营理念属于传统保守型的，信

正道康庄

奉"积小胜为大胜"和"辛苦钱、万万年"的经商模式。我喜欢做"短平快"和"平地起跳摘桃子"的项目，对体量大、回笼资金慢的大项目比较谨慎，尤其对那种自身流动资金不够，需要银行贷款才能操作的大项目更是加倍小心谨慎。我曾经主动放弃过好些这种类型的大项目，原因很简单，几千万甚至上亿元的项目合同拿下来，非但没有预付款，反而还要支付 20% 左右的履约保证金，而供应商这边必须付清全款才能向你供货，在自有资金不够的情况下，只能抵押自己的固定资产向银行贷款，贷款需要支付利息和归还本金，整个项目操作过程中不可预见的因素很多，稍有不慎和某一环节出现一些问题，就会造成很大的财务风险，以致企业资金链断裂难以为继。实际上由于"饿死"而造成企业倒闭的情况很少，但是由于"撑死"而导致企业倒闭的情况很多。一个很健康的人失血过多也会死亡的，一套再昂贵的卫生洁具缺水断电也只是个摆设，现金流对于企业生死存亡的意义也同样如此！

关于多元投资方面，这要看你的"鸡蛋"有多少。如果"鸡蛋"足够多，可以进行多元投资，东边不亮西边亮，但没深度；如果"鸡蛋"不够多，就在垂直链上发展，做专做深，往上下游两端去发展。隔行如隔山，术业有专攻，多元投资也要做自己熟悉了解的项目，否则的话风险很大。在我近 20 年的经营管理中，我发现做一个项目除掉吃喝拉撒的总开支，擦干抹净后有个 5% 左右的净利润已经相当不错了。现在社会上有些可以获得 10% 甚至 20% 以上的净利润的投资项目，坦率地讲，我真的有点看不懂。我只会搞"垃圾"，我想我还是老老实实地待在这一亩三分地的"垃圾堆"里，赚点小钱安安稳稳地过过小富即安的小日子吧！（笑声）

记者：留学人员如何处理好与政府部门的关系？

我：对国内的政府部门不要顾虑太多，只要是能放在台面上讲的，与政府部门沟通交流应该都没问题。留学生企业一定要注意遵守合法经营、依法纳税、善待员工、为社会提供优质产品和服务的基本准则。好的产品和服务有了市场和客户，创造就业的岗位也多了。而一旦企业发展得好，有产值、有利润、有税收，企业驻地的政府部门也会有成就感，也都喜欢锦上添花来帮助你进一步发展。在我所接触到的所有的政府部门工作人员中，我认为他们本质上都是希望为企业做好事的，但是如何把一件好事做得更好更对，他们不一定清晰明了，所以我们做企业的应该理解宽容这一点。在我们的人生中，你遇见的"每一个人都应该是来渡你的一座桥，而绝对不是来堵你的一堵墙"，所以尽管我们内心深处不赞同某一个人，但至少面子上还是要过得去，起码的尊重与理解还是要有的，这可不是中庸虚伪，而是正确的处世为人之道。

我刚回国创业时，曾经听到过一个故事，说是某地某家从事一次性医疗用品的企业，某天接到驻地乡政府的通知，由于当地鼠害成灾，按这家企业的占地面积计算，每月要完成消灭200只老鼠的指标，而且验收核查的方式是每月上交200条老鼠尾巴。这件事让企业管理者非常为难，一次性医疗用品的生产环境是按无菌、无尘和封闭式的要求来建设管理的，哪有可能抓出老鼠来，如果真能在这家企业内部抓出老鼠来，那么这家企业的产品还有什么市场和客户需求？驻地乡政府的有关部门坚决要求该企业每月上交200条老鼠尾巴，而该企业的负责人坚持认为该企业里边根本没有老鼠，于是双方陷入了僵局。这事闹到了该企业的上级主管部门，上级主管部门领导听到这件啼笑皆非的事后，对这个企业的负责人说："你每个月去专业捕鼠人那里买200条老鼠尾巴交给乡政府不就可以解决这个问题了吗！"最终皆大欢喜的这个解决方案给了我很深刻的启示，即在不违反相关政府要求的前提下，很多问题是可以通过变通的方法来解决的，所谓"打擦边球"说的就是这个道理。

随着企业的发展，企业家的社会职务也会逐渐地多起来，这是企业家义不容辞的社会责任。但是，就像一个人的健康是"1"，其他都是"0"一样，企业的健康发展是"1"，社会责任、社会职务是"0"，只有企业健康发展，企业承担的社会责任、企业家担任的社会职务才有实际价值。所以说企业家只有把自己的企业真正做好才是硬道理！

记者：做一个工程师和一个企业家的主要不同之处在哪？

我：最大的不同是做工程师可以随时发脾气，但做老板绝对不能随时发脾气。（笑声）

与打工者相比，创业者的责任感和使命感更强。在公司体制内，一个员工可以对老板进行抱怨，工作的质和量可以受到员工自己喜怒哀乐的情绪影响，甚至可以在特定情况下偷一点懒、耍一些滑，而员工自己的收入不会受太多的影响。而一个当老板的，则完全没有这些自由，任何一方面的事情做得有点不到位，都会在公司的发展和业绩上很快体现出来。事情干多干少、干好干坏，完全由创业者自己承担。

西方有句话说"上帝把世界上最容易的事情交给了自然科学家，把最困难的事情交给了社会科学家"，对此我现在深有体会。这句话的意思是说自然科学是有解的，只要经过不懈的努力就能找到正确的答案；但是社会科学是无解的，因为随着不同的人物、不同的时间和不同的环境等客观条件的随机转换，同样的问题就会有着无数个解。企业管理属于社会科学的范畴，是一门艺术活，而做工程师属于自然科学范畴，是一门技术活，这两者的思维方式是完全不同的。

我做工程师的时候总是以为老子天下第一，眼睛里根本瞧不起搞企业管理的人，认为他们都是"芭蕾舞演员"转得快和"万金油干部"到处都能抹几下，感觉这些人只是装模作样在那里

"滥竽充数"混日子而已。做了老板以后，我才发现要管好一家企业，还真是比搞技术活的难度要大好多好多。一个人武艺高强从某种意义上来讲只能算小本领，而像历史人物刘邦和宋江那样超级的沟通交流、组织协调和凝聚力量等方面的本领，才能算真正意义上的大本领。

留学生企业家很容易陷入用工程师的思维模式来管理企业的误区，这或许也是有些留学生创业失败的主要原因之一。因此，我要利用今天这个机会，对那些曾经被我嗤之以鼻的企业管理者表示由衷的歉意和敬意！（笑声）

记者：你对公司的进一步发展有何设想？是否有上市的计划？

我：打高尔夫球有个说法，即方向比距离更重要。其实做企业也是一样的道理，企业的发展战略是方向，只有方向正确的战术距离才是有效的。一个企业发展到一定阶段以后，都会面临一个非常困惑的问题，就是如何寻求新的利润增长点，以满足公司生存或持续成长的需要。"当今企业之间的竞争，不是产品之间的竞争，而是商业模式之间的竞争。"著名管理学大师彼得·德鲁克这句话说的就是这个问题。近几年的制造生产模式让企业的发展已经到达了瓶颈期，我一直在思考怎样的商业模式才适合当下的企业发展。作为一家专业从事固体废弃物综合处理与利用装备的制造型企业，单纯的制造过程已不再产生出更多的附加价值，随着服务与制造相互渗透和融合，服务环节在制造业价值链中的作用越来越大，并且制造业加速服务化的趋势也会越来越快。所以我们的销售目标已不是单一出售一台设备，而是从单一设备的制造到为客户提供成套设备的配套供应服务转型。通过工艺技术创新、设备整合创新来完成成套设备供应商的转型，我们的服务也从单一设备的承接到项目总承包一条龙服务转型，为客户提供省心工程、放心工程、交钥匙工程的总承包项目。比如，我公司总承包的大庆市生活垃圾大型中转站项目，就是一个很好的从制造向服务转型的标志性项目。

同时我还发现城市固体废物处置企业任何大型设备的停工所造成的损失都是巨大的，其中有经济的，有民生的，还有政治的。为重大设施设备持续有效运行提供的完整售后服务也是企业核心竞争力的重要体现。我们顺应了这一要求，利用自身售后服务的优势，不仅为我们的客户提供全年无休的售后服务保障措施，还提供大修改造和升级换代等多元化的解决方案。比如，我公司为上海环境集团实施的杨浦区大型中转站的升级改造项目，为上海环境实业有限公司实施的徐浦码头、虎林路码头、田度基地大型中转站升级改造项目，等等。

目前，国内大型环卫工程项目的投资建设有朝着 BOT 和 PPP 模式转型的大趋势。对于这两种项目投资模式，我现在只是在观望，可能也只是在项目的投资建设、工程承包和运营管理等方面做些前期的学习了解和思想准备吧！

这些年确实有一些证券公司和投资机构来找我聊上市的事情。咱们今天暂且不论有些上市公司是为了单纯圈钱的话题。在我看来，上市融资的根本目的是为了企业的扩大再生产，为社会提供更好的产品和服务，然后用赢得的利润来回报股民，所以我认为，上市以后我必将承担更大的压力和责任。从目前我的企业发展实际情况来看，企业的自有资金尚能维持目前企业的正常运营，并不需要通过上市融资的方式来维持企业的生存和发展。况且上市与否并不是衡量一个企业好坏的唯一标准，这在工业发达国家已经是众所周知的社会共识，我猜想咱们国内也将很快达到这种认知水平。由留学生创办的企业，为了融资而过早稀释股权，最终失去控制权造成创业失败的现象也屡有发生。在我的内心深处，现在还没有上市想法的根本原因，可能是我不想为了几个钱把我辛辛苦苦养大的"孩子"就这么轻易地送给人家！（笑声）

记者：听说贵公司的名称是你自己起的，贵公司的司标（商标）也是你自己设计的，你能谈谈这里面的细节含义吗？

我：在筹备成立公司的时候，我确实为公司的名称和司标（商标）费了好多心思，过去了这么多年，我对这两件事始终很满意，这充分说明我的聪明才智是经得起时间考验的。（笑声）我发现好的公司名称既要简洁又要明了，让人一看就能知道是做什么产品和提供什么服务的。而且我还发现了一个很有趣的规律，即公司名称的长度是和这家公司的寿命成反比的。（笑声）为此我草拟了几十个公司名称，有的看上去比较洋气，有的看上去比较传统；有的看上去包罗万象，有的看上去直奔主题。我反复采用淘汰法进行排列组合，最终选定了"上海绿环机械有限公司"这个名称。

在设计制作公司的司标（商标）时，我也花了好多时间和精力。我观察到著名公司的司标（商标）都非常有冲击力，不仅能反映该公司的行业特征，还能反映该公司的整体形象。另外司标（商标）象征着公司的脸，一定要看上去明明白白和清清楚楚。那段时间我画了好多草图，然后进行不断的淘汰和不断的优化，最后选定了目前采用的公司司标（商标）。该司标（商标）由白色和绿色两种颜色组成。白色是纯洁的象征，代表着生命；绿色是活力的象征，代表着环境。其形状由白绿相间、首尾相接的四个箭头按顺时针环形排列组合而成。该司标（商标）表示：物质循环往复，以至无穷，绿色的环境产生生命，人类不断追求生命与环境的和谐共存。该司标（商标）隐喻：绿环机械，基业长青，持续发展，永无止境。

以上的说法都是正解，说句心里话，我对于公司的名称和司标（商标）私底下还是有点小算盘的。在这个世界上的绝大部分国家中，绿色表示经济数据上行，红色表示经济数据下行，我想我还是要服从绝大多数人意见，选择绿色这个颜色与公司总基调相比整体上比较符合我对公司的预期。还有我公司的司标（商标）整体形状看上去像一块古铜钱，而顺时针转动的绿色箭头又像一个滚滚向前的车轮，这表示财富将源源不断地进入我公司。（笑声）

记者：你感觉回国创业快乐吗？

我：说句心里话，如果让我的人生有第二次选择的话，我肯定不会再选择创业。小时候看武侠小说，我总是搞不清楚"人在江湖，身不由己"这句话的确切含意，而现在我通过切身体验对这句话的深刻内涵已经理解得相当透彻喽！（笑声）

我从来不说回国创业是为了报效祖国的大道理，我回国创业的根本目的就是为了实现个人的价值最大化。做了18年企业，精神压力与身体压力相伴，每天有操不完的心，没有产品要开发产品，没有市场要开发市场，没有资金要落实资金，产品、市场和资金都落实好了，又要落实人员组织生产和完成订单，就像一个沿着"莫比乌斯圈"跑步的人一样，总是在那里周而复始地绕圈子。这种现象以前叫"骑虎难下"，现在叫"跑步机效应"，即你只要上了跑步机跑步后，就只能不停地跑，一旦突然停下来，就要摔个大跟斗。

尽管创业"压力山大"，但既能实现个人价值的最大化，又能实现社会价值和环境价值最大化的最佳结合，这种不是每个人都能得到的成就感，让我至少在精神上是充实和愉悦的。人的价值不在于你有多少钱，而在于你有多少经历和成就，能否成为他人和社会所需要的人。生命的起点和终点每个人都是一样的，但如果你的人生既有长度又有宽度，更有厚度的话，那你的生命体积就很大（这里的长度指寿命，宽度指经历，厚度指成就）。在国外，我们这些黄皮肤、黑眼睛的中国人可能永远进不了主流社会。但回到祖国就不一样了，例如：2000 年我作为上海的代表去北戴河参加由国务院侨办召集的第一届华人华侨创业成果报告会；我作为留学生企业家代表曾经先后两次参加上海市政府举办的国庆招待会；我担任过一系列归国留学生、华人华侨和所在行业社团组织的社会职务；为培养环保人才，我被一些高校聘为客座教授和硕士研究生指导老师；我应聘担任留学生和华人华侨创业的指导老师；等等。还有我们公司的产品能在上海市实事工程、北京奥运会、四川汶川地震援建项目、上海世博会等重大项目中得到运用和认可，这种个人价值、环境价值与社会价值的完美衔接，这种帮助他人和社会走向美好的感觉是很奇妙的，这种荣誉感、归属感和自豪感不是赚多少钱能得到的。

"绿环机械"成立至今已经有 18 年了，18 岁是一个人成年的年龄，成年人要对自己的所作所为负起责任，既然创业这条路是自己当初的选择，哪怕再苦再累，我也要无怨无悔和坚定不移地走下去，最多是一路走着，一路嘴里反复哼着《朋友别哭》和《掌声响起来》这两首我十分喜爱的老歌！（笑声）

记者：非常感谢你接受我的采访，我发现今天我的收获很大！

我：我也非常感谢你今天来采访我！我谈的尽管都是我的一家之言，但确实都是我的真心话，真诚地希望我的这些肺腑之言能够对准备创业和已经创业的朋友们有所帮助。说句奉承话，你今天的采访让我有种被你掏空了的感觉。（笑声）

（此文部分写于 2015 年公司成立 18 周年之际，

全文整理完成于 2022 年 7 月 20 日 ）

我的中国心

　　上海市"白玉兰纪念奖"是上海市设立的对外表彰奖项，每年颁授一次，旨在鼓励和表彰对上海市经济建设、社会发展和对外交流等方面做出突出贡献的外籍人士。作为一个回国创业已经整整 20 年的留学生企业家，经上海市侨办推荐、上海市外办批准，2017 年 9 月，我也获得了上海市"白玉兰纪念奖"这一殊荣。在上海市领导为我颁发奖状和授带奖章的那一刻，回顾创业以来所走过的历程，我的中国心不仅充满着无限的感慨，同时还充满着无限的感恩。

　　一、绿水青山牵我心

　　上海是我的故乡。这个曾经闻名于世的旧上海滩，如今已经重新成为了国际性的现代化的特大城市，她以一颗璀璨的明珠的亮丽形象，傲然屹立在世界的东方，其重要地位甚至比以前更加突出和牢固。但作为一个名副其实的上海人，几十年来，我看尽了上海翻天覆地的沧桑变化。上海自 1843 年开埠以来，由于工厂化地区快速扩展，以及过度单纯地追求经济发展，给上海的环境造成了重大伤害，留下了许多遗留问题。到了 20 世纪的七八十年代，上海的天空一年到头都是灰蒙蒙的，空气中弥漫着难以形容的味道；上海黄浦江和苏州河的水是发黑发臭的，水面上漂浮着各种各样的垃圾；上海的大街小巷是肮脏不堪的，遍地乱倒乱放的垃圾随风飞扬。上海的这些环境问题，是我在 1990 年去新西兰留学的时候，故乡留给我的大致形象记忆。

200 多年的工业现代化进程，造就了人类的空前辉煌，同时人类为自我生存而造成的环境污染问题也到了登峰造极的程度。由于人类不加节制的开采，有些自然资源也已经逐步枯竭，有的甚至到了难以为继的程度。工业发达国家在付出了"先污染再治理"的巨大代价后，充分意识到如何加强最适量生产、最适量清费、最少量废弃和环境保护体系的融合，把经济活动转变成物质资源的无限循环使用，实现环境友好的生产和生活模式，从根本上使有限的资源得以充分有效利用。为此，这些国家纷纷提出了"可持续发展"、"循环经济"、"生态城市"和"环境立国"一系列关于发展经济的同时必须保护人类生存环境的理念，如今这些理念已经成为每一个地球人必须遵守的社会普遍共识。

在我们国内，环境与发展的互相适应性也已成为人们普遍关注的焦点问题，而且环境保护也早已成为国民经济可持续发展的一个重要组成部分。发展循环经济就是国人在经过经济发展的阵痛之后找到的可行之路。随着城市化、工业化发展步伐的进一步推进，国人对市容环境的要求也越来越高，如何打造一个环境友好型、资源节约型、具有生态文明的"美丽中国"，也早已引起了国家领导人和全社会的高度重视！

在国外留学和工作期间，由于所从事的专业原因，我多次到环境管理较先进的国家和地区进行考察和学习，逐渐地对先进的环保科学理念和固废处理工艺、技术与装备了然于胸。我发现在工业发达国家和地区，城市固体废弃物即垃圾的综合处理和综合利用已经是一个很完整的社会系统工程，也是一个很成熟、很完整的产业链。

在国外学习、工作和生活将近 8 年的时间里，作为一个炎黄子孙，我始终关注着祖国的建设和发展，一直在思考上海在新一轮的发展中，如何加强环境保护建设，高标准推进上海生态型城市建设的步伐，营建一个清洁、文明、优美和具有 21 世纪人文气质的新上海等问题。

二、城市垃圾挖宝藏

大自然中本无垃圾。人类在征服自然和改造自然的过程中，创造出了垃圾。在世界上所有的生物中，人是自然界最大的受惠者，但同时也是最大的破坏者。自然资源过度使用与地球环境灾难这两大难题紧密相关，而垃圾则是放错地方的宝藏。人类对资源的渴望，激发了开创崭新资源模式的智慧和创造力。人类世世代代通过技术革新、社会文明进步、科学研究及其他方式为子孙后代留下了大量财富，繁衍生息至今，我们同样传承着祖先文明的智慧结晶。

20 年前，我带着国外环保领域的先进理念和技术回国创业，并且根据当时的实际问题，为上海研发配套了先进的垃圾收运系统，一举改变上海传统落后的垃圾清运模式。在初战告捷的基础上，我带领公司科研团队，以科技创新模式深化课题研究，为上海固体废弃物处置找方案、想良策；积极研发与上海国际化大都市相适应的垃圾处置设备，提升垃圾资源化处置利用的含金量；通过对固体废弃物资源化处置利用，提出"变废为宝"来解决上海资源缺乏和垃圾资源再利用的难题，这"程咬金的三板斧"受到政府、行业和企业的关注与肯定。经过多年的努力，我公司为上海环卫行业研发和生产了数百套固体废弃物综合治理的设施设备，不仅使得上海垃圾处置的整体水平达到甚至超过了其他发达国家特大城市普遍水平，同时也开创了用符合上海市情的工艺、技术和装备将垃圾资源化处理的"变废为宝"的崭新模式。

我公司产品先后获得了上海市优秀新产品二等奖、科技进步三等奖和科技成果奖，并连续 5 年被列入上海市政府十大实事工程。从 2001 年开始直至今日，上海绿环机械有限公司始终保持着上海市高新技术企业的称号，公司还先后被授予张江高科技创业优秀企业、上海明星侨资企业、服务世博先进集体和上海市侨帮侨创业基地等多项荣誉称号。

三、国家项目添砖瓦

2008 年北京奥运会是世界对中国的肯定，同时也是中国向世界展示自己的机会。"用优质绿环机械，创优美城市环境"是我们企业的产品宗旨，从 2005 年起我公司就开始向北京奥运会场馆陆续供应配套的垃圾处理设备。针对北京垃圾现状和北京奥运会的需求，我公司成立了专门的项目团队，为北京奥运会量身定制了 20 多套垃圾处理设备，承担起奥运会期间北京奥运场馆的垃圾处理任务。为保证这批设备在奥运会期间的正常运行，公司还特地制定了奥运会设备运行保障方案，从维修人员配置到备品配件管理，组建了一支售后服务小分队，提供 24 小时贴身服务，从区域划分到应急措施都做了周密的考虑和详细的安排，从而百分百地保证了设备的正常运行，受到了北京奥运会场馆管理使用方的一致好评。

2008 年 5 · 12 汶川大地震后，我除了带领公司全体员工捐钱捐物支援灾区外，还从自身的行业角度考虑：地震后很多居民住在帐篷和简易过渡房里，政府为居民提供了大量的救灾物资和食品，但垃圾处理的问题怎么办？如果实行垃圾简单堆放，会极易因暴露时间长而产生二次污染，引起水和土壤环境的严重破坏，从而危害到灾区人民的身体健康。于是我积极联系赴灾区支援的上海市环卫系统的带队领导，表达了我愿支助灾区一批垃圾处理设备的愿望。在得知有关部门也有此想法后，经过协商一拍即合，确定联合在灾区彭州市建造垃圾分拣分类压缩转运中心。这不仅满足了灾后居民的实际生活需求，也发挥了当地重建家园维持可持续发展的长久作用。

抗震救灾项目实施前，我亲自带领公司援建项目组考察、收集大量信息，多次去实地核实灾区人民生活与生产需要，根据当地垃圾成分及特点，比较了国内外各种先进工艺技术，全公司员工为此付出了大量的智慧和辛勤劳动，凭着雄厚的技术力量、精湛的制造工艺、严格的检测手段、周到的服务态度承担了整个援建项目的设备设计、制造、装运、安装、测试及土建设计施工的配套技术支持服务工作等。该项目整套设备净重达120吨，大型的12米加长平板运输车辆整整装载了10余车。整个援建项目投入使用后，不仅减少了垃圾总量，降低了运输成本，还使得垃圾中的有用物资循环再利用，得到了抗震救灾各个有关部门的高度认可和赞赏。

2010年，上海喜迎举世同辉的世博盛会。为了努力配合建设与世博主题"城市让生活更美好"相协调的废弃物处置系统，针对世博会场馆垃圾的特殊性，我不仅积极参与世博园区环境卫生设施标准的制定，还组织人力物力为世博项目提供各种设计方案，以充分展示"科技世博"、"生态世博"的理念，以及上海现代化国际大都市的新形象。为了赶制世博配套项目，公司全体人员加班加点，确保在世博会组委会规定的交货日完成安装调试任务。这些设备于世博会正式开放期间投入使用后，总体效果得到了浦东新区环保市容局的高度肯定。同时，为配合世博会的顺利召开，我公司组织了世博突击售后服务小组，专人、专车、专项对世博园区的设备提供全天候的售后服务，确保全天24小时待命，报修后30分钟内到现场解决故障，真正做到参与世博、服务世博、奉献世博。

历时184天的2010年上海世博会期间，公司接待了全国200多批客户、同行1000多人，带领他们参观世博园区以及了解新型的垃圾处理工艺模式，以期促进该系统在全国范围的有效推广。市容环境是一个城市的"脸面"，反映着一座城市的经济实力和精神面貌，"绿环机械"用实际行动，与世博同行，为"成功、精彩、难忘"的世博添彩、贡献智慧和力量！因此，上海绿环机械有限公司获得了上海市浦东新区人民政府颁发的服务世博先进集体的荣誉称号。

四、科技创新放异彩

作为"垃圾是放错地方的城市矿产资源"理念的倡导者，我始终将该理念贯穿于企业科技创新的工作中，带领研发团队积极倡导"工匠精神",不断开发制造废旧资源回收成套设备,引领上海固体废弃物"变废为宝"的资源化利用效率居于全国领先地位。我还亲自担任有些项目科技攻关的"领头羊",积极为我国的固废处置新技术、新工艺谋划蓝图。为了提升环卫科技含金量、促进环卫行业新发展、倡导环境治理新理念,在全国、上海和浦东的各类相关的行业会议中,我利用中国环卫行业协会常务理事、上海环卫行业协会常务理事和浦东新区环卫行业协会副理事长的身份,不但向政府有关部门提出各种相关的建议与对策,还提供具有实际操作性的相关成套解决方案,为促进浦东、上海乃至全国整个环卫行业进入国际先进水平付出了不懈的努力。

为了加强企业的科技创新能力,我公司自 2006 年开始就与国内各高等院校和科研院所开展广泛的产学研合作交流,希望发挥高等院校和科研院所的人才技术优势和教育资源优势,结合利用企业的设施设备和实践条件,推动产学研结合与科技成果转化。2007 年,我与上海第二工业大学合作,担任国家 863 计划"废旧电子产品处理与资源化新技术"项目负责人,还在公司内成立了"863 计划"项目联合研发设计中心,对近年来全球环境污染防治的难点与热点之一的电子废弃物的资源化管理进行研究。我公司还组建了"院士专家工作站",旨在借助院士专家的前瞻性和高视角,加快建立以企业为主体的技术创新和以学校为主体的知识创新相融合的合作科研创新体系。

我公司始终贯彻"生产一代，试制一代，设计一代，预研一代"的开发创新战略，运用新技术、新工艺不断研发新产品。公司利用产学研一体化优势，先后成功研制了固废处理中央集控系统、废旧硒鼓与墨盒、废旧含汞荧光灯管、废旧家电、餐厨垃圾、废旧汽车以及建筑垃圾等固体废弃物资源化处理的工艺技术装备。这些年来，我公司荣获国家发明专利十多项、实用新型专利几十项、上海市高新技术成果转化项目两项等。我希望通过借鉴、引进、吸收和整合各项先进的工艺技术，引领和推进我国固体废弃物领域资源化装备和服务的产业化朝向世界最高水平发展，使"绿环机械"向更高、更宽的领域推进。

五、人才培养结硕果

从 2005 年起，我公司先后与上海第二工业大学、上海市环境学校签署了合作意向书，设立"绿环奖学金"、"校外实习训练基地"和"研究生培养基地"，出资帮助品学兼优、有志于环境保护专业的贫困学生。在这些获得援助的学生中，不仅有硕士生还有本科生，不仅有大专生还有中专生。在我的公司里，每年还为 10 多名本科生和大中专生提供实习的机会。在这些学生的实习期间，我不仅为这些学生设立了专门的办公室，供他们做科研、写论文，还为他们专门设立了实验车间，供他们搞培训、做实验，并且我还为他们的论文研究课题提供实践论证咨询服务。对于本科与中专学生的劳动实践课程，我除了自己带一些本科与中专学生之外，同时还要求公司里的工程技术人员对这些学生进行一对一、手把手的带教培养，以此来提升这些学生的实际动手能力和社会就业机会。

2008 年起，我先后受聘为上海第二工业大学客座教授、硕士研究生导师。为了落实"服务国家特殊需求人才培养项目"对全日制工程硕士专业学位研究生的培养要求，以及提高研究生的综合素质和工作实践能力，我带着硕士研究生熟悉了解固废科研项目实施的全过程以及相关论文撰写的着力点；我带着本科生搞课程设计和毕业设计，帮助他们从环保工程系的学生转变为从事环保工程项目的技术人员；我带着环保工程系的青年教师来到项目现场实地讲解，帮助他们掌握理论结合实践的分析问题和解决问题的能力；我还经常应邀到数个具有环境工程专业的高等院校去开讲座和参加研讨会，传播环境保护与城市固体废弃物资源化处理的先进理念与工艺技术；等等。

六、社会公益尽责任

从 2005 年开始，由我公司独家赞助的"绿环杯"市容环境卫生科技论文比赛，在全国和上海市陆续举办了六届，该比赛活动收到来自全国市容环境管理工作者的论文上千篇，涉及行业关注的焦点、难点问题，极具参考借鉴价值。另外，由我公司独家赞助的"绿环杯"浦东新区市容环境主题摄影比赛也成功举办了五届，收到了许多反映浦东新区市容新面貌的好照片。我还组织编写了环卫设备操作工人岗位培训教材，对全市环卫工人进行免费的岗位培训，以便改善上海环卫系统一线工作人员经常因操作不当导致设备不能正常运行的状况。

　　我公司每年向浦东新区合庆镇举办的助老帮困活动捐款，为老年人过上幸福、祥和的晚年生活尽一份绵薄之力。5·12汶川大地震后，我不仅带头自发捐钱捐物支援灾区，还从自身的行业角度考虑，援建了价值近200万元的垃圾处理设备给灾区环卫系统。

　　我积极参与由上海市主办的各类创新创业成果报告会，在浦东、在上海、在全国、在东南亚的各项相关议程中，作为主讲嘉宾大力宣传上海创新创业的良好环境与优惠政策，鼓励四方人士来上海创新创业求发展。我还多次受邀担任上海市侨办、上海市欧美同学会的创业指导老师，为新侨企业和小留学生企业传授创业真经，提供免费的创业咨询服务等。作为"侨帮侨"创业计划的支持者，我曾经帮助一家由德国归来的华侨的创业公司在我公司内落地生根和开花结果，并且创造了这家新公司当年投产、当年盈利的良好业绩。

　　七、企业愿景有担当

　　我的企业愿景是成为提供城市垃圾整体解决方案的专家，承担环境保护与社会责任的标兵，实现客户、员工、企业共赢的典范。作为一个留学归国的企业家，我希望通过贡献自己的知识，热心公益事业，为祖国的蓬勃发展贡献自己的一份力量。作为一个企业家，我勇于承担社会责任，通过提供优质的固体废弃物综合治理设备，来推动环境保护事业的进步；为员工提供良好的工作待遇，为构建和谐社会而努力奉献；协同我们的所有合作伙伴，为实现"生态文明、美丽中国"的宏伟蓝图而努力奉献一份力量！

为此，我先后参加了好几个企业创新高级研修班，学习各类现代企业管理知识，考察国外先进的管理体系，希望引领自己的企业奔向更好的发展空间，赢得更加有利的竞争优势，获得更优的市场认可。

我发现城市固体废弃物处置企业的任何设施设备停工所造成的损失都是巨大的，这其中有经济的，有民生的，更有政治的。为了保障这些设施设备持续有效运行的售后服务也是企业核心竞争力的重要体现。我顺应这一要求，利用经过奥运会和世博会两大盛会所历练的自身售后服务团队的优势，在做好、做优自家产品售后服务的基础上，不仅为其他厂商的产品进行安装、调试、大修、改造服务，还为客户提供多元化度身量造的解决方案。在这个过程中，特别是遇到恶劣天气条件、节假日和深更半夜等特殊情况，我公司先后为其他企业在沪的各类垃圾处理设施设备，提供了上百次的应急抢修工作，由于到位及时、措施得当，有时甚至在不停产的情况下进行应急抢修，从而为保障上海市环卫系统的正常运行提供了一份真情与力量。如今在固废处置行业内"有困难，找老魏"已经成为了大家的普遍意愿。

八、国际合作搭新桥

作为改革开放后上海首批回国创业的留学生企业家，我还担任着上海市海联会、上海市欧美同学会、上海市侨商会、浦东新区留学生联合会等社团组织的相关职务。为推动国际合作交流，这20年来，我不仅陆续接待了来自世界五大洲的几十个国外团体来我公司参观学习考察，还向这数百位国际友人详细介绍了上海环保事业近20年的发展历程和骄人成就。

2015年，上海第二工业大学受联合国环境署委托，承接了两期为第三世界国家从事环保工作的官员和企事业负责人举办的环境保护政策培训班。作为这两期培训班的协办方之一，我不但在我公司内接待了这两期来自阿拉伯国家和非洲国家的学员，还结合实物、模型和图片为他们讲解了上海当前与21世纪人文环境相适应的高科技垃圾资源化处理的工艺、技术与装备，并且还为这些国家的有关人员提供了相关项目的技术咨询服务。

2000年，我受上海市侨办的委托，作为上海华人华侨的企业家代表，参加了由国务院侨办召集的、在北戴河举办的"第一届华人华侨创业成果报告会"。在这次会议中，我不仅受到了时任国务院副总理李岚清先生的亲切接见，还与来自世界各地的华人华侨创业代表共聚一堂，分享交流创业的甜酸苦辣和宣传上海招商引资的好政策、好环境。2007 年，作为上海侨商的代表，我随上海侨商代表团参观考察了菲律宾。该代表团不仅在菲律宾与有关部门和厂商进行了多轮商务洽谈，还为中菲两国加强合作和菲商企业入驻上海出谋划策。特别令人难忘的是，我们还受到了时任菲律宾总统阿罗约女士的亲切接见。当时站在女总统身边的贴身美女保镖，其飒爽靓丽的挺拔身姿给我留下了迄今难忘的深刻印象。2015 年，我作为华商代表，应邀参加在印度尼西亚巴厘岛举办的"第十三届世界华商大会"，在整个会议的议程中，我与来自世界各地的华商代表亲切交流、寻求商机、共谋发展，希望以独特的环保行业优势，抓住"一带一路"的发展契机，来谋划拓展海外市场，去体现合作共赢成果。

20 年来，我多次接受国外报刊的采访，以个人访谈和新闻报道的形式，通过自己的创业故事向海外侨胞和留学生讲述新上海的精彩故事、擦亮新上海招商引资的崭新名片。总之我期盼用我的绵薄之力来积极推动上海更高水平和更宽领域的对外交流工作，努力为上海的新一轮国际大合作、大交流铺新路、搭新桥！

九、坚守初心谱新篇

在有些国家和地区观光旅行的时候，无论在城市还是在农村，无论在公园还是在野外，我看到的都是一道道景色如画的好风光。随着人们生活水平、文化水平的不断提高，环保已经是一门包含自然知识和社会知识的综合科学，因为大家已经清醒地认识到——绿色环境乃是生命的源泉！追求人类与环境的和谐共存，也已经成为人们的自觉行为。这些国家和地区的环境保护理念和采取的相关措施值得我们认真地学习和借鉴。

回国创业 20 年来，我经常在全国各地进行项目考察、商务洽谈和旅游度假。我发现目前我国发达的城市化地区的环境保护工作做得还是相当好的，甚至有些地区的整体水平可以与世界上任何一个大都市相媲美，但是广大的农村地区，其整体的环境保护水平还处于相对落后的状态。一些地方为了经济效益故意破坏环境的行为也屡见不鲜，例如为了得到石头，把好好的青山炸得光秃秃的；例如为了得到河沙，把美丽的河床挖得千疮百孔；例如为了贪图便利，随地焚烧和丢弃垃圾；例如有的地方甚至把整车、整船的垃圾倒在山沟里、河床上，把周边的环境搞得臭气熏天、污水横流。有时我坐在飞机上、火车中和汽车里，在四通八达的现代化交通网络中畅游，在极目欣赏祖国大好河山的同时，也看见农村地区拆了好多旧房子造了不少新房子，可见现在农民的生活水平有了很大改善。但是这些新房子估计再过若干年又要拆了重建。想着我国建筑的平均寿命仅为 30 年，而世界建筑的平均寿命为 70 年，发达国家建筑的平均寿命为 100 年，因拆建造成我国建筑垃圾持续增长的情况时，我的脑袋里总会为国人如何更好地"尊重土地，尊重自然"而陷入长时间的沉思。

我希望能把所有的建筑垃圾变成再生的建筑材料，从此我们再也不用去炸山上的石头、去挖河里的沙子；我希望农村地区也能尽快实现生活垃圾的分解分类和资源化处理，从而让我们的祖国大地变得更加美好；我希望能把农作物的秸秆垃圾和禽兽的粪便全部变成绿色有机肥料，从而减少化学肥料的使用以大幅度提高土地的有机质含量；我希望能为农民兄弟提供一批造型优美、色彩缤纷、功能齐全、使用久远的农村别墅免费图纸，从而使现代化的新农村建筑也能够成为更加亮丽的风景线；我希望能倡导简朴的生活方式，尽量使用清洁能源和再生资源，并且抑制对自然资源的不合理使用和消费，从而减少废弃物的产生和处理。总之我希望用我回国创业的初心，以城市化地区相关项目的成功案例为依托，以"城市包围农村"的战略方针，努力为我国的农村地区建立起有序、完善的固体废物收集、运载、综合处理和综合利用体系，让"绿水青山就是金山银山"的理念更加深入人心，从而为乡村振兴，为祖国的水更清、天更蓝、地更绿、居更美和人更健继续奉献一份真情和力量！

十、千恩万谢娘家人

在回国创业的岁月里，我其实遇到过不少困惑和问题，其中既有个人的，也有公司的；既有生活的，也有专业的；既有相关部门需要管的，也有相关部门不需要管的。但是不管我遇到的困难多么琐碎繁杂，相关部门和相关人员总是有求必应，不仅热心相助还不厌其烦地帮我解决了这一系列的难题，让我能够更好地集中时间、精力和资金去做实做优自己的企业。

在此，我要衷心感谢上海市和各个区的相关部门和相关人员，特别是当时的上海市人事局留学生服务中心和浦东新区人事局留学生服务中心以及张江高科技园区留学生创业园的工作人员！感谢你们的理解、支持和帮助，让我的企业能够在上海落地生根，开花结果；感谢你们给予的一系列精心呵护和关爱，让我这个初出茅庐的书呆子创业者能够顺利渡过早期困难阶段；感谢你们结合现代化大都市环保建设的理念，给了我展示样板工程项目的舞台，从而为我公司的产品走向全国打开了绿灯；感谢你们为我和我公司的产品广为宣传，让我和我公司的产品在整个中国的环卫行业有了一定的知名度和影响力，"张江高科技园区的留学生企业家"这张闪亮名片，成为了我在全国各地开展业务的免签通行证和工程项目的免检质量保证书！

在此，我要衷心感谢上海市欧美同学会（上海市留学人员联合会）！感谢你们在这个百年老会里，不管职位高低、年岁长幼、资历深浅和性别国别，相互间都用"学长"这个统一称呼，让我感觉有种重返校园享受学生生活的轻松自然；感谢你们邀请我参加各类团体活动，让我有幸认识了好多回国创业的留学生企业家朋友，由于相近的价值取向、思维方式和创业经历，在与这些如今已经成为知心朋友的学长的经常沟通交往中，我们互相学习、互相帮助、共同成长，我在收获宝贵的知识的同时也收获了珍贵的友谊；感谢你们把我作为一个留学生企业家的代表人物，不仅先后两次把我写的有关创业的文章编入《体验创业》的正式出版物中，还让我担任青年留学生的创业指导老师以传授创业创新的经验教训，这些善举都给了我在著书立说方面的满满的成就感；感谢你们推选我作为上海市留学生企业家的杰出代表，参加上海市"中华人民共和国成立 60 周年"国庆招待会，让我有机会与时任的上海市各级领导欢聚一堂，共同祝愿我们伟大的祖国更加繁荣富强、我们伟大的民族更加幸福安康，这次国庆招待会所给予我的荣誉感和使命感，让我更加坚信我当年选择回国创业的正确性和远见性！

在此，我要衷心感谢上海市侨办、浦东新区侨办的各级领导和办事人员！感谢侨办的历届主要领导，你们不仅都莅临过我公司考察指导，而且对我都非常关心与爱护，让我总是有种如沐春风的感觉；感谢侨办的相关处室和相关工作人员，你们为我提供的无微不至的支持和帮助，让我始终有着找到"娘家人"的至爱温馨；感谢你们经常邀请我参加各类侨商创新创业座谈会，在国家有关部门和上海有关部门领导的参与下，让我有机会就如何持续改善侨商创新创业环境发表自己的观点，在你们的推动下，我的有些建言得到了采纳和落实，让我体会到了自己获得组织认可的高度喜悦；感谢上海市侨办为我成功申报了上海市"白玉兰纪念奖"，从某种意义上来讲，是你们用这个奖项为我回国创业

20 年的历程打了个成绩优异的超高分，让我在人生考场里做了一个"金榜题名"的状元！

如今，我碰到你们这些曾经在方方面面给予我理解、关心、支持和帮助的朋友，接到你们的电话与短信，收到你们的各类信件与通知，总会让我油然而生一种似乎来自"娘家人"的关爱的温暖感觉。

回首已经过去的 20 年，尽管我取得了一些大家普遍认可的成绩，获得了上海市"白玉兰纪念奖"这份荣耀，我的内心还是很高兴愉悦的；但是这份荣耀只能证明我的过去，我应该把这份荣耀看作方方面面对我的鼓励和支持，我绝不能沾沾自喜和故步自封，有句老话讲"行百里者半九十"，所以我告诫自己今后一定要戒骄戒躁，继续努力。展望未来，中国的环保之路才刚刚开始，我将继续坚持以环境保护为己任的初心，抓住机遇，全力以赴，保持创新和领先优势，以更加出色的业绩来回报所有期盼我不断进步和发展的各位朋友！

20 年来，尽管我从一名工程师变成了一名企业家，从拥有一本中国护照变成了拥有一本外国护照，从一个年轻人变成了一个中年人，但唯一始终没有改变的是我胸中那颗炽热的中国心。一直以来我都非常喜欢聆听和歌唱《我的中国心》这首歌曲，此时此刻，这首歌曲的旋律和歌词在我的心海里渐渐地呈现："洋装虽然穿在身，我心依然是中国心，我的祖先早已把我的一切，烙上中国印，长江、长城、黄山、黄河，在我心中重千斤，无论何时，无论何地，心中一样亲，流在心里的血，澎湃着中华的声音，就算身在他乡也改变不了，我的中国心！"

（此文部分写于 2017 年 9 月我荣获上海市"白玉兰纪念奖"暨绿环机械公司成立 20 周年之际，全文整理完成于 2022 年 8 月 7 日）

后　记

一本正康书，满纸沧桑事。

酝酿五六年，笔耕两三载。

窗外有花香，心里无杂念。

蛰伏避疫魔，练就抠字汉。

　　在3年以前，我从来没有想到我真的会写一本书，尽管我曾经梦想过；在3个月以前，我从来没有想到我真的写成了一本书，尽管我曾经梦想过；在3天以前，我从来没有想到我真的写成了一本即将正式出版的书，尽管我曾经梦想过！

　　上中小学的时候，我造的句、写的作文经常被语文老师作为范句、范文在课堂上点评，同学们都说我小有文采；成人后写过一些思想小结、学习心得、各类信件和毕业论文，创业以来写过一些产品宣传、企业新闻和创业感悟等文章，大家都说我不像一个理工男；有了社交软件以后我经常写些即时感想和调侃段子等等，群友们都说我颇有文学的底蕴。虽然以上这些赞誉一直以来让我有些小傲娇，但是正儿八经地去写一本书的想法却从来没有真正去尝试过，因为作者这个身份对那时的我而言绝对是座难以登攀的"珠穆朗玛峰"。

从小到现在，我看过无数的书，尤其对人物心理描述深刻细腻的文学作品情有独钟，因为我在现实生活中的所思所想和人生感悟，每每看到作家用简练恰当的文字丝毫不差地呈现在我面前时，我总会有种茅塞顿开、怦然心动和会心一笑的顿悟，而且这种"心有灵犀一点通"的思维共振总会让我得到那种"众里寻他千百度，蓦然回首，那人却在，灯火阑珊处"似的出乎意料的惊喜，让我的精神世界产生无与伦比的愉悦！

我非常羡慕这样的文笔，曾经无数次幻想着要写出这类文笔的文章；我非常羡慕这样的作者，曾经无数次幻想着也要成为一个能够深深打动读者的作者。这些年来，随着阅历的丰富，以及岁月的积淀，那些始终铭记在我脑海中的人物与事情、体会与感动，让我总想着要找个恰当的方式来系统地表述出来，胸膛里就像有股炽热的火山岩浆一般，左冲右撞要找个突破口来彻底喷发似的。由于杂务缠身，再加上我打字很慢，所以这个光有想法、没有办法的计划就像空中楼阁一般，一直在那边悬着，我没有真正实质性地去推动实施过。

马圣楠女士是我们上海归国留学生圈子里面出了名的才女，她的文笔我也真心喜欢。5年前的某一天，我在一次活动中碰到了她，我把我自己"一地鸡毛意欲做成一把鸡毛掸子"的初步设想和她大致聊了一下，潜台词是想探讨一下由我来口述、她来执笔的可能性。圣楠女士是个爽快人，她说她实在没有时间来帮助我做这件事，不过她可以推荐有些喜欢写作的年轻人来试试看，而且她还可以推荐相关的出版社来促成这件好事的正式启动。尽管之后试了几个代笔之人都达不到我想要的文笔效果（所谓"教的曲子唱不得"恐怕说的就是这个理儿），但是在我与东方出版中心达成合作协议方面，她确确实实起到了很大的推进作用。

东方出版中心是我人生迄今为止接触的唯一的一家出版社，我死心塌地选择他们的原因不为别的，就为我的书稿八字还没有一撇、本书出版合同还没有正式签署的时候，他们就为我提供了好多专业性的服务。参与本书策划编辑出版的所有工作人员马晓俊、顾渊、邓卫、黄升任等都给我留下了专业素质高、职业精神好的良好印象，对我这个门外汉提的某些外行的甚至有些过分的要求，他们都会非常耐心地想方设法予以一一解决。偶尔得知，目前国内出版行业的工资普遍偏低，编辑也没有什么效益奖金可言。当今社会收入偏低却能勤勤恳恳、任劳任怨地工作，实在是出于他们对图书编辑出版工作的热爱和敬业，这是一个令我感动和值得尊敬的团队。与此同时，我对柴倩女士在本书策划编辑出版过程中付出的努力和认真细致的工作也要重重地提上一笔。

面对圣楠女士的热心相助，面对编辑人员的密切配合，面对没有写手可以为我代笔的窘境，面对我已经向有些知心朋友夸下的海口，面对有了"出生证"还没有"孩子"的尴尬，我想我做事靠谱的"人设"绝对不能在这件事情上崩塌，总而言之，归根结底，就是这些综合因素把已经走投无路的我真正逼上了写作这座"喜马拉雅山"。好在我下定决心自己来写作，好在我发现了手机里备忘录这个写作工具，好在这3年里我没有了出差，没有了度假也没有了应酬，好在已经再也找不到任何借口和退路的我，只能老老实实、安安静静、专心致志来写作这本书了。

沙海林先生是我多年以来的良师益友。今年8月，当我初步完成本书的写作时，有人提醒我最好请一位对我比较熟悉了解又有一定社会知名度的人士为本书写篇序。我思索了良久，想来想去还是找海林先生最为合适。我做好被婉拒的思想准备给海林先生发了信息，没有料想到他竟然一口答应。海林先生是个谨慎的人，他说他希望看了我的书稿以后再决定是否写序。结果海林先生在百忙之中利用今年国庆假期，不仅为我的书写了序，而且还在我的书稿上作了好多标注，提了好多建议，比如书中最好插入相关的照片等等。参与本书出版的一位资深编辑看到海林先生写的这篇序时，感叹道："只有真正读过这本饱含深情的书稿，才能写出如此饱含深情的序！"

本书初步定稿后，我请同时期在浦东张江创业的归国留学生企业家常兆华、周敏、赵箭、于小央先过目，让这些老朋友提提修改建议。20多年来，我们互相学习、互相帮助、互相激励、互相信任，在各自的产业领域都取得了令人信服的佳绩，彼此之间也成了胜似亲人的知心好友。如果说经过共同战火锤炼的可以称为"战友"，那么经过共同创业锤炼的就可以称为"创友"。这几位"创友"如今公务非常繁忙，但是他们应邀都及时为我的书稿写下了令我十分动容以至热泪盈眶的推荐语。

如果说本书的正式出版是一个"新生儿"呱呱落地的话，那么圣楠女士就是这个"新生儿"的"助产士"，参与本书编辑出版的所有工作人员就是这个"新生儿"的"接生医生"，而海林先生则为这个"新生儿"开了张各项指标都十分优秀的"健康证明"。中国有句老话：大恩不言谢！但是在此时此刻，我还是要对为本书的顺利出版而付出无私奉献的圣楠女士、所有编辑出版工作人员、海林先生表示最诚挚的感谢！

苹果公司创始人乔布斯先生对人生有三个感悟：一是一个人一定要接受高等教育，这样才能具备比较客观理性的价值取向和思维方式；二是要学习掌握各种各样的知识和技能，然后把学到的所有一切集成整合起来，去开创你自己的事业；三是人生苦短，如果你有想做的事、想爱的人，一定要抓紧去做、抓紧去爱，免得留下终身遗憾。对此，我深以为然！

在写作本书的过程中，我也有三点感悟：一是看似异常艰难的事，只要你一心一意地去做，总有一天会达到你预期的目标；二是有些刻骨铭心的人物和事情，一旦你把这些都写成文字，你曾经承受重压的心底就会释怀坦然许多；三是面对社会大环境的某些变故，作为个体其实并没有能力改变任何现状，与其整天心浮气躁坐卧不安，还不如静下心来去做自己想做且能做的事情，或许还真能做成一件连自己都始料未及的事情。行文至此，想起了最近在网络上很流行的一段话："人生最重要的进步，往往都是在聚精会神、孤独憋闷、周围没有太多光亮的状态下发生的。"

在这 3 年写作之余，我用唱歌来放松我自己，我发现唱歌兼有疏缓压力、抒发感情和锻炼身体的功能。我喜欢唱那些音乐旋律和歌词内容完美结合并且能够打动我自己的歌。在引吭高歌的过程中，特别是唱着那些歌曲的意境和我当时的心绪完全融合的瞬间，我充分领略到了中国古人"诗言志，歌咏情"的那种声情并茂和心声合一的极致体验。至今我在 K 歌软件上已经录了 100 多首歌，时常会随机选择播放聆听其中的几首，供写作间隙自我调节、自我欣赏、自我陶醉。我发觉写作、唱歌和听歌的组合形式是互补性很强的最佳搭档，有同好的读者不妨去尝试一下。

本书中插入的近 50 张照片，是我在数千张照片里面精选出来的，这些和本书中的有关人物和有关事物相对应的照片，尽管有的已经历经沧桑，尽管有的已经物是人非，尽管有的已经时过境迁，但是在我翻看这些尘封多时、记忆久远的照片时，心里还是充满着既感叹岁月的飞逝又感叹人生的艰辛、既感叹生命的无常又感叹亲情的珍贵等等那种甜酸苦辣咸五味杂陈的交错情感。

我将文字、照片全方位呈现在本书中的初心，是希望阅读本书的读者可以得到更加真实、更加立体、更加全面的阅读感受。

这几天，我捧着即将正式出版的样书，就像一个捧着初生婴儿的母亲一般，心中充满着期待和担忧并存的忐忑不安。我期待这本书得到广大读者的真心喜爱，就像一个人见人爱的好孩子；我担忧这本书会耽误读者的宝贵时间，伤害读者的文学审美，就像一个人见人嫌的坏孩子。我写作本书的唯一动机是用直抒胸臆的文字来表达我自己60多年人生的真实体验、心路历程和家国情怀，借此来感恩曾经照亮与温暖我内心、启迪和激发我善念的那些人和那些事，没有任何说教他人和传授经验的意思。

本书是我这个高龄"产妇"生的"头胎"，如果广大读者喜爱本书的话，我一定会用实际行动来回报大家对我的厚爱，继续生育"二胎"，甚至继续生育"三胎"。

这本书正式出版后，我将从一个读者变成一个作者，但是如果没有广大读者的喜爱，我这个作者也是没有任何存在价值的。在此我恳请广大读者给予我理解与宽容、支持与帮助，并且坦诚地向我提出你们的批评意见和宝贵建议，因为有了这些，我才能从一个读者变成一个真正的作者，才能从一个作者变成一个真正的作家！

2022 年 10 月 15 日